Riley steckt in Schwierigkeiten: Ihr Exfreund Simon erzählt überall, sie sei mit den Dämonen im Bund. Extrem fies, schließlich hat sie ihm das Leben gerettet. Nun steht sie ganz oben auf der Fahndungsliste der Dämonenjäger des Vatikans. Dass sie sich mit einem gefallenen Engel eingelassen hat, dessen Stimme sie nicht mehr loslässt, macht es nicht besser.
Als sie endlich erkennt, dass Denver Beck es ernst mit ihr meint, kann sie nicht auf seine Hilfe zählen. Und die könnte sie gut gebrauchen, denn in Atlanta wird es immer gefährlicher, nicht nur für sie. Eine neue Dämonenart taucht auf, mit der auch die Jäger aus Rom nicht fertig werden. Es werden täglich mehr. Sieht so aus, als wäre der Weltuntergang näher gekommen. Gefangen zwischen ihrem Versprechen an den Himmel und ihrer Abmachung mit dem Höllenfürsten, fürchtet Riley den großen Showdown …

Jana Oliver, geboren und aufgewachsen in Iowa, ist eine preisgekrönte Autorin. Sie ist am glücklichsten, wenn sie haarsträubende Legenden recherchiert, auf alten Friedhöfen umherwandert und neue Geschichten erträumt.
Im FISCHER Taschenbuch lieferbar: ›Aller Anfang ist Hölle‹ und ›Seelenraub‹, die ersten beiden Bände ihrer Serie ›Riley Blackthorne – Die Dämonenfängerin‹. Bei FISCHER FJB erschien der vierte Band, ›Engelsfeuer‹.

Jana Oliver

Höllenflüstern

✣

Riley Blackthorne – Die Dämonenfängerin 3

Roman

Aus dem Amerikanischen
von Maria Poets

FISCHER Taschenbuch

MIX
Papier aus verantwortungsvollen Quellen
FSC® C083411
FSC www.fsc.org

Erschienen bei FISCHER Taschenbuch
Frankfurt am Main, November 2014

Die Originalausgabe erschien unter dem Titel
›Forgiven‹ bei St. Martin's Griffin, New York.

Dieses Werk wurde im Auftrag von St. Martin's Press LLC
durch die Literarische Agentur Thomas Schlück,
30827 Garbsen, vermittelt.
Innenteilabbildung: © Blacksheep
Satz: Druckerei C.H.Beck, Nördlingen
Druck und Bindung: CPI books GmbH, Leck
Printed in Germany
ISBN 978-3-596-18861-1

*Für Jean Marie Ward, die weiß,
dass hohe Absätze und Armageddon
viel gemeinsam haben.*

Die Hölle beginnt an dem Tag,
an dem Gott uns einen klaren Blick gewährt
auf alles, was wir hätten erreichen können,
alle Talente, die wir vergeudet haben,
auf alles, was wir hätten tun können
und es nicht getan haben.

Gian Carlo Menotti

1. Kapitel

2018

Atlanta, Georgia

Riley Blackthorne hatte keine Tränen mehr. Sie hatte sich leergeweint, trotzdem löste sie sich nicht aus der Umarmung des toten Mannes. Wenn es möglich wäre, würde sie für den Rest ihres Lebens in den Armen ihres Vaters bleiben.

Als sie aufblickte, erwiderten traurige braune Augen ihren Blick. Der Meisterfänger Paul Blackthorne war jetzt ein reanimierter Leichnam, aus dem Grab beschworen von niemand anderem als dem Höllenfürsten persönlich. Wie an dem Tag, an dem er beerdigt worden war, trug er seinen besten Anzug und seine rote Lieblingskrawatte. Diejenige, die Riley ihm einmal zu Weihnachten geschenkt hatte.

Auf der Flucht vor den Dämonenjägern des Vatikans hatte sie Zuflucht im Haus von Mortimer Alexander gefunden, einem Totenbeschwörer. Sie hatte nicht damit gerechnet, dass ihr Vater hier auf sie warten würde. Jetzt schmiegten sie sich aneinander, und Riley legte den Kopf an seine Brust und suchte Trost in seiner Umarmung.

»Ich habe dich vermisst«, flüsterte sie.

»Ich dich auch, Spatz.«

Es ist nicht richtig. Wir zögern es nur hinaus.

Ihr Dad sollte in seinem Grab liegen. Dann würde er niemals erfahren, dass Riley nicht mehr sein unschuldiges kleines Mädchen war; dass sie in der Nacht zuvor ihre Jungfräulichkeit verloren hatte.

Ich war so eine Idiotin. Warum habe ich Ori das erlaubt?

Sie hatte die Nacht in den Armen von jemandem verbracht, der gesagt hatte, er würde sie beschützen. Der behauptet hatte, sie sei etwas ganz Besonderes und er liebe sie, weil sie ihn an den Himmel erinnere. Doch der Morgen hatte die bittere Wahrheit gebracht – Oris Schutz trug ein riesiges Preisschild. Ihr Liebhaber, der gefallene Engel, würde nur auf sie aufpassen, wenn sie ihre Seele der Hölle versprach. Dann war Luzifer, der Höllenfürst, aufgetaucht und hatte Ori in eine Statue verwandelt, weil er seine Befehle missachtet hatte.

Riley wischte sich eine Schweißperle von der Stirn. Ihr Körper fühlte sich fiebrig an. Ein unbekanntes Feuer brannte in ihr.

Was, wenn ich schwanger bin? Der Gedanke ließ sie erschaudern. Ori hatte gesagt, das sei unmöglich, aber das konnte auch eine nützliche Lüge gewesen sein. Waren die Dämonenjäger deswegen hinter ihr her? Was wäre das für ein Kind, das einen gefallenen Engel und eine Sterbliche als Eltern hatte? Normal? Böse? Irgendetwas dazwischen?

Was würde die Kirche mit mir und dem Baby machen?

Als sie erschauderte, löste ihr Vater die Umarmung.

»Komm mit«, sagte er, ergriff ihre Hand und stand langsam auf. »Ich muss das Sonnenlicht spüren.« In der Küche hielt er kurz an und schenkte ihr ein großes Glas Apfelsaft ein, dann betraten sie den ummauerten Garten, in dem Kardinäle und Blautölpel um ein gut gefülltes Futterhäuschen flatterten. Ein kleiner Wasserfall entsprang den Fingern einer nackten Steinnymphe in der Mitte eines großen Springbrunnens. Riley und ihr Vater ließen sich auf einer Steinbank nieder, die noch mit Raureif bedeckt war. Rileys Po reagierte sofort auf die Kälte, doch ihr Vater schien es gar nicht zu bemerken.

Er reichte ihr den Saft. »Trink. Du siehst furchtbar aus.«

Kein gutes Zeichen, so etwas von einem Toten zu hören.

Riley nahm einen großen Schluck. Der kalte Saft schmeckte gut. Sie umklammerte das Glas mit den Händen und sprach die Frage aus, die ihr schon die ganze Zeit im Kopf herumgeisterte.

»Wie fühlt es sich an … tot zu sein?«, fragte sie. Ihre Stimme war kaum mehr als ein Wispern.

»Sehr eigenartig.«

»Du kannst es mir nicht sagen, oder?«

»Nein. Nicht so, wie ich dachte«, murmelte er.

Die nächste Frage war noch schwerer. »Hast du Mom gesehen?«

Er schüttelte den Kopf. Sein Blick war vor Traurigkeit wie von Wolken verhangen. »Nein.«

Rileys Herz zersprang in kleine Stücke. »Luzifer hat mir erzählt, was du getan hast. Dass du deine Seele für mich aufgegeben hast.«

Ihr Dad riss die Augen auf. »Du hast mit dem Höllenfürsten gesprochen?«

»Er war heute Morgen auf dem Friedhof, nachdem …« Riley biss sich auf die Lippen. *Nein, das kann ich nicht.* Vielleicht würde sie eines Tages den Mut haben, zu beichten, was sie getan hatte, aber nicht jetzt. »Luzifer sagt, du hättest ihm deine Seele versprochen, damit der Erzdämon dich nicht tötet und du für mich sorgen kannst.«

Ihr Dad nickte resigniert. »Deine Mutter hat verstanden, warum ich es getan habe.«

»Mom wusste Bescheid?«, platzte sie heraus. »Warum habt ihr mir nichts erzählt?«

»Du warst zu jung.«

»Das ist Unsinn, und das weißt du auch«, gab sie zurück. »Ich war alt genug. Was habt ihr mir sonst noch nicht erzählt, Dad? Was wird noch über mich hereinbrechen, wenn ich nicht hinsehe?«

Er gab keine Antwort und wich ihrem Blick aus. Was bedeutete, dass es tatsächlich noch mehr gab.

Es war so ungerecht. Ihr Vater hätte am Leben bleiben sollen, bis sie eine Meisterfängerin war.

»Luzifer hat seinen Teil der Abmachung nicht eingehalten«, beschwerte sie sich. »Deine Seele sollte dir gehören.«

»Er sagte, er gibt sie nicht frei und dass ich noch in seiner Schuld stehe. Aber er sagte nicht, warum.«

»Also wirst du in der Hölle festhängen, bis er es sich anders überlegt?«

Ihr Vater verzog das Gesicht. »Sei mir nicht böse. Ich tat, was das Beste war. Meine Seele ist nicht wichtig.«

Er irrt sich. Sie war so wichtig, dass Luzifer nicht bereit war, sie freizugeben, obwohl ihr Vater vor seiner Zeit gestorben war.

»Weiß Mort, wer dich beschworen hat?« Ein schwaches Nicken war die Antwort. »Und es stört ihn nicht?«, fragte sie überrascht.

»Er war schockiert, aber er hat mich noch nicht den Wölfen vorgeworfen.«

»Was ist mit Beck?«

Ihr Vater schüttelte den Kopf. »Ich freue mich nicht auf den Tag, an dem er die Wahrheit erfährt. Er wird am Boden zerstört sein.«

Paul Blackthorne war nicht nur Denver Becks Partner, sondern auch sein Mentor gewesen. Zu erfahren, dass er der Hölle verpflichtet war, würde Beck genauso fertigmachen wie die Nachricht, dass Riley mit einem gefallenen Engel geschlafen hatte.

Ihr Vater berührte sie am Arm. »Ich werde sehen, ob unser Gastgeber einen Schlafplatz für dich hat. Du musst dich ausruhen.«

Riley blinzelte die Tränen zurück. »Ein kleines Weilchen noch«, sagte sie. Sie wollte sich noch nicht von ihm trennen. Sie schloss die Augen, schmiegte sich an ihn, sog den verwirrenden Duft von Orangen und Zedernholz ein, der jetzt zu ihrem Vater zu gehören schien. Sie gab sich Mühe, irgendetwas Gutes in all den Katastrophen zu erkennen, ergriff seine Hand und drückte sie. Sie dachte daran, wie sie sich angefühlt hatte, als er noch lebte. Als seine Hände noch warm gewesen waren und sein Herz noch geschlagen hatte. Als sie alle Zeit der Welt gehabt hatten.

✣

Das Gästezimmer in Morts Haus war hell, die Wände waren in Cremetönen mit pfirsichfarbenen Akzenten gestrichen. Es sah aus wie ein Mädchenzimmer, und Riley fragte sich, ob er wohl eine Schwester oder Nichte hatte. Sie gähnte und zog die Vorhänge vor, um das Licht auszusperren. Als sie ihre Bluse auszog, fiel ihr langes Haar ihr ins Gesicht. Dabei stieg ihr der unverwechselbare Duft kühler Nachtluft in die Nase. *Oris Duft*.

»Hol dich der Teufel!«, fluchte sie und schleuderte ihre Klamotten in alle Richtungen, als könnte sie damit den düsteren Nachhall der Berührungen des Engels aufheben. Sie flüchtete unter die Dusche, stellte die Temperatur so kalt ein, wie sie es aushielt, um das Inferno in ihrem Inneren zu bekämpfen. Unter dem fließenden Wasser schrubbte sie sich, bis die Haut ganz rot war. Doch die Erinnerungen wollten sich einfach nicht fortspülen lassen.

Als Riley schließlich ins Bett kroch, rollte sie sich wie ein Fötus zusammen, und der Schlaf zupfte an ihr. Sie war nicht das erste Mädchen, das ihre Jungfräulichkeit an einen Kerl verlor, der versprochen hatte, für sie zu sorgen. Riley hatte gehört, wie andere Mädchen in den Pausenräumen der Schulen flüsternd denselben Fehler beichteten. Von diesem Moment an würde sie ihr Leben immer in ein *Vor* und *Nach dem Engel* teilen. Ob Statue oder nicht, Ori

war in ihrem Herzen und würde für den Rest ihrer Tage jede sich anbahnende Liebe beeinflussen.
Genau wie Beck.

✣

Denver Beck konnte sich viele Möglichkeiten vorstellen, einen neuen Tag willkommen zu heißen – der Länge nach ausgestreckt, die Hände auf dem Rücken gefesselt auf dem eigenen Rasen zu liegen war nicht gerade die beste.
»Was ist hier los, verdammt nochmal?«, bellte er in den Dreck.
Statt einer Antwort hörte er Kampfstiefel, die in seinem Haus herumtrampelten, während die Männer, denen die Stiefel gehörten, sich auf Italienisch etwas zubrüllten. Als er das scharfe Splittern von Glas hörte, fluchte er. Er schloss die Augen, damit kein Dreck hineingelangte, und zwang sich, ruhig zu bleiben. Wenn er Widerstand leistete, fühlte der Dämonenjäger hinter ihm sich unter Umständen genötigt, diesen Tag zu seinem letzten Tag auf Erden zu machen.
So werde ich auf keinen Fall sterben.
Ihm blieb nichts anderes übrig, als still liegen zu bleiben, bis das Eliteteam des Vatikans seine Durchsuchung abgeschlossen hatte. Dem Krach nach zu urteilen schloss das mit ein, dass sie das Haus auseinandernahmen.
Als er aus den Rufen, die durch die Luft schwirrten, einen Namen heraushörte, seufzte er in den Dreck. Sie suchten nach Riley Blackthorne, der siebzehnjährigen Tochter seines toten Kumpels Paul.

Der Tag hatte schon beschissen angefangen, noch vor dieser paramilitärischen Razzia, die seine Nachbarn garantiert zusammen mit ihrem Morgenkaffee genossen. Kurz nach Sonnenaufgang war Riley heulend und verstört auf seiner Türschwelle aufgetaucht. Unter Tränen und Schluchzern hatte sie ihm ihre schwärzeste Sünde gebeichtet: Sie hatte die Nacht mit einem von Luzifers Getreuen verbracht.

Schon als er Riley das erste Mal mit diesem Ori zusammen gesehen hatte, war Beck bewusst gewesen, dass der Typ nichts als Schwierigkeiten machen würde, aber er wäre nie auf die Idee gekommen, dass dieser Mistkerl ein gefallener Engel sein könnte.

Warum er? Selbst jetzt noch sah er Riley zusammengekauert und weinend vor sich auf der Couch sitzen, während er ihr genau diese Frage entgegengeschrien hatte. Nach allem, was Beck für sie getan hatte, hatte sie mit diesem … *Ding* rumgemacht.

Als er Pauls Tochter einige fiese Beleidigungen an den Kopf geworfen hatte, zahlte sie es ihm mit gleicher Münze heim. Aus Angst, ihr Streit könnte weiter eskalieren, war Beck aus dem Haus gestürzt. Als er kurze Zeit später zurückgekehrt war, hatte die Eingangstür sperrangelweit offengestanden und das Team des Vatikans war bereits auf Beutejagd.

Weitere hektische Wortfetzen flogen um ihn herum durch die Luft. Beck brauchte die Sprache nicht zu sprechen, um die Frustration herauszuhören. Da Riley nicht im Dreck neben ihm lag, ließ diese Razzia die Jäger ziemlich dumm dastehen. Sie würden einen Sündenbock brauchen, und Beck käme ihnen gerade recht. Eine neue Stimme mischte sich ein, die er wiedererkannte – der Hauptmann der Jäger. Offensichtlich hatte er sich schließlich doch noch entschlossen, zu dieser Party zu kommen.

Ohne Vorwarnung wurde Beck grob auf die Knie gezerrt. Kaum war er in aufrechter Position, versuchte er seinen Mund an der Schulter abzuwischen, doch mit gefesselten Händen war das unmöglich. Ein Dämonenjäger mit einem Gewehr baute sich vor ihm auf, die Waffe zielte direkt auf seine Brust.

Der Hauptmann der Einheit ging vor ihm in die Hocke. Die schwarzen Augen wirkten hart wie Stein. Elias Salvatore war zweiunddreißig, zehn Jahre älter als Beck. Er hatte einen mediterranen Teint, schwarze Haare und einen schmalen Spitzbart, dazu eine athletische Statur. Auf seinem marineblauen Rollkragenpullover prangten Achselstücke und das Emblem der Dämonenjäger – St. Georg, der den Drachen erlegt. Frisch gebügelte Hosen steckten ordentlich in den polierten Kampfstiefeln.

»Mr Beck«, sagte er ruhig.

»Hauptmann Salvatore. Was, zum Teufel, ist hier eigentlich los?«

»Uns liegen Informationen vor, dass Riley Blackthorne bei Ihnen gewesen ist.«

Wer hat dir das erzählt?

»Sie war hier, vor einer Weile. Muss inzwischen gegangen sein.«

Die Augen des Mannes wurden noch schmaler. »Wo ist sie?«
»Keine Ahnung.« Er hätte wetten können, dass die Nachbarn gehört hatten, wie sie sich angeschrien hatten, also rückte er selbst mit der Wahrheit raus, für den Fall, dass die Jäger sich die Mühe machten, herumzufragen. »Wir haben uns gestritten.«
»Worüber?«
»Das geht Sie nichts an«, sagte Beck. Eine Sekunde später lag er wieder mit dem Gesicht im Dreck, einen schweren Stiefel im Rücken.
Der Hauptmann gab einen knappen Befehl, und Beck wurde erneut hochgezerrt. Er warf einen Blick über die Schulter und stellte fest, dass der Stiefel Leutnant Amundson gehörte, dem Stellvertreter des Hauptmanns. Er war ein großer Mann, Nordeuropäer, und war nicht gerade für seine guten Manieren bekannt.
Beck spuckte den Dreck aus. »Nehmen Sie mir die verdammten Handfesseln ab.«
Salvatore gab Amundson ein Zeichen. Er hörte das leise Ritzen eines Messers, dann fielen die Fesseln ab. Amundson hatte sich die Gelegenheit nicht entgehen lassen, ihm dabei den Handballen anzuritzen.
Beck wischte sich die Hände an seiner Jeans ab und begutachtete die Verletzung.
Der Hauptmann warf einen scharfen Blick über die Schulter des Gefangenen, dann scheuchte er seinen Leutnant mit einer Handbewegung fort. »Bitte entschuldigen Sie.«

Beck schluckte seinen Ärger entschlossen herunter. Fausthiebe auszuteilen wäre im Moment keine kluge Taktik.

Wussten die Jäger von Riley und dem gefallenen Engel? *Sie müssen. Warum sollten sie sonst nach ihr suchen?* Trotzdem wagte er es nicht, Mutmaßungen anzustellen.

»Was soll das alles eigentlich?«, fragte Beck.

Der Hauptmann stand auf. »Lassen Sie uns hineingehen.«

Beck erhob sich, klopfte den Dreck von der Jeans und sammelte seine Reisetasche mit der Fängerausrüstung ein, die neben der Auffahrt lag. Er befühlte den Boden der Segeltuchtasche und stellte erleichtert fest, dass er nicht nass war. Die Glaskugeln waren also heil geblieben, als die Jäger sich auf ihn gestürzt hatten. Er brauchte die magischen Kugeln, um die Höllenbrut zu fangen.

Nachdem er sich vergewissert hatte, dass sie allein waren, schloss Salvatore die Vordertür hinter ihnen. Beck hatte erwartet, in seinem Haus das Unterste zuoberst gekehrt vorzufinden, aber das war nicht der Fall. Der einzige Schaden schien ein Glas zu sein, das von der Arbeitsplatte gefallen war. Er ignorierte die Scherben auf dem Boden und ließ sich auf die Couch plumpsen, auf denselben Platz, auf dem Riley gesessen hatte, als sie ihre niederschmetternden Neuigkeiten ausspuckte.

Wo steckst du, Mädel? Wenn sie zu ihrer Wohnung gefahren war, würden sie sie dort finden. Wenn sie klug war, war sie zu Angus Stewart gegangen, einem der beiden Meisterfänger in der Stadt. Stewart würde auf sie aufpassen.

Der Hauptmann setzte sich ihm gegenüber in einen Sessel. Er bewegte sich, als habe er seit Tagen nicht mehr richtig geschlafen. »Wir müssen Riley Blackthorne so schnell wie möglich finden.«

»Warum?«

»In Atlanta hält sich ein gefallener Engel auf. Sein Name ist Ori. Wir glauben, dass er es auf Paul Blackthornes Tochter abgesehen hat.«

Beck gelang es, schockiert auszusehen, was nicht besonders schwer war. Er konnte immer noch nicht fassen, dass Riley mit einem Verbündeten Luzifers geschlafen hatte.

»Warum sollte einer von denen hinter ihr her sein?«

»Er ist bekannt für seine Verführungskünste.«

Becks Kiefer verspannte sich, aber er sagte nichts.

»Es gibt eine merkwürdige Abfolge von Ereignissen in dieser Stadt, und das bedeutet für gewöhnlich, dass es ein Epizentrum gibt, auf das sich sämtliche Aktivitäten konzentrieren.«

»Wenn Sie damit sagen wollen, dass Riley der Grund für all das ist …«

»Welchen Schluss sollten wir sonst ziehen?«, entgegnete Salvatore. »Bei jedem dämonischen Ereignis in dieser Stadt stand sie im Mittelpunkt: Ein Dämon fünften Grades hat versucht, sie zu töten. Derselbe Dämon hat während einer Versammlung der Fänger seinen Angriff auf das Tabernakel gestartet. Allein diesem Überfall ist ein Drittel der Mitglieder Ihrer Dämonenfängerzunft zum Opfer gefallen.«

»Ich weiß, Jäger«, erwiderte Beck mürrisch.

»Wenn sie das Bindeglied zwischen all diesen Ereignissen ist, müssen wir sie aufspüren und eine Möglichkeit finden, diese Beziehung zur Hölle zu unterbinden, ehe noch mehr Menschen sterben.«

Beck wollte nicht darüber nachdenken, was »die Beziehung unterbinden« bedeutete. »Warum hat ein Kommando mein Haus durchsucht? Sie hätten an die Tür klopfen können wie jeder andere auch.«

»Sie waren nicht zu Hause«, stellte der Hauptmann fest. »Lassen Sie Ihr Haus immer unverschlossen?«

Beck zögerte. »Nein. Warum?«

»Weder die Vorder- noch die Hintertür waren abgeschlossen, und Ihre Alarmanlage war ausgeschaltet. Die Hintertür war nur angelehnt. Vielleicht ein Hinweis auf einen hastigen Aufbruch?« Der Hauptmann beugte sich vor, die Ellenbogen auf den Knien. »Haben Sie Riley angerufen, um sie zu warnen, dass wir kommen?«

Inzwischen würden sie sein Telefon überprüft haben und wissen, dass er Riley nach dem Streit angerufen hatte, also entschied er sich für die Wahrheit. »Ich wusste nicht, dass Sie hierher unterwegs waren.«

»Aber Sie haben mit ihr gesprochen.«

»Ja. Wir haben uns über diesen Ori gestritten. Er hat ihr erzählt, er wäre ein freiberuflicher Dämonenjäger, und ich hab ihr gesagt, sie soll sich von ihm fernhalten. Sie hat mir nicht zugehört, also haben wir uns gestritten. Ich habe sie angerufen, um …« Warum hatte er sie angerufen? Bestimmt nicht, um sich zu entschuldigen, so viel war sicher.

»Wo ist sie jetzt?«

Beck schüttelte den Kopf. »Ich weiß es nicht. Und ab jetzt rede ich kein Wort mehr mit Ihnen, solange der Zunftanwalt nicht auf mich aufpasst.«

Der Hauptmann seufzte. »Sehen Sie, ich respektiere Ihre Loyalität dem Vater des Mädchens gegenüber. Paul Blackthorne hat Sie ausgebildet und in der Zunft gefördert. Sie waren dabei, als er durch die Hand desselben Dämons starb, der versucht hat, seine Tochter zu töten. Ich weiß, was Sie empfinden, aber wir brauchen Ihre Hilfe.«

»Leck mich.«

Salvatore zog ein finsteres Gesicht. »Also gut.« Er drückte einen Knopf an dem Funkgerät an seiner Schulter, und ein Schwall Italienisch erfüllte den Raum. Kaum hatte er den Befehl gegeben, als zwei Jäger durch die Vordertür hereinkamen.

Mit ernstem Gesicht stand der Hauptmann auf. »Denver Beck, als Vertreter des Heiligen Stuhls verhafte ich Sie wegen Behinderung der Justiz. Zusätzliche Anklagen werden später noch zu den Akten genommen. Sie werden hiermit formgerecht gewarnt, dass Ihnen, falls sich herausstellt, dass Sie die Hölle in irgendeiner Weise unterstützen, die Todesstrafe droht.«

»Ach nee«, murmelte Beck.

2. Kapitel

Riley stand allein auf einem Feld mit knirschendem, frisch gefallenem Schnee. Um sie herum gab es nichts, keine Gebäude, keine Menschen. Am Himmel hoch über ihr hielt ein blutroter Mond Hof, und Tausende Sterne machten ihm ihre Aufwartung.

Eine Brise zerrte an ihrem Haar, und es roch nach tiefster Mitternacht. Sie spürte Oris Gegenwart, noch bevor er die Arme um ihre Taille legte und sie nach hinten an sich zog. Sie wusste, dass sie träumte, aber sie wollte nicht aufwachen. Hier war es perfekt. Hier gab es weder Himmel noch Hölle, niemanden, der ihr sagte, sie mache einen Fehler. Es gab nur Ori und sie, bis in alle Ewigkeit.

Riley drehte sich in seinen Armen um und blickte hinauf zu dem schwarzen Haar und den unergründlichen Augen. Augen, die den Beginn des Kosmos erblickt hatten.

»Es tut mir leid«, murmelte Ori. Seine Stimme klang genauso, wie sie sie in Erinnerung hatte. »Ich habe dich verletzt, und das wollte ich nicht.«

»Es hätte nicht so kommen müssen«, sagte sie. *Es hätte ganz anders sein können*.

»Lass mich die Sache zwischen uns wieder in Ordnung

bringen. Lass mich dir zeigen, was deine Zukunft für dich bereithalten kann.«

Er machte eine Handbewegung, und ein Bild tauchte in der Luft vor ihnen auf. Das Bild einer älteren Riley. Sie besaß eine Anmut und Stärke, die sie nie für möglich gehalten hätte. Sie unterrichtete zwei Lehrlinge darin, wie man Dämonen fing, und die beiden hingen an ihren Lippen. Diese Riley war stark und selbstbewusst, keine Spur von dem sorgenvollen Mädchen, das sich in ihrem Inneren verbarg.

»Du wirst eine bekannte Meisterfängerin sein, wie dein Vater«, erklärte Ori. »Die Fänger werden dir für dein Können Respekt zollen. Und die ganze Zeit wird mein Schutz dich vor jedem Leid bewahren.«

Sie könnte Dämonen fangen und erfolgreich sein, und jeder würde glauben, sie sei die Beste. *Genau wie bei meinem Dad …*

Sein Kuss entfachte ihr Verlangen nach ihm von neuem. Ihr Bedürfnis nach Liebe, nach jemandem, der sich um sie kümmerte. Sie schmolz an seinem Körper dahin, ging ganz auf in der Berührung und seinem Geruch.

»Ich bin dein«, sagte der Engel. »Gib mir deine Seele, und wir können bis in alle Ewigkeit zusammen sein, Riley Anora Blackthorne.«

»Liebst du mich?«, fragte sie. Das war es, was sie wollte, wonach sie sich sehnte. Geliebt zu werden von jemand so Umwerfendem wie einem Engel.

Ori antwortete nicht und zog ein gequältes Gesicht. Als ob er lügen wollte, es aber nicht schaffte. Vergeblich versuchte er zu lächeln. »Komm mit mir«, sagte er und hielt ihr die Hand hin. »Wir werden ewig zusammen sein. Reicht das nicht?«

Riley zögerte, ihr Herz pochte hart. *Wenn er mich nicht liebt …*

War sie so verzweifelt, dass sie sich mit einem hohlen Leben begnügen würde? Gefangen in ihren Zweifeln, wandte sie den Blick ab und stellte fest, dass das Feld nicht länger leer war. Nicht weit entfernt stand jetzt das Mausoleum ihrer Familie, umhüllt von Schnee und Mondlicht. Massive rote Ziegel und Buntglasfenster legten Zeugnis ab vom Erbe der Blackthornes. Die löwenköpfigen Wasserspeier am Mausoleum starrten finster auf sie herab, funkelnde, gelbe Flammen züngelten aus ihren Mäulern, als sei sie eine Bedrohung für die Toten in dem Gemäuer.

Die Doppeltür aus Messing schwang auf, doch statt in einen steinernen, von flackerndem Kerzenlicht erleuchteten Innenraum blickte sie ins Halbdunkel. Gestalten, die nur aus Klauen und Zähnen und glitzernden roten Augen zu bestehen schienen, bewegten sich darin. Die Sendboten der Hölle erwarteten ihre Entscheidung.

Es war so verlockend. Sie würde für immer mit ihrem Vater zusammen sein können. Die Dämonen könnten sie nicht verletzen und …

Jemand rief ihren Namen. Sie suchte das Feld ab und entdeckte Beck, der, so schnell er konnte, auf sie zugerannt kam. Er schrie erneut. Seine Stimme klang heiser, als würde er bereits seit Stunden schreien, ohne dass sie ihn hörte.

»Hör nicht auf den Fänger«, warnte Ori. »Er ist nur eifersüchtig auf uns. Auf das, was wir haben.«

Sie zögerte verwirrt.

»Riley!«, rief Ori mit mehr Nachdruck. »Versprich mir deine Seele. Ich verspreche, dass du nie wieder in deinem Leben leiden wirst.«

»Und dann?«, wollte sie wissen. »Noch mehr Versprechen? Die du allesamt nicht einhalten wirst?« Sie schüttelte den Kopf. »Du hast mich nie geliebt. Du hast nur meine Seele geliebt und was du dir dafür in der Hölle kaufen kannst.«

»Du irrst dich«, gab der Engel zurück. »Es ging immer nur um dich.«

»Lügen!«, rief sie.

Ein reißender Schmerz bohrte sich tief in ihren Bauch, und sie krümmte sich gequält zusammen. Riley zwang sich, sich wieder aufzurichten. Der Bereich um sie herum hatte sich in ein Minenfeld aus Schädeln verwandelt, von denen jeder von einem Dämon bewohnt wurde. Sie verhöhnten sie, bedrohten sie, sprachen von den endlosen Qualen, die ihre Seele in der Hölle erwarteten.

Ori war nicht länger neben ihr, sondern schritt nervös am Rand des Schädelfelds auf und ab. »Du musst mir deine Seele geben. Es ist der einzige Weg, Riley! Bitte! Ich flehe dich an!«

Der Schnee um sie herum färbte sich rot und begann zu kochen.

»Nein«, sagte sie. »Ich habe schon zu viel verloren.«

Als die Schädel sich für einen Angriff sammelten, stürzte

Beck sich in das Minenfeld, entschlossen, sie zu retten. Er schaffte nur ein paar Schritte, ehe er ein letztes Mal ihren Namen schrie und dann unter entsetzlichen Qualen starb, als die Dämonen ihn in Stücke rissen.

»NEIN!!!«

Riley saß kerzengerade im Bett, der Schweiß floss in Strömen an ihr herab. Ihre Brust fühlte sich eng an, und jeder Atemzug ließ nur ein winziges Quäntchen Luft herein. Sie beugte sich vor und umklammerte ihren Bauch. Sie schluckte heftig, um sich nicht zu übergeben, und hatte Mühe, den Albtraum abzuschütteln. Stöhnend wischte sie sich den Schweiß von der Stirn. Ein scheußlicher Kopfschmerz hatte sich genau in der Mitte der Stirn festgesetzt.

Der Raum um sie herum war ruhig. Keine Dämonen, kein Engel, kein sterbender Beck. Doch während der Albtraum langsam verblasste, hielt sich das Entsetzen, das er in ihr hervorgerufen hatte.

War es ein Hinweis auf das, was die Zukunft für sie bereithielt? Würde Ori sich weiterhin in ihre Gedanken drängen, bis sie schrie, um sich von ihm zu befreien? Würde Beck sein Leben fortwerfen, um ihre Seele zu retten?

Mit einem weiteren Stöhnen durchwühlte Riley ihre Botentasche und förderte zwei Schmerztabletten und eine Flasche Wasser zutage. Sie spülte die Tabletten herunter in der Hoffnung, sie bei sich zu behalten, dann lehnte sie sich zurück an das Kopfteil des Bettes.

»Das ist echt eine totale Scheiße.« Das laut ausgespro-

chene Eingeständnis ließ ihren Schädel nur noch heftiger pochen.
Als sie die schlimmsten Teile des Traums abgeschüttelt hatte, ging sie ins Badezimmer und unternahm den völlig nutzlosen Versuch, ihre Haare irgendwie zu bändigen. Während sie sich anzog, stellte sie erleichtert fest, dass ihre Kleider nicht mehr so stark nach dem verlogenen Engel rochen wie vorher. Zu schade, dass die Erinnerung an seine Berührung nicht ebenso schnell verfliegen würde.
Aus reiner Gewohnheit kramte sie ihr Handy hervor, aber eine Sekunde, ehe sie es einschaltete, hielt sie inne. Konnte sie es wagen, ihre Nachrichten zu überprüfen? Waren die Jäger in der Lage, sie hier aufzuspüren?
»Lieber nicht«, sagte sie und ließ das Telefon ausgeschaltet. Ein merkwürdiges Gefühl, so vollkommen abgeschnitten zu sein. Wie konnte sie ihre Freunde wissen lassen, was geschehen war? Ihr bester Kumpel, Peter, flippte aus, wenn er nicht regelmäßig etwas von ihr hörte. Simi, ihre Freundin, die im Café als Kellnerin arbeitete, würde sich fragen, was ihr zugestoßen war, besonders, da sie verlangte, alle paar Tage auf den neuesten Stand gebracht zu werden.
Bei Mort zu bleiben war zu gefährlich für sie alle. Irgendwann würden die Jäger zum Haus des Totenbeschwörers kommen. Ihr und ihrem Dad blieb nichts anders übrig, als abzuhauen und sich zu verstecken, bis es den Jungs vom Vatikan zu langweilig werden würde und sie wieder nach Rom zurückkehrten. *Wir müssen ganz von vorn anfangen. Einen Ort zum Leben finden. Ich muss mir einen ande-*

ren Job suchen. Wenn sie all das überlebten, musste sie schließlich noch Luzifer überzeugen, ihren Vater in sein Grab zurückkehren zu lassen.

Und alles nur, weil ich wollte, dass mich jemand liebt.

✣

Einige Menschen würden zwar bestreiten, dass es sich beim Westin Peachtree Plaza um ein Gefängnis handelte, doch der ernste Dämonenjäger, der neben der Tür des Hotelzimmers Wache hielt, verriet Beck, dass es ihm nicht freistand, zu kommen und zu gehen, wie es ihm passte. Da es so aussah, als würde er bis auf weiteres hierbleiben, verschwand er im Badezimmer. Mit einem nassen Waschlappen bekam er den gröbsten Schmutz aus seinem blonden Haar, wobei er darauf achtete, dass der Verband an seiner Hand trocken blieb.

Wegen Rileys selbstsüchtigen Aktionen hatten die Jäger an seine Tür geklopft. Das machte ihn wütend, nicht nur wegen Ori, sondern weil er ihrem Vater versprochen hatte, auf sie aufzupassen. Doch sein verletzter Stolz war die geringste seiner Sorgen: Was würden die Jäger mit Pauls Tochter anstellen, wenn sie sie erwischten? Würden sie sie vor Gericht stellen? Sie einsperren? Oder noch Schlimmeres tun?

Beck wusste, dass er auf diese Fragen keine Antworten finden würde, indem er den Badezimmerspiegel anstarrte, also kehrte er ins Schlafzimmer zurück. Der Jäger beobachtete jede seiner Bewegungen, wachsam wie eh und je. Beck klopfte sich den Dreck ab, wobei er eine Spur aus trockenem Gras auf dem Teppich hinterließ, schnürte seine Arbeitsstiefel auf und warf sich auf das riesige Doppelbett. Es war eins von diesen Kingsize-Dingern, die man in teuren Hotels fand. Während seiner Zeit bei der Armee hatte er gelernt, auf den härtesten Böden der Welt zu schlafen, so dass er sich auf etwas so Weichem schon fast unbehaglich fühlte.

Seiner Beobachtung nach bewachten ihn zwei Jäger – einer auf dem Gang und einer im Raum bei ihm. Er könnte einen Fluchtversuch unternehmen, aber damit würde er sich wahrscheinlich nur eine Kugel einfangen. Hauptmann Salvatore hatte versprochen, Meister Stewart anzurufen, und aus irgendeinem Grund glaubte Beck ihm das. Wenn er genügend Geduld aufbrachte, würde der Schotte ihn hier schon rausholen.

Der Wache an der Tür, einem Latino mit dunklen, eindringlichen Augen und der Statur eines Kämpfers, entging keine Bewegung des Gefangenen.

»Kannst du nicht woanders hinsehen?«, knurrte Beck. »Du machst mich noch wahnsinnig.«

Der Typ zuckte die Achseln, lehnte sich im Stuhl zurück und richtete seinen Blick auf eine Stelle ein paar Schritte links von Beck. Eine Riesenverbesserung.

»Wie lange dauert das noch?«

Keine Antwort.

Beck wusste, dass er nichts von Belang erfahren würde, bis diejenigen, die ihn festhielten, bereit dazu wären. Also stand er wieder auf und ging sein Fitnessprogramm durch, um Dampf abzulassen. Fünfzig Liegestütze, gefolgt von fünfzig Sit-ups. Dann weitere fünfzig Liegestütze, einige davon einhändig. Während er ins Schwitzen geriet, gab er sich Mühe, seine Erinnerungen zu verdrängen: Riley, wie sie in seinen Armen weinte, das wissende Grinsen im Gesicht des gefallenen Engels. Wie enttäuscht Paul wäre, wenn er wüsste, dass seine Tochter so betrogen worden war.

Verdammt. Ich hab getan, was ich konnte, aber es war nicht genug. Es ist niemals genug.

Er vergaß, seine Liegestütze zu zählen, und brach schließlich auf dem Teppich zusammen, als seine Arme zu schwach waren, um ihn noch länger zu stemmen, und sein Rücken sich anfühlte, als hätte man ihn mit geschmolzenem Blei versengt. Der Schmerz hatte die gewünschte Wirkung und blockierte die Gedanken an Dinge, an die er nicht denken wollte. Mit zitternden Muskeln kehrte er ins Bett zurück, verschränkte die Arme hinterm Kopf und starrte gegen die kieselgraue Decke.

Jemand hatte gewusst, dass Riley heute Morgen bei ihm zu Hause war, und die Liste der möglichen Mitwisser war ziemlich kurz, es sei denn, einer seiner Nachbarn spionierte für die Jäger. Meister Stewart hatte es gewusst, denn Beck hatte ihn angerufen, kaum dass er wutschnaubend das Haus verlassen hatte.

Und dann war da noch Justine Armando, die Frau, mit der er die Nacht verbracht hatte. Justine war ein Neuzugang in Becks Leben, eine freiberufliche Journalistin, die zur gleichen Zeit wie die Jäger nach Atlanta gekommen war. Sie folgte den Teams, die überall auf der Welt die Drecksarbeit für den Vatikan erledigten, und schrieb Zeitungsberichte über ihre Heldentaten. Sie hatte Beck zweimal interviewt. Dann waren sie einen Schritt weitergegangen, und er war in ihrem Bett gelandet. Dort war er auch heute Morgen gewesen, im selben Hotel wie jetzt, als Rileys panischer Anruf ihn erreicht hatte. Als er ihre entsetzte Stimme gehört hatte, war er aus Justines Armen geschlüpft und zur Tür hinausgestürmt, überzeugt, dass Pauls Tochter in ernster Gefahr schwebte.

Hatte er Justine erzählt, wo Riley war? Er musste sich eingestehen, dass er sich nicht sicher war. Alles, woran Beck sich erinnern konnte, war ihr gereiztes Stirnrunzeln, als er sich für einen Abschiedskuss über sie gebeugt hatte. *Sie kann es nicht gewesen sein*. Er war nicht bereit, das zu akzeptieren, obwohl er wusste, dass Riley das auf der Stelle glauben würde. Er hatte noch im Ohr, wie sie ihn vor Justine warnte und ihm prophezeite, dass sie ihm wehtun würde.

Die Vorstellung, er könnte irgendwie für Rileys Probleme verantwortlich sein, machte ihn wütend. Wenn sie seinen Rat angenommen hätte, würde sie jetzt nicht in der Scheiße sitzen. Egal, wie sauer er war, er war der Erste, der zugab, dass seine Worte und seine Gefühle miteinander im Krieg lagen. Jeder machte mal Fehler. Aber die meisten Leute endeten dafür nicht in der Hölle oder hatten deswegen die Kirche im Nacken.

Als es an der Tür klopfte, spähte der Wachmann aufmerksam durch den Spion, ehe er öffnete, um einen ernsten Leutnant Amundson hereinzulassen.

»Meister Stewart weiß, dass Sie in Haft sind und erst wieder gehen dürfen, wenn wir das Blackthorne-Mädchen haben«, sagte er mit seinem starken Akzent.

»Wenn das so ist, wie sieht's dann mit Frühstück aus?«

Der Leutnant stieß ein Grunzen aus, dann schloss sich die Tür hinter ihm. Beck starrte die Decke an, doch alles, woran er denken konnte, war Blackthornes Tochter. An ihre Tränen und seine unbarmherzige Wut. Wie elend er sich gefühlt hatte, als sie ihm erzählte, was sie getan hatte. Es war besser, dass er keine Ahnung hatte, wo Riley Blackthorne sich versteckte. So, wie er im Moment drauf war, würde er sie glatt höchstpersönlich den Jägern überreichen.

3. Kapitel

Riley versuchte, sich auf ihrem Weg durch Morts Haus nicht zu verlaufen. Das Gebäude war größer, als sie anfangs gedacht hatte, mit Wänden aus alten Ziegelsteinen und freiliegenden Holzbalken an den Decken. Irgendwie ziemlich cool, wenn man labyrinthartige Lagerhäuser mochte.
In dem runden Raum, den Mort als Büro nutzte, fiel die späte Nachmittagssonne durch die Oberlichter und bildete goldene Pfützen auf dem abgenutzten Holzfußboden. Der Totenbeschwörer und ihr Vater saßen sich, ins Gespräch vertieft, auf den Bänken eines Picknicktischs gegenüber.
Mortimer Alexander war etwa so groß wie Riley, aber um einiges breiter, hatte ein sympathisches, rundes Gesicht und ein freundliches Lächeln, hinter dem sich jedoch ein leidenschaftlicher Geist verbarg. Er hatte sich bereit erklärt, als Advokat der Totenbeschwörer von Atlanta die Gesellschaft nach außen zu vertreten – eine Aufgabe, die ihm keinen Respekt von seinen Nekromanten-Kollegen einbrachte, die den Großteil ihrer Zeit damit zubrachten, die Toten aus ihren Gräbern zu locken und die Leichname als unbezahlte Sklaven an reiche Leute zu verkaufen.

»Riley«, sagte er. »Geht's dir wieder besser?«
»Ja«, log sie höflich. Wenn überhaupt, fühlte sie sich höchstens noch schlechter. Der Albtraum lauerte immer noch am Rand ihres Bewusstseins, wie ein Monster, das sich unter dem Bett eines Kindes versteckt.
»Da ist ja meine Lieblingstochter«, rief ihr Vater. Ein Lächeln erhellte sein Gesicht.
Er trug Klamotten von Mort – T-Shirt und Jeans, die an seinem dünnen Körper herabhingen. Die Jeans reichte bis zu den Knöcheln und passte nicht zu den schwarzen Socken und Anzugschuhen. Sie musste ihm passende Kleidung besorgen, aber in ihre Wohnung zu gehen würde schwierig werden: Es war anzunehmen, dass die Jäger das Haus beobachteten.
Kaum hatte sie sich neben ihrem Vater auf die Bank plumpsen lassen, legte er ihr den Arm um die Schulter. Sie lehnte sich an ihn. Manche Dinge änderten sich nie, auch wenn er nicht länger zu den Lebenden gehörte.
Mort räusperte sich. »Ich habe deinen Wagen in meine Garage gestellt«, sagte er und deutete auf ihre Schlüssel auf dem Tisch. »Falls die Jäger in den Straßen patrouillieren, ist er außer Sicht.«
Daran hatte sie gar nicht mehr gedacht. »Danke.«
»Die neueste Nachricht lautet, dass Lord Ozymandias fuchsteufelswild ist, weil jemand ihm deinen Vater vor der Nase weggeschnappt hat«, fügte Mort hinzu.
Als mächtigster Totenbeschwörer von Atlanta war Ozymandias von dem Moment an hinter ihrem Vater hergewesen, in dem er starb. Während ihrer Totenwache auf

dem Friedhof hatte der Nekromant fiese Zaubertricks angewendet, um sie dazu zu bringen, den geweihten Kreis zu zerstören, der das Grab ihres Vaters schützte. Er hatte keinen Erfolg gehabt, und der Leichnam ihres Vaters war geblieben, wo er war. *Bis Luzifer ihn geholt hat.*

»Tja, Pech gehabt«, sagte sie, hoch erfreut über die Neuigkeit. Dann verschwand das Glücksgefühl. »Wird Ozy hierherkommen?«

Mort zuckte zusammen, als sie den ranghöchsten Nekromanten mit so einem respektlosen Spitznamen bedachte. »Wird er, wenn er herausfindet, dass dein Vater bei mir ist.«

Unangenehmes Schweigen breitete sich aus. Ihr Dad trank kleine Schlucke aus einer Flasche mit einer leuchtenden Flüssigkeit, die wie Orangensaft mit bunt schimmernder Kohlensäure aussah.

»Stabilisator«, erklärte Mort, ehe sie fragen konnte. »Ein einfacher Zaubertrank, mit etwas Magie aufgepeppt. Darum riecht er nach Zedernholz und Orangen. Er muss eine Menge davon trinken. Die Stimmbänder eines Reanimierten sind schwer feucht zu halten.«

Riley wollte eigentlich keinen Unterricht über die Physiologie der Untoten, aber jetzt war es zu spät. Das blieb nicht aus, wenn man sich im Haus eines Totenbeschwörers versteckte.

»Während du geschlafen hast, haben wir uns unterhalten. Wir sind beide der Meinung, dass Meister Stewart dir bei den Jägern am besten helfen kann«, fügte Mort hinzu. »Ihm werden sie zuhören.«

»Ja klar«, erwiderte Riley. »Sie werden mich als Ketzerin beschimpfen und mich auf glühenden Kohlen rösten. Ich weiß, wohin das führt.«

Ihr Vater berührte ihre Hand. »Ich würde dich nicht … in Gefahr bringen.«

Aber das hast du. Du hast einen Handel mit der Hölle geschlossen, und nachdem du tot warst, kamen sie zu mir. Riley wagte nicht, irgendetwas davon auszusprechen, also nagte sie stattdessen an der Innenseite ihrer Lippen.

»Ich besorge etwas Geld, und dann gehen wir woanders hin«, schlug sie vor.

»Aber wohin? Paul sagt, du hättest eine Tante in Fargo, aber die Jäger werden auch dort suchen. Du kannst nicht auf der Straße leben. Es ist nicht sicher für ein Mädchen in deinem Alter.«

Sie sah ihren Vater an. »Ich kann dich nicht hierlassen, Dad. Mort kann keine Scherereien mit den Jägern oder den anderen Totenbeschwörern gebrauchen. Wir müssen irgendwo anders hin.«

»Das musst du entscheiden, Riley«, sagte der Nekromant ernst, »aber ich rate dir, Paul hier bei mir zu lassen. Hier ist er sicherer. Ich kann mich um ihn kümmern, damit er in gutem Zustand bleibt.«

»Und ich kann das nicht?«, fragte sie, zu müde, um sich über seinen Vorschlag zu ärgern.

»Dir fehlt die Magie«, lautete die sanfte Antwort. »Für die Pflege deines Vaters sind bestimmte Zaubersprüche nötig, dazu Zaubertränke und eine ganze Menge Übung. Wenn ich nicht auf ihn achtgebe, wird sein Körper in ein paar

Wochen anfangen, sich zu zersetzen, während sein Verstand weiterarbeitet. Bei mir ist er sicherer als bei irgendjemand anderem.«

Das war ein triftiges Argument, obwohl Riley wünschte, es wäre nicht der Fall. Neben ihr begann ihr Dad, schneller zu blinzeln.

»Was ist los? Bist du müde?«, fragte sie.

Mort antwortete ihr. »Reanimierte haben wenig oder gar keine Lebenskraft in sich, und sie sind rasch erschöpft. Er wird gleich ein wenig inaktiv werden. Nach einer Ruhepause ist er wieder da.«

»Oh. Kann Meister Stewart die Jäger dazu bringen, mich in Ruhe zu lassen?«

»Nein«, erwiderte Mort, »aber er kann mit ihnen verhandeln und dabei als Repräsentant der Zunft auftreten.«

Der Schotte war hierfür eine bessere Wahl als Meister Harper, der Dämonenfänger, bei dem sie ihre Ausbildung machte. Harper hasste Riley und ihren Dad. Wenn er die Gelegenheit hätte, sie beide zu erledigen, würde er es auf der Stelle tun.

»Bist du sicher, dass Stewart mir helfen wird?«, fragte sie.

»Als Advokat der Totenbeschwörer habe ich gelegentlich mit ihm zu tun, und er ist immer fair. Aber wie auch immer, du musst dich bald entscheiden. Je länger es sich hinzieht, desto schwerer wird es, die Jäger zur Zusammenarbeit zu bewegen.«

Zusammenarbeit? Sie wusste zwar nicht viel über die Jungs vom Vatikan, aber dass dieses Wort den Typen nicht besonders geläufig war, war ihr klar. Sie hatte die Hightech-

Ausrüstung gesehen und ihr paramilitärisches Auftreten erlebt. Rileys Abmachung mit dem Himmel zählte nicht, die würden sich nur für ihr Plauderstündchen mit dem Fürsten der Dunkelheit und ihr Techtelmechtel mit einem gefallenen Engel interessieren.

»Wenn ich ihnen irgendetwas im Austausch bieten könnte …«, murmelte sie.

Ihr Vater hustete und nahm noch einen Schluck von dem leuchtenden Zaubertrunk. »Weih …wasser.«

So schnell, wie seine Kräfte schwanden, blieb keine Zeit für eine ausführliche Diskussion über das gefälschte Weihwasser, das in der ganzen Stadt verkauft wurde. »Was glaubst du, wer dahintersteckt?«

»Keine Ahnung.« Ein paar rasche Wimpernschläge, dann schloss er die Augen, als hätte jemand einen Knopf gedrückt und ihn ausgeschaltet.

Riley blickte zu Mort hinüber. »Das ist ja wie beim Bildschirmschoner. Kommt so etwas öfter vor?«

»Ich arbeite daran. Dein Vater ist in der Lage, logische Schlussfolgerungen auf höchstem Niveau zu ziehen, was dem Körper einiges abverlangt.«

»Wie hast du ihn gefunden?«

»Gar nicht. Er stand gestern spät abends vor meiner Tür. Zunächst dachte ich, es läge an dem Einladungszauber, mit dem ich ihm eine Zuflucht angeboten habe, falls er es schafft, seinem Beschwörer zu entkommen.« Aus ruhigen, braunen Augen sah Mort sie an. »Aber jetzt weiß ich, dass das nicht der Fall ist.«

Er ist nicht sicher, ob Dad mir von Luzifer erzählt hat. Das hatte er auch nicht; sie hatte dieses Detail vom Höllenfürsten persönlich erfahren.

»Ich weiß, wer meinen Vater beschworen hat«, erwiderte Riley. »Was ich nicht begreife, ist, warum Luzifer ihn freigelassen hat.«

Mort entspannte sich sichtlich. »Ich bin genauso ratlos. Ihm gehört schon die Seele deines Vaters. Wofür braucht er dann noch seinen Leichnam?«

Riley zuckte die Achseln. Eine weitere Frage, auf die es keine Antwort gab.

In diesem Moment tauchte Tereyza, Morts Haushälterin, mit einem Tablett in den Händen auf. Sie überreichte Riley eine volle Tasse, aus der ein berauschender, fruchtiger Duft aufstieg.

»Tee hilft immer, den Kopf freizubekommen«, sagte Mort.

Das Einzige, was Rileys Kopf freimachte, war heiße Schokolade, aber die schien nicht auf der Speisekarte zu stehen, zumindest nicht hier.

»Ich merke, dass dich etwas quält«, sagte der Totenbeschwörer. »Möchtest du darüber reden?«

Riley schüttelte den Kopf. Zu gerne würde sie jemand anderem die Schuld an dieser Katastrophe geben, aber es war ihr Fehler gewesen, der sie in diese Situation gebracht hatte. Sie musste irgendwie in ihre Wohnung gelangen, den Geldvorrat plündern, den sie dort versteckt hatte, und dann entscheiden, was sie als Nächstes tun sollte. Aber um das zu erreichen, musste Riley unbemerkt in ihre Wohnung gelangen.

Ich frage mich …

Riley zog ihre Dämonenfängerlizenz aus der Botentasche. Das Foto war aufgenommen worden, als ihre Haare ein bizarres Durcheinander aus blaugrünen, schwarzen und braunen Strähnen gewesen war. Nachdem ihr Dad sie damit gesehen hatte, hatte er darauf bestanden, dass sie ihr Haar wieder in seinem natürlichen, langweiligen Mausbraun tragen sollte.

»Das ist aber ein hinterhältiges Lächeln«, sagte Mort über den Rand seiner Teetasse hinweg.

»Die Jäger suchen nach dieser Riley«, sagte sie und zeigte auf ihr Gesicht. »Was, wenn ich vollkommen anders aussehe?« Sie hielt die Lizenz hoch, um den Kontrast zu verdeutlichen. »Wenn ich meine Haare färben würde, könnte ich es vielleicht schaffen.«

»Nicht nötig. Das kriege ich mit Magie hin.«

Riley blinzelte. »Das kannst du?« Warum hatte sie nicht daran gedacht? Wahrscheinlich, weil ein teetrinkender Mort nicht übermäßig magisch aussah.

»Klar«, erwiderte er. »Es ist ein einfacher Zauberspruch. Ich kann dich aussehen lassen, wie du willst.«

Das klang nach einem Plan, was bedeutete, dass es irgendwo einen Haken geben musste. »Was passiert, wenn der Vatikan herausbekommt, dass ich Magie benutzt habe, um mich vor den Jägern zu verstecken?«

»Nichts Gutes«, räumte ihr Gastgeber ein.

»Ich hab's gewusst.« *Aber es ist das Risiko wert.* »Kannst du mir dein Handy leihen?«, fragte sie. Nachdem er ihr das Telefon ausgehändigt hatte, rief sie ihren besten Freund Peter an.

»Riley? Wo hast du gesteckt? Ich habe versucht …«, begann er.

Sie schnitt ihm das Wort ab und erklärte ihm, was sie brauchte.

»Was soll das alles?«, fragte er.

»Die Dämonenjäger sind hinter mir her. Wenn du mir hilfst, könntest du richtig Ärger mit diesen Leuten kriegen.«

Es gab eine sehr lange Pause.

»Wenn du damit Probleme hast, sag es einfach, Peter. Ich wäre dir nicht böse.«

»Nein, das ist schon in Ordnung«, sagte er schließlich. »Mein Dad kommt erst in zwei Stunden nach Hause, und ich brauche sein Auto.«

»Das reicht völlig. Ich muss kurz in meine Wohnung, und es ist ohnehin besser, wenn es dann schon dunkel ist.«

»Und dann?«

»Dann verlasse ich die Stadt.«

Noch mehr Schweigen. Schließlich sagte er: »Wann und wo soll ich dich abholen?«

Riley gab die Frage an Mort weiter, und er empfahl ihr einen Ort etwa einen halben Kilometer entfernt, in der Nähe des Zentrums von Little Five Points. Sie informierte Peter und nannte ihm die Uhrzeit.

»Also bis dann. Wir sehen uns.« Ihr bester Freund legte auf.

Vielleicht funktioniert es ja tatsächlich.

Nachdem sie Mort sein Telefon zurückgegeben hatte, hielt er ihr einen Teller mit Kuchen hin. »Strudel?«

Riley nahm sich zwei dicke Scheiben und legte sie auf einen kleineren Teller vor sich. Wenn sie vorhatte, mit den Leuten vom Vatikan Katz und Maus zu spielen, brauchte sie ordentlich was im Magen.

✣

Etwa eine Stunde später präsentierte Mort das Ergebnis seines magischen Könnens: ein braunes Armband, etwa fünf Zentimeter breit mit Doppeldruckknöpfen und ein paar geheimnisvollen Symbolen, die in das dicke Leder geätzt waren.

»Haben die irgendetwas zu bedeuten?«, fragte Riley.

Er schüttelte den Kopf. »Die sind nur Show.« Er reichte ihr das Armband. »Bereite dich auf eine Überraschung vor.«

Als sie das Band an ihrem linken Handgelenk anlegte, spürte Riley ein Kribbeln. Pflichtbewusst folgte sie Mort zum nächsten Badezimmerspiegel. Und schnappte nach Luft. Die neue Riley hatte zotteliges Haar, das aussah, als hätte jemand mit einer Kinderschere darin herumgehackt. Es war eine atemberaubende Mischung aus blauen, schwarzen und komplett weißen Strähnen. Zwei lange, hauchdünne Zöpfe reichten ihr bis zur Taille – sie waren ebenfalls platinblond. In ihrer linken Augenbraue steckte ein durchsichtiges Hantel-Piercing aus Kunststoff, in der Nase ein blauer Schmuckstein, mehrere Ringe in den Ohren und ein Piercing in der Zunge – das volle Programm, für das ihr immer der Mut gefehlt hatte, um es tatsächlich einmal auszuprobieren. Sie drehte sich um und besah sich das knallrote Tattoo, das am Nacken begann und sich um ihre Kehle schlang. Es war eine Vampirfledermaus mit riesigen Fangzähnen.

»Okay, das ist mal was anderes«, sagte sie schaudernd. *Eigentlich sogar ziemlich cool*. Und da eine Menge Jugendliche in Atlanta Tattoos und Piercings und schrille Haarfarben hatte, würde sie gar nicht weiter auffallen.

Mort nickte anerkennend. »Die Jäger werden dich vielleicht aufs Korn nehmen, weil du das richtige Alter hast, aber nach einem Blick werden sie wissen, dass du nicht Riley Blackthorne bist.«

Nicht einmal annähernd. Aber darum ging es ja auch beim Einsatz von Magie. »Wie lange hält das?«

»Solange du das Armband trägst, bist du Frankensteins Braut. Nimm es ab, und du bist die echte Riley.«

»Zu Halloween könntest du ein Vermögen verdienen.«

Der Totenbeschwörer kicherte. »Der Haken ist, dass die Magie etwas von deiner Energie braucht, um wirken zu können. Du wirst schlapper sein als normalerweise, also leg das Armband nur an, wenn es sein muss.«

»Kann jemand anderes es auch benutzen?« Es wäre witzig, es an Peter auszuprobieren.

»Nein. Es ist auf dich kodiert. Besser, die Jäger finden nicht heraus, dass du es trägst. Sie sind ziemlich ausgebufft, was Magie angeht, auch wenn sie sie nicht mögen.«

»Kapiert.«

Als sie in Morts Büro zurückkehrten, verriet ein rascher Blick, dass ihr Vater immer noch im Siesta-Modus war.

»Sag Dad, mir wird schon nichts passieren. Ich werde dir Bescheid geben, wo ich lande. Lass nicht zu, dass er sich Sorgen um mich macht.«

»Er würde sich auch um dich sorgen, wenn du direkt neben ihm säßest«, antwortete Mort sanft.

Der Totenbeschwörer hatte recht. Das war einer der Gründe, warum jetzt der beste Moment war, um aufzubrechen. Es würde hart sein, wenn ihr Vater aufwachte und feststellte, dass sie ihn zurückgelassen hatte, aber er würde es verstehen. Zumindest hoffte sie das.

»Ich habe das hier gekauft, als du geschlafen hast«, sagte Mort und reichte ihr ein Handy. Es war eins von diesen billigen Prepaid-Dingern. »Man kann keine Verbindung zu dir herstellen, und ich werde das Guthaben regelmäßig aufladen. Ich habe meine Nummer eingespeichert, falls du irgendwelche Probleme bekommst.«

Der Typ war echt unglaublich, und das sagte sie ihm auch. Bei diesem Kompliment huschte ein schüchternes Grinsen über das Gesicht des Beschwörers, aber er stritt es nicht ab.

Nachdem Riley sich vergewissert hatte, dass sie alles hatte, was sie brauchte, küsste sie ihren schlafenden Vater auf die Stirn und sah ihn zum vielleicht letzten Mal an.

»Ich liebe dich. Mach dir keine Sorgen. Von jetzt an bin ich artig.« *Keine verlogenen Engel mehr.* »Wer weiß? Vielleicht finde ich einen Weg, dich zu Mom in den Himmel zu bringen.«

Das war größtenteils ein Bluff, obwohl sie Luzifer einen Gefallen schuldete und er versprochen hatte, ihr dafür einen Wunsch zu erfüllen. Könnte das ihre »Dein Vater kommt aus der Hölle frei«-Karte sein?

Es war nur ein kleiner Hoffnungsschimmer, aber an den klammerte sie sich.

Nach einem letzten, von Tränen ruinierten Kuss folgte Riley dem Nekromanten zur Hintertür, die auf einen Kiesweg führte.

»Wenn du zurückkommen musst, ist das Armband auch dein Schlüssel ins Haus«, sagte der Nekro. »Halte es an die Tür, und sie wird sich öffnen.«

»Wow.« *Wer hätte gedacht, dass Magie tatsächlich zu etwas nütze ist?*

Mort ernüchterte sie wieder. »Bitte pass gut auf dich auf.«

»Das werde ich. Danke, du hast was bei mir gut.« Spontan umarmte sie ihn, obwohl ihre Arme gar nicht ganz um ihn herumreichten. Sie wurde rot. Als der Totenbeschwörer die Tür hinter ihr schloss, flirrte das Holz, dann wurde es wieder fest und solide.

Riley schob den Riemen ihrer Botentasche über die Schulter. Schon bald würde sie ganz allein sein, von Stadt zu Stadt ziehen und versuchen, sich von den Jägern fernzuhalten. Und den Dämonen.

Doch sie konnte nur daran denken, was ihr Dad sagen würde, wenn er feststellte, dass sie verschwunden war.

4. Kapitel

Der Gefangene hatte den Zimmerservice erwartet, doch stattdessen bekam Beck Besuch von einem Rotschopf. Er erhob sich vom Bett, als Justine Armando von einem der Jäger ins Zimmer eskortiert wurde.

»Hallo, Beck«, sagte sie und schleuderte ihren teuren schwarzen Ledermantel auf den nächsten Sessel und eine zusammengefaltete Zeitung auf den Nachttisch. »Ich hörte, du bist hier im Hotel, also dachte ich, ich schaue mal bei dir rein.«

Die Wachen verharrten im Schockstarrenmodus – offenkundig hatten sie die Reporterin noch nie in Aktion erlebt. Die smaragdgrünen Augen blitzten stolz, dabei war Justine eine erstaunlich zierliche Frau mit aufregend rotem Haar, das ihr in wilden Locken über die Schultern fiel. Ihr Akzent war schwer zuzuordnen, aber er klang wie flüssiger Honig, egal, über welches Thema sie sprach.

Beck wandte seine Aufmerksamkeit den Jägern zu. »Besteht die Möglichkeit, dass ihr uns ein bisschen allein lasst?«

Die Männer unterhielten sich auf Italienisch, und eine Zeitlang sah es nicht so aus, als würde die Antwort positiv ausfallen. Justine mischte sich ein, ebenfalls auf Italienisch, und die beiden Männer änderten umgehend ihre Meinung. Justine hatte diese besondere Wirkung auf Männer.

Als die Tür hinter seinen Wachhunden ins Schloss gefallen war, ließ Justine sich in dem Sessel nieder. Sie setzte sich so hin, dass Beck einen guten Blick auf ihre langen Beine hatte. Er sank aufs Bett und bedauerte, dass er so abgerissen aussah.

»Woher wusstest du, dass ich hier bin?«

Justine zog einen Schmollmund. »Ich bin Reporterin. Als ich hörte, dass die Jäger Denver Beck in Gewahrsam genommen haben und nach Meister Blackthornes Tochter suchen, musste ich herausfinden, ob das alles der Wahrheit entspricht.« Sie beugte sich vor. »Du weißt doch nicht, wo sie ist, oder?«

Also ging es bei diesem Besuch nicht nur darum, sich nach seinem Wohlbefinden zu erkundigen. Beck hätte damit rechnen sollen, aber sein Ego bekam trotzdem einen neuen blauen Fleck.

»Nein, ich weiß nicht, wo sie steckt. Sonst würde mein Arsch nicht in diesem Zimmer rumsitzen«, knurrte er. »Riley könnte überall sein. Sie kennt eine Menge Orte, wo sie sich verstecken könnte.«

»Warum sind sie hinter ihr her? Hat das was mit dem gefallenen Engel zu tun, oder geht es um etwas anderes?«

Er versteifte sich. »Woher weißt du von dem gefallenen Engel?«

»Einer der Jäger hat es mir erzählt.« Sie strich ihren Rock glatt. »Warum hat Riley dich heute Morgen angerufen?«

Ein nervöses Kribbeln kroch Beck über den Rücken. *Zu viele Fragen.*

»Das geht nur uns was an«, sagte er, verschränkte die Arme vor der Brust und gab so zu verstehen, dass die Unterhaltung beendet war.

Justine verstand den Wink. »Wie du willst.« Sie stand auf und sammelte ihren Mantel wieder auf. »Ich hatte gehofft, ich könnte Elias überreden, dich freizulassen, aber er bräuchte mehr Informationen, um so eine Entscheidung zu rechtfertigen.«

Elias. Justine und der Hauptmann der Dämonenjäger »hatten mal was miteinander gehabt«, und sie war sich nicht zu schade, das auszunutzen, um zu bekommen, was sie wollte. In diesem Fall war sie auf Insiderinformationen über Riley scharf.

»Ich kann ihm nicht helfen«, beharrte Beck.

Mit einem traurigen Lächeln küsste Justine ihn auf die Wange. Dann trat sie zurück und legte den Mantel über den Arm. »Für dich«, sagte sie und zeigte auf die Zeitung auf dem Nachttisch.

Er machte keine Anstalten, sie zu nehmen, denn er wollte nicht verraten, dass er kaum lesen konnte.

»Der nächste Artikel wird länger«, fügte sie hinzu.

»Was?«, fragte er verwirrt.

»Du bietest jede Menge faszinierenden Stoff. Ein einziger Artikel wird dir nicht gerecht.«

»Ich bin nicht besonders gut darin …«

»Beck«, sagte sie sanft und hatte auf der Stelle seine Aufmerksamkeit. »Die Jäger werden nicht aufgeben, bis sie das Mädchen haben. Wenn du ihnen nicht hilfst, werden sie dich dafür zur Verantwortung ziehen.«

»Wenn ich nicht weiß, wo sie steckt, kann ich ihnen auch nicht helfen.«

Er bekam noch einen Kuss, länger dieses Mal und auf den Mund. Nachdem die Tür hinter ihr ins Schloss gefallen war, hing noch der Hauch ihres blumigen Parfüms in der Luft und erinnerte Beck an die Zeit, die sie zusammen verbracht hatten, und wie nett es mit ihr gewesen war.

Er schlug die Zeitung auf und begann nach den beiden Wörtern Ausschau zu halten, die er am besten kannte: seinen Namen. Als er den Artikel gefunden hatte, arbeitete er sich quälend langsam hindurch. Einige Worte ergaben Sinn, andere nicht. Was er las, schien eigentlich gar nicht mal so schlecht zu sein.

Ich bin einfach zu paranoid. Es ist ihr verdammter Job, Fragen zu stellen.

Aber warum beschlichen ihn dann Zweifel über Justine Armando?

Um nicht die Nerven zu verlieren, weil er eingesperrt war, schaltete er den Großbildfernseher ein. Die Verlockung war groß, nach einem schmuddeligen Sexfilm zu suchen und es auf die Rechnung der Jäger setzen zu lassen, nur um sie zu ärgern, doch dann entschied er sich für eine Sendung über die Pyramiden. Er hatte immer davon geträumt, in der Welt herumzureisen, aber bis auf die Zeit bei der Armee und im Nahen Osten war er bisher nur in Georgia, Georgia und zur Abwechslung mal in Georgia gewesen. Gerade als der Sprecher ihm das Innere eines Pharaonengrabes zeigte, betrat ein Jäger das Zimmer und reichte ihm sein Handy.

»Beck.«

»Donovan hier.«

Er richtete sich auf. Donovan war der County Sheriff aus dem Ort, in dem Beck aufgewachsen war. Seit mehr als sechs Monaten hatte er nicht mehr mit dem Mann geredet. Er hatte öfter auf der falschen Seite von Donovan und dem Gesetz gestanden als auf der richtigen.

»Was ist los?«, fragte er in neutralem Tonfall.

»Hier unten kochen ein paar alte Sachen hoch. Fragen kommen auf, was damals vor all den Jahren im Sumpf passiert ist. Die Eltern von diesen Jungen wollen Antworten von mir. Ich dachte, das würde dich vielleicht interessieren.«

O Gott. »Du weißt, dass ich nichts damit zu tun habe.«

Schweigen.

Donovan hätte ihn nicht allein wegen dieser schlechten Nachricht angerufen. »Also, was ist wirklich los?«, fragte Beck.

Der Sheriff räusperte sich. »Deiner Mom geht's nicht gut. Kommst du mal runter und besuchst sie?«

Sein Ton gefiel Beck überhaupt nicht. Er wollte nicht behandelt werden wie ein unartiges Kind. »Wenn es soweit ist.«

»Das wollte ich nicht hören.«

Beck drehte den Jägern an der Tür den Rücken zu, um möglichst ungestört reden zu können. »Ich komme, sobald ich Zeit habe. Tu bloß nicht so, als wollte sie mich sehen. Sadie bin ich doch längst scheißegal.«

Das Schweigen zog sich in die Länge. »Weißt du, was mit ihr los ist?«

»Das Letzte, was ich gehört habe, ist, dass sie eine Lungenentzündung hatte, es ihr aber wieder bessergeht.«

»Ach, verdammt«, sagte der Mann. »Sie hat es dir nicht erzählt. Warum kann diese Frau …«

»Was hat sie mir nicht erzählt?«

»Sie hat Lungenkrebs. Er hat gestreut.«

Beck kniff die Augen zusammen, als widerstreitende Gefühle sich in seinem Inneren ausbreiteten. »Das wusste ich nicht, ich schwöre es«, sagte er.

»Nun, jetzt weißt du es. Ich weiß, dass es bei euch da oben gerade nicht gut läuft, aber es könnte sein, dass sie nicht mehr viel Zeit hat.«

Beck sparte sich die Mühe, zu fragen, warum Sadie ihm nichts erzählt hatte. So war sie eben. Es hatte nichts damit zu tun, dass sie der Krankheit tapfer entgegentrat, sondern lag allein an ihrer vergifteten Beziehung.

Er mahlte mit dem Kiefer und versuchte, sich zu entspannen. »Ich versuche zu kommen, sobald ich kann.«

»Um mehr bitte ich dich nicht. Danke, Denver. Ich freue mich darauf, dich wiederzusehen.«

Beck beendete das Gespräch und starrte eine Weile auf das Display. Als er heranwuchs, war Donovan wie ein großer Bruder für ihn gewesen. Dann hatte er eine Kehrtwende gemacht und war Sheriff geworden. Als Beck sechzehn war, hatte Donovan ihn aus Sadlersville vertrieben und zu seinem Onkel nach Atlanta gebracht, nachdem Beck in eine Messerstecherei verwickelt gewesen war. Donovan hatte ihm mit einfachen Worten klargemacht, dass er sich gefälligst von der Stadt fernzuhalten hatte, es sei denn, er wollte als nächste Postadresse den Knast angeben. Seitdem war Beck nicht mehr in Sadlersville gewesen, bis auf einmal, kurz bevor er zur Armee ging, für den Fall, dass er die nächste Fahrt nach Hause in einem Leichensack antrat.

Beck warf dem beunruhigten Jäger das Telefon zu. »Danke.« Die beiden Jungs vom Vatikan verließen das Zimmer. Vielleicht waren sie zu dem Schluss gekommen, dass er keinen Fluchtversuch wagen oder sich in der Dusche erhängen würde.

Er konnte sich unmöglich wieder der Fernsehsendung zuwenden, also schaltete er die Kiste aus. Von allen Dingen in seiner Welt, die er fürchtete, nahmen die Hölle und ihre Dämonen hinter Sadie Beck einen schlappen zweiten Platz ein.

Und jetzt liegt sie im Sterben.

✣

Östlich von Atlantas Stadtzentrum gelegen, bekamen die Straßen von Little Five Points ihren Teil des Verkehrs ab, egal ob Fußgänger oder Fahrzeuge sie bevölkerten. Das war heute nicht anders als sonst. Als Riley zum vereinbarten Treffpunkt ging, rollte ein von einer Stute gezogener Karren vorbei, gefolgt von einer Kutsche und einem rostigen Datsun mit einem selbstgebastelten Sonnenkollektor auf dem Dach. Benzin war so teuer geworden, dass die Leute inzwischen öffentliche Verkehrsmittel nutzten, sich mit Pferdekraft vorwärtsbewegten oder ihre Fahrzeuge zusätzlich mit Kollektoren ausrüsteten, um die Kosten zu senken. Dämonenfängern blieb in dieser Hinsicht kaum eine Wahl – wenn sie größere Dämonen fingen, konnten sie sie schlecht in einem Fuhrwerk oder Stadtbus durch die Gegend karren. Sie zahlten die immer weiter steigenden Benzinpreise und fluchten gewaltig rum.

Trotz der unglaublichen Tarnung, die Mort für sie zusammengebastelt hatte, flatterten Rileys Nerven wie bei einer Koffeinsüchtigen nach der zehnten Tasse Kaffee. Jeden Augenblick rechnete sie damit, dass die schnittigen schwarzen Vans der Dämonenjäger quietschend neben ihr anhielten und Männer in paramilitärischem Outfit ausspuckten. Und dann wäre sie richtig angeschissen.

Was machen sie mit Leuten, die mit Engeln geschlafen haben? Sie bezweifelte, dass es mit einem erhobenen Zeigefinger und einem Vortrag über Moral getan war. *Ich muss mich verstecken, bis sie nach Rom zurückkehren*. Sie musste einen Job finden, für den sie schwarz bezahlt wurde. Kurz, ihr Leben war Schrott.

Um sich von ihren Sorgen abzulenken, bummelte Riley durch einen der Secondhandläden. Wenn sie Atlanta verließ, brauchte sie ein paar Klamotten.

Ein paar Leute beobachteten sie, aber niemand von ihnen stellte eine Bedrohung dar. Ein Mädchen in ihrem Alter reckte den Daumen in die Höhe und rief laut: »Abgefahrene Frisur!« Riley grinste. In der Schule hatte sie nie zu den Coolen gehört – wie auch, wenn die Eltern beide Lehrer waren?

Als sie in den Kästen mit den gebrauchten Sachen herumfischte, entdeckte sie einen grauen Kapuzenpulli mit einem Flügelmotiv auf der Vorderseite. Sie schaute auf den Preis – zwei Dollar – und hielt ihn vor sich, um die Größe auszutesten. *Passt.* Ein paar Kästen weiter fand sie einen schwarzen Rucksack. Sie liebte ihre Botentasche, aber sie erfüllte nicht ihren Zweck: Immer landete alles in einem einzigen Chaos auf dem Boden von dem Ding. Ziemlich nervig, wenn sie nur nach ihrem Lipgloss suchte. Und gefährlich, wenn sie nach einer Weihwasserkugel wühlte, um sie auf einen Dämon zu werfen, besonders, wenn jede Sekunde zählte. *Als würde ich jemals wieder Dämonen fangen können.* Sie schob den düsteren Gedanken beiseite.

Riley warf einen prüfenden Blick in ihre Geldbörse und handelte den Preis auf fünf Dollar für beides herunter. Draußen vor dem Laden packte sie ihre Besitztümer von einer Tasche in die andere, einschließlich der Nachforschungen ihres Vaters über die Geschichte des Weihwassers. Als sie den Papierstapel in der Hand hielt, musste sie lächeln. Egal, ob er ein Reanimierter war oder nicht, Paul Blackthorne würde immer ein Wissenschaftler sein.

Ganz unten in ihrer Botentasche fand sie den Lederbeutel, den ihre Hexenfreundin Ayden ihr geschenkt hatte. Riley hatte ihn ganz vergessen. Ayden hatte gesagt, sie solle Gegenstände hineintun, die ihr wichtig waren. Im Moment enthielt der Beutel lediglich etwas Erde vom Grab ihres Vaters. Sobald alles im neuen Rucksack verstaut war, faltete sie ihre Botentasche zusammen und stopfte sie dazu. Wenn sie Atlanta verließ, würde sie beide Taschen brauchen, um ihre Sachen zu transportieren.

Riley suchte die Straße ab. Keine Vans der Jäger in Sicht, aber Peter King saß auf einer Steinmauer neben einem Tattooladen und sah auf sein Handy. Sie überquerte die Straße und setzte sich vielleicht zehn Schritte von ihm entfernt hin. Er warf ihr einen kurzen Blick zu und widmete sich wieder seiner SMS.

Wenn selbst ihr bester Freund sie nicht wiedererkannte, könnte das mit dem Magie-Zeug vielleicht funktionieren. Peter sah ebenfalls verändert aus, schlampiger und weniger wie ein Streber. Die Verwandlung war zwar längst nicht so dramatisch wie ihre eigene, aber er trug keine Brille, was vermutlich bedeutete, dass er endlich Kontaktlinsen bekommen hatte. Das braune Haar war ganz stachelig, etwas, mit dem er bei seiner Mutter niemals durchgekommen wäre. Doch nachdem sie ausgezogen und zurück nach Illinois gegangen war, hatte sein Vater das Sagen, und es sah aus, als hätte das ein paar Veränderungen beschleunigt.

Obwohl Riley unbedingt mit ihm reden wollte, suchte sie erneut die Umgebung ab. Sobald sie halbwegs sicher war, dass ihr Freund nicht beschattet wurde, ging sie zu ihm hinüber. Dieses Mal sah Peter sie länger an und runzelte die Stirn. Das musste an ihrem ganzen Körperschmuck liegen.

»Hi«, sagte sie und senkte ihre Stimme, so dass sie tiefer klang als üblich. Dadurch hörte sie sich an, als sei sie erkältet.

»Hi«, erwiderte er und widmete sich wieder seinem Telefon.

Eins zu null für Mort.

»Peter?«, sagte sie mit ihrer üblichen Stimme. Sein Blick flog zu ihr zurück. »Was hältst du von der neuen Riley?«, fragte sie neckend.

Seine Augenbrauen schossen in die Höhe. »Boah! Ich glaub's nicht! Hast du dich selbst mal im Spiegel angeschaut?«

Sie streckte ihm die Zunge raus und wusste, was er als Nächstes sagen würde.

»O Gott«, sagte er und zog eine Grimasse. »Du weißt, dass ich Zungenpiercings hasse. Ich fasse es nicht, dass du dir eins hast machen lassen. Und deine Haare sind furchtbar.«

Riley lachte und trat näher auf ihn zu. »Es ist alles Magie. Dieses Armband hier macht das. Wenn ich es abnehme, bin ich wieder ich selbst.«

»Du machst Witze, oder? Nein, machst du nicht. Also, wo hast du dich versteckt?«

Sie beugte sich vor und flüsterte es ihm ins Ohr.

»Der Nekro hat dir mit dem Zauberkram geholfen?« Sie nickte. »Na, jedenfalls funktioniert es.« Peter runzelte die Stirn. »Ist das da ein Tattoo von einer Fledermaus an deinem Hals?«

»Gib's zu, es ist echt cool.«

»Ja, das stimmt«, gab er widerwillig zu.

Sie schaute sich rasch um. »Ich habe meinen Dad gefunden. Er ist bei Mort.«

»Na bitte!«, rief Peter, und sie gaben sich High Five. Dann wurde er schnell wieder ernst, als er daran dachte, was das bedeutete. »Wie ist er jetzt so?«

»Ein bisschen so, als hätte er die ganze Nacht für eine Prüfung gebüffelt. Es gibt Momente, in denen ist er völlig klar, und dann wieder lange Phasen, in denen er total geistesabwesend ist.«

»Wie ätzend ist das denn.« Peter stand auf, stopfte sein Handy in die Tasche und konnte es kaum erwarten, aufzubrechen. »Erinnere mich daran, dass ich mich niemals reanimieren lasse.«

»Da sind wir schon zu zweit, Alter.«

5. Kapitel

Riley grinste über den Rollentausch. »Ich könnte mich glatt daran gewöhnen«, sagte sie, während Peter seinen Wagen zwischen zwei Pferdekarren hindurchmanövrierte. »Normalerweise muss ich dich durch die Gegend kutschieren.«

Ihr Freund sah kurz zu ihr rüber, verzog das Gesicht über ihre Tarnung und richtete den Blick wieder auf die Straße. »Dad sagte, ich könnte das Auto leihen, solange ich es wieder auftanke. Was bedeutet, dass ich es nicht zu oft nehmen kann, wenn ich mir dieses Jahr noch einen neuen Computer kaufen will.«

»Eltern sind einfach hinterhältig«, sagte Riley. »Mit der einen Hand geben sie dir etwas und nehmen es dir mit der anderen wieder weg.«

»Warum sind die Jäger hinter dir her?«

»Das erkläre ich dir später.«

Peter sah sie besorgt an. »Du hältst mich nur hin, wenn es richtig übel ist.«

»Das trifft es ziemlich gut.«

Reichlich spät stellte Riley fest, dass sie nicht zu ihrer Wohnung unterwegs waren. »Hey, wo fahren wir hin?«

»Zur Weihwasserfabrik, die wir neulich überprüft haben.

Wir müssen sie überwachen und herausfinden, was da wirklich vor sich geht.«

»Wie bitte? Ich bin auf der Flucht vor der Justiz«, antwortete sie. »Ich habe absolut keine Zeit, um auf irgendwelche bescheuerten Fabriken aufzupassen. Ich muss aus der Stadt raus.« *Ehe ich die Nerven verliere*.

Peter schüttelte den Kopf. »Das ist genau das, was die Jäger erwarten. Sie werden jeden Bus und jeden Bahnhof überwachen. Und den Flughafen. Und denk nicht einmal daran, in deine Wohnung zu gehen.«

»Ich muss meine Kohle holen. Du weißt doch, dass ich sie nicht zur Bank bringen kann, nicht, solange die Schuldeneintreiber noch hinter dem Geld her sind.« Nach dem Tod ihrer Mutter war ihnen nur ein beträchtlicher Schuldenberg wegen ihrer medizinischen Versorgung geblieben, und jetzt, wo auch Rileys Vater tot war, war sie ins Visier der Schuldeneintreiber geraten. Wenn sie das Geld auf ein Bankkonto packte, würden sie es sofort pfänden.

»Wenn du wegläufst, werden sie dich jagen wie einen tollwütigen Hund. Du musst die Kerle unter Druck setzen, ihnen etwas anbieten. Wenn wir diese Betrüger erwischen, ist das dein Ticket in die Freiheit.«

»Aber …«

»Ich meine es ganz ernst, Riley«, fuhr er fort und hob die Stimme. »Solange du in meinem Auto sitzt, musst du damit klarkommen.«

Nie zuvor hatte sie Peter so erbittert erlebt, und das verriet ihr, dass er sie nirgendwohin bringen würde, wo er nicht hinwollte.

Ich hätte ihn nicht anrufen sollen. Ich hätte einfach aus der Stadt verschwinden sollen.

»Wir werden bei der Fabrik tun, was wir können«, sagte Peter, jetzt wieder ruhiger. »Wenn wir Glück haben, finden wir eine Schwachstelle, und dann kannst du den Jägern erzählen, du hättest den Weihwasserbetrug aufgeklärt.«

Was ein wichtiges Indiz dafür wäre, dass Riley nicht auf der Lohnliste der Hölle stand.

Probleme mit gefälschtem Weihwasser gab es erst seit kurzem. Irgendjemand verkaufte Leitungswasser als geweihte Flüssigkeit. Gutes Weihwasser erlaubte es den Dämonenfängern, die Ausgeburten der Hölle zu fangen, zumindest die kleineren Exemplare. Schlechtes Weihwasser bedeutete den Tod für die Fänger.

»Du lässt mir ja keine andere Wahl.«

Peter schüttelte den Kopf. »Ich muss dich von der Straße fernhalten.«

Seine Freundschaft war immer wie ein Fels gewesen. Würde sie auch noch bestehen, sobald er von ihr und dem Engel erfuhr?

Es dauerte eine Weile, doch schließlich erreichte Peter die Recyclingfabrik in East Point und parkte das Auto an einer Stelle, die nicht sicherer wirkte als jede andere.

»Wenn dieser Schlitten eine Schramme kriegt, bin ich so gut wie tot«, sagte er.

»Wir werden schon darauf aufpassen.«

Peter studierte die Umgebung. »Das da scheint genau das Richtige zu sein«, sagte er und deutete auf ein Gebäude gegenüber der Recyclingfabrik auf der anderen Straßenseite. Es stand leer, die Fenster fehlten, und das Innere war demoliert. Perfekt für ihre Zwecke.

»Lass es uns mit dem Dach probieren«, schlug er vor.

Sie suchten ihr Zeug zusammen und schlichen zum Gebäude, wo sie feststellen mussten, dass die Feuerleiter fehlte. Überrascht waren sie nicht bei so vielen Arbeitslosen in der Stadt: Für Metall wurde viel Geld gezahlt, und wenn man ein genügend großes Stück ergatterte, war das, als würde man eine Tasche mit Bargeld auf der Straße finden.

Die Sonne ging gerade unter, als sie das Gebäude betraten. Der Ort erinnerte Riley an die Werkstatt von Meister Harper, nachdem der Geo-Dämon sie zerlegt hatte. Das Dach war noch heil, aber ein paar Innenwände waren zu Schutthaufen aus zerbrochenen Ziegeln zusammengestürzt. Die Mauern, die noch standen, waren mit Graffiti übersät. Wie zu erwarten, stank es nach Moder, Staub und Urin.

»Hier müsste mal jemand gründlich aufräumen«, murmelte Riley und stürzte beinahe, als ein Stein sich unter ihren Füßen bewegte. Alle paar Schritte schien sich ein neues Hindernis aufzutun.

»Ich bin mir gar nicht mehr sicher, ob die Idee mit dem Dach so gut ist«, sagte Peter. »Hast du die Spritzen und das ganze Zeug gesehen?«

Riley hatte es gesehen und versuchte, es zu ignorieren, obwohl es bedeutete, dass Junkies das Gebäude nutzten, um ihre Geschäfte zu erledigen. »Es ist der beste Ort, um die Fabrik zu beobachten.«

»Das schon, aber es nicht gerade der sicherste«, erwiderte er, ganz die Stimme der Vernunft. »Vielleicht können wir einen anderen Platz finden.«

»Nein, der hier ist schon okay.«

Sie mussten beide mit anpacken, um einen schweren Holzbalken beiseitezuschaffen, der den Zugang zur Treppe versperrte. Erst dann konnten sie auf das Dach steigen. Nach dem ersten Treppenabsatz kehrte Peter um. »Warte hier.« Er schob etwas Müll zurück auf die Treppe. »Wir wollen doch niemandem verraten, dass wir hier oben sind.«

Es gab drei Treppenfluchten, und jede einzelne war der reinste Hindernisparcours durch die Trümmer. Endlich stieß ihr Freund die wackelige Holztür zum Dach auf. Der Boden unter ihren Füßen fühlte sich stabil an, trotzdem schlichen sie mit äußerster Vorsicht zu der Seite, die zur Fabrik zeigte.

»Immerhin ein gutes Zeichen«, sagte Peter. »Keine Spritzen. Die Junkies kommen also nicht hier hoch.«

»Aber die Vögel«, sagte Riley und schaufelte ein paar Kötel mit der Turnschuhspitze fort.

»Gegen Vögel habe ich nichts. Nur gegen durchgeknallte Drogensüchtige auf Entzug.«

Peter brauchte ein paar Minuten, ehe er sich entschieden hatte, wo genau er das Lager aufschlagen wollte. Aus Erfahrung wusste Riley, dass es besser war, sich zurückzuhalten und ihn einfach machen zu lassen. Er hatte dieses Organisator-Gen, das sich ab und zu mal austoben musste. Sie würde es ihm niemals sagen, aber sie argwöhn-

te, dass er das vom mütterlichen Zweig seiner Familie hatte.
Peter verkündete, er habe den perfekten Ort gefunden, und begann, seinen Rucksack und eine große schwarze Tasche auszupacken. Als Erstes zog er eine schwere Plastikplane heraus, eine von denen, die man unterlegt, wenn man sein Haus streicht. Er breitete sie auf der Teerpappe des Daches aus, dann legte er eine dicke Decke darüber. Als Nächstes kamen eine Kamera samt Stativ, ein Notebook, Wasserflaschen, Trockenfleisch, Energieriegel und sein Telefon zum Vorschein.
»Du machst mir echt Angst, Alter«, sagte Riley und achtete darauf, dabei zu lächeln. »Sieh dir das mal an. Glaubst du, wir würden Totenwache auf dem Friedhof halten oder so etwas?«
»Ich bezweifle, dass irgendwelche Nekros uns heute Nacht belästigen.« Er musterte sie. »Und was hast du dabei? Lipgloss und Haarbürste?«
Schmunzelnd holte sie die Sandwiches hervor, die Morts Köchin ihr gemacht hatte, zusammen mit einem großzügigen Stück Schokoladenkuchen. »Du schuldest mir eine Entschuldigung.«
»O mein Gott, das ist ja das reinste Festmahl! Okay, ich vergebe dir.« Er blickte vom Essen auf und verzog das Gesicht. »Deine Tarnung tut mir in den Augen weh.«
Außerdem zehrte das Armband an ihren Energiereserven. Als sie die Druckknöpfe öffnete und es ablegte, fühlte sie sich prompt wie befreit. *Viel besser.*
Sobald sie sich eingerichtet hatten, aßen sie jeder ein Sand-

wich und teilten sich das Stück Kuchen. Peter gab ihr etwas von seinem Trockenfleisch ab. Riley stellte fest, dass das Zeug eigentlich gar nicht schlecht schmeckte. Laut Peter hatte es sogar einen praktischen Nebeneffekt – bei dem ganzen Salz würden sie nicht so oft pinkeln müssen.

Bei jedem Lastwagen, der in die Fabrik rollte, gab Riley die Uhrzeit und das Autokennzeichen in das Notebook ihres Freundes ein, während Peter pflichtbewusst Fotos und Videoaufnahmen machte. Sobald der LKW davonfuhr, lehnte er sich wieder gegen die niedrige Steinmauer und stopfte die Hände in die Taschen, um sie zu wärmen. Nach dem dritten LKW heftete er den Blick auf Riley.

»Für den Fall, dass es dir noch nicht aufgefallen ist, wir sitzen jetzt gegenüber der Recyclingfabrik und überwachen sie. Zeit, mir zu erzählen, warum die Dämonenjäger dich zur Staatsfeindin Nummer eins erklärt haben.«

Riley war nicht sicher, wie sie anfangen sollte. »Sie sind hinter mir her …«, begann sie.

Stille. Er würde es ihr nicht einfach machen.

»Wegen Ori. Ich habe ihn auf dem Markt kennengelernt. Er sagte, er sei ein freiberuflicher Dämonenjäger und dass er versucht, den Fünfer zu töten, der meinen Dad umgebracht hat. Beim Tabernakel hat er mir das Leben gerettet, also glaubte ich alles, was er mir erzählte.«

»Ist das dieser Typ, von dem Simi so geschwärmt hat?«

Rileys Freunde hatten über ihre Bekanntschaften getratscht? Wie ätzend!

»Ja, das ist er. Gestern Abend hat er bei Harper diesen Fünfer getötet, und …« Sie hielt inne.

Peter wusste in etwa, wovon sie redete, wenn es um die verschiedenen Arten von Dämonen ging, aber er kannte nicht alle Details. Je nach Bösartigkeit und ihrer Fähigkeit, zu töten, wiesen die Dämonenfänger den Ausgeburten der Hölle einen bestimmten Rang zu. Dämonen ersten Grades waren reine Plagegeister, während Dämonen fünften Grades überaus bestialisch waren und ganze Städte vernichten konnten. Es war wichtig, dass ihr Freund genau verstand, was sie dazu bewogen hatte, Ori zu vertrauen.

»Ein Fünfer ist richtig gefährlich. Er kann Erdbeben und Stürme hervorrufen. Der Dämon, der uns angegriffen hat, hat Harpers Haus plattgemacht. Wenn Ori uns nicht gerettet hätte, wären wir jetzt beide tot.«

Ihr Freund runzelte die Stirn. »Weiter.«

Sie musste es irgendjemandem erzählen, und Peter war für sie mehr ein Bruder als ein Freund.

Riley holte tief Luft. »Später habe ich mich mit Ori auf dem Friedhof getroffen, und wir ...« Ihre Stimme verhakte sich. »Wir haben die Nacht zusammen verbracht.«

»Wie ... *zusammen?*«, fragte Peter. Er zog die Brauen hoch und hob die Stimme.

Sie schluckte hart. »Ja.«

»Ich dachte, du hättest noch nie ...« Seine Stimme verlor sich.

»Nicht bis letzte Nacht.« *Erzähl ihm einfach alles.* »Da ist noch etwas. Ori ist ein Engel, mit Flügeln und allem Drum und Dran. Ehrlich.«

Ihr Freund starrte sie an. »Du hast dich von einem Engel

auf einem Friedhof flachlegen lassen? Ist das nicht Gotteslästerung oder so was?«, platzte er heraus.

Rileys Wangen brannten vor Verlegenheit. »Wahrscheinlich. Nachdem wir … also, danach fand ich heraus, dass er für Luzifer arbeitet. Ori ist ein gefallener Engel, und er war hinter meiner Seele her.«

Peters Mund klappte vor Entsetzen auf.

»Ach ja, und ich habe mit dem Höllenfürsten persönlich geredet. Ein ziemlich unheimlicher Typ, so viel ist sicher.«

Der Verstand ihres Freundes setzte wieder ein. »Erst treibst du es mit einem gefallenen Engel, und anschließend plauderst du ein wenig mit dem Höllenfürsten?«

»Ja. Ich schulde Luzifer einen Gefallen, damit er Ori nicht alle umbringen lässt, die ich liebe.« *Wie dich.*

»Einen Gefallen«, sagte Peter tonlos und strich sich mit der Hand übers Kinn. »Und was ist mit deiner Seele?«, fragte er noch leiser.

»Sie gehört immer noch mir.« Sie lachte bitter auf. »Luzifer wollte sie nicht. Er sagte, als freie Mitarbeiterin wäre ich nützlicher für ihn, was immer das heißen soll. Und dem Himmel schulde ich ebenfalls einen Gefallen. Darum ist die Hölle überhaupt hinter mir her.«

Peter stieß sich von der Steinmauer ab und ging ein paar Schritte, wobei er Riley den Rücken zukehrte. »Bitte sag mir, dass das alles ein bescheuerter Witz ist.«

»Es ist die Wahrheit. Jedes Wort. Darum sind die Jäger hinter mir her.«

»Wie haben sie es herausgefunden?«, fragte Peter und drehte sich wieder zu ihr um.

»Ich glaube, Beck hat mich verpfiffen. Ich war heute Morgen bei ihm und habe ihm alles erzählt. Er war so wütend, Peter. Ich habe noch nie jemanden so wütend erlebt.«

»Ach! Was für eine Überraschung aber auch«, erwiderte ihr Freund sarkastisch. »Ich habe gesehen, wie er dich auf der Beerdigung von deinem Dad angeschaut hat. Natürlich ist er ausgeflippt. Du bist anscheinend der einzige Mensch auf diesem Planeten, der nicht schnallt, was er für dich empfindet.«

»Er hat nie irgendetwas gesagt«, gab sie zurück.

»Hey, wir Kerle platzen mit so was nicht einfach raus«, sagte er. »Das verstößt gegen den Männer-Kodex. Beck sagt vielleicht nie, was er empfindet, aber alles, was er für dich getan hat, sind doch wichtige Hinweise. Ich meine, komm schon, wie lange brauchst du denn noch?«

Sie funkelte ihren Freund wütend an. »Ich dachte, er hätte das alles wegen meines Vaters getan.«

»Vielleicht, aber der Typ fährt total auf dich ab, Riley.«

»Völlig ausgeschlossen. Wenn er mich mögen würde, hätte er mich damals nicht weggejagt, und …«

»Das läuft ja schon unter Frühgeschichte«, widersprach er. »Du warst, wie alt, fünfzehn? Dein Dad hätte ihn windelweich geprügelt, wenn er dich auch nur einmal angerührt hätte. Beck hatte gar keine andere Wahl.«

»Er hätte nicht so gemein sein müssen.«

»Mein Gott, hörst du eigentlich, was du da redest?«, sagte Peter.

»Du hast keine Ahnung, wie sehr er mich verletzt hat«, schoss sie zurück.

»Gib es auf, okay? Du bist meine beste Freundin, aber manchmal kannst du echt eine total egozentrische Zicke sein.«

Autsch. Das war Peters Version einer Ohrfeige.

Riley atmete langsam und tief aus, um ihren Zorn wieder unter Kontrolle zu bekommen. Bis auf ihre Eltern war er der einzige Mensch, der so mit ihr reden konnte und damit durchkam. Peter belog sie niemals und behandelte sie nie, als sei sie nicht ganz dicht. Aber er zeigte auch keinerlei Nachsicht mit ihr.

Ihr Freund kehrte zur Decke zurück. Er war so aufgewühlt, dass er seine Fingerknöchel knacken ließ. Als ihm die Finger ausgingen, schien er sich etwas beruhigt zu haben.

»Was werden die Jäger mit dir anstellen?«, fragte er leise.

»Ich weiß es nicht. Wahrscheinlich stellen sie mir eine Menge Fragen.« *Oder noch Schlimmeres*.

»Beck würde sie niemals anrufen. Das ist nicht sein Stil.«

»Er wird mir nie vergeben, dass ich mich mit dem Engel eingelassen habe.«

»Er wird trotzdem immer hinter dir stehen.«

Riley bezweifelte das. »Bist du denn sauer auf mich?« Das war ihr wirklich wichtig. Sie hatte fast alles andere verloren. Zu erleben, wie ihr bester Freund sich von ihr abwandte, käme einer tödlichen Verletzung gleich.

»Ich habe nicht vor, eine Beziehung mit dir anzufangen«, erwiderte Peter. »Wie es mir damit geht, ist etwas ganz anderes.«

»Das ist keine Antwort.«

Vergeblich versuchte er, noch einen Knöchel knacken zu lassen. »Ich bin nicht wütend auf dich.«

Gott, wie sehr ich diesen Kerl liebe.

Peter schaute hinunter zur Recyclingfabrik, dann wieder zu ihr. »Ich mache mir große Sorgen um dich«, sagte er. Sein Blick verriet eine Angst, die tief in seinem Herzen wurzelte. »In deinem Leben laufen zu viele Dinge schief, Riley. Ich habe Angst, dich zu verlieren, auf die eine oder andere Weise.«

Die Tränen kamen, ehe Riley sie aufhalten konnte, und trafen sie völlig unvorbereitet. Peter nahm sie in die Arme, und sie legte den Kopf an seine Schulter. Tränen liefen ihr übers Gesicht und machten seine Jacke nass.

»Ich dachte, er würde mich lieben. Ich hätte nie …«

»Ich weiß.«

Sie schniefte. »Bei der Abmachung mit dem Himmel ging es um Simons Leben. Darum ist er nicht gestorben.«

Peter holte scharf Luft. »Weiß er das?«, fragte er kühl.

»Nein. Er würde mir ohnehin nicht glauben. Er ist überzeugt, dass ich für die Hölle arbeite.«

»Könnte er den Jägern erzählt haben, dass du bei Beck warst?«, fragte Peter.

»Nein.« Nur der Dorftrottel hatte gewusst, wo sie heute Morgen gewesen war.

»Warum fühlt sich das alles an wie eine schlechte Episode von *Buffy – Im Bann der Dämonen?*«

Riley lächelte unter Tränen. »Was würde Buffy jetzt tun?«

Peter dachte einen Moment nach. »Sie würde jemanden in den Arsch treten und dabei total scharf aussehen.«

»Ich habe Angst, du könntest in all das hineingezogen werden, Peter. Ich will nicht, dass dir etwas zustößt.«

»Dafür ist es ein bisschen zu spät. Ayden sagte, ich muss für dich da sein und dass du dich etwas stellen musst, das über alle Maßen furchteinflößend ist, auch wenn sie nicht ganz sicher war, was es ist.« Er seufzte tief. »Sie hat nicht übertrieben, was?«

»Nein.« Riley putzte sich die Nase. »Sie wird total sauer sein, weil ich so blöd war, auf den Engel reinzufallen.«

»Kein Kommentar.« In diesem Moment fuhr ein weiterer LKW vor, und Peter ließ sie los, um sich der bevorstehenden Arbeit zuzuwenden.

Jetzt weiß er alles. Na ja, das meiste. Offensichtlich würde ihr bester Freund nicht verschwinden und sie hängenlassen.

Bitte, Gott, lass nicht zu, dass ihm meinetwegen etwas zustößt.

6. Kapitel

Peter musste um kurz nach zehn aufbrechen, um nicht von seinem Dad erwischt zu werden. Er versuchte, Riley zu überreden, mitzukommen, mit dem Argument, es sei nicht sicher für sie, ganz allein auf dem Dach zu bleiben.

»Es ist nirgendwo sicher für mich«, antwortete sie. »Nicht mehr.«

Ihr Freund fluchte leise, dann blickte er zum Himmel empor. »Hey, du da oben«, rief er laut, als würde tatsächlich jemand zuhören. »Wenn Riley so wichtig ist, dann hab doch bitte ein Auge auf sie, verstanden? Lass nicht zu, dass ihr was passiert, oder du bekommst es mit mir zu tun. Und das heißt, mit Peter King, falls du das noch nicht bemerkt haben solltest.«

Zu jedem anderen Zeitpunkt hätte sie das saukomisch gefunden, aber Peters Tonfall warnte sie, nicht über ihn zu lachen. Sie gab ihm die Nummer ihres neuen Telefons. Nachdem er noch ein Weilchen rumgejammert und gemeckert hatte, umarmte er sie schließlich, versprach, am nächsten Morgen um halb acht wieder da zu sein, und verschwand. Ein paar Minuten später hörte sie einen Wagen starten, dann herrschte Stille.

»Du bist so cool«, flüsterte sie.

Es war eine typische Nacht in Atlanta Anfang Februar – kalt und dunkel, mit Sternen am klaren Nachthimmel. Die Zeit kroch dahin wie eine arthritische Schildkröte, genau wie auf dem Friedhof, als sie auf ihren Vater aufgepasst hatte.

Nach ein Uhr nachts wurden Peters besorgte Anrufe, bei denen er ihren »Status checkte«, weniger. Aus seiner gedämpften Stimme schloss sie, dass ihre Beichte etwas in ihm verändert hatte. Sie wusste, dass er sie nie wieder so sehen würde wie früher. Wie sollte er auch? Sie hatte sich mit der Hölle eingelassen und lebte noch, um davon zu erzählen.

Im Laufe der Nacht schwankte Riley zwischen zwei Polen hin und her. Zuerst rüffelte sie sich selbst für ihre Naivität, dann beschimpfte sie den Engel als verlogene Ratte mit Flügeln.

Ich hätte auf Beck hören sollen.

Erschöpft von der mentalen Selbstgeißelung, sank sie in einen unruhigen Schlummer, bis ein paar Drogenabhängige eine hitzige Diskussion über den faschistischen Polizeistaat begannen, der gegen ihre individuellen Freiheitsrechte, sich total mit Meth zuzudröhnen, verstieß. Die Diskussion schloss eine Menge Geschrei und Schimpfwörter mit ein. Riley umklammerte einen zerbrochenen Mauerstein und wartete darauf, dass sie versuchten, die Treppe hochzukommen. Doch diese Mühe machten sie sich nicht, und schließlich zogen sie weiter und ließen sie in Frieden.

»Vielleicht hat der Himmel doch auf Peter gehört«, sagte sie sich.

Riley hätte die nächste Lieferung für die Fabrik glatt verpennt, wenn das zweifache Zuknallen der LKW-Türen sie nicht aufgeweckt hätte. Verschlafen spähte sie über die niedrige Mauer und beobachtete, wie ein paar Männer hastig Flaschen in einen riesigen Drahtkorb auf Rädern luden. Sobald der Korb voll war, rollten zwei Männer ihn ins Innere der Fabrik. Ein weiterer leerer Korb wurde herausgeschoben, der ebenso hastig beladen wurde.

Riley versuchte vergeblich, ein Foto zu machen, bis sie daran dachte, die Linsenabdeckung abzunehmen. Nachdem sie ein paarmal auf den Auslöser gedrückt hatte, schaltete sie den Videorekorder ein und ließ ihn einfach laufen. Nichts schien ungewöhnlich zu sein, außer dass einer der Männer extrem nervös war. Er ging auf und ab, während er die Straße beobachtete. Als die letzte Ladung Flaschen im Gebäude verschwunden war, gähnte sie. Wie gut, dass ihr BFF zu Hause in seinem Bett lag: Zumindest einer von ihnen würde seinen ordentlichen Nachtschlaf bekommen.

Zu ihrer Überraschung tauchte die Drahtkorb-Konstruktion erneut in der Türöffnung auf, dieses Mal mit Flaschen vollgepackt, die eilig in den LKW verladen wurden.

»Was ist das denn?« Vielleicht brachten sie die bearbeiteten Flaschen zur Abfüllfabrik nach Doraville? Dort arbeitete man rund um die Uhr.

Obwohl sie das Gefühl hatte, es wäre totale Zeitverschwendung, zoomte Riley mit der Videokamera an die Flaschen heran, die auf den LKW verladen wurden. Als die Ladefläche voll war, fuhr der Wagen davon und hinterließ eine riesige Abgaswolke. Riley war zu weit entfernt, um das Nummernschild zu erkennen. Die ganze Aktion hatte nicht länger als zwanzig Minuten gedauert.

Riley wickelte sich in der Decke und rollte sich zusammen. Bevor sie einschlief, schickte sie ein kurzes Gebet zum Himmel, dass sie nicht für den Rest ihres Lebens auf der Flucht sein möge.

✣

Riley … Der Traum weckte sie erneut, als es schon fast dämmerte. Dieses Mal war Oris Stimme klarer und deutlicher. Er hatte immer noch seinen Posten am Rand des Minenfeldes inne und beharrte darauf, dass sie ihm vertrauen müsse. Jemand anders hatte Luzifers Stelle eingenommen, doch das Gesicht dieser Person war undeutlich. Riley strengte sich an, den Fremden zu erkennen, hatte das Gefühl, dass es irgendwie wichtig sei, aber der Traum endete abrupt. Sie erwachte mit einem kalten, schmerzenden Körper, was sie dem harten Dach zu verdanken hatte.

Mühsam setzte sie sich auf und lehnte sich an die Mauer hinter ihr. Die Augen fielen ihr wieder zu. Ganz am Rande ihres Bewusstseins hörte sie Oris Stimme leise nach ihr rufen. Riley schüttelte sich, um den Kopf klarzubekommen, und die Stimme verschwand.

Ich werde verrückt.

✣

Peter hielt an der Ecke und half ihr, die Ausrüstung einzuladen. Er stöhnte übertrieben über ihre Tarnung. »Ein Zungenpiercing. Ich fasse es nicht«, sagte er und schüttelte entsetzt den Kopf.
»Mir gefällt es so. Der volle Effekt, und das ganz ohne Schmerzen«, sagte sie.
»Es wird eine Weile dauern, bis ich die Videos und Fotos durchgesehen habe. Du solltest im Haus von dem Nekro bleiben, bis ich etwas gefunden habe, womit wir weitermachen können.«
Das gehörte nicht zu ihren Plänen, aber vielleicht lohnten sich ein paar Stunden Arbeit. »Wie lange brauchst du?«
»Keine Ahnung, da ich nicht weiß, wonach ich suche.«
Vielleicht mehr als ein paar Stunden. »Und wenn nichts dabei ist, womit wir die Jäger bestechen können, was dann?«
Peter stieß einen tiefen Seufzer aus. »Wenn nichts dabei ist, helfe ich dir, dein Zeug aus der Wohnung zu holen, und fahre dich nach Chattanooga, damit du einen Bus nehmen kannst. So weit im Norden suchen die Jäger bestimmt nicht nach dir.«
»Deinem Dad wird es auffallen, wenn du so viele Kilometer mit dem Wagen fährst.«
»Darum kümmere ich mich.«
Er würde Hausarrest bekommen, und seine verrückte, herrschsüchtige Mutter würde darauf bestehen, dass er nach Illinois käme und bei ihr lebte. Er würde seine Zukunft aufs Spiel setzen, und alles nur ihretwegen.
Das kann ich nicht zulassen.

Peter schwieg, nachdem Riley ihm den Weg zur Zaubergasse beschrieben hatte. Das Schweigen wurde unterbrochen, als ihr neues Handy klingelte und sie erschreckte.

»Hallo?«, fragte sie zögernd.

»Falls du noch in der Stadt bist, solltest du auf der Stelle zu mir kommen«, sagte Mort ohne jede Einleitung.

»Wollte ich sowieso. Ist was mit meinem Dad ...?«

»Deinem Dad geht's gut. Die Jäger haben den Einsatz erhöht. Wir müssen reden.«

Das klang übel. »Okay. Wir sind schon unterwegs zu dir.«

»Bis gleich.«

Peter sah zu ihr hinüber. »Was ist los?«

»Keine Ahnung, aber Mort klang, als hätte er Angst bekommen. Es hat irgendetwas mit den Jägern zu tun.«

Kurz darauf stellte Peter den Wagen auf einem Parkplatz gegenüber von Morts Straße ab, als würde er ihm gehören.

»Wie machst du das?«, beschwerte sich Riley. »Ich muss hier immer ewig um den Block fahren.«

Ihr Freund zuckte die Achseln. »Bei so was hatte ich schon immer Glück.«

Nach kurzem Nachdenken holte Riley eine silberne Kette unter ihrem Hemd hervor. Sie zog sie über den Kopf und betrachtete den Anhänger, eine sieben Zentimeter lange Dämonenkralle. Die Ärztin der Zunft hatte sie ihr aus dem Bein geholt, nachdem ihr Solo-Auftritt als Dämonenfängerin in einer Katastrophe geendet war. Sie gab ihrem Freund den Anhänger.

»Wow, sieh dir das Ding an, das ist ja echt krank«, platzte Peter heraus. »Woher hast du das denn?«

»Beck hat es für mich machen lassen.«

Peter ließ die Kralle vor ihrem Gesicht hin- und herpendeln. »Und du hast immer noch nicht kapiert, dass der Typ dich mag? Wow.«

»Es reicht!«, sagte sie. »Bewahr es für mich auf. Ich möchte nicht, dass die Jäger es sehen, falls sie mich verhaften.«

Sie würden nie begreifen, warum sie es trug, warum es ein Ehrenabzeichen war, ein Symbol für das normale Leben, das sie hinter sich gelassen hatte.

Bevor sie aus dem Wagen stieg, küsste sie Peter auf die Wange.

»Hey, pass auf dich auf, hörst du?«, sagte er. Seine Stimme zitterte. »Gib mir Bescheid, was los ist. Ich rufe dich an, sobald ich irgendetwas herausgefunden habe.«

Riley winkte, dann ging sie davon. Sie wollte nicht, dass er die Tränen sah, die sich in ihren Augen sammelten.

Kaum hatte sie die Hintertür mit ihrem Armband geöffnet, tauchte der Nekromant auch schon im Korridor auf. Er sah beunruhigt aus.

»Was ist los?«, fragte sie.

»Paul hat mich gebeten, Meister Stewart anzurufen. Keine guten Nachrichten. Wenn du dich heute nicht bis neun Uhr morgens selbst stellst, werden die Jäger Beck vor laufender Kamera anklagen, einem von Luzifers Getreuen geholfen zu haben.«

»Was?«, platzte sie heraus. »Er hat nichts damit zu tun!«

»Die Jäger wissen das. Sie benutzen ihn als Köder.«

Riley ließ sich gegen die geschlossene Tür fallen und stieß sich prompt wieder ab, als die Magie ihr wie eine scharfe

Katzenkralle über den Rücken strich. Sie mochte vielleicht ihre Probleme mit Beck haben, aber er durfte nicht an ihrer Stelle die Strafe auf sich nehmen. »Ich muss mit meinem Vater reden.«

»Er ist im Garten.«

Paul Blackthorne saß auf der Steinbank vor dem Springbrunnen. Er schien sich nur noch mit Viertelkraft aufrecht zu halten.

Als Riley sich neben ihn setzte, umarmte er sie fest. »O Gott, ich dachte, du wärst schon fort.«

»Peter wollte mich nicht aus der Stadt lassen.«

Sie erzählte ihrem Dad von der Weihwasserrecyclingfabrik und was sie während der Nacht mit ihrem Freund geplant hatte. »Irgendetwas stimmt da nicht. Ich komme nur nicht darauf. Vielleicht schafft Peter es.«

»Das bekommt ihr schon hin«, sagte er. »Ihr seid beide ziemlich schlau. Seid bloß vorsichtig.« Er zögerte, dann fragte er: »Was willst du wegen der Jäger unternehmen?«

»Beck kann nicht für mich den Kopf hinhalten.« *Aus so vielen Gründen.*

Sie musste ihrem Vater die Wahrheit sagen. Wenn sie es jetzt nicht tat, würde sie vielleicht niemals die Gelegenheit dazu haben.

»Ich ... habe einen Fehler gemacht, mit Ori. Einen großen Fehler. Wir ...«

Ihr Dad berührte sachte ihr Haar, und das gab ihr beinahe den Rest.

Er muss wissen, warum das alles geschieht.

Sie beugte sich nah zu ihm und teilte ihm flüsternd ihr

dunkles Geheimnis mit, dass sie nicht länger sein unschuldiges kleines Mädchen war. Es war das schwerste Geständnis, das sie je gemacht hatte.

Als Antwort umschloss ihr Vater ihr Gesicht mit den Händen und küsste sie auf die Stirn. Seine braunen Augen blickten sie forschend an. »Es ist alles mein Fehler«, murmelte er.

»Nein. Ich habe auf den Engel gehört.«

Er berührte ihre Wange mit aufrichtiger Zärtlichkeit. »Man hat dir so übel mitgespielt. Es tut mir leid … Ich hätte zulassen sollen, dass dieser Dämon mich tötet.« Er blinzelte wie ein übermüdetes Kleinkind. »Vertrau Stewart. Er wird dir helfen. Erzähl ihm, wer mich … beschworen hat.«

»Bist du sicher?« Ein Nicken. Riley kuschelte sich an ihn, den Kopf an seiner Schulter. Der Duft von Orangen und Zedernholz kitzelte sie in der Nase. Ihr Vater war lauwarm, irgendwo zwischen tot und lebendig.

»Ich liebe dich, Dad.«

Seine Augen wurden nicht feucht, das war nicht mehr möglich, aber sie hörte die Rührung in seiner Stimme. »Ich … werde dich immer lieben, Riley. Was auch geschieht.«

Ihm fielen die Augen zu, und er schlief ein. Sie drückte ihn ein letztes Mal ganz fest, dann stand sie auf.

Ihre falschen Entscheidungen hatten sie auf Kollisionskurs mit der Zunft und den Dämonenjägern gebracht. Es war an der Zeit, den Preis für diese Fehler zu zahlen, wie hoch er auch sein mochte.

✣

Anstatt Riley direkt vor dem Westin abzusetzen, wo die Jäger ihr Hauptquartier aufgeschlagen hatten, fand Mort einen Parkplatz fünf Blocks entfernt. Er wollte ihr Zeit geben, sich auf das vorzubereiten, was ihr bevorstand.

»Es ist wahrscheinlich besser, wenn du das Armband nicht trägst«, sagte er und deutete auf ihr Handgelenk.

Riley streifte es ab und reichte es ihm, zusammen mit dem Handy, das er ihr geliehen hatte. Sie hatte die meisten Anrufe aus ihrem eigenen Telefon gelöscht, so dass die Jäger nicht erfahren würden, wer ihr geholfen hatte.

»Ich werde Meister Stewart Bescheid geben, wie du mich gebeten hast«, sagte Mort.

Das war ihre Entscheidung gewesen – sich zu stellen, ehe Stewart hier auftauchte. So würde es aussehen, als hätte sie die Sache selbst in die Hand genommen, anstatt von Atlantas Dämonenfängerzunft zu diesem Schritt gezwungen worden zu sein. Es war ein albernes Gefühl von Stolz, aber Stolz war alles, was ihr geblieben war.

Riley gab ihm Aydens zerknitterte Visitenkarte, die sie ganz unten in ihrer Botentasche gefunden hatte. »Bitte ruf sie an und erzähl ihr, was passiert ist. Ich möchte, dass Ayden es weiß.«

Beklommen betrachtete Mort die Karte. »Du bittest einen Totenbeschwörer, eine Hexe anzurufen?«, sagte er. Die magische Beziehung zwischen den Nekros und »diesen Frauen« war bestenfalls angespannt.

»Ayden ist in Ordnung. Sie wird dich nicht in einen Frosch verwandeln oder so.«

Er hob eine Augenbraue und steckte die Karte ein.

»Pass nur auf meinen Dad auf. Das ist alles, worum ich dich bitte.«

»Ich werde nicht zulassen, dass die Jäger ihn bekommen. Versprochen«, erwiderte er feierlich.

»Danke, Mort. Ich meine es ernst. Du bist echt unglaublich. Du warst schon unglaublich, als wir uns zum ersten Mal getroffen haben.«

Ein leichter roter Schimmer tauchte auf seinen Wangen auf. »Ich tue, was ich kann.«

Als der Nekro die Nummer von Meister Stewart wählte, kletterte Riley aus dem Wagen, ohne das Gespräch abzuwarten. Sie schlängelte sich durch die Menschenmassen der City und rechnete jeden Moment damit, von den Jägern umringt zu werden. Stattdessen war es ein Tag wie jeder andere in Atlanta – die Leute gingen einkaufen und kümmerten sich um ihren eigenen Kram.

Sie ging zwei Blocks weit und besah sich dabei die Läden. Die Verkaufsstände standen in den Parkbuchten, eine weitere Masche der bankrotten Stadt, auf jede erdenkliche Weise ihre Einkünfte zu erhöhen. Halb versteckt neben einer Bude mit gebrauchten Klamotten entdeckte sie einen Stand mit heiligen Gegenständen. HEILIGE RELIQUIEN, lautete ein Schild. Inmitten von Statuen von der Jungfrau Maria, Jesus, Buddha und Kuan Yin, der chinesischen Göttin der Gnade, lag ein Stapel hölzerner Kreuze. Durch kleine Bohrlöcher waren lange Lederbänder gefädelt, so dass man sie um den Hals tragen konnte.

»Heilige Kreuze, aus dem geweihten Tabernakel«, rief der Mann hinter dem Verkaufsstand. »Von Engeln gesegnet.«

Irgendwie hatte der geschäftstüchtige Ladenbesitzer Holz von dem zerstörten Gebäude ergattert und daraus Kreuze gebastelt. Falls das Holz überhaupt von dort stammte.

Riley schob sich durch die Menge und stellte den Mann zur Rede. »Was soll das?« Sie deutete auf den Stapel mit den Kreuzen. »Dämonenfänger sind in diesem Gebäude gestorben. Wie können Sie so etwas tun?«

»Weil meine Kunden es wollen«, erwiderte der Mann verblüfft.

»Diese Kreuze wurden nicht von Engeln gesegnet. Das Einzige, was an ihnen klebt, ist das Blut der Fänger.«

»Natürlich haben die Engel es gesegnet. Ich habe sie im Fernsehen gesehen«, mischte eine Kundin sich ein und wandte sich an den Standbesitzer. »Haben Sie eines etwa in dieser Größe«, fragte die Frau und deutete die gewünschte Länge mit den Fingern an, »aber aus dem astigen, hellbraunen Holz?«

Als würde sie neue Möbel aussuchen.

»Gott, was tun Sie da?«, rief Riley und ballte die Fäuste.

»Tu bloß nicht so, als wärst du persönlich betroffen«, sagte der Ladenbesitzer.

»Aber ich war dort! Ich weiß, was passiert ist. Ich habe sie sterben sehen!«

»Ja, klar«, sagte der Händler. »Hau ab und tob deinen Wutanfall woanders aus, oder ich rufe die Cops.« Er machte sich daran, der Kundin zu helfen, das »perfekte« Kreuz zu finden.

Ein Wutschrei stieg in Rileys Kehle auf, aber sie schluckte ihn herunter. Es war sinnlos, dagegen anzugehen. Die

Menschen glaubten, was sie glauben wollten, selbst wenn es eine Lüge war. Wenn sie sich dadurch sicher fühlten und einen Grund hatten, die Wahrheit zu ignorieren, waren sie vollkommen überzeugt.

Den Blick von Tränen verschleiert, wandte sie sich zum Gehen. Und blieb wie angewurzelt stehen. Der Hauptmann der Dämonenjäger stand in seiner steifen Uniform und mit nachdenklicher Miene vor ihr.

»Miss Blackthorne«, sagte Salvatore.

»Wie können sie so etwas tun, wenn so viele gestorben sind?«, fragte sie und versuchte, ihrer Gefühle Herr zu werden.

»Die Praxis ist jahrhundertealte. Wussten Sie, dass man Zauberamulette aus den Knochen der Heiligen gemacht hat?«

»Es ist trotzdem nicht richtig.«

»Nein, das ist es nicht«, sagte er. »Besonders nach dem, was Sie durchgemacht haben.«

Auf der Stelle war ihr Misstrauen geweckt. Der Typ war zu nett. War das ein Trick, um ihr Vertrauen zu gewinnen, damit sie in irgendeine Falle tappte?

»Sollen wir?«, sagte er und deutete die Straße hinunter auf das Hotel.

Warum hatte Salvatore keinen der anderen Jäger gerufen? Wieso legte er ihr keine Handschellen an und schleifte sie durch die Straßen?

»Woher wussten Sie, dass ich hier bin?«, fragte sie, als sie Seite an Seite zum Hotel gingen.

»Stewart rief mich an und sagte, dass Sie sich stellen

und jeden Moment im Hotel auftauchen würden. Ich beschloss, es sei Zeit für einen Spaziergang, um zu versuchen, Sie vor den anderen zu finden.«

»Warum?« Rileys Misstrauen wuchs.

»Ich habe meine Gründe«, erwiderte er.

»Wer hat Ihnen erzählt, dass ich bei Beck war?«, fragte sie.

»Ich bin mir nicht sicher.« Auf ihren verwirrten Blick hin erklärte er: »Wir haben eine anonyme Hotline für Hinweise auf Dämonen eingerichtet. Darüber haben wir den Tipp erhalten. Wir bekommen eine Menge Informationen unter dieser Nummer, die meisten davon sind von vorne bis hinten erlogen.«

»Es könnte also Beck gewesen sein«, sagte sie. Ihr Mut sank.

Der Hauptmann sah sie durchdringend an. »Warum sollte er wollen, dass wir sein eigenes Haus durchsuchen?«

Das würde er nicht wollen. Dazu legte Beck viel zu großen Wert auf seine Privatsphäre. Er hätte sie sich eher geschnappt und den Jägern in den Rachen geworfen, als dass er zugelassen hätte, dass sein Zuhause auf den Kopf gestellt wurde.

»Warum haben Sie gedroht, ihn für etwas anzuklagen, das er nicht getan hat?«, wollte sie wissen.

»Vater Rosetti leitet diese Ermittlungen. Der Befehl kam von ihm.«

Das erklärte immer noch nicht, warum sie es getan hatten.

Sie gingen schnell und schwiegen die meiste Zeit. Erst als sie die Treppe erreichten, die zum Haupteingang des West-

ins führte, blieb der Hauptmann stehen. »Was, meinen Sie, geht in Simon Adlers Kopf vor?«, fragte der Jäger.
Mit so einer Frage hatte sie nicht gerechnet. Vor dem Angriff auf das Tabernakel waren Simon und sie zusammen gewesen, und zwischen ihnen war alles großartig gelaufen. Nach seiner schweren Verletzung war er zu der Überzeugung gelangt, dass Riley oder ihr Dad irgendwie mit der Hölle gemeinsame Sache machten, um die Dämonenfänger-Zunft von Atlanta zu vernichten. Simons bizarre Anschuldigungen hatten ihrer Beziehung ein bitteres Ende beschert. In gewisser Weise hatte er Riley direkt in Oris Arme getrieben.
Anstatt von ihrem Liebeskummer zu erzählen, schüttelte Riley den Kopf. Sie war es leid, darüber zu reden. »Simon hat sich verändert. Er war so nett und freundlich, und jetzt sieht er plötzlich überall nur noch Höllenverschwörungen. Vor dem Feuer war er ganz anders.«
»Posttraumatische Belastungsstörung?«, fragte der Hauptmann. »Oder wird er von jemandem manipuliert?«
Überrascht von der letzten Andeutung sah sie den Jäger an. »Vielleicht ein wenig von beidem.« Luzifer hatte etwas in diese Richtung gesagt, aber sie wagte nicht, dem Jäger zu erzählen, dass er der Wahrheit näher war, als er womöglich ahnte.
Salvatore nickte nachdenklich, als hätte sie seinen Verdacht bestätigt. »Sind Sie gern Dämonenfängerin?«
Eine weitere Frage, mit der sie nicht gerechnet hatte. »Wenn ich dazu komme, gefällt es mir. Aber in letzter Zeit gab es so viel … Theater. Das macht echt keinen Spaß.«

»Ich verrate Ihnen ein Geheimnis«, sagte er und sah sich um, als fürchtete er, jemand könnte ihn belauschen. »Hauptmann der Dämonenjäger zu sein macht auch nicht so viel Spaß, wie ich gedacht hatte.«

Er spielt nicht nur den Netten. Er ist wirklich so. Sie hatte alle Jäger als Feinde angesehen, aber vielleicht war das zu kurzsichtig gewesen.

»Was werden Sie mit mir machen?«, fragte sie.

»Ihnen eine Menge Fragen stellen«, erwiderte er.

»Was, wenn Ihnen und Ihren Leuten die Antworten gefallen?«

»Dann lassen wir Sie wieder frei.«

»Und wenn nicht?«

Keine Antwort.

»Ich verstehe«, flüsterte Riley.

7. Kapitel

Nach einer Nacht, in der er nur unruhig geschlafen hatte, fühlte Beck sich regelrecht erleichtert, als die Wachen am nächsten Morgen um kurz nach neun in sein Hotelzimmer zurückkehrten. Während der letzten Stunden hatte er zu viel Zeit damit verbracht, uralten Geschichten nachzuhängen, an die er zum größten Teil nur voller Bedauern denken konnte. Erinnerungen, die einen im Würgegriff hielten und nie wieder losließen.

Warum hatte die Zunft ihn nicht gegen Kaution rausgeholt? *Wenn sie Riley nicht finden können, werden sie mich dafür den Kopf hinhalten lassen?*

Die Tür öffnete sich. »Mitkommen«, sagte einer der Jäger und winkte ihn zu sich.

Beck schwang seine Beine seitlich aus dem Bett und zog die Stiefel an. Er schnürte sie absichtlich langsam zu, während er versuchte, aus der Situation schlau zu werden. *Bin ich frei und kann gehen? Oder wird es schlimmer?*

»Was ist los?«, fragte er.

»Ich bin nicht befugt, Ihnen das zu sagen«, erwiderte sein Bewacher.

Als er in den Korridor trat, sah Beck einen düster dreinblickenden Hauptmann Salvatore auf sich zukommen.

»Was ist los?«, verlangte Beck zu wissen.

Ehe der Jäger antworten konnte, bekam er seine Antwort. Am Ende des Korridors verließ Leutnant Amundson den Fahrstuhl. Der Kerl sah aus, als hätte er in der Lotterie gewonnen. Hinter ihm, versteckt in einem Pulk aus vier schwerbewaffneten Jägern, ging eine kleine Gestalt.

Sie haben sie gefunden. Egal, wie sauer er auf Riley war, Beck hatte gehofft, dass ihr das erspart bleiben würde. Zu ihrer Ehre musste er feststellen, dass sie nicht weinte, sondern das Kinn trotzig vorgereckt hatte.

Amundsons dröhnende Stimme hallte durch den Gang. »Schafft diesen Fänger hier raus, auf der Stelle!«

»Ich gehe nirgendwo hin«, schoss Beck zurück. *Ich kann sie unmöglich allein lassen.*

Salvatore stellte sich zwischen Beck und die näher kommenden Männer. Ohne Zweifel nahm er die unterschwellige Gewaltbereitschaft des Dämonenfängers wahr. Seine Hand schwebte über seiner Waffe.

»Wenn Sie hierbleiben, wird es für sie nur noch schwerer. Großmeister Stewart ist unterwegs«, riet er ihm. »Wir werden sie nicht ohne sein Beisein befragen.«

Beck musterte ihn. »Kann ich mich darauf verlassen?«

»Ja. Ich gebe Ihnen mein Wort.«

Es war das Beste, was Beck tun konnte. Er biss die Zähne zusammen, machte auf dem Absatz kehrt und marschierte in die andere Richtung. Der Jäger, der die Treppe bewachte, ging ihm aus purem Selbstschutz aus dem Weg.

The walk of shame. Der Weg der Schande.

Rileys Angst bescherte ihr zittrige Knie und schweißige Hände. Sie achtete darauf, tief und gleichmäßig zu atmen, um sich nicht in eine Panikattacke hineinzusteigern. Bloß nicht noch schuldbewusster wirken.

Die Jäger, die im Korridor aufgereiht standen, waren schwer bewaffnet, als erwarteten sie selbst in einem Hotel mitten in der Stadt irgendein Unheil. Beck hatte ihr erzählt, dass die Waffen Spezialmunition enthielten, die einen Dämon töten konnte. Riley vermutete, dass es einem Menschen nicht anders ergehen würde. Die Blicke der Männer waren emotionslos, als hätten sie alles Böse in der Welt gesehen und würden es kaum noch wahrnehmen.

War es das, was Simon werden wollte? Vielleicht wurde man dadurch zu einem Dämonenjäger – durch eine hautnahe, brutale Begegnung mit einem Dämon, die einen zwang, die Welt nur noch in Schwarz und Weiß zu sehen, höllisch und heilig, ohne jeden Raum für Grautöne. Wenn es zum Job gehörte, diejenigen zu verraten, die man liebte, dann war ihr Exfreund gut gerüstet.

Weiter unten im Korridor wurde eine Tür geöffnet, und Beck trat heraus, mit stoppeligem Gesicht und finsterem Blick. Die Vorderseite seines T-Shirts war schmutzig, die Jeans genauso, als hätte man ihn in den Dreck geworfen. Seine Miene war mehr als zornig. Dahinter erkannte sie Verbitterung und ein Misstrauen, das allein ihr galt.

Er wechselte ein paar Worte mit Salvatore, von denen sie keins verstand, dann knurrte Beck wütend und war verschwunden. Er stapfte davon, als könne er es nicht ertragen, dieselbe Luft zu atmen wie sie. Ihre Knie zitterten heftiger.

Als sie das Zimmer erreichten, das er gerade geräumt hatte, bedeutete einer der Jäger ihr, ihm ihren Rucksack zu geben. Salvatore hatte sie gewarnt, dass das passieren würde, also reichte Riley ihm widerstandslos den Rucksack. Sie war allerdings nicht darauf gefasst, dass ein anderer Jäger darauf bestand, dass sie sich an die Wand lehnte, damit er sie abtasten konnte.

»Das ist nicht nötig, Corsini«, sagte der Hauptmann. »Sperr sie in das Zimmer. Wir warten, bis der Repräsentant der Zunft hier ist.«

»Vater Rosetti sagte, er will sie auf der Stelle sehen«, erwiderte der Jäger.

»Das würde nichts nützen. Sie wird unsere Fragen nicht beantworten, bis Stewart hier ist.«

Was ebenso ein Hinweis war, wie sie sich zu verhalten hatte. *Auf wessen Seite steht dieser Typ?*

»Aber, Sir …«, protestierte Corsini, dem offenkundig klar war, dass er seinen Kopf hinzuhalten hatte, wenn die Befehle des Priesters nicht umgehend ausgeführt wurden.

»Ich rede mit Rosetti. Sorgen Sie dafür, dass sie es bequem hat. Das ist ein Befehl.« Der Hauptmann wandte sich an Riley. »Wenn Sie irgendetwas brauchen, lassen Sie es mich wissen.«

Riley nickte. Es schien zumindest einen anständigen Kerl in diesem Haifischbecken zu geben. Leider war er nicht derjenige, der die Inquisition leitete.

Als sie den Raum betrat, ließ Riley die Luft entweichen, die sie die ganze Zeit angehalten hatte. Nach all den Jägern und Waffen wirkte das Zimmer völlig unpassend. Ein luxuriöses Kingsize-Bett, ein königsblaues Sofa und ein Fenster mit Blick über die Stadt. Die Morgensonne fiel durch die Vorhänge. Auf einem Schreibtisch entdeckte sie ein Tablett mit den Frühstücksresten des letzten Gefangenen. Daneben lag eine Zeitung.

Immerhin haben sie dich nicht verhungern lassen.

Da sie nicht wusste, was sie sonst tun sollte, setzte sie sich auf das Bett. Es war noch warm, und das Kissen war eingedrückt, als hätte Beck kurz zuvor noch darauf gelegen. Riley ignorierte den Jäger, der an der Tür saß, streckte sich aus und drehte dem Kerl den Rücken zu. Das Kissen roch nach Becks Rasierwasser.

Ich habe mich gründlich geirrt. Selbst Peter glaubte, dass Beck sie mochte, und er hatte ihn nur einmal gesehen, bei der Beerdigung ihres Vaters. Jedes Mal, wenn Beck versucht hatte, ihr zu helfen, hatte sie ihn zurückgestoßen und eine immer undurchdringlichere Mauer zwischen ihnen errichtet. Das war ihre Masche, es ihm heimzuzahlen, weil er sie damals abgewiesen hatte. Jetzt kam sie sich vor wie ein dummes, kleines Mädchen.

Es tut mir so leid. Alles.

Vielleicht bekam sie eines Tages die Gelegenheit, es ihm persönlich zu sagen.

Die lauten Stimmen draußen vor der Tür erweckten ihre Aufmerksamkeit, weil eine von ihnen den typischen vernuschelten schottischen Akzent hatte. *Ja!*

Der Meister betrat den Raum, das Gesicht stärker gerötet als normal, als hätte er sich gestritten. In der Hand hielt er ihren Rucksack. Er sagte kein Wort, bis er sich auf den Sessel neben dem Sofa gesetzt und sie zu sich gewunken hatte. Er gab ihr den Rucksack. »Sieh nach, ob irgendetwas fehlt.«

Riley wühlte darin herum und überlegte, was die Jäger interessiert haben könnte. Die Papiere zu den Nachforschungen ihres Vaters über das Weihwasser waren verschwunden, was sie nicht überraschte, aber das war in Ordnung. Ihr Handy fehlte ebenfalls. *Sie haben sogar meinen Schminkbeutel durchsucht.*

Sie gab die Neuigkeit an Stewart weiter.

Der Meister warf dem Jäger neben der Tür einen finsteren Blick zu. »Sie können jetzt gehen.«

»Leutnant Amundson sagt …«, begann der Mann.

»Dieses Mädchen hat das Recht auf einen Anwalt, und die Besprechung muss unter vier Augen stattfinden.«

»Sir, ich …«

»Raus!« Stewart bellte das Wort regelrecht, und zu Rileys Erstaunen gehorchte der Jäger. Klickend fiel die Tür ins Schloss. »Manchmal muss man einfach nur laut werden«, knurrte der Schotte.

Riley schloss die Augen, um sich zu beruhigen. *Er wird nicht zulassen, dass sie mir etwas antun.* Wenn Harper hier säße, wäre sie sich dessen nicht so sicher.

»Riley?« Sie schlug die Augen auf. Stewart musterte sie aufmerksam. Unter den Augen hatte er dunkle Schatten, ein Hinweis, dass er nicht viel Schlaf bekommen hatte. »Heute musst du mir vertrauen.«

Das klang nicht gut.

Er beugte sich näher zu ihr. »Wir müssen ganz leise sprechen. Wir wollen schließlich nicht belauscht werden. Kapiert?« Sie nickte. »Ich wünschte, du wärst sofort zu mir gekommen, aber wir werden das Beste draus machen.« Er beugte sich noch näher. »Erzähl mir, was passiert ist. Lass nichts aus. Wenn du mich belügst, habe ich keine Chance, dich zu retten.«

Jetzt bekam sie richtig Angst.

Riley holte tief Luft und teilte ihm so leise flüsternd wie möglich all ihre Geheimnisse mit. Sie erzählte von ihrem Dad und Ori und Luzifer und ihrer Abmachung mit dem Himmel. Mit jeder Beichte sammelten sich mehr brennende Tränen in ihren Augen.

Kopfschüttelnd murmelte Stewart leise etwas in sich hinein. »Ich hätte mir denken können, dass die Hölle hinter dir her sein würde.«

Wieso hätte er das wissen müssen?

»Hast du deine Seele hergegeben?«, fragte er. Seine Stimme war so leise, dass sie ihn fast nicht hörte. Riley schüttelte den Kopf. »Schwörst du es beim Grab deines Vaters?«

»Ja.«

Erleichterung erhellte die Züge des alten Mannes. Er lehnte sich zurück und trommelte nachdenklich mit den Fingern auf einem Knie. »Ich wusste, dass irgendetwas los ist, aber ich konnte es nicht klar erkennen. Simon lag an dem Abend im Tabernakel im Sterben, da war ich mir sicher, aber am nächsten Tag war er wieder auf dem Weg zur Besserung. Ich hatte mich schon gefragt, wer da seine Hand im Spiel hatte.« Er beugte sich wieder zu ihr vor. »Was verlangt der Himmel von dir?«

Das wird er mir nie glauben. »Ich soll den Weltuntergang verhindern.« Sie rechnete damit, dass er sie eine Lügnerin nennen und sie sitzenlassen würde, damit sie zusah, wie sie allein mit den Jägern klarkam.

Stattdessen seufzte der Meister tief.

»Sie glauben mir?«, fragte sie.

»Natürlich. Du weißt es vielleicht nicht, aber deine Lügen sind keinen Pfifferling wert. Außerdem ergibt jetzt alles Sinn.«

»Für mich nicht«, murmelte Riley.

»Sonst noch irgendetwas, das ich wissen sollte?«

Riley brachte ihn auf den neusten Stand ihrer Nachforschungen zum Weihwasser und berichtete, was sie letzte Nacht getrieben hatte. »Mein Freund Peter hat alle Fotos und Videos. Ich kann Ihnen seine Nummer geben.«

Stewart zog sein Handy heraus und speicherte die Nummer ein, die sie ihm diktierte. Dann lehnte er sich zurück, starrte eine Weile an die schlichte weiße Decke und ordnete seine Gedanken. Sie hütete sich, ihn dabei zu stören, obwohl die Anspannung ihre Eingeweide in das reinste Knotengewirr verwandelte.

Schließlich beugte er sich wieder dicht zu ihr vor. »Erzähl

ihnen alles, außer, dass du mit dem gefallenen Engel geschlafen hast.«

»Auch das mit Luzifer?«, fragte sie überrascht.

»Aye.«

»Sie werden mir Fragen über Ori stellen. Sie werden wissen wollen, was zwischen uns passiert ist. Ich kann unmöglich darüber reden.«

»Ich glaube, sie werden keine Fragen stellen. Vertrau den Instinkten eines alten Schotten«, erwiderte Stewart.

»Ich hoffe, Sie wissen, was Sie tun.«

Der Meister grinste schief. »Ich auch, mein Kind, das hoffe ich auch.«

8. Kapitel

Man ließ sie weitere dreißig Minuten warten, als wollte man sie dafür bestrafen, dass sie sich dem Befehl des Priesters widersetzt und sich nicht sofort hatte befragen lassen. Wenn Stewart ihr nicht beigestanden hätte, wäre Riley völlig durchgedreht. Um die Zeit totzuschlagen und sie von ihren Sorgen abzulenken, erzählte der Meister ihr Anekdoten über seine Kindheit in Schottland.

»Mit zehn habe ich angefangen, Dämonen zu fangen«, erklärte er. »Meinen ersten Solo-Einsatz hatte ich in der Bäckerei meines Heimatortes.«

»Es hat perfekt geklappt, oder?«, fragte sie. *Bei anderen klappt es* immer *perfekt.*

»*Nay*, Kind, der Dämon hat den Laden auseinandergenommen. Ich stolperte zur Vordertür raus, das winzige Biest in der Hand, über und über bedeckt mit Mehl und Brotteig. Mein armer Vater war entsetzt.«

Riley lachte, als sie sich die Szene ausmalte. »Mein erster Einsatz ist immerhin besser gelaufen.«

Die Tür wurde geöffnet, und ein Jäger winkte sie heraus.

»Es wird Zeit«, sagte der Meister sanft.

Wie viele Menschen hatten diese Worte im Laufe der Jahrhunderte gehört? Wie viele von ihnen hatten der sicheren

Gewissheit ins Auge geblickt, dass ihre Fehler sie alles kosten konnten, was sie hatten?

Riley warf Stewart einen ängstlichen Blick zu. »Ich weiß nicht, ob ich das schaffe. Ich habe solche Angst.«

Er legte ihr beruhigend eine Hand auf die Schulter. »Du bist eine Blackthorne«, sagte er leise. »Sei stark, und du wirst deine Sache gut machen.«

Er hatte genau das Richtige gesagt. Ihr Vater würde von ihr erwarten, dass sie Mut zeigte und sich dem, was vor ihr lag, offen stellte. *Für ihn werde ich es schaffen.*

Als Stewart sich absichtlich gemächlich bewegte, passte sie sich auf dem Weg den Korridor hinunter seinem Tempo an. Zwei Jäger begleiteten sie. Der Raum, den sie betraten, wirkte eher wie ein Konferenzzimmer für Geschäftstreffen als wie ein Ort zum Schlafen. Drei Männer saßen an einem ovalen Konferenztisch – Hauptmann Salvatore, der bullige blonde Leutnant, der so gemein zu ihr gewesen war, und Vater Rosetti, der Repräsentant des Vatikans. Sein dunkles, silbriges Haar war kurzgeschoren.

Riley nahm Platz, verschränkte die Hände im Schoß und gab sich Mühe, nicht wie ein Reh im Scheinwerfer eines herannahenden Lastwagens zu wirken. Stewart setzte sich links von ihr hin, zu ihrer Rechten saß der Hauptmann. Auf der anderen Seite des Tisches saßen der dunkeläugige Priester und der finster dreinblickende Leutnant.

»Miss Blackthorne«, begann Salvatore. »Sie sind eine Waise und noch nicht volljährig. Gestatten Sie deshalb Großmeister Stewart, während der Befragung als Ihr Rechtsbeistand zu fungieren?«

Großmeister? »Ja.«
»Dann sollten wir mit den Formalitäten beginnen, die diese Vereinbarung verlangen.«
Riley rechnete mit einem langen, komplizierten Formular, doch stattdessen handelte es sich lediglich um eine getippte Seite, auf der erklärt wurde, dass Stewart zu dem Erwachsenen bestimmt wurde, der während dieser Befragung sowie bei allen weiteren Verhandlungen mit dem Heiligen Stuhl ihre Interessen wahren sollte.
Stewart und sie unterschrieben auf der gepunkteten Linie, dann unterzeichneten die anderen, die mit am Tisch saßen. Der Priester drückte einen Prägestempel unten auf das Blatt und heftete es in einem Aktenordner mit ihrem Namen ab.
Nach einer kurzen Pause schlug Vater Rosetti das Kreuzzeichen und intonierte ein Gebet. Riley tat es den anderen gleich und senkte den Kopf. Sie verstand nicht, was der Priester sagte, also betete sie mit ihren eigenen Worten, für den Fall, dass Gott zuhörte.
Du weißt, dass ich nicht böse bin. Ich habe einen dummen Fehler gemacht. Ein bisschen Hilfe wäre jetzt nicht schlecht. Das könnte ich gerade echt gut gebrauchen. Und bitte pass auch meinen Dad auf, ja? Er braucht deine Hilfe ebenfalls.
Kaum hatte er das Gebet beendet, durchbohrte Rosettis Blick sie. Seine Augen waren kobaltblau. »Erzählen Sie uns von dem gefallenen Engel, der sich Ori nennt.«
Das war die einzige Person, über die sie nicht reden wollte.
»Ich habe ihn auf dem Terminus-Markt kennengelernt.«
Er hatte auf verwegene Art gut ausgesehen und war zu-

gleich so freundlich und rücksichtsvoll gewesen, dass sie ihn unmöglich hatte ignorieren können. *Ich hätte wissen müssen, dass mit ihm etwas nicht stimmt.*

Riley holte tief Luft und fuhr fort. »Ori sagte, er sei freiberuflicher Dämonenjäger und dass er meinen Dad gekannt hat.« Kaum hatte sie die Worte ausgesprochen, begriff sie, dass sie einen großen Fehler gemacht hatte. Sie hätte Paul Blackthorne und den Engel nicht in einem Atemzug nennen dürfen.

»War Ihr Vater mit dem gefallenen Engel bekannt?«, fragte der Priester und zielte genau auf ihren Fehler ab.

Wenn sie zugab, dass Ori derjenige war, der ihres Vaters Seele für sich beanspruchte, würde die Befragung ganz schnell ganz unangenehm werden. Sie zuckte die Achseln. »Ori hat über viele Dinge gelogen.«

»Was hat dieser gefallene Engel Ihnen noch erzählt?«

»Dass er den Fünfer jagt, der meinen Dad getötet hat. Dass dieser Dämon abtrünnig geworden war und getötet werden musste.«

Amundson sagte etwas auf Italienisch zu Salvatore, aber der Anführer der Jäger schüttelte den Kopf.

Der Priester fuhr fort. »Warum hatte der gefallene Engel es speziell auf Sie abgesehen?«

Riley wollte nicht mit der Geschichte anfangen, dass die Hölle hinter ihr her war, weil sie eine Abmachung mit dem Himmel hatte. »Ich weiß es nicht. Ich bin nur eine Dämonenfängerin in Ausbildung.«

»Trotzdem behaupten Sie, ganz allein einen Gastro-Dämon gefangen zu haben.«

Rosettis Tadel traf eine wunde Stelle. »Ich behaupte gar nichts. Ich habe ihn gefangen. Ich … hatte einfach Glück«, sagte sie. »Ich hätte eigentlich als Abendessen für das Ding enden müssen.«

Noch mehr Unterhaltung auf Italienisch. *Versteht Stewart irgendetwas davon? Höchstwahrscheinlich.* Er bat die Männer nicht, für ihn zu übersetzen.

Mit zusammengezogenen Brauen wandte sich der Priester wieder an sie. »Wer hat den Geo-Dämon beim Haus Ihres Meisters vernichtet?«

»Der Engel.«

»Und warum haben Sie Hauptmann Salvatore angelogen und ihm erzählt, es sei Meister Harper gewesen?«, hakte er nach.

»Weil Ori mich gebeten hat, niemandem zu erzählen, dass er es gewesen war.«

»Wusste Meister Harper von dieser Vereinbarung?«

»Nein. Zu dem Zeitpunkt war er bewusstlos.«

»Warum haben Sie getan, was der gefallene Engel von Ihnen verlangte?«, fragte er.

»Ich wusste inzwischen, dass er ein Engel ist, also vertraute ich ihm.«

Rosetti wirkte bestürzt. »Sie wussten, dass er ein gefallener Engel war, und trotzdem haben Sie sich weiter auf ihn eingelassen?«

»Nein«, erwiderte Riley scharf. »Ich wusste nur, dass er ein Engel ist, aber nicht, dass er für die Hölle arbeitete.« Ihre Kehle war wie zugeschnürt, und sie bekam nur mit Mühe Luft. Stewart spürte ihre Anspannung, schenkte ihr ein Glas Wasser ein und stellte es vor sie auf den Tisch. Riley murmelte einen Dank und nahm es mit zitternden Händen. Sie ließ sich Zeit, langsam zu trinken, so dass sie überlegen konnte, was sie als Nächstes sagen sollte.

Ein falsches Wort, und es ist aus mit mir.

Mit bebenden Händen stellte sie das Glas wieder ab. »Ich war mit Ori im Centennial Park, als jemand mich anrempelte. Ich fühlte mich ganz merkwürdig, und als Nächstes sah ich, dass Ori Flügel hat.« Sie schüttelte den Kopf, als sie daran dachte. »Damit war ziemlich klar, dass er seine Klamotten nicht bei Walmart kauft.«

»Pardon?«, fragt Rosetti verwirrt.

Der Priester hatte keinen Sinn für Humor. »Dass er für die Hölle arbeitet, habe ich erst später herausgefunden.«

Amundson ergriff das Wort. »Sind die Fänger so ungebildet, dass sie einen gefallenen Engel nicht erkennen, wenn sie ihn sehen?«

»Würden Sie einen erkennen?«, schoss sie zurück. »Er hat schließlich kein großes X auf der Stirn gehabt oder so.«

»Es gibt Wege, herauszufinden, wem sie dienen«, erwiderte der Mann.

»Nun, die hat mir nie jemand erklärt, und Gedanken lesen kann ich auch nicht«, erwiderte Riley. »Er war höflich und hat mich nicht wie ein Kind behandelt, wie sonst jeder Mensch auf diesem Planeten.«

Ein leichtes Lächeln umspielte Stewarts Mundwinkel. »Dämonenfänger lernen in ihrer Ausbildung nichts über die gefallenen Engel. Man ist bislang davon ausgegangen, dass sie niemals einem begegnen werden, bevor sie Meisterniveau erreicht haben. Offensichtlich ist es an der Zeit, diese Annahme zu revidieren.«

Der Priester nickte ernst und richtete den Blick wieder auf Riley. »Wo befindet sich der Leichnam Ihres Vaters im Moment?«

Unwissentlich hatte ihr Rosetti mit dem Zusatz »im Moment« ein Schlupfloch geboten. Ihr Dad konnte bei Mort oder irgendwo anders sein.

»Ich weiß es nicht.«

»Haben Sie Ihre unsterbliche Seele der Hölle versprochen?«

Obwohl er ihr mehr Angst machte als jeder andere von den Jägern, starrte sie Rosetti finster an. »Nein, ich habe meine Seele nicht preisgegeben«, sagte sie fest.

Der Priester beugte sich vor und stützte die Ellenbogen auf den Tisch. »Sie sind das erste weibliche Mitglied in der Dämonenfängerzunft von Atlanta. Wie ich gehört habe, ist Ihre Ausbildung bisher recht turbulent verlaufen, um es diplomatisch auszudrücken.« Er machte eine theatralische Pause. »Vielleicht haben Sie sich darüber geärgert, wie die anderen Fänger Sie behandelt haben, und sahen eine Möglichkeit, sich zu rächen?«

»Ich verstehe nicht, worauf Sie hinauswollen«, sagte sie misstrauisch.

»Haben Sie die Dämonen in den Weihwasserschutzkreis im Tabernakel gelassen?«

»Was?«, rief Riley. »Sie spinnen ja. Simon wäre in der Nacht beinahe gestorben.«

»Ach ja, Mr Adler«, sagte der Priester und suchte in seinen

Unterlagen, bis er eine Akte mit einem Bild von Simon und einer Menge klitzekleinen Gekrakels fand. Wie ein Erlebnisbericht. Der Priester blickte von dem Dokument zu ihr auf. »Wir haben mit ihm gesprochen. Er macht sich ernsthaft Sorgen, wem Ihre Loyalität gilt.«

Das war noch eine Untertreibung.

»Er war so besorgt, dass er Sie mit Weihwasser auf die Probe gestellt hat.«

Stewart richtete seine Aufmerksamkeit auf sie. »Stimmt das?«

Vielen Dank auch, Simon. »Er wollte sehen, ob mir Hörner wachsen. Er wirkte richtig sauer, als das nicht passierte.«

»Er erzählte uns, dass Sie eine Dämonenkralle besitzen«, sagte der Priester. »Tragen Sie sie jetzt auch?«

Riley schüttelte den Kopf, erleichtert, weil sie so klug gewesen war, sie abzunehmen. Wahrscheinlich hätten sie sie sofort vernichtet.

»Warum besitzen Sie ein Symbol der Hölle? Fühlen Sie sich dadurch Ihrem Meister näher?«

»Harper?« Dann dämmerte es ihr, wen der Priester meinte. »Sie meinen Luzifer? Ach, kommen Sie. Ich habe die Kralle behalten, weil das Viech mich beinahe umgebracht hätte. Ich habe Narben, die das beweisen.« *Die ich Ihnen nicht zeigen werde.*

»Sie müssen es aus unserer Perspektive betrachten, Miss Blackthorne«, fuhr der Priester fort. »Sie stehen in engem Kontakt zu einem gefallenen Engel, und Sie tragen häufig ein Symbol der Hölle.« Er schwieg erneut. »Und Sie sind unversehrt aus dem Tabernakel gekommen.«

»Unversehrt? Und was ist mit meinen Albträumen?«

»Im Vergleich zu den anderen haben Sie nichts abbekommen.«

Der Logik dieses Kerls konnte sie nicht folgen. »Und warum hat die Hölle dann versucht, mich zu töten, obwohl ich doch angeblich für sie arbeite?«

»Vielleicht diente es dazu, Sie dazu zu bringen, Ihre Seele dem gefallenen Engel zu überantworten.«

Daran hatte sie noch gar nicht gedacht. War das alles nur eine Falle gewesen? Hatte Ori sie gerettet, damit sie ihm so dankbar war, dass sie ihm alles geben würde, was er verlangte?

»Möglicherweise erreichten seine Verführungskünste bei Ihnen nicht ihr Ziel«, fügte der Priester hinzu.

O Gott, sie wissen Bescheid. Oder versuchte Rosetti nur, sie zu dem Eingeständnis zu bewegen, was wirklich geschehen war?

»Was hätte er davon gehabt? Ich bin siebzehn. Ich bin nicht der Präsident der Vereinigten Staaten oder sonst jemand Wichtiges.«

»Die Hölle verdirbt eine Seele zur Zeit. Das ist der Plan des Höllenfürsten.«

Und warum wollte Luzifer meine Seele dann nicht haben?

»Zum letzten Mal – haben Sie sich der Hölle überantwortet?«, wollte der Priester wissen.

Riley riss der Geduldsfaden. »Nein. Nein. Und nein. Sind Sie taub oder so was?«

»Ruhig, Riley«, murmelte Stewart.

Sie deutete über den Tisch auf ihren Ankläger. »Er hört

nicht zu. Ich habe meine Seele nicht verkauft. Ich bin nicht für den Tod von einem Dutzend Fängern verantwortlich. Mein einziger Fehler ist, dass ich einem Typen mit Flügeln vertraut habe.«

»Wenn Sie sich weigern zu gestehen, sind wir gezwungen, Sie auf die Probe zu stellen«, entschied der Priester. Rosetti schien nicht besonders erpicht darauf zu sein, als hätte er gehofft, dass es nicht dazu käme.

»Lassen Sie mich raten«, sagte sie, und ihr Herzschlag war nah an der Panik. »Das ist der Moment, in dem sie mich in ein Wasserfass werfen und sehen, ob ich ertrinke, stimmt's?«

Stewart schüttelte bestürzt den Kopf. Riley wusste, dass sie sich besser benehmen sollte, aber Zerknirschung war einfach nicht ihr Ding. Sie hatte Angst und war müde, und das schien ihrem Mund einen eigenen Willen zu verleihen.

»Wir sind keine Barbaren, Miss Blackthorne«, erwiderte der Priester kalt.

»Stimmt. Die Inquisition war ja auch nur so etwas wie ein Teekränzchen.«

»Falls Sie meinen, diese Haltung würde Ihnen hier weiterhelfen, dann irren Sie sich«, höhnte Amundson.

Sie fuhr den Leutnant an. »Ich habe diese Haltung, weil Sie einfach nicht *zuhören*. Ich habe Ori meine Seele nicht gegeben. Das ist die Wahrheit.«

Ich habe ihm auch so schon genug gegeben.

Der Priester zog ein kleines Metallfläschchen aus der Tasche. Es sah aus wie die, in die man Spirituosen füllte, doch vorne hatte es ein vergoldetes Kreuz eingraviert. »Strecken Sie Ihre rechte Hand aus.«

»Auf keinen Fall. Erst wenn ich weiß, was Sie da machen.«

»Haben Sie etwas zu verbergen?«, drängte Rosetti.

Ja. »Nein. Ich will nur wissen, was Sie vorhaben.«

»Bitte sagen Sie ihr, was sie erwartet«, sagte der Hauptmann. »Sie machen ihr unnötig Angst.« Salvatores Blick strahlte Mitgefühl aus, als wüsste er, wie es sich anfühlte, auf ihrer Seite des Tisches zu sitzen. Wurden die Jäger ebenso auf die Probe gestellt?

Rosetti legte seinen Stift auf den Tisch. »Bitte entschuldigen Sie. Ich hätte mir die Zeit nehmen sollen, Ihnen die Prozedur zu erklären.« Es war der erste Hinweis, dass hinter der steinernen Fassade des Kirchenmannes ein lebendiges Herz schlug.

Der Priester hielt ihr das Fläschchen hin, damit Riley es betrachten konnte. »Das ist Weihwasser, und wenn es mit Ihrer Haut in Berührung kommt, wird es zeigen, ob Sie von der Hölle verdorben sind.«

»Es wird nicht wirken«, widersprach Riley. »Ich gehe jeden Tag mit dem Zeug um. Sie verschwenden nur Ihre Zeit.« Zumindest hoffte sie, dass das der Fall war.

»Dieses hier hat der Heilige Vater persönlich geweiht.«

Superstarkes Weihwasser. Meine Güte. Sie blickte zu Stewart hinüber. »Muss ich das machen?«

»Wenn du es nicht machst, werden sie dich für schuldig halten.«

»Was würden Sie machen?«

»Ich würde die Probe machen lassen.«

Vielleicht hatte der Meister irgendeinen Plan im Hinterkopf. Seufzend streckte Riley ihr rechte Hand aus und versuchte, nicht zusammenzuzucken, als der Priester ihren Arm ergriff. Diese Aktion würde nichts bringen, außer, dass die Jungs vom Vatikan ziemlich dumm dastehen würden.
Ein einzelner Tropfen Flüssigkeit löste sich vom Flaschenhals und landete auf ihrer Handfläche. Rosetti ließ ihre Hand los.
Gähn. Ich hab's euch doch gesagt.
Eine Sekunde später schoss ein glühender Hitzestrahl durch ihren Körper und ließ sie vor Entsetzen aufschreien. Betäubt vom Schmerz riss Riley ihre Hand zurück. Eingeschlossen in ihre Haut war so etwas wie ein Tattoo zu sehen, aber es schien nicht aus Tinte zu bestehen. Etwa fünf Zentimeter lang und tiefschwarz, zeigte sich das Bild eines Schwertes, aus dessen Klinge Flammen aufstiegen. Es sah cool aus, aber Rosettis Gesichtsausdruck nach zu urteilen war es kein gutes Zeichen.
»Wie ich befürchtet hatte«, sagte der Priester traurig. »Ich wünschte, Sie hätten gebeichtet, als Sie die Gelegenheit hatten.« Er wirkte aufrichtig bekümmert über die Entdeckung, als hätte er gehofft, dass sie unschuldig sei.
»Was ist das für ein Ding?«, wollte Riley wissen und rieb es, jetzt, wo es aufgehört hatte, zu schmerzen. »Woher kommt das?« Sie hatte sich nie groß für Tattoos interessiert, und aufgrund ihres Alters konnte sie sich in Georgia ohnehin noch keines stechen lassen.
»Das ist das Mal der Hölle, ihr Brandzeichen«, erklärte Salvatore. »Luzifer beansprucht Sie für sich.«

9. Kapitel

Voller Panik sah Riley zu Stewart hinüber, aber der Meister schien nicht überrascht von dem Mal auf ihrer Hand. *Er wusste, dass das passieren würde. Warum vertraue ich diesen Leuten immer noch?*

»Sie für sich zu beanspruchen ist nicht dasselbe, wie sie zu besitzen«, gab der Meister zu bedenken.

Bereitwillig ließ der Priester das Argument gelten. »Die Reaktion wäre um einiges schmerzhafter ausgefallen, wenn das der Fall wäre. Gleichwohl trägt sie das Zeichen der Hölle. Dort hält man sie für eine der ihren.«

Stewart hob die Hand. »Zeig uns deine linke Hand, Riley.«

»Warum?«, fragte sie ausweichend.

»Bitte«, sagte er.

Riley drehte ihre linke Handfläche nach oben und schnappte erneut nach Luft. Eingeschlossen in die Haut war eine filigran gezeichnete Krone. »Na klasse, noch eins.« Verzweifelt bemühte sie sich, das Mal loszuwerden, indem sie einen Finger anfeuchtete und daran rieb, aber es verschwand nicht.

Schweigen hatte sich über die Runde gelegt. Schweigen von der unangenehmen Sorte. Als Riley aufblickte, stellte

sie fest, dass der Priester sie mit vor Verblüffung offenem Mund anstarrte. Er bekreuzigte sich und murmelte etwas auf Latein. Der Hauptmann tat es ihm gleich. Leutnant Amundsons finsterer Blick verriet ihr, dass sie immer noch auf seiner Feindesliste stand.
Stewart rutschte auf seinem Sessel herum, sagte aber kein Wort.
»Was ist das? Bin ich jetzt so was wie doppelt verdammt oder so?«, fragte Riley.
Das Schweigen zog sich in die Länge.
»Kann mir bitte jemand erklären, was das bedeutet? Ich muss es wissen.«
Hauptmann Salvatore antwortete ihr schließlich, und Riley hätte schwören können, dass Ehrfurcht in seiner Stimme mitschwang. »Das Schwert bedeutet, dass Sie im Dienste der Hölle stehen, während die Krone bedeutet, dass Sie dem Himmel dienen. Beide Zeichen zu tragen …«
»Ist ziemlich abgefahren, stimmt's?«
Ein leises Lächeln erschien auf dem Gesicht des Jägers. »So könnte man es ausdrücken, ja. Es ist wahrlich verblüffend.«
»Das kann nicht sein«, protestierte Amundson. »Das muss einer von Luzifers Tricks sein.«
»Es liegt daran, dass …« Riley verstummte. Augenblicklich waren alle Augen auf sie gerichtet. Riley warf Stewart einen fragenden Blick zu, und er nickte.
»Mach weiter. Es wird Zeit, dass sie es erfahren.«
Sie holte tief Luft. »Simon lag im Sterben, also habe ich eine Abmachung mit einem Engel getroffen. Er sagte, der

Himmel würde ihn gesund machen, wenn ich ihnen dafür einen Gefallen tue.«

»Was für einen Gefallen?«, fragte Vater Rosetti zweifelnd.

Riley öffnete den Mund in der vollen Absicht, die Wahrheit zu sagen, aber irgendetwas hielt sie zurück. Ob dieser Impuls von der himmlischen Seite ihres Herzens kam oder von der höllischen, wusste sie nicht sicher. Doch ihr Vater hatte immer gesagt, sie solle ihren Instinkten vertrauen, und das tat sie.

»Einfach … einen Gefallen.«

Hoffentlich würde ihr irgendjemand einen Tipp geben, was sie tun sollte, wenn es so weit war. Sie konnte sich schließlich schlecht ein Buch mit dem Titel »101 kreative Wege, den Weltuntergang zu verhindern« aus der Leihbücherei holen.

»Weiß Mr Adler das?«

Sie schüttelte den Kopf.

Eine erregte Unterhaltung zwischen den Jägern setzte ein, alles auf Italienisch. Obwohl sie nicht wusste, was sie sagten, merkte Riley, dass Salvatore sich für sie einsetzte. Amundson war, seinem Tonfall nach zu urteilen, auf jeden Fall nicht auf ihrer Seite. Zwischen den beiden saß der Kirchenmann. Wie würde Rosetti entscheiden?

Schließlich endete der Streit.

Vater Rosetti sagte auf Englisch zu ihr: »Ich neige dazu, dem Leutnant zuzustimmen, dass dies einer der Tricks der Hölle ist. Ich möchte allerdings in einer so bedeutsamen Angelegenheit auf gar keinen Fall einen Fehler machen. Ich muss Rom in dieser Angelegenheit konsultieren.«

Rom? Was, wenn man ihr befahl, vor dem Papst zu erscheinen? Was, wenn der ihr nicht glaubte? Würde man sie bis in alle Ewigkeit in einen feuchten Kerker sperren?

Riley fuhr fort, die Innenseiten ihrer Lippen zu malträtieren, während sie die neuen Beigaben auf ihren Handflächen musterte. Die Male verblassten nicht, wie sie gehofft hatte.

Ich sehe aus wie eine Biker-Tussi. Das ist so gemein.

Als die Jäger und der Priester den Raum verließen, stritten sie bereits wieder miteinander.

Und jetzt? Würde man sie als Anwärterin für eine Heiligsprechung vorschlagen oder anfangen, Feuerholz zu schlagen wie für Jeanne d'Arc?

»Gut gemacht«, sagte Stewart leise und hievte sich aus dem Sessel.

Stirnrunzelnd blickte sie zum Meister auf. »Sie haben gewusst, dass das geschehen würde, oder?«, fragte sie und zeigte auf das Mal des Himmels.

»Ich habe damit gerechnet. Das Risiko hat sich gelohnt.«

»Nur weil es nicht Ihr Arsch ist, der auf dem Spiel steht«, schoss sie zurück, doch dann bereute sie ihre Worte. Sie hatte heute eine große Klappe, und Stewart war für sie da gewesen, als es darauf ankam. »Entschuldigung. Ich bin im Moment etwas durch den Wind.«

»Was dein gutes Recht ist. Im schlimmsten Fall werden sie dich in Haft nehmen, bis sie das Gefühl haben, du seist nicht länger eine Bedrohung.«

»Und wie lange wird das dauern?«, fragte sie zweifelnd.

»So, wie du Ärger anziehst?«, sagte Stewart. »Sehr lange, fürchte ich.«

Lebenslänglich im Vatikan unter Arrest. Dumm gelaufen.

Ein unnahbarer Jäger setzte Beck an seinem Haus ab und fuhr davon, als sei nichts Besonderes geschehen. Für den Jäger vielleicht nicht, aber Beck konnte immer noch den Abdruck seines eigenen Körpers auf dem Rasen und die schwarzen Stiefelspuren auf der Treppe zur Vordertür erkennen. Jede Wette, dass alle Nachbarn ihn da draußen gesehen hatten, mit gefesselten Händen wie irgendein mieser Versager. Lange Zeit saß er auf der Veranda im Schaukelstuhl und schaukelte in schönster Rage vor und zurück. Er schob den Augenblick, in dem er endlich hineingehen musste, vor sich her, denn er wusste, dass er dann nur noch wütender werden würde.

Wie konnten sie es wagen, in sein Haus einzudringen, selbst wenn Riley hier gewesen war? Seit wann hatten sie das Recht, zu tun, was sie wollten?

Seit der Bürgermeister die Jäger gebeten hatte, nach Atlanta zu kommen.

Beck war kurz davor, Justine anzurufen, um ihr zu sagen, dass er wieder ein freier Mann war, als er mitten in der Bewegung verharrte. Finster starrte er das Handy an und riss die hintere Abdeckung ab. Im Inneren schien nichts verändert worden zu sein, aber der Vatikan verfügte wahrscheinlich über die entsprechende Technik, um unbemerkt jedes Wort, das er sagte, mitschneiden zu können.

Während er das Telefon wieder zusammensetzte, entschied er sich, nicht anzurufen. Als er die Spannung nicht länger ertragen konnte, schloss Beck die Tür auf und betrat das Haus. Das zersplitterte Glas lag immer noch auf dem Küchenfußboden. Die Sessel waren verschoben worden, der Tisch hatte sich einen anderen Platz gesucht. Jemand hatte seinen Vorratsschrank geöffnet und seine Fängerutensilien durchwühlt.

Leise fluchend ging er von Zimmer zu Zimmer und verschaffte sich einen Überblick über den Schaden. Schubladen standen offen, und Gegenstände befanden sich nicht da, wo sie hingehörten. Jemand hatte sein *Handbuch für Dämonenfänger* auf den Boden geworfen. Er hob es auf, strich andächtig die zerknitterten Seiten glatt und fluchte noch ein bisschen mehr.

Nichts davon wäre nötig gewesen, wenn sie nur nach einem ein Meter siebzig großen Mädchen gesucht hätten. Aber sie wollten sich mit ihm anlegen, wollten ihn wissen lassen, wie wenig sie von Dämonenfängern allgemein und ihm speziell hielten. Da Amundson die eigentliche Durchsuchung geleitet hatte, war dies alles mit seinem Segen geschehen.

Beck räumte auf, aber das Gefühl, persönlich verletzt worden zu sein, blieb. Nachdem er die Glasscherben in der Küche entsorgt hatte, machte er sich ein Bier auf. Dann noch eins. Schließlich reihte er die Flaschen aus einem Sixpack samt Flaschenöffner auf dem Boden neben dem Sofa auf und begann, sich nach und nach durchzuarbeiten. Das war mehr, als er normalerweise in einer Woche trank.

Während er sich das Bier reinzog, ging er im Kopf alle möglichen Verschwörungstheorien durch. Hatten sie sein Haus verwanzt? Konnte er das Festnetztelefon ohne Gefahr benutzen? Was war mit seinem Computer? Hatten sie die Kinderbücher entdeckt und geschnallt, dass er nicht lesen konnte? Hatten sie Meister Stewart das Geheimnis verraten?

»Verdammte arrogante Wichser«, sagte er.

All das hatte er Riley zu verdanken. Er hatte alles für das Mädel getan, hatte bis zur Erschöpfung und darüber hinaus Dämonen gefangen, um genug Geld zu verdienen, damit sie genug zu essen und einen Platz zum Wohnen hatte. Sie hatte ihn abserviert. Noch schlimmer, sie ignorierte jeden kleinen Rat, den er ihr gab. Und dann hatte sie sich einem gefallenen Engel an den Hals geschmissen.

Immerhin hat Simon dich nicht bekommen. Er leerte die vierte Flasche und begann mit der fünften. Sein Magen protestierte über diese Misshandlung, während sein Kopf brummte, als wäre er ein Bienenstock, der von wütenden Wespen überfallen wurde. Beck war es egal. Er wollte sich so zudröhnen, dass er nichts mehr fühlte. Er konnte nicht an Pauls Tochter zusammen mit diesem Höllendiener denken.

Noch ein langer, tiefer Schluck. »Was ist denn so Besonderes an diesem geflügelten Mistkerl?«, wollte er vom leeren Zimmer wissen. »Warum hättest du nicht noch ein Jahr oder so warten können, bis wir …« Die Hand, mit der er das Bier hielt, begann zu zittern. »Mein Gott, du hast uns nie eine Chance gegeben.« Und tief in seinem Herzen wusste er, dass er sie nicht verdient hatte.

Er hörte ein Geräusch draußen vor seiner Tür. Jemand war auf der Veranda. Dann klopfte es.

Beck ignorierte es. Es klopfte erneut, lauter dieses Mal. »Verschwinde!«, bellte er.

»Beck?«, rief eine Stimme mit unüberhörbarem schottischen Akzent. »Wir müssen reden.«

Stewart. »Ach, verdammt«, sagte Beck und stand auf. Er starrte die leeren Flaschen auf dem Fußboden an. Er könnte sie verstecken, aber es gab keine Möglichkeit, den Alkoholpegel in seinem Blut zu verbergen.

»Junge?« Der Ton wurde strenger. »Mach die Tür auf!«

Beck fluchte vor sich hin und ließ den Mann herein. Stewart ging ins Wohnzimmer und ließ sich aufs Sofa sinken. Sein Blick fiel auf die Flaschen, und mit seinem Stock stieß er eine der leeren an. »Ist das das erste Sixpack oder das zweite?«, wollte er wissen.

»Das erste.«

»Hilft dir der Rausch?«

»Weiß ich noch nicht.«

»Nun, wir werden noch mal darauf zurückkommen.« Der ältere Mann sah sich um. »Ich bin zum ersten Mal hier. Ein nettes Plätzchen. Fühlt sich an wie ein Zuhause.«

Was zum Teufel soll das?

Beck murmelte einen Dank, anstatt die Frage zu stellen.

»Riley ist noch bei den Jägern. Sie versuchen, herauszufinden, was sie mit ihr anstellen sollen, und haben Rom um Anweisungen gebeten. Es wird eine Weile dauern, bis wir erfahren, wie sie entschieden haben. In der Zwischenzeit behandeln sie sie ganz ordentlich.«

»Wo haben sie sie gefunden?«

»Sie hat sich gestellt.«

»Was? Wieso?«, fragte Beck.

»Wenn sie es nicht getan hätte, hätten sie dich an ihrer Stelle einkassiert.«

»O Mann …« *Sie hat sich gestellt.* Aber das bedeutete gar nichts. Stewart hatte ihr wahrscheinlich so lange zugesetzt, bis sie nachgab.

»Erzähl mir von dem gefallenen Engel«, befahl der Meister.

Wie viel wusste er? Hatte Riley ihm die Wahrheit erzählt? Beck war es egal. »Hat sie dir erzählt, dass sie mit ihm geschlafen hat?«, fragte er verbittert.

»Aye. Ich schätze, das ist das Problem, weswegen du mich am Morgen angerufen hast.«

»Ja. Sie kam hierher und jammerte rum, was er ihr angetan hätte. Wie ich die Sache sehe, hat sie sich den Scheiß selbst eingebrockt.«

Stewart hob eine seiner silbernen Augenbrauen. »Es steht uns nicht zu, darüber zu urteilen.«

»Zum Teufel, nein«, gab Beck zurück. Der Alkohol befeuerte seinen Zorn. »Ich dachte, mit Simon würde sie nicht allzu viel Ärger bekommen, aber ich hätte nie gedacht, dass sie mit einem verdammten Dämon schlafen würde.«

»Ein gefallener Engel ist kein Dämon. Sie wurden von Gott selbst erschaffen und haben dann den falschen Weg eingeschlagen. Viele von uns tun das.«

»Ist doch egal. Ich hätte nie meine Zeit mit ihr verschwendet, wenn ich gewusst hätte …«

Beck begriff, dass er zu weit gegangen war, dass er zu ehrlich gewesen war, aber er konnte seine Worte nicht mehr zurücknehmen.

Stewart machte ein nachdenkliches Gesicht. »Hier geht es nicht nur um den gefallenen Engel. Es geht um deinen verletzten Stolz. Hast du je daran gedacht, Riley zu sagen, was du für sie empfindest?«

Beck schüttelte den Kopf. »Das ist doch egal.«

»Du kannst vielleicht dich selbst belügen, aber nicht mich. Paul hat mir erzählt, was du für das Mädchen empfindest. Ich weiß Bescheid, also versuch nicht, mich hinters Licht zu führen!«

»Was geht dich das überhaupt an?«, knurrte Beck.

»Ich habe meine Gründe«, erwiderte Stewart gereizt.

»Ich habe getan, was ich für richtig hielt. Sie hätte wegen Ori auf mich hören sollen. Stattdessen macht sie mit ihm rum. Dafür bin ich nicht verantwortlich.«

Stewarts Augen wurden schmal. »Als Meister wirst du für jeden deiner Fänger verantwortlich sein, egal, was für Fehler sie machen, und egal, ob du sie für Idioten hältst.«

Beck spürte den Tadel wie einen scharfen Stich. »Ich werde es niemals zum Meister bringen, das wissen wir doch beide.«

»Das habe ich zu entscheiden, verstanden?«, erwiderte der Schotte. Er holte tief Luft, um seines Ärgers Herr zu werden. »Diese Reporterin, diese rothaarige Giftnudel. Was bedeutet sie dir? Habt ihr eine Affäre?«

Er meinte Justine. »Ja. Ich bin seit einer Weile mit ihr zusammen. Und?«
»Warst du mit ihr zusammen, als Riley dich angerufen hat?«
Beck stöhnte und nickte. Dieser Typ konnte in ihm lesen wie in einem offenen Buch.
Das Stirnrunzeln hätte in Stewarts Gesicht eingemeißelt sein können. »Hast du der Reporterin irgendetwas über Ori erzählt?«
»Ich habe Justine vor einer Weile nach ihm gefragt. Ich wollte sehen, ob sie etwas über ihn herausfinden kann, da niemand hier ihn zu kennen schien.«
»Ich verstehe. Nun, in der Zwischenzeit sei bitte vorsichtig, was du der Frau erzählst, okay?«
Becks Ärger wuchs erneut. »Mit Justine ist alles in Ordnung. Sie war die ganze Zeit aufrichtig zu mir.«
»Das kann schon sein, aber pass trotzdem auf, was du sagst. Das ist ein Befehl.«
Mühsam stand Beck auf. In seinem Kopf drehte sich alles. Er hatte genug von dem alten Mann. »Ist das alles?«
Stewart erhob sich ebenfalls. »Nein. Unterhalt dich mal mit Roscoe Clement«, sagte er. »Er hat versucht, Riley Dämonen zu einem überhöhten Preis abzukaufen, was bedeutet, dass er einen Käufer an der Hand hat, und zwar einen illegalen. Es ist nicht nötig, höflich zu ihm zu sein. Wir brauchen Antworten.«
Das klang nach einem Plan. Beck war genau in der richtigen Stimmung, um ein paar Schädel einzuschlagen.
Zu seinem Erstaunen klopfte Stewart ihm auf die Schul-

ter. »Wir schaffen das schon, Junge. Jetzt sieh zu, dass du wieder nüchtern wirst. Versuch nicht länger, deine Probleme wegzusaufen. Ich hab's probiert, es hat nicht funktioniert.«

»Und warum schleppst du dann die ganze Zeit einen Flachmann Whiskey mit dir herum?«, fragte Beck, ehe er sich bremsen konnte.

Der Meister seufzte. »Weil es besser ist, als die ganze verdammte Flasche leer zu trinken.«

10. Kapitel

Beck saß auf dem Bordstein gegenüber von Roscoes Laden und wartete darauf, dass das Geschäft zumachte. Er hätte gedacht, der Laden würde viel länger aufhaben, aber offensichtlich liefen die Geschäfte mittwochabends nicht besonders prickelnd. Während er herumsaß, musste er ständig an Riley denken und wie es für sie sein musste, bei den Jägern zu sein. Obwohl Stewart gesagt hatte, sie würden sie anständig behandeln, hatte sie wahrscheinlich Angst. Was, wenn man sie irgendeines Verbrechens für schuldig befand? Was stellten sie mit Leuten wie ihr an?

Beck fuhr sich mit der Hand durchs Haar. *Ich kann das alles unmöglich schaffen.* Er zwang sich, sich auf das zu konzentrieren, was Stewart von ihm verlangte. Und das hieß, den Kerl zu bearbeiten, dem der Laden auf der anderen Straßenseite gehörte.

Wenn es einen Menschen gab, der tiefer gesunken war als eine Kakerlake, dann Roscoe Clement. Es störte Beck nicht, dass der Perverse in seinem Laden Sexvideos verkaufte – mit irgendwas mussten die Leute ja ihr Geld verdienen. Was ihn nervte, war, dass dieser Typ eine Lizenz als Dämonenhändler besaß. Für diese Farce hatte viel Geld den Besitzer gewechselt.

Es gab noch einen Grund, warum er diesen Widerling zu gern in die Finger kriegen wollte: Als Riley ihm ein paar kleinere Dämonen verkaufen sollte, hatte Roscoe sie angebaggert und versucht, sie zu überreden, in einem seiner Filme mitzuspielen. Egal, wie sauer Beck auf Pauls Tochter war, niemand durfte sich so etwas erlauben und hoffen, weiteratmen zu dürfen.

Zwei Angestellte kamen heraus und unterhielten sich, während sie die Peachtree Street entlanggingen. Wenn Beck Glück hatte, würde ihr Boss allein aufbrechen. Er hatte überlegt, sein Stahlrohr zu benutzen, um zu bekommen, was er wollte, aber damit würde er sich nur Ärger einhandeln. Dieser Kotzbrocken war ein Feigling: Beck brauchte sich nur direkt vor dem Typen aufzubauen, und Roscoe würde alles ausspucken.

Als seine Jagdbeute sich nicht blicken ließ, rief Beck kurz bei Meister Stewart zu Hause an und erhielt die gleiche Antwort wie zwei Stunden zuvor: Riley befand sich immer noch im Gewahrsam der Jäger. Das war nicht das, was er hören wollte.

Beck hatte kaum aufgelegt, als sein Telefon wie ein aufgeregtes Schwein zu quieken begann. Er stieß ein wütendes Knurren aus – einer der Jäger hatte seinen »Georgia on My Mind«-Klingelton gelöscht und ihm dabei diesen kleinen Gruß hinterlassen.

»Beck.«

»Du klingst wütend. Was ist los?«, fragte eine sanfte Stimme.

Justine. »Nichts Besonderes. Ich bin draußen, ein bisschen Luft schnappen«, sagte Beck. »Was willst du?«

»Ich vermisse dich«, sagte sie. Das entlockte ihm ein Lächeln. »Hat dir der Artikel gefallen?«

Verdammt. Beck hatte befürchtet, dass sie das fragen würde. Er hatte nur ein paar Absätze geschafft, und dafür hatte er schon ewig gebraucht. »Ich bin noch nicht dazu gekommen, ihn zu lesen«, flunkerte er. »Hab gerade ziemlich viel um die Ohren.«

Sie zögerte keine Sekunde. »Ich habe gehört, dass die Jäger nicht genau wissen, was sie mit Riley Blackthorne anstellen sollen. Manche glauben, sie würde für die Hölle arbeiten, andere sind sich da nicht so sicher.«

Stewarts Warnung kam ihm in den Sinn. Justine war für Becks Geschmack zu gut auf dem Laufenden, obwohl ihn das eigentlich nicht überraschen sollte.

»Ich weiß nur, dass sie sie noch nicht freigelassen haben«, erwiderte er.

»Sehe ich dich später?« Ihre Stimme klang jetzt verführerischer.

Beck hätte schon Lust. Sehr große sogar. »Ich habe keinen Bock, noch mal in das Hotel zu kommen«, gab er zu.

»Ich mache auch Hausbesuche«, bot sie an.

Das ging schon mal gar nicht. Er ließ nie eine Frau in sein Haus. Na ja, Riley war da gewesen, aber das war etwas anderes. »Ich ruf dich später noch mal an.«

»Ich verstehe.« Justine konnte glatt mit Worten einen Schmollmund ziehen. »Bist du meiner bereits überdrüssig?«

»Nein. Ich habe nur etwas vor.«

»Kann ich dich nicht begleiten? Ich würde dir gerne beim Dämonenfangen zusehen.«

Bevor Beck antworten konnte, öffnete sich eine Tür, und Roscoe trat heraus.

»Äh, das wäre keine gute Idee, tut mir leid. Ich muss Schluss machen. Hier geht's gleich ab.«

»Ich hoffe, ich sehe dich später«, erwiderte Justine. »Ich vermisse dich.« Dann hörte Beck das Freizeichen.

Ich vermisse dich auch, Zuckerschnute. Auch wenn Stewart glaubt, du wärst nicht astrein.

Beck hatte die Straße überquert, ehe Roscoe seinen Laden abgeschlossen hatte. Er gab dem Kerl absichtlich keine Chance, sich umzudrehen, sondern knallte sein Gesicht gegen die Glastür. Zum Glück löste der Aufprall keinen Alarm aus.

»n'Abend, Roscoe«, sagte er und ließ in seine Stimme jede Menge unausgesprochener Drohungen mitschwingen.

»Ich habe kein Geld«, schrie der Mann zitternd. »Ich habe schon gezahlt.«

»Ich bin nicht wegen Geld hier.«

»Beck? Bist du das? Wieso erschreckst du mich so?«

Wenn dich das schon erschreckt …

Beck schleuderte den Kerl herum und sah ihm ins Gesicht. Auf der Stelle verzog er angewidert die Nase: Roscoe roch nach einem penetranten Rasierwasser, als sei er auf dem Weg zu einer Frau.

»Die Zunft will wissen, wem du die Dämonen verkaufst.«

Roscoe blinzelte heftig. »Das … das steht alles in meinen Büchern«, stammelte er.

»Nicht die offiziellen, du Volltrottel. Ich meine die, die du unterm Ladentisch kaufst.«

Roscoes gerötetes Gesicht wurde aschfahl. »Ich habe nichts Unrechtes getan.«
Beck schüttelte ihn durch, dass dem Versager die Zähne klapperten. »Falsche Antwort, versuch's noch mal. Und nur damit du Bescheid weißt, Roscoe, die Zeit für Höflichkeiten ist vorbei.«
»Ich kann's dir nicht sagen. Ich trau mich nicht«, keuchte der Mann.
Und jetzt? Normalerweise würde jetzt eine kleine Schmerztherapie helfen, aber das hier war etwas anderes. Vielleicht sollte er lieber Roscoes Verstand anstelle seiner Knochen bearbeiten.
Beck ließ ihn los. »Na dann, tut mir leid, aber so musste es wohl kommen«, sagte er. »Ich schicke auch Blumen für deine Beerdigung.« Er drehte sich um und machte Anstalten zu gehen, in der Hoffnung, sein riskantes Spiel würde aufgehen.
»Was meinst du damit? Hey! Warte!«, rief Roscoe laut.
Beck ließ sich Zeit, ehe er sich umdrehte. »Ich meine damit, dass ich deine letzte Chance war. Ab jetzt hängt alles von den Jungs in Rom ab. Die scheißen darauf, wer dir im Nacken sitzt.«
»Die dürfen mir nichts tun«, rief Roscoe.
»Das ist denen egal, Mann«, sagte Beck und kam wieder näher. »Wenn du Glück hast, machen sie nur deinen kleinen Drecksladen hier dicht. Wenn sie richtig sauer sind, liegst du bald unter der Erde, und kein Schwein wird dich vermissen.«
Roscoes Gesicht war schweißgebadet. »Um Himmels wil-

len, tu das nicht«, flehte er. »Sag ihnen, dass ich nichts weiß.«
»Das kann ich nicht, Roscoe.«
Der Blick des Mannes schoss von links nach rechts, als hielte er nach einem Fluchtweg Ausschau.
»Erzähl's mir. Ich sehe doch, dass du über beide Ohren mit drinsteckst.«
Der Ladenbesitzer starrte zu ihm hinauf. »Du weißt, was vor sich geht?«
»Einiges davon«, sagte Beck, obwohl er nicht den blassesten Schimmer hatte, worum es ging.
Roscoe sank gegen die Tür, als hätten sich seine Beine in Götterspeise verwandelt. »Dieser Typ kam in den Laden und sagte mir, er würde einen Haufen Geld für Dämonen bezahlen. Er wollte alle, die er kriegen konnte. Alles ab Einern aufwärts.«
»Wie sah er aus?«
»Etwa so groß wie du, mit dunkelbraunem Haar.«
»Diese Beschreibung trifft auf so etwa jeden Typ hier in der Stadt zu. Da musst du schon genauer werden.«
»An dem Typ war nichts Besonderes«, beschwerte sich Roscoe. »Ich musste jedes Mal zu einer anderen Stelle fahren. Meistens zu verlassenen Parkplätzen. Er tauchte mit einem Truck auf, nahm die Dämonen und gab mir das Geld.«
»Irgendeine Idee, wo er mit ihnen hin ist?« Kopfschütteln.
»Wie viele hast du ihm verkauft?«
»Wieso ist das wichtig?« Als Beck einen drohenden Schritt auf ihn zu machte, wich Roscoe ängstlich aus. »Etwa drei-

ßig Dreier, ein Dutzend Zweier oder so und ein paar Einer. Ich habe gehört, dass ein paar der anderen Händler ihm ähnliche Mengen verkauft haben.«

Beck pfiff leise. »Das sind aber verdammt viele Dämonen.«

Das System war einfach: Die Fänger fingen Dämonen und verkauften sie an die Händler. Beide Seiten erhielten ein Formular, das bewies, das alles legal zuging. Dann verkaufte der Händler die Höllenbrut en gros an die katholische Kirche. Für den Versuch, Dämonen ohne ordentliche Papiere zu verkaufen, landete man im Knast und bekam eine saftige Geldbuße aufgebrummt.

»Warum sollte irgendjemand für einen Haufen Dämonen viel mehr zahlen als den aktuellen Preis? Was macht er mit ihnen?«, fragte Beck.

»Ich weiß es nicht, und es ist mir auch egal«, sagte Roscoe. »Ich brauche das Geld. Glaubst du etwa, so einen Laden hier zu führen sei billig? Es gibt eine Menge Schmiergelder zu zahlen.«

Beck sah sich rasch um. Die Leute gingen unbekümmert ihren Geschäften nach. »Was ist mit dem gefälschten Weihwasser? Was weißt du darüber?«

Stirnrunzelnd schüttelte Roscoe den Kopf. »Gefälschtes Weihwasser? Warum sollte jemand so etwas tun? Das ist doch idiotisch.«

Der Kotzbrocken weiß nichts von dem Betrug.

»Eine Sache noch …« Einen Sekundenbruchteil später war Roscoe auf den Beinen, und Beck rammte ihn gegen die Tür. Die Erschütterung löste den Alarm aus und tauchte sie in Flutlicht.

»Wenn du Paul Blackthornes Tochter noch einmal anbaggerst«, knurrte Beck wenige Zentimeter vom Ohr des Mannes entfernt, »dann verfüttere ich dich an einen Dreier, und zwar häppchenweise. Hast du mich verstanden?«

Roscoe sackte zusammen. »Ja, ich meine nein, ich tu's nie wieder. Ehrenwort.«

Sobald Beck ihn losgelassen hatte, sackte der Jammerlappen zu einem vor Entsetzen zitternden Häufchen Elend zu Boden.

Beck wischte sich demonstrativ die Hand an der Jeans ab, als hätte er etwas Giftiges angefasst. »Danke, Roscoe. Die Zunft weiß deine Hilfe zu schätzen.«

»Du bringst doch das mit den Jägern in Ordnung, oder?«, winselte der Mann.

»Klar.«

Falls ich es nicht vergesse.

Als Stimmen Riley aus einem unruhigen Schlaf rissen, setzte sie sich verwirrt im Bett auf. Im Raum war es dunkel, bis auf ein glühend rotes Licht an der Decke. Einen Moment lang dachte sie, es sei ein Dämon, bereit zum Angriff, und quiekte erschrocken auf, doch dann kam sie sich albern vor.

Idiotin. Das ist der Rauchmelder.

Der Nebel in ihrem Hirn hob sich wie ein Bühnenvorhang. Sie war immer noch bei den Dämonenjägern im Westin. Ein Blick zur Digitaluhr auf dem Nachttisch verriet ihr, dass es kurz vor zehn Uhr abends war. Seit mehr als zwölf Stunden war sie »Gast« der Jäger.

Nachdem er an die Tür geklopft hatte, steckte ein junger Jäger den Kopf herein. Das Licht im Korridor hob seine Silhouette deutlich hervor. Riley schaltete die Lampe neben dem Bett an. »Was ist?«, murmelte sie.

»Kommen Sie mit«, sagte er mit einem deutlichen deutschen Akzent. »Jetzt, bitte.«

Der drängende Unterton in seiner Stimme veranlasste Riley, eilig ihre Schuhe zuzubinden und sich ihre Jacke und den Rucksack zu schnappen. »Was ist los?«, fragte sie und versuchte, sich die Haare mit den Fingern zu kämmen.

Statt einer Antwort führte der Jäger sie den Gang hinunter auf den Notausgang zu. Ein weiterer Jäger, der sich mit militärischer Präzision bewegte, folgte ihnen. Aus ihren Funkgeräten ertönten knisternd Stimmen und wurden als Echo zurückgeworfen, sobald sie das Treppenhaus betraten.

»Wo gehen wir hin?« Keine Antwort. Was, wenn man sie heimlich aus der Stadt brachte, ohne Stewart Bescheid zu geben? War das eine Reise ohne Rückfahrkarte nach Rom oder irgendwo anders hin?

Nach einem raschen Abstieg über unzählige Stockwerke traten sie auf die Straße hinter dem Hotel. Der zweite Jäger verschwand und ließ sie mit diesem Deutschen allein. Sein dunkles Haar war kurz geschnitten, und seine Nase hatte ein leichte Delle, als sei sie einmal gebrochen und wieder verheilt.

»Bitte, sagen Sie mir, was los ist.«

Seine Aufmerksamkeit ließ er die ganze Zeit auf die Straße gerichtet, als er antwortete: »In der Nähe wurde ein Erzdämon gesichtet.«

Das erklärte, warum die Jäger so angespannt waren. Riley hatte nie zuvor einen Erzdämon gesehen, aber von Beck hatte sie gehört, dass sie, was ihre Stärke betraf, nur eine Stufe unter einem gefallenen Engel standen. Ein Erzdämon hatte ihren Vater seine Seele gekostet. Entweder das, oder er hätte sein Leben verloren.

Doch das erklärte nicht, warum sie sich außerhalb des Hotels befand. Als Riley gerade diese Frage stellen wollte, verließ Hauptmann Salvatore das Gebäude, wobei er in sein Funkgerät sprach. Sobald er sie erreicht hatte, nickte er dem jüngeren Jäger zu, der sich umgehend zurückzog.

»Ist es wirklich ein Erzdämon?«, fragte sie.

Salvatore schüttelte den Kopf. »Nur jemand mit einem makaberen Sinn für Humor. Der Idiot hat sich ein Teufelskostüm angezogen, ist durch den Markt im Centennial Park gerannt und hat dabei Feuerwerkskörper und Rauchbomben geworfen. Die Leute sind in Panik geraten. Er ist jetzt in Gewahrsam.«

»Fünfer sind schon furchterregend genug. Einen Erzdämon kann ich mir gar nicht vorstellen.«

»Dabei haben Sie einem gefallenen Engel widerstanden«, erwiderte Salvatore.

»Ori hat mir nicht solche Angst eingejagt, zumindest nicht, bis ich ihm sagte, dass er meine Seele nicht bekommt. Er

wirkte so … menschlich, außer, dass er zu perfekt war, wenn Sie wissen, was ich meine.«
Ein Nicken. »Man hat über Ihren Fall entschieden.«
Riley suchte das Gesicht des Hauptmanns nach Hinweisen ab, was die Zukunft für sie bereithielt. »Sie glauben mir nicht, stimmt's?«
»Nicht vollständig. Aber die Male auf Ihren Händen haben Rom stärker überzeugt als Ihre Aussage. Wir haben die Erlaubnis, Sie aus der Haft zu entlassen.«
Was? »Sie lassen mich gehen?«, platzte sie heraus. *Warum sollten sie das tun?*
Der Hauptmann lächelte über ihren Ausbruch. »Ich bin genauso überrascht wie Sie. Die Entscheidung kam in Rekordzeit: Galileo musste fast drei Jahrhunderte und sechzig Jahre auf seine Begnadigung warten.«
Hatte er da gerade die Kirche beleidigt? »Dann hat man also beschlossen, dass ich nicht böse bin?«, fragte sie. Sie konnte die Neuigkeit immer noch nicht ganz fassen.
»Es ist eher ein Abwarten-und-Tee-Trinken. Offensichtlich weiß der Heilige Vater etwas über diese Male, das wir nicht wissen. In der Zwischenzeit werden Sie in die Obhut von Großmeister Stewart entlassen.«
Riley legte den Kopf schräg. »Was bedeutet das genau?«
»Da er eingewilligt hat, in kirchlichen Angelegenheiten als Ihr Vormund aufzutreten, trägt der Meister nun die Verantwortung für Sie«, erwiderte Salvatore. »Wenn Sie irgendetwas unternehmen, das Rom zu der Annahme veranlasst, Sie seien für die Hölle tätig, werden Sie verhaftet und vor Gericht gestellt. Ebenso Großmeister Stewart,

was eine ernste diplomatische Krise zwischen der Internationalen Zunft und dem Heiligen Stuhl nach sich ziehen würde. Ich an Ihrer Stelle würde mir Mühe geben, mich von Schwierigkeiten fernzuhalten.«

»Stewart muss verrückt gewesen sein, sich auf so einen Handel einzulassen.«

Salvatore grunzte zustimmend.

Warum hat der Papst mich freigelassen? Kann der Himmel ihm verraten haben, was von mir verlangt wird? Sie würde es niemals erfahren.

»Und was hält der Priester von der Sache?«, fragte sie.

»Vater Rosetti glaubte anfangs, Sie stünden im Mittelpunkt der Probleme in Atlanta. Noch nachdem er Rom konsultiert hat, ist er unsicher. Er fürchtet jedoch immer noch, dass Sie sich am Ende als Bedrohung erweisen könnten.«

»Was ist mit diesem nordischen Typen, der mit dem Haltungsproblem?«

»Leutnant Amundson ist äußerst ungehalten.« Salvatores Lächeln wurde breiter, als finde er großen Gefallen an dieser Tatsache. »Allerdings wagen weder Rosetti noch der Leutnant, dem Heiligen Vater in diesen Dingen zu widersprechen.«

Was sollte sie jetzt sagen? Bis dann und danke, dass Sie mich nicht gefoltert haben? Ihr Kerle seid echt komisch.

Stattdessen schlug Riley eine andere Richtung ein. »Glauben Sie, dass jemand Simon manipuliert?«

Salvatore musterte sie aufmerksam. »Es ist bekannt, dass so etwas nach traumatischen Ereignissen passieren kann. Die Hölle versucht, sich die Zweifel zunutze zu machen, wenn man am verletzlichsten ist. Nur, weil jemand tief religiös ist, heißt das nicht, dass er oder sie gegen die Versuchung gefeit ist.«

»Mit dem Himmel ist es genau so«, murmelte sie. »Sie wussten, dass ich Simon nicht sterben lassen würde. Sie wussten genau, welchen Knopf sie drücken mussten.«

»So scheint es. Wir werden uns Mr Adler einmal genauer ansehen. Vielleicht finden wir heraus, wer ihn beeinflusst hat.«

»Warum haben Sie mich vor dem Hotel abgefangen?«, fragte sie neugierig.

»Ich wollte mir selbst eine Meinung über Sie bilden, ehe Rosetti Ihnen die Furcht vor Gott einpflanzt. Ich fand ein junges Mädchen, das sich darüber empört, dass jemand auf Kosten der toten Dämonenfänger Geld verdient. Das verriet mir, dass Ihr Herz nicht schlecht ist, oder zumindest nicht vollkommen verloren.«

»Also hätten wir uns diesen ganzen Vorgang schenken können, mich mit dem Weihwasser zu salben?«

Salvatore schüttelte den Kopf. »Außerdem hätte ich mir das um nichts auf der Welt entgehen lassen wollen.«

Er gab ihr das Handy zurück, zusammen mit einer Visitenkarte. Sie trug das eingeprägte Siegel von St. Georg und dem Drachen sowie den Namen des Hauptmanns in Frakturschrift.

»Bitte rufen Sie mich alle vierundzwanzig Stunden an, damit wir über Ihren Aufenthaltsort informiert sind. Ich brauche einen kurzen Bericht über Ihr Treiben, um Rom zufriedenzustellen.«

»Mach ich. Danke … Elias«, sagte sie und hoffte, dass sie damit kein Protokoll verletzte. Der Mann war anständig zu ihr gewesen, und sie wollte, dass er wusste, wie viel ihr das bedeutete.

»Gern geschehen, Riley. Müller bringt Sie zu Ihrer Wohnung, damit Sie einpacken können, was Sie brauchen. Von dort fährt er Sie zu Meister Stewart. Sie werden bis auf weiteres bei ihm wohnen.«

Immer noch besser, als auf der Straße zu leben.

Riley blickte in die Dunkelheit. »Wissen Sie, manchmal wünschte ich, ich hätte niemals einen Dämon gesehen«, gestand sie.

Der Hauptmann seufzte. »Wünschen wir uns das nicht alle?«

11. Kapitel

Rileys *Ich-kann-es-einfach-nicht-fassen-dass-sie-mich-laufen-lassen*-Euphorie hielt die ganze Fahrt über an. Sie saß neben Müller in dem mit Technik vollgestopften Van der Dämonenjäger. Das Fahrzeug hatte mehr Knöpfe und Regler als ein Spaceshuttle, und es war schwer, der Verlockung zu widerstehen, ein paar von ihnen auszuprobieren.

»Bedienen irgendwelche von denen auch Raketenwerfer?«, fragte sie und deutete mit der Hand auf eine Reihe Knöpfe auf der Konsole. Müller warf ihr einen verwirrten Blick zu, dann begriff er, dass sie einen Witz gemacht hatte.

»Tut mir leid, nein. Und für das ganze Geld, dass sie ausgegeben haben, ist die Stereoanlage höchstens drittklassig.«

Riley lachte. Der Typ wurde ihr mit jeder Minute sympathischer. »Ich schätze, sie braucht nicht allzu gut zu sein für die ganzen Gregorianischen Gesänge und solches Zeug.«

Er lachte ebenfalls. »Sie sind ganz anders, als ich erwartet hatte.«

Ich bin nicht länger der Feind. Welche Befehle der Papst den Jägern auch immer gegeben hatte, ihr Verhalten hatte sich dadurch auf jeden Fall geändert.

Riley schielte auf den dünnen Silberring an der linken Hand ihres Begleiters. »Ich wusste gar nicht, dass Jäger heiraten dürfen«, sagte sie. »Ich dachte, Sie leben alle im Zölibat oder so.«

Müller schüttelte den Kopf. »Wir dürfen heiraten. Man ermutigt uns allerdings nicht dazu, wegen der Gefahren, denen wir ausgesetzt sind. Meine Frau versteht das.«

»Wie viele von Ihnen sind verheiratet?«, fragte sie neugierig.

»In unserem Team zwei. Corsini ist der andere. Seine Frau erwartet gerade ihr erstes Kind.«

»Haben Sie Kinder?«

Das Gesicht des Jägers strahlte vor Stolz. Offensichtlich hatte sie einen empfindlichen Punkt getroffen. »Ich habe einen Sohn. Er heißt Lukas und ist zwei Jahre alt.«

»Zu jung, um zu wissen, was Sie tun«, sagte sie grübelnd.

»Eines Tages wird er es erfahren. Vielleicht wird er auch Dämonenjäger.«

Sie musterte ihn von neuem. »Und das macht Ihnen keine Angst?«

»Wenn es Gottes Wille ist, wird er in meine Fußstapfen treten.«

»So wie bei mir und meinem Dad«, sagte sie. »Ich wusste einfach, dass ich Dämonenfängerin werde.«

Riley hatte die Dämonenjäger immer für kalte, berechnende Dämonen-Tötungsmaschinen gehalten. Jetzt begriff sie, dass sie wie die Dämonenfänger waren. Sie hatten Familien und ein Leben außerhalb der Arbeit. Sie waren genauso menschlich wie sie selbst.

Als sie am Bordstein vor ihrem Wohnblock anhielten, rechnete Riley damit, dass ihr Begleiter ihr folgen und oben warten würde, während sie ein paar Sachen für ihren Aufenthalt bei Stewart zusammenpackte. Doch stattdessen blieb Müller im Wagen sitzen und sprach übers Handy auf Deutsch mit jemandem. Seinem zärtlichen Gesichtsausdruck nach zu urteilen, handelte es sich höchstwahrscheinlich um seine Frau. *Wie spät ist es jetzt in Deutschland?* Wahrscheinlich war es wie beim Militär: Die Familie ging ans Telefon, wann immer der Soldat die Möglichkeit hatte, anzurufen, selbst wenn es mitten in der Nacht war.

Rileys Zuhause sah aus wie immer – abgenutzt und zerschlissen. In einem früheren Leben war das Gebäude ein Hotel gewesen und tat jetzt so, als sei es ein Apartmentblock. Sie sah in den Briefkasten und wurde mit einem Haufen Rechnungen sowie der Mitteilung belohnt, dass die Miete zum ersten April angehoben wurde. Wenn sie Glück hatte, war der Scheck von der Lebensversicherung ihres Vaters bis dahin eingetroffen. Wenn nicht, würde sie sich Geld von Beck leihen müssen. Der Gedanke tröstete sie keineswegs.

Er wird mir das Leben zur Hölle machen. Was sie reichlich verdient hätte, nach allem, was er ihretwegen durchgemacht hatte.

Als die Tür zu ihrer Wohnung aufschwang, hielt Riley die Luft an, überzeugt, dass die Jäger alles auf den Kopf gestellt hatten. Aber das hatten sie nicht. Wenn sie in der Wohnung gewesen sein sollten, waren sie sehr behutsam vorgegangen, denn alles schien dort zu sein, wo es hingehörte.

Die Tür auf der anderen Flurseite öffnete sich quietschend, und das runzelige, von einem weißen Haarschopf gekrönte Gesicht ihrer Nachbarin tauchte auf. Mrs Litinsky trug ein schlichtes, marineblaues Nachthemd und einen pinkfarbenen Pullover. Im Hintergrund lief dröhnend der Wetterbericht.

»Ach, du bist wieder zu Hause«, sagte die alte Frau mit dem Hauch eines russischen Akzents.

»Ja. Tut mir leid. Im Moment ist so viel los.« *Wie viel weiß sie? Haben die Jäger irgendetwas zu ihr gesagt?*

»Mr Beck hat nach dir gesucht. Du weißt schon, der nette Dämonenfänger.«

Als ich ihn das letzte Mal gesehen habe, war er gar nicht nett. »Er hat mich gefunden.«

Während sie sich unterhielten, zockelte die Main Coon der Nachbarin zu Riley herüber und rieb ihre Schulter an ihrer Wade, gefolgt von einem klagenden Miauen. Das machte Max immer. Riley bückte sich, um ihn zu kraulen, und er schmiegte sich an ihre Finger, die durch das seidige Fell unter seinem Kinn fuhren. Er begann, lauthals zu schnurren.

»Gestern waren ein paar Männer hier«, fügte Mrs Litinsky hinzu. »Dämonenjäger. Sie haben dich gesucht.«

»Die haben mich auch gefunden. Die Sache hat sich erledigt.« Zumindest hoffte Riley das.

Als Erstes musste ihr Dad erfahren, dass sie in Sicherheit war, aber sie war nicht sicher, ob sie irgendeinem ihrer

Telefone trauen konnte. Sie löste dieses Problem, indem sie Mrs Litinsky bat, ihres benutzen zu dürfen. Es war eine seltsame Bitte, aber es schien ihrer Nachbarin nichts auszumachen. Manchmal fragte Riley sich, ob die alte Frau vielleicht mehr wusste, als sie erkennen ließ.

Nachdem sie den Anruf bei Mort erledigt und das Telefon der Eigentümerin zurückgegeben hatte, folgte Riley Max in ihre Wohnung. Sie hoffte, dass ihr Wohnungsgenosse, ein kleiner Dämon, nicht da war. Dämonenfänger hatten normalerweise keine winzige Höllenbrut als Mitbewohner, aber der Klepto-Dämon ersten Grades weigerte sich, auszuziehen. Da es keine Möglichkeit zu geben schien, den Bösling loszuwerden, außer alle Eingänge mit Weihwasser zu behandeln, ließ sie ihn einfach hier wohnen.

Die Katze flippte nicht aus, also war der Dämon offensichtlich unterwegs, um Glitzerzeug von ihren Nachbarn zu stehlen. Stattdessen untersuchte Max etwas Weißes, Rechteckiges gleich hinter der Tür. Mit einem Tatzenhieb begann er es über den Boden zu jagen. Nachdem Riley ihn abgelenkt hatte, sammelte sie die Karte auf.

ABTEILUNG FÜR FAMILIE UND JUGEND (AFJ)

Riley hatte gewusst, dass es nur eine Frage der Zeit war, bis irgendeine Behörde anfing, sich für ihre Lebensumstände zu interessieren. Nach dem Massaker im Tabernakel und der anhaltenden Berichterstattung auf CNN stand sie zu sehr im Licht der Öffentlichkeit, als dass niemandem auffallen würde, dass sie eine Waise war. Sie überflog die Postkarte und entdeckte eine handgeschriebene Notiz. *Bitte ruf mich an!*

Riley warf die Karte in ihren Rucksack. Vorausgesetzt, der Weltuntergang löschte das Leben auf diesem Planeten nicht innerhalb der nächsten Woche aus, würde sie die Nummer anrufen. Bis dahin konnte sie die Karte ruhig ignorieren.

Nach einem Ausflug ins Bad meldete sie sich über ihr Handy bei Peter. Wenn die Jäger die Spur verfolgen wollten, sollten sie ruhig.

»Hey, hier ist Riley. Ich bin zu Hause. Alles ist gut.« Das entsprach zwar nicht ganz der Wahrheit, aber es war das, was Peter von ihr hören wollte.

Ihr Freund seufzte erleichtert auf. »Ich habe mir verdammt große Sorgen gemacht, weißt du das?«, gab er zu. »Und, haben sie dir die Daumenschrauben angelegt?«

»Nein. Sie haben mir Angst eingejagt, und sie haben mir haufenweise Fragen gestellt, aber die Antworten haben ihnen gefallen. Ich muss bis auf weiteres bei Meister Stewart bleiben.«

»Unter Hausarrest?«, witzelte er.

»So ähnlich. Was hast du über dieses eine Projekt von dir herausgefunden?«, fragte sie und hoffte, dass Peter begriff, dass die Unterhaltung unauffällig bleiben musste.

Er begriff sofort. »Läuft ganz gut. Meister Stewart kennt alle Details.«

»Klasse«, sagte sie und lächelte. »Ich muss Schluss machen, Peter. Danke für alles.«

»Kein Problem. Ich bin froh, dass du nicht in einer Zelle schmachtest und eine eiserne Maske trägst oder so was.«

Das brachte sie zum Lachen. »Da bist du nicht der Einzige, Alter.«

✣

Als der Van auf die lange Auffahrt einbog, die zu Stewarts Haus führte, rief Riley sich den letzten Besuch bei Meister Stewart in Erinnerung – Heiligabend im letzten Jahr. Anstatt den Abend allein in ihrer Wohnung zu verbringen, während ihr Vater auf Dämonenfang war, waren sie einer Einladung zum Abendessen beim Meister gefolgt. Das Haus war festlich geschmückt gewesen, einschließlich eines riesigen Weihnachtsbaums in der Eingangshalle. Ins Geländer der Treppe, die zum ersten Stock hinaufführte, hatte jemand immergrüne Zweige geflochten.

Es war ein zauberhafter Abend gewesen. Stewart war witzig und charmant, das Essen reichlich und richtig lecker. Das Beste war, dass sie Zeit mit ihrem Dad verbringen konnte, was immer eine Kostbarkeit war. Es hatte sogar Geschenke gegeben; Stewart hatte ihrem Vater einen Einkaufsgutschein vom Supermarkt überreicht, und Riley hatte einen für einen Klamottenladen bekommen. Sie hatte sich neue Blusen und Jeans dafür geholt. Nicht ein einziges Mal hatte ihr Gastgeber auf sie hinabgeblickt, weil sie arm waren, sondern hatte sie beide behandelt, als gehörten sie zur Familie.

Damals war es Riley schwergefallen, mit Meister Stewart zu reden, da er ihr so überlebensgroß erschienen war. Wenn sie jetzt zurückblickte, war der Abend etwas ganz Besonderes gewesen, aus einem Grund, mit dem sie nicht gerechnet hätte. Es war ihr letztes Weihnachtsfest mit ihrem Vater gewesen – drei Wochen später war er tot.

Nachdem sie Müller fürs Vorbeibringen gedankt hatte, stieg Riley die Treppe zur breiten Holzveranda empor, den übervollen Rucksack über die Schulter gehängt. Das alte viktorianische Gebäude war in verschiedenen Blautönen gestrichen und sah aus wie ein riesiges Puppenhäuschen. An der Frontseite hatte es sogar ein kleines Türmchen. Als sie auf den Klingelknopf drückte, ertönte im Inneren des Hauses ein melodisches Läuten. Es dauerte eine Weile, bis die Tür geöffnet wurde, weil Stewart mit seinem verkrüppelten Bein nicht schnell vorankam.

»Riley«, sagte er und winkte sie herein.

Sie winkte dem Jäger zum Abschied zu und betrat ihr neues Zuhause.

Im Inneren roch es angenehm nach aromatischem Pfeifentabak und ganz leicht nach der letzten Mahlzeit. Roastbeef, glaubte sie. Jetzt, wo sie hier war, erinnerte sie sich wieder deutlicher an das Haus. Anders als bei Mort bedeckten keine Bilder die Wände, sondern lediglich eine großflächige Tapete mit blauem Blumenmuster. Der untere Teil der Wand war mit dunkler Eiche vertäfelt, und der Fußboden knackte bei jedem Schritt. Auch das zeichnete dieses Haus aus – es hatte eine eigene Persönlichkeit, genau wie sein Besitzer.

»Du weißt, was der Vatikan von dir verlangt?«, fragte er.

»Ja. Ich soll mich von Schwierigkeiten fernhalten. Und hierbleiben, bis sie mir sagen, dass ich gehen kann.«

»Das trifft es ganz gut.«

Ungeduldig platzte sie heraus: »Was hat Peter über das Weihwasser herausgefunden?«
»Alles zu seiner Zeit«, sagte ihr Gastgeber und deutete den Korridor entlang. »Es gibt Wichtigeres, um das wir uns zuerst kümmern müssen. Harper.«
Meister Harper war bei Stewart eingezogen, nachdem sein Haus zerstört worden war, zumindest so lange, bis er einen neuen Platz zum Wohnen gefunden hatte.
»Wie viel weiß er?«, fragte sie.
»Alles, was du mir erzählt hast.«
»Alles?«, keuchte sie. *Ori? Luzifer? Der Weltuntergang?*
»Alles.«
»O Gott. Dann bin ich echt angeschissen.«
»Das kriegen wir schon hin«, sagte Stewart und scheuchte sie weiter.
Das würde genauso heftig werden wie die Begegnung mit den Jägern. Doch zumindest würde Harper in Stewarts Gegenwart keine blauen Flecken auf ihr hinterlassen wie in der Vergangenheit.
Ihr Gastgeber führte Riley in einen Raum, der mindestens so groß war wie ihre gesamte Wohnung. Sie erinnerte sich daran vom letzten Weihnachtsfest. Es gab einen großen Kamin mit einer schottischen Flagge darüber, Familienfotos an den Wänden und bequeme Polstersessel.
Ein unleidlicher Meister Harper saß in einem dieser Sessel und starrte sie finster an. Wahrscheinlich war er Anfang fünfzig. Die lange Narbe in der einen Gesichtshälfte war angespannt, als hätte er immer noch Schmerzen, aber er hatte mehr Farbe als beim letzten Mal, als sie ihn ge-

sehen hatte. Damals hatte er heftige Schmerzen gehabt und war in den Überresten der Autowerkstatt herumgehumpelt, die er zu seiner Wohnung gemacht hatte, und hatte versucht, seine Habseligkeiten zu retten, nachdem der Dämon fünften Grades sein Projekt »Haus-Zerstörung« erfolgreich beendet hatte.

»Setz dich dorthin«, sagte Stewart und deutete auf einen Sessel neben dem Kamin, wo sie zwischen den beiden Meistern sitzen würde. Nach Wärme lechzend ließ Riley sich hineinsinken. Die Hitze, die nach der Begegnung mit Ori durch ihre Adern geflossen war, war verschwunden und durch eine Kälte ersetzt worden, die sie kaum ertragen konnte. Sie wünschte, sie hätte etwas Wärmeres angezogen, zum Beispiel ihren neuen Kapuzenpullover.

Stewart schenkte ihr ein Glas Wasser aus einem Krug ein und reichte es ihr, ohne sich die Mühe zu machen, sie zu fragen, ob sie etwas trinken wolle. Dann setzte er sich in seinen eigenen Sessel und legte sein Bein auf eine Ottomane.

Riley hob den Kopf und sah Meister Harper an. Sein Blick war auf sie geheftet. Sie wappnete sich gegen den bevorstehenden Anpfiff.

»Erzähl!«, befahl er.

Sein knappes Kommando löste etwas in ihr aus. »Sie sagten, ich sei genauso durchgeknallt wie mein Dad, und Sie hatten recht. Sind Sie jetzt zufrieden?«

Harpers Miene verriet ihr, dass das nicht der Fall war.

»Du bist nicht durchgeknallt, Kind«, mischte Stewart sich ein. »Du bist … flexibel. Der Himmel lässt sich auf niemanden ein, der ein schwarzes Herz hat.«

»Was der einzige Grund ist, warum ich überhaupt noch mit dir rede«, erwiderte Harper kalt. »Was macht dich so verdammt außergewöhnlich?«

Riley hob eine Schulter. »Ich war ein leichtes Ziel. Der Himmel wusste, dass ich Simon nicht sterben lassen würde.«

»Ich glaube, deswegen hat Rom dich freigelassen«, sagte Stewart. »Der Papst und seine Leute werden wissen, dass ein Kampf bevorsteht.«

»Blackthornes Blag soll die Welt retten?«, schimpfte Harper. »Dann ist es ein verdammt mieser Zeitpunkt für mich, mit dem Trinken aufzuhören.«

»Hey, ich wollte nichts von dem, was passiert ist«, blaffte Riley.

»Keiner von uns wollte das«, sagte Stewart.

»Erzähl mir ganz genau, was Luzifer zu dir gesagt hat«, befahl Harper.

»Es geht wohl eher um das, was er nicht gesagt hat«, begann sie und rief sich ihre surreale Unterhaltung mit dem Höllenfürsten in Erinnerung. »Irgendwas geht in der Hölle vor, also stellt er seine Engel auf die Probe und versucht herauszufinden, wem er vertrauen kann. Luzifer sagte, neben Ori sei noch ein anderer gefallener Engel in Atlanta. Ich kenne seinen Namen nicht, aber ich glaube, dass er mit Simon geredet hat.«

Und ihrem Freund Lügen eingeflüstert hatte, die dieser nur zu bereitwillig akzeptierte.

»Aha«, machte Stewart und nickte verständnisvoll. »Ich hatte mich schon gefragt, warum der Junge plötzlich so paranoid auf uns reagiert.«

»Ich werde ihn im Auge behalten«, erwiderte Harper. Dann richtete er seine Aufmerksamkeit wieder auf Riley. »Hat dein alter Herr dir erzählt, dass er seine Seele verkauft hat, um ein Meister zu werden?«

Riley starrte ihn an. »Woher wissen Sie das?«

Stewart murmelte leise etwas vor sich hin.

»Ich wusste es nicht, bis jetzt«, feixte Harper. »Aber ich habe es immer vermutet. Nachdem er den Erzdämon getötet hat, hat Blackthorne sich verändert. Er wurde … unbesiegbar, und so läuft es einfach nicht. Wofür hat er sie verkauft? Geld war es auf jeden Fall nicht.«

Rileys Ärger wallte erneut auf. »Er hat seine Seele hergegeben, um am Leben zu bleiben, bis ich eine Meisterin bin. Damit ich keine Not leiden muss.«

Harper schüttelte den Kopf. »Du lügst.«

»Es ist die Wahrheit«, sagte Stewart leise. »Paul hat mir gebeichtet, was geschehen ist, direkt nach der Sache mit dem Erzdämon.«

»Warum zu Teufel hast du mir nichts davon erzählt?«, wollte Harper in ruppigem Ton wissen.

»Wenn ich es getan hätte, hättest du ihn aus der Zunft ausschließen lassen. Dämonen zu fangen war für ihn die einzige Möglichkeit, sein Kind zu ernähren. Wenn er seinen Job nicht gemacht hätte, hätte die Hölle ihn zu früh geholt.«

»Du hast ihn herumlaufen lassen, obwohl er Luzifers Zeichen trug? Bist du wahnsinnig?«

Stewart zog ein finsteres Gesicht. »Ich habe versprochen, Pauls Verhalten zu beobachten. Wenn es zu irgendeinem

Zeitpunkt ausgesehen hätte, als würde er die Hölle bevorzugen, als würde er schwarz werden und sein Meisterwissen in die Dienste des Bösen stellen, hätte ich mich um das Problem gekümmert. *Endgültig.*«

Stewart sprach nicht davon, dass er ihren Vater aus der Zunft geworfen hätte.

»Du meinst, du hättest ihn umgebracht?«, fragte Harper.

»Aye«, antwortete Stewart nur. »Es hätte mir kein Vergnügen bereitet.«

»Hätte es keinen anderen Weg gegeben?«, fragte Riley. Ein eiskalter Schauer lief ihr über den Rücken.

»Nay. Das ist die Aufgabe eines Großmeisters, wenn es sein muss«, erwiderte der alte Schotte.

O. Mein. Gott. Er hätte meinen Vater getötet.

»Zum Teufel, ich wusste gar nicht, dass ihr Typen so einen Scheiß macht.« Harper rutschte in seinem Sessel herum. Er fühlte sich sichtlich unbehaglich angesichts der Neuigkeiten. »Und warum hat dieser Fünfer Blackthorne kaltgemacht, wo es doch diese Abmachung gab?«

»Ori sagte, er sei ein Abtrünniger«, erklärte Riley.

Harpers Blick verfinsterte sich. »Luzifer verliert die Kontrolle.«

»Sieht so aus«, sagte Stewart. »Die Dämonen im Tabernakel hatten sich zu gut abgesprochen. Der Höllenfürst würde nie wollen, dass sie dermaßen auf Zack sind, sonst könnten sie die Hölle übernehmen.«

»Aber wer befiehlt dann die rebellierenden Dämonen?«, fragte Riley.

Keiner der Meister hatte eine Idee.

12. Kapitel

Harper fluchte verhalten. Offensichtlich behagte ihm nicht, was er zu sagen hatte. »Wenn ich dich jetzt rausschmeiße, wird jeder die Zunft für das verantwortlich machen, was in der Stadt passiert. Du bist niederträchtiger, als die Polizei erlaubt, aber ich werde nicht zulassen, dass man uns fertigmacht, nur, um dich loszuwerden.« Er räusperte sich. »Wenn die Stadt noch steht, sobald das alles vorbei ist, werden wir uns noch einmal unterhalten, und dir wird nicht gefallen, was ich dann sagen werde.«

Diese Unterhaltung wird niemals stattfinden. Sie konnte den Weltuntergang unmöglich verhindern, und beide Meister wussten das.

Rileys Telefon klingelte im Rucksack. Es war Peter.

»Hey. Tut mir leid. Es ist gerade ...«, sie blickte zu den beiden Meistern, »... etwas unpassend. Ich habe mit Stewart noch nicht über das Weihwasser gesprochen.«

»Schick mir eine SMS, wenn du das gemacht hast. Ich habe was gut bei dir.« Er legte auf.

»Dein Freund Peter?«, fragte ihr Gastgeber. Riley nickte. »Ein kluger Bursche. Als du bei den Jägern warst, hat er mir ein paar hochinteressante Fotos und ein Video geschickt. Die Masche ist ziemlich einfach, sobald man erst einmal weiß, wie es funktioniert.« Er rutschte in seinem Sessel herum, als würde sein Bein ihm Probleme machen.

»Die Recyclingfabrik arbeitet nach einem bestimmten System: Die Flaschen werden gesammelt und in Containern gelagert, bis die Etiketten und Steuermarken entfernt werden, dann werden sie gesäubert. Bei dieser Prozedur werden sie in die Container einer anderen Abteilung der Fabrik umgeladen«, erklärte er. »Sobald eine volle Ladung zusammen ist, wird sie zur Celestial Supplies-Fabrik nach Doraville gebracht, wo sie mit frischem Weihwasser befüllt werden. Klar so weit?«

»Ja.«

»Die Recyclingfabrik führt genau Buch, welche Flaschen wann gebracht und wieder ausgeliefert werden. Also können sie nur gestohlen werden, wenn sie sich im Inneren des Gebäudes befinden.«

»Aber wenn man welche wegnimmt, stimmt die Rechnung doch nicht mehr.«

Stewart lächelte. »Nicht, wenn man sie durch neue ersetzt und sie in die Container mit den gereinigten Flaschen packt.«

Riley ging die Logistik in Gedanken noch einmal durch. Schmutzige Flaschen kommen rein, saubere Flaschen heraus. Böse Kerle stehlen ein paar von den schmutzigen Flaschen, lassen aber neue zurück, damit die Rechnung aufgeht.

»Aber fällt denjenigen, die die Flaschen reinigen, denn nicht auf, wenn welche fehlen?«

»Nicht, wenn sie zur Spätschicht gehören und bestochen werden, damit sie den Mund halten. Damit ist ihnen der Arbeitsplatz sicher, und sie verdienen sich nebenbei etwas Geld dazu.«

»Und solange die Anzahl stimmt, wenn die Flaschen ausgeliefert werden …«, sagte sie nachdenklich.

»Solange ist jeder glücklich. Die Fälscher haben Flaschen mit einer gültigen Steuermarke. Alles, was sie noch tun müssen, ist Leitungswasser hineinfüllen und neue Etiketten mit frischen Weihdaten drucken. Dann können sie sie verkaufen und einen Mordsgewinn machen.«

»Warum stehlen sie nicht einfach die Steuermarken von der Stadt oder von Celestial Supplies?«

»Das wäre wesentlich schwerer – die Finanzbehörde passt verflixt gut auf sie auf, weil sie jeden Penny braucht, jetzt, wo die Stadt bankrott ist.«

»Mein Dad hatte die ganze Zeit recht. Er wusste, dass mit dem Weihwasser irgendetwas nicht stimmte.«

»Aye, er hat es vor dem Rest von uns gemerkt«, erwiderte Stewart. »Er wusste nur nicht, wie sie es angestellt haben.«

»Irgendjemand verdient einen Haufen Geld damit«, sagte Harper. »Diese Leute werden jeden zum Schweigen bringen, den sie als Bedrohung ansehen. Besser, du hältst den Mund.«

Riley fragte sich, ob ihrem Freund das klar war. »Ich muss Peter warnen.«

»Schon passiert.«

»Wir müssen herausfinden, wo dieser Truck die gestoh-

lenen Flaschen hinbringt und wo sie wieder befüllt werden«, sagte Harper. »Dazu müssen wir sie noch einmal überwachen.«
»Ich kann das organisieren«, bot Stewart an.
Vielleicht ging doch nicht alles schief.
»Schaffen wir das? Können wir ihnen tatsächlich das Handwerk legen?«, fragte Riley aufgeregt.
»Gut möglich.«
Meister Harper ließ ein seltenes Lächeln sehen. »Die Rache wird es in sich haben.«

✣

Das Schlafzimmer, das Stewart ihr für die Dauer ihres Aufenthalts zur Verfügung gestellt hatte, gehörte zu der Sorte, die man am liebsten nie wieder verlassen würde: Das Bett war betäubend bequem, und die dicke Daunendecke war aus dem Stoff, aus dem Legenden sind. Nach einer Dusche vergrub Riley sich unter der Decke. Obwohl es kuschelig warm war, stellte sie gereizt fest, dass ihr Verstand sich weigerte, Ruhe zu geben.
Ihr Vater hatte das die Vergangenheit sortieren genannt. Er hatte immer behauptet, das Leben sei ein Buch, Zeile um Zeile niedergeschrieben, mit jedem Tag, der verstrich. Sobald die Zeilen zu Papier gebracht waren, konnten sie nicht mehr geändert werden.
So vieles von dem, was in den letzten Tagen geschehen war, hätte Riley nur zu gerne aus dem Buch getilgt. Es war wie eine Achterbahnfahrt der Gefühle – die Zeit, die sie mit Ori im Mausoleum verbracht hatte, die Begegnung

mit Luzifer, der brutale, verletzende Streit mit Beck und die krankmachende Erkenntnis, dass er tief in seinem Inneren immer gehofft hatte, sie hätten eine gemeinsame Zukunft.

Riley drehte sich um und starrte an die Decke. *Warum vermassele ich andauernd alles?*

Aber das stimmte ja gar nicht. Sie hatte ihre Sache bei den Dämonenjägern gut gemacht, und sie hatte den Meistern bei den Nachforschungen zum Weihwasser geholfen. Nicht alles lief schlecht. Aber die Dinge, die schlecht liefen, hörten nie auf, sie zu quälen.

In Momenten wie diesen wünschte sie, ihre Mom oder ihr Dad wären hier, säßen am Bett und erzählten ihr eine Geschichte, wie früher, als sie noch ein Kind war. Danach hatte sie sich immer besser gefühlt. Alles, was sie wollte, war noch eine letzte Geschichte mit einem Happyend. Und noch mehr wünschte sie, es wäre ihre eigene Geschichte.

✣

Es kam ihr vor, als sei nur eine Minute vergangen, als Stewart an die Tür klopfte und sie weckte. Sie reagierte mit einem Stöhnen. *Geh weg!* Noch ein Klopfen, drängender dieses Mal.

»Die Pflicht ruft! Zeit für die Überwachung«, rief ihr Gastgeber laut, dann entfernten sich seine Schritte.

Sie hatte nicht lange geschlafen.

Ein paar Minuten später schlurfte sie ausgiebig gähnend den Korridor hinunter. Ihr Verstand war noch ganz benebelt vom Tiefschlaf. Als sie die Treppe hinabstieg, entdeckte Riley eine Gestalt neben der Eingangstür, die in einem vertrauten abgenutzten Paar Stiefel steckte. Becks Arbeitstasche lag neben ihm auf dem Boden.

Wie angewurzelt blieb sie auf der Treppe stehen. *Was macht der denn hier?* Stewart würde sie doch wohl nicht mit diesem Kerl losschicken, oder? Er wusste, was zwischen ihnen vorgefallen war, zumindest den Teil mit Ori. Nicht einmal Stewart konnte so grausam sein.

Der Meister tauchte am Fuß der Treppe auf. »Ah, da bist du ja.«

Als sie die letzte Stufe erreichte, sah Beck sie finster an, wie ein Wasserspeier mit Verstopfung.

Der Meister ignorierte ihn. »Ihr beide müsst die Recyclingfabrik überwachen. Wenn ein Laster mitten in der Nacht irgendetwas abholt, folgt ihr ihm und findet heraus, wo sie ihren Laden haben.« Er richtete den Blick auf Beck. »Und dann rufst du mich an, verstanden? Du wirst dich nicht allein mit diesen Mistkerlen anlegen!«

»Jawohl, Sir.« Beck deutete mit einer Kopfbewegung auf Riley. »Sie brauche ich nicht. Erzähl mir einfach nur, wo ich hinsoll.«

Als sie seine ätzende Stimme hörte, zuckte Riley zusammen.

»Ich sagte, ihr beide übernehmt diesen Job.«

Ihr Protest kam zur gleichen Zeit wie Becks.

»Ruhig, alle beide«, schnitt Stewart beiden das Wort ab. »Ihr werdet tun, was ein Meister sagt, oder in der Zunft ist kein Platz für euch.« Abwechselnd warf er jedem von ihnen strenge Blicke zu. »Da ihr einige Stunde zusammen sein werdet, könnt ihr euer persönliches Problem angehen. Seht zu, dass ihr es in den Griff bekommt, verstanden?«

Er stapfte davon, der Stock pochte mit jedem Schritt auf den Holzfußboden.

Mist.

Beck warf ihr einen weiteren stechenden Blick zu, als sei alles ihre Schuld, dann verschwand er durch die Vordertür. Harper hätte sie so einen Wahnsinn durchaus zugetraut, aber dem Schotten? *Hasst er mich wirklich so sehr?*

Riley kehrte in ihr Schlafzimmer zurück und zog ihren Kapuzenpulli über die Bluse und den Sweater, anschließend schlüpfte sie noch in ihre Jacke. Beck war garantiert nicht so gut vorbereitet wie Peter, und sie wollte sich nicht die ganze Nacht den Hintern abfrieren.

Sie tappte aus der Vordertür hinaus in die kalte Nachtluft.

Ich will nicht hier sein. Nicht mit dir. Nicht, nachdem …

Becks unheilvoller Gesichtsausdruck verriet, dass ihm genau das Gleiche durch den Kopf ging.

Riley kletterte in seinen roten Pick-up, dann beschrieb sie ihm den Weg zur Fabrik. Mit abgewandtem Blick sah sie die Straßen an sich vorbeiziehen. Nur wenige Menschen waren draußen unterwegs, und einige von ihnen waren offensichtlich betrunken, so wie sie auf den Gehwegen hin- und herschwankten. Während der Truck in Richtung East Point rollte, war die Stille zwischen ihnen so schneidend, dass Blut geflossen wäre, wenn sie physische Gestalt angenommen hätte. Eine Panikattacke bahnte sich an – das Atmen fiel ihr schwer, und in ihrem Kopf drehte sich alles. Sie kurbelte das Fenster herunter und sog, so kräftig sie konnte, die frische Luft ein. Dabei versuchte sie an etwas anderes zu denken als daran, dass sie die nächsten Stunden mit jemandem verbringen würde, der sie hasste.

»Mach das verdammte Fenster zu«, knurrte Beck. »Es ist kalt.« Der nächste Atemzug fiel ihr noch schwerer, und er bemerkte es. »Alles okay?«

Riley schüttelte den Kopf und gab sich alle Mühe, dass ihre Lungen sich nicht noch weiter zusammenzogen.

»Soll ich anhalten?«

Erneut schüttelte sie den Kopf, konzentrierte sich auf Peter und wie großartig er sich gehalten hatte, als er die Wahrheit über Ori erfahren hatte. *Warum kann Beck nicht auch so sein?*

Langsam ließ das Engegefühl nach, und das Atmen fiel ihr wieder leichter. Riley kurbelte das Fenster hoch und lehnte sich im Sitz zurück.

»Ist es jetzt besser?«, fragte Beck.

»Ja.«

»Was zum Teufel war das?«

»Panikattacke«, sagte sie. »Hab ich gerade öfter.«

Er grunzte etwas, dann legte er eine CD ein. Er übersprang die ersten beiden Titel und ging direkt zum dritten. Das Stück war leise und traurig, und die Botschaft war eindeutig: Ich habe dir mein Herz gegeben, und du hast es gebrochen. Ich werde dir nie wieder vertrauen.

Schuldgefühle waren eine Sache. Ihre Sünden um die Ohren gehauen zu bekommen war eine andere. Riley drückte den Knopf, der die CD wieder auswarf, was ihr prompt einen zornigen Blick von Beck eintrug.

»Wenn dir meine Musik nicht gefällt, steig aus«, sagte er.

»Geht nicht. Stewart sagt, ich soll bei dir bleiben, also bleibt mir nichts anderes übrig.«

»Tja, dasselbe gilt für mich, Mädel.«

Die Frage war heraus, ehe sie sich zurückhalten konnte. »Warum hast du den Jägern verraten, dass ich bei dir zu Hause bin?«

»Ich habe keine Ahnung, wovon du redest.«

»Du hast telefoniert, als du weggefahren bist. Du hast sie angerufen, stimmt's?«

»Nein, ich habe Stewart angerufen, und er hat mir die Hölle heißgemacht, weil ich dich nicht zu ihm gebracht habe. Als ich wieder zurückkam, um dich abzuholen, waren die Jäger schon da.«

»Ich dachte …« Sie hatte ihm zu voreilig die Schuld gegeben.

»Du hast falsch gedacht.« Er schob die CD wieder rein, und die Musik übertönte alles, was sie zur Entschuldigung vielleicht hätte vorbringen können.

✣

Nach einer halben Ewigkeit mit depressiver Country-Musik erreichten sie das Lagerhaus. Die Gegend war genauso bedrückend wie in der Nacht zuvor. Das Industriegebiet hatte schon bessere Zeiten gesehen, und das Elend war deutlich an den eingeschlagenen Fensterscheiben und den drastischen Gang-Graffiti abzulesen. Ein Gebäude war niedergebrannt und schien jetzt der Nachbarschaft als Müllkippe zu dienen, worauf ein ausrangiertes Sofa hindeutete.

Rasch manövrierte Beck den Wagen durch die Gegend, bis er rückwärts in einer Seitenstraße stand. Erst dann stieg er aus, seine Reisetasche über der Schulter. Oben aus der Tasche ragte das Stahlrohr.

»Wo standet ihr, als ihr gefilmt habt?«, fragte er schroff.

»Auf dem Dach da«, sagte sie und deutete nach oben. Er musterte den Ort und grunzte beifällig über ihre Wahl. Sie überquerten die Straße und stiegen in das Gebäude ein.

Nach ein paar Schritten blieb Beck stehen. »Du hast nicht gesagt, dass es ein Junkie-Paradies ist.«

»Pass auf, wo du hintrittst, dann passiert dir schon nichts«, sagte sie und schob sich an ihm vorbei. Er packte ihren Arm, doch sie riss sich los. »Ich kenne den besten Weg zum Dach, also hör auf, den Helden zu spielen, und lass mich vorgehen.«

»Dann mach doch, Mädel. Aber pup mich nicht an, wenn du dir deine Beine brichst.«

Als Riley das Dach erreicht hatte, hatte sie sich weder ein Bein noch irgendetwas anderes gebrochen. Sobald Beck bei ihr war, räumte sie die Trümmer vorsichtig wieder auf die Treppe, wie Peter es getan hatte.

»So kommen wir nur schwerer weg, wenn wir es eilig haben«, maulte er.

»Ja, aber dadurch bleiben die furchterregenden Leute unten.« *Außer dir.*

Dieses Mal gab es keine Decke zum Schlafen, keinen freundlichen Peter und kein leckeres Essen. Nur die Kälte, die harte Teerpappe, die gegen ihren Hintern drückte, und Becks feindselige Gegenwart.

Riley lehnte sich an die kleine Mauer, mit Blick auf die Fabrik, verschränkte die Arme vor der Brust, um die Körperwärme zu behalten, und blendete Beck aus. Das war Stewarts Rache. Es konnte gar nicht anders sein. Er konnte doch nicht wirklich erwarten, dass sie in diesem Leben noch einmal mit dem Dorftrottel ins Reine kam, geschweige denn in den paar Stunden, die sie hier oben miteinander verbringen sollten.

Das Handy ihres Begleiters begann zu grunzen wie ein Schwein und entlockte ihm einen Fluch. Er stellte es sofort auf stumm, stand auf und ging zur Mitte des Daches, um den Anruf entgegenzunehmen, außer Sichtweite von der Straße unter ihnen.

Wahrscheinlich wundert sich seine Tussi, warum er sie nicht flachlegt.

Bittere Eifersucht stieg in ihr auf, was sie echt nicht kapierte. Beck bedeutete ihr gar nichts, nicht mehr, und trotzdem war sie sauer, dass eine perfekte, sexy Zicke ihn rumgekriegt hatte. *Denk nicht daran. Das ist nicht dein Problem.* Sie versuchte, ein paar mathematische Gleichungen zu lösen – alles, Hauptsache, sie stellte sich nicht Beck und Justine zusammen vor.

Die Matheaufgabe ging total daneben.

Ein paar Minuten später kam Beck zurück und ließ sich kommentarlos wieder auf dem Dach nieder.

»Das war sie, stimmt's?«
»Was?«, fragte er irritiert.
»Justine. Vermisst sie ihren Betthasen?«
Er sah sie an. »Eifersüchtig?« Sie schüttelte den Kopf.
»Du lügst. Ich sehe es doch an deinem Blick.«
»Okay, vielleicht bin ich's. Ich traue ihr nicht.«
Mit zusammengebissenen Zähnen wandte Beck den Blick ab. »Aber einem geflügelten Mistkerl vertraust du?«
»Ach, und wer ist jetzt eifersüchtig?«, spottete sie. »Ori hat mich behandelt, als würde ich ihm etwas bedeuten, nicht wie ein dummes Kind. Du hättest keinen Finger für mich gerührt, wenn mein Dad nicht gewesen wäre.«
»Was? Du bist …«, begann Beck, doch dann schwieg er. Er machte sein *Bis-hierhin-und-nicht-weiter*-Gesicht, und das war's.
Ein paar Minuten später vibrierte das Telefon in Becks Schoß. Dieses Mal ging er ran, ohne sich vom Fleck zu rühren, was ihr verriet, dass es nicht die dürre Zicke war.
»Ja, ich überprüfe das. Danke.« Er klappte das Handy zu. Beck warf einen raschen Blick über den Rand des Gebäudes auf die Fabrik, dann auf seine Stiefel, als könnte er es nicht ertragen, Riley anzusehen.
Sie knabberte an einem Fingernagel, dann am nächsten. Ihre Eingeweide brannten wie ein Hexenkessel, und ihre Krämpfe würden glatt ein Pferd umhauen. Das bedeutete doch, dass sie nicht schwanger war, oder? Das bedeutete, dass Ori sie nicht angelogen hatte, und wenn er in diesem Punkt nicht geflunkert hatte, dann vielleicht …
Hör auf damit!

Das quälende Schweigen zwischen ihnen dehnte sich aus.

Als Beck schließlich sprach, fuhr sie erschrocken zusammen. »Der Versicherungsscheck von deinem Dad ist heute gekommen«, sagte er. »Ich muss dir die Kohle bar geben, sonst schnappen sich die Kreditheinis alles.«

»Bekomme ich jetzt ein wöchentliches Taschengeld?«, fragte sie sarkastisch.

Sie merkte ihm an, wie verletzt er war. »Nein. Es gehört alles dir. So hat Paul es gewollt.«

»Und er will es immer noch«, sagte sie, ohne nachzudenken.

Beck drehte sich zu ihr und heftete seinen Blick auf sie. »Was meinst du damit, er will es immer noch?«

Na klasse, Riley. Ach, was soll's, er kann es genauso gut erfahren. »Ich habe Dad gefunden. Er ist in Sicherheit, bei Mort.«

Beck blinzelte heftig. »Und wann wolltest du mir das erzählen?«

Sie wich der Frage aus. »Es … geht ihm gut. Na ja, er ist immer noch tot. Aber manchmal ist er so wie früher, und dann …«

Becks Wutanfall verebbte. »Erinnert er sich an dich und alles?«

»Ja. Sein Gedächtnis ist gut, aber irgendwie ist er nicht mehr so wie früher.«

»Was denkt sich dieser verdammte Nekro eigentlich dabei, Paul aus seinem Grab zu beschwören?«, fragte Beck frostig.

»Er war es nicht.«
Danach löcherte er sie mit Fragen über ihren Vater und Ori, aber sie weigerte sich, irgendeine davon zu beantworten.
»Dann frage ich Paul eben selbst«, sagte Beck trotzig.
Mach doch. Die Antwort wird dir nicht gefallen.
Riley wandte sich ab, rollte sich auf der Teerpappe zu einer Kugel zusammen und versuchte zu schlafen. Es war zu kalt. Ihre Gedanken wanderten zu dem Engel. Wie kalt musste es für ihn auf dem Friedhof sein?
Ori hatte ihr eine Dynamitstange ins Herz gepflanzt und sie explodieren lassen, und jetzt lagen Bruchstücke von ihr überall verstreut herum. Beck half ihr nicht dabei, sie wieder einzusammeln. Wenn überhaupt, zertrat er sie noch unter dem Stiefelabsatz.

✣

Der LKW kam etwas früher als in der letzten Nacht, und dafür war Riley dankbar. Beck war augenblicklich in Alarmbereitschaft, aber sie brauchte etwas länger, um sich mit ihren kalten, verkrampften Muskeln hinzuhocken.
»Ist er das?«, flüsterte er.
»Sieht so aus.«
Zwei Männer sprangen aus dem Fahrzeug, während das Fabriktor bereits hochrollte.
»Das sind sie«, sagte Riley, als sie den Mann mit dem riesigen Adler auf der Rückseite seiner Jeansjacke wiedererkannte.

Es war dieselbe Prozedur wie beim letzten Mal, doch dieses Mal nahm Beck die Flaschen mit einem Nachtsichtgerät genauer unter die Lupe.

»Ja, das sind die mit der Steuermarke«, sagte er. »Stewart hatte recht.«

Eigentlich hatte Peter recht, aber es lohnte sich nicht, mit dem Dorftrottel zu streiten.

»Zeit zu gehen«, sagte er und schlich vorsichtig von der Seite des Gebäudes zurück, damit er nicht entdeckt wurde.

Der Müll auf der Treppe stellte sich als ihr Verderben heraus. Er bildete nicht nur einen Hindernisparcours für irgendwelche Drogenabhängigen, die scharf darauf wären, mal auf dem Dach zu schnüffeln, sondern verhinderte auch ihren schnellen Aufbruch.

Beck wurde sauer wegen der Verzögerung und hätte das Zeug in alle Richtungen geschleudert, wenn Riley ihn nicht gewarnt hätte, keinen Lärm zu machen. Als sie es endlich bis zum Erdgeschoss geschafft hatten, waren die Recycling-Typen gerade fertig mit Aufladen und starteten ihren LKW.

»Bewegung!«, befahl Beck und rannte beinahe über das Trümmerfeld im Inneren des Lagerhauses. Riley trug keine Stiefel mit dicken Sohlen. Als sie Beck eingeholt hatte, war der LKW verschwunden. Er begann zu fluchen, jedes vierte Wort war ein Kraftausdruck. Zu jeder anderen Zeit wäre es recht beeindruckend gewesen.

»Fahr einfach. Vielleicht sehen wir sie noch«, sagte Riley. »Ich habe dich gewarnt vor dem Müll auf der Treppe.«

»Fahr einfach«, wiederholte sie und weigerte sich, auf seine Wut einzugehen.

Sie nahmen die Hauptstraße, doch nachdem sie sie eine Meile in beide Richtungen abgesucht hatten, war klar, dass ihre Beute entkommen war.

13. Kapitel

»Verdammt«, schimpfte Beck und schlug mit der flachen Hand aufs Lenkrad, während sie darauf warteten, dass ein Müllwagen die Kreuzung freimachte. »Wir hätten im Wagen bleiben und nicht auf dieses bescheuerte Dach klettern sollen.«

»Nein. Wir haben es richtig gemacht.«

Beck betätigte den Blinker. »Stewart wird es nicht so sehen.«

»Wo willst du hin?«

»Bevor ich den Schotten anrufe und ihm sage, dass wir es gründlich vermasselt haben, brauche ich einen Kaffee und was zu essen. Ein paar Blocks von hier gibt's einen Burger, der die ganze Nacht aufhat.«

Er hat aufgegeben. Riley wäre überall herumgefahren, um zu versuchen, den LKW doch noch zu finden, aber er stieg aus.

»Ich komme morgen Nacht wieder. Allein«, fügte er hinzu.

Als er vor einem Stoppschild anhielt, begann Riley zu lächeln. Sie zeigte auf den LKW, der gerade über die Kreuzung tuckerte – es war derjenige von der Recyclingfabrik.

»Ich werd nicht mehr!«, murmelte Beck. »Manchmal hast du einfach ein verdammtes Glück.«

Als das Fahrzeug davonfuhr, konnten sie das Nummernschild erkennen. Riley durchwühlte ihren Rucksack nach einem Stück Papier und einem Stift. »War das eine Acht oder eine Neun nach der eins?«, fragte sie.

»Acht.« Beck konnte vielleicht Wörter nicht besonders gut lesen, aber Zahlen stellten offensichtlich kein Problem für ihn dar.

»Fahr nicht zu dicht auf«, warnte sie. »Sonst entdecken sie uns.«

»Ich weiß, was ich tue, Mädel.«

Sie mussten dem LKW nicht lange folgen, bis er in eine Seitenstraße in ein anderes Industriegebiet einbog und schließlich rumpelnd vor einer heruntergekommenen Lagerhalle zum Stehen kam. Wie aufs Stichwort begann sich das Rolltor des Gebäudes im Schneckentempo zu öffnen. Um nicht entdeckt zu werden, fuhr Beck weiter, hielt einen halben Block hinter der Halle an und stellte den Motor aus.

Dann rief er Stewart an, um ihn auf dem Laufenden zu halten »Verstanden«, sagte er und steckte das Telefon wieder ein.

»Was machen wir jetzt?«, fragte Riley, die Nerven angespannt. Sie waren so dicht dran.

»Nichts, bis Stewart hier ist«, sagte er.

Das war eine ganz neue Seite an Beck. Sie hatte erwartet, dass er im Alleingang wie ein tobsüchtiger Action-Held das Gebäude stürmen würde. Stattdessen nahm er Befehle entgegen wie ein guter Soldat. *Er respektiert Stewart, also hört er auf ihn.* Das war bestimmt nicht verkehrt. Der alte Schotte würde ihn von Schwierigkeiten fernhalten, genau wie ihr Vater früher.

Sobald die Flaschen sich im Inneren der Lagerhalle befanden, schloss sich das Rolltor wieder.

Beck warf ihr einen Blick zu. »Erzählst du mir, wer Paul beschworen hat? Ich muss es wissen. War es dieser Mistkerl Ozymandias?«

Riley konnte es nicht. Wenn sie es ihm sagte, würde Beck begreifen, dass ihr Vater seine Seele verkauft hatte, und das würde ihn fertigmachen. Es gab nicht viele Männer, zu denen er aufblicken konnte.

Sie schüttelte den Kopf. »Rede mit Dad.«

»Warum erzählst du es mir nicht einfach? Hat das irgendetwas mit diesem verdammten Engel zu tun?«

»Ja.«

Er ließ das Thema fallen.

✣

Als die Dämonenfänger eintrafen, gingen Riley und Beck ihnen bis ans Ende der Straße entgegen. Es war ein kleines Team: Meister Stewart und Meister Harper, dazu die Gesellen Remmers und Jackson. Der Letzte im Team entpuppte sich als Überraschung – es war ihr Exfreund Simon. Da musste ihr Meister seine Hände im Spiel gehabt haben, wahrscheinlich war es Harpers Methode, den »Heiligen« nach seiner schweren Verletzung beim Überfall auf das Tabernakel wieder auf Trab zu bringen.

Beck übernahm das Reden und brachte die Fänger auf den letzten Stand. Während sie zuhörte, entging Riley nicht, dass Simon sie ständig beobachtete. Sie ignorierte ihn, so gut sie konnte, aber das war nicht leicht. Ihre Beziehung hatte übel geendet, obwohl es echt gut angefangen hatte – sie waren zusammen, waren vielleicht sogar verliebt gewesen. Und dann wäre er beinahe durch die Hand eines Dämons gestorben. Von dem Moment an hatte er sich in einen verbitterten, paranoiden Typen verwandelt.

Hör auf, mich so anzustarren!

Gegen die Kälte lief Riley ein wenig auf der Stelle, ihr Atem und der ihrer Kollegen bildeten in der Nachtluft kleine, weiße Wölkchen. Während die Fänger sich besprachen, kam ein Mann auf die Gruppe zugeschlendert, einer der zahllosen Obdachlosen in der Stadt. Er trug mehrere Schichten abgelegter Klamotten mit einer zerrissenen rot-schwarz-gefleckten Decke darüber. Seine Mütze wies ihn als Fan der Iowa Hawkeys aus oder zumindest als Fan warmer Kleidung. Riley wollte sich nicht ausmalen, wie es war, bei dieser Kälte auf der Straße zu leben.

»Habt ihr Jungs ein paar Pennys übrig?«, fragte der Mann. Seine Augen waren stechend blau und das Gesicht unrasiert. Der Typ stank nicht so wie die meisten Stadtstreicher, weshalb sie vermutete, dass er hin und wieder irgendwo Unterschlupf fand.

Simon kramte in seiner Tasche und reichte ihm ein paar Dollar. Jackson packte fünf drauf. Riley hatte einen Dollar in der Tasche und gab ihn dem Mann. Dann winkte Beck den Mann zu sich.

»Sind Sie öfter hier in der Gegend?«, fragte er und erhielt ein Nicken als Antwort. »Das Gebäude da drüben«, sagte

er und deutete die Straße herunter. »Haben Sie eine Ahnung, wie viele Leute da arbeiten?«
»Fünf oder sechs.«
»Was machen die da drin?«
Der Mann legte den Kopf schräg. »Schleppen Flaschen rein und wieder raus. Ich hab sie mal gefragt, ob sie mir aushelfen können, aber die haben sich gar nicht um mich gekümmert. Für die bin ich nur noch so ein Straßengeist.«
Beck zog einen Zehner aus der Brieftasche und stopfte ihn dem Mann in die Hand. »Danke. Frühstücke für mich mit.«
»Gott segne euch«, erwiderte der Mann. Dann lächelte er. Seine Zähne waren überraschend gesund. »Kopf hoch, Männer. Die Wahrheit ist da oben. Immer nach oben schauen.« Er schlurfte davon.
»Noch so ein Verrückter«, sagte Remmers kopfschüttelnd. »Sie sind jetzt überall.«
»Wahrscheinlich ein Veteran. Von denen sind viele auf der Straße«, sagte Jackson.
»Der Lohn einer dankbaren Nation …«, murmelte Beck. Er winkte Riley zu sich und drückte ihr seine Schlüssel in die Hand. »Warte im Truck und verriegele die Türen«, befahl er. »Wenn es schiefgeht, ruf die Cops und verschwinde sofort von hier.«
»Pass auf dich auf«, ermahnte sie ihn.
»Mach ich«, war die knappe Antwort.
Normalerweise wäre Riley sauer, weil Beck sie wie eine empfindliche Blume behandelte, aber nicht heute Nacht.

Sie war hundemüde, und die Krämpfe quälten sie immer noch. Sobald sie im Pick-up saß, kramte sie ihre Wasserflasche heraus. Nachdem sie zwei Schmerztabletten geschluckt hatte, lehnte sie sich zurück und beobachtete die Männer.

Die Dämonenfänger eilten zur Lagerhalle und schwärmten dann aus. Beck probierte es am Seiteneingang, und die Tür schwang auf. Er streckte den Daumen in die Höhe, und die Fänger betraten das Gebäude.

Ich wünschte, du könntest das hier sehen, Dad. Auf seine eigene, methodische Weise, die ihm als Lehrer eigen war, hatte er die Grundlage für diesen Einsatz geschaffen. Am Morgen würde der Schwindel mit dem Weihwasser Geschichte sein, und wenn sie Glück hatten, würde niemand verletzt werden.

✣

Der erste Raum, den die Fänger betraten, war nahezu leer, bis auf ein paar Holzpaletten und ein in der Ecke geparktes Motorrad. Der Getränkeautomat an der Wand schien kurz davor, den Geist aufzugeben, die Lämpchen an der Vorderseite blinkten unregelmäßig.

Vorsichtig überquerte Beck den offenen Bereich und folgte dem Geräusch von Stimmen im nächsten Raum. Er presste sich flach an die Wand neben der Tür und warf einen raschen Blick durch die Öffnung. Es hätte ihn nicht überraschen dürfen, trotzdem staunte er: Fast überall im Raum befanden sich Flaschen, reihenweise Flaschen. An einem primitiven Fließband füllten zwei Männer die Flaschen abwechselnd mit Wasser aus einem Gartenschlauch, dann füllte ein weiterer etwas Weißes hinzu. Salz.

Raffiniert. Wenn die Flüssigkeit mit einer offenen Wunde in Berührung kam, brannte es, so dass derjenige, der sie benutzte, glaubte, er hätte echtes Weihwasser. Zumindest, bis die Wunde sich entzündete. Ein vierter Mann schraubte die Flaschen zu und stellte sie neben einen Kartentisch, an dem ein Typ mit blonden Dreadlocks die neuen Etiketten ausdruckte. Sobald das Etikett aufgeklebt war, wanderte das falsche Weihwasser auf eine Palette, um an die ahnungslose Öffentlichkeit verkauft zu werden. Beck musste das Verfahren einfach bewundern – simpel, effektiv und verdammt billig.

Er schlich zurück zu den anderen Fängern. »Fünf Leute«, flüsterte er. »Keine Waffen, soweit ich es erkennen konnte. Sieht machbar aus.«

»Dann lasst uns den Laden hochnehmen«, befahl Harper.

Beck ging als Erster, betrat leise den Arbeitsraum und baute sich rechts auf, Jackson kam nach ihm. Harper, Stewart und Remmers gingen nach links, Simon blieb als Wache an der Tür zurück.

Einer der Arbeiter blickte auf und erstarrte. Ein zweiter fiel auf die Knie und plapperte etwas in einer Sprache, die Beck nie zuvor gehört hatte.

Wir müssen echt krass aussehen.

Der Mann mit den Dreadlocks am Schreibtisch stand auf. »Wer zum Teufel seid ihr? Wie seid ihr hier reingekommen?«

»Zunft der Dämonenfänger«, sagte Harper und klopfte mit seinem Stahlrohr in die linke Hand. Der Meister grinste. Mit der gewundenen Narbe im Gesicht war das ein Anblick, den man kein zweites Mal erleben wollte. »Ihr hättet eure Eingangstür nicht offen lassen sollen.«

Es gab ein kurzes Gerangel, als Dreadlock einen Fluchtversuch startete. Doch statt in Richtung Freiheit zu rennen, floh er in den Pausenraum nebenan und schloss sich ein.

»Verdammt, den kriege ich«, sagte Beck, wütend über das Theater. Er hämmerte gegen die Tür. »Beweg deinen Arsch hier raus!« Keine Reaktion.

»Tritt die Tür ein!«, befahl Harper.

Schon besser. Beck legte seinen ganzen Frust in diesen Tritt, die Tür flog auf und landete unter dem Kreischen misshandelter Angeln und dem Knirschen des splitternden Holzes auf dem Boden. Der Typ im Raum schnappte entsetzt nach Luft und schmiss sein Handy in die Toilette. Er spülte, und das Ding verschwand in der Kanalisation. Beck stieß ihn unsanft zurück zu Harper und berichtete ihm, was passiert war.

»Wen zum Teufel hast du angerufen?«, fragte der Meister.

»Ich weiß nicht«, erwiderte der Kerl. Er bebte vor Entsetzen, das Gesicht war genauso bleich wie seine Dreads. »Ich sollte anrufen, wenn irgendetwas schiefgeht.«

»Was hast du gesagt?«

»Dass Dämonenfänger hier sind. Der Kerl sagte, alles würde gut und dass wir uns nicht vom Fleck rühren sollen, bis er auftaucht.«

»Wieso hast du das Telefon ins Klo geschmissen?«, fragte Beck.
»Er hat es mir befohlen.«
»Klingt so, als würde jemand ein paar Strippen ziehen und das Problem verschwindet«, erwiderte Harper stirnrunzelnd.
»Er kann nicht alles einfach vertuschen, wenn wir die Beweise haben«, sagte Stewart, aber auch er runzelte die Stirn.
Becks Schulter kribbelte. Sie hatten irgendetwas übersehen.
»Irgendetwas stimmt hier nicht.« Er deutete auf die endlose Reihe von Plastikbehältern. »Seht euch all diese verdammten Flaschen an. Hier lagern mindestens, na, achtzig oder neunzigtausend Dollar Gewinn, wenn man sie mit gefälschtem Weihwasser füllt, und niemand bewacht den Ort, bis auf einen Typ mit einem Handy?«
Harper nickte zustimmend. »Beck hat recht. Lasst uns abhauen, bis wir wissen, was hier los ist. Jackson? Mach ein paar Fotos mit deinem Supertelefon.«
»Klar«, kam die prompte Antwort.
Während der Geselle die Aufnahmen machte, untersuchte Beck die Anlage. Warum nutzten sie nicht das gesamte Lagerhaus? Klar, dieser Teil hier hatte ein Rolltor, aber warum quetschten sie sich in diesen Bereich?
Ein weiteres Kribbeln zwischen den Schulterblättern. Bei der Armee hatte er gelernt, diesem Zeichen zu vertrauen, vor allem, wenn er auf Patrouille war.
Immer nach oben schauen. Da oben ist die Wahrheit.

Beck hörte die Stimme des Obdachlosen so deutlich, dass er hätte schwören können, der Mann stünde direkt neben ihm. Er blickte nach oben und kam sich dabei vor wie ein kompletter Idiot. Nichts starrte zurück, nur das Dach und die Holzbalken. *Was ist das?* Er machte ein paar Schritte nach links. An der Verbindungsstelle zwischen einem der Balken und den Dachstützen hatte etwas seine Aufmerksamkeit erregt. Irgendetwas war dort oben. Sein Blick wanderte zum nächsten Balken. Nichts. Am nächsten Balken war ebenfalls etwas befestigt und dann wieder am übernächsten.

Vorsichtig ging Beck seitwärts weiter, bis er den Hauptbalken besser erkennen konnte. Jetzt, wo er Zeit hatte, sich die Sache genauer anzusehen, erkannte er das dunkelgrüne Elektrokabel, das sich von den Dachsparren herunterschlängelte. Es war mit einem weiteren Kabel verbunden, das wiederum zu einem kleinen, mit Klebeband befestigten Bündel führte. Das Bündel enthielt ein Mobiltelefon. Das letzte Mal hatte er so etwas im Krieg gesehen. Er und sein Team waren in der Nähe eines Marktes auf Patrouille gewesen und …

»Bombe!«, schrie er. »Raus hier!« Die anderen Dämonenfänger starrten ihn ungläubig an. »Los, alle raus!«, brüllte er und scheuchte sie vorwärts.

Die Botschaft kam an, und sie machten, dass sie rauskamen. Jackson schoss noch ein letztes Foto und sprintete dann zur Tür, die zum anderen Gebäudeteil führte. Er blieb schlitternd stehen, als er merkte, dass Beck ihm nicht folgte.

»Komm schon, Mann!«, schrie er.
Beck scheuchte ihn fort. Wenn er recht hatte, würden sie mehr Beweise brauchen als ein paar Fotos aus einer Handykamera. Er schlug mit der offenen Hand gegen den Knopf, der das Rolltor öffnete, dann hetzte er zum Schreibtisch. Er schnappte sich Aktenordner und Papierstapel und stopfte sie unter die Jacke.
Hinter ihm fuhr das Tor quälend langsam in die Höhe.
Der Computer. Er riss die Kabel aus dem Laptop, schob ihn vorne in seine Jacke und zog den Reißverschluss hoch, um ihn festzuklemmen. Er blickte nach oben und konzentrierte sich auf das Display des Handys an den Dachbalken. Es war dunkel. Solange es so blieb, war alles in Ordnung. Sobald das Display aufleuchtete und das Telefon klingelte, würde die Sprengkapsel gezündet und das Sprengstoffbündel würde explodieren, anschließend die anderen Ladungen an den benachbarten Balken.
Wenn er dann noch hier drin war …
»Komm schon, du verdammtes, lahmes Mistding«, knurrte Beck und lief auf und ab, während die Kette des Torantriebs rasselte wie trockene Knochen. Immer noch nicht hoch genug. Sein Blick sprang wieder zum Handy, und er erstarrte. Das Display leuchtete hellorange, als der Anruf einging.
»Heilige Scheiße.«

14. Kapitel

Beck wagte nicht, sich mit dem Computer unter dem Tor hindurchzurollen, also duckte er sich tief und kroch hinaus in die Nacht. Die Füße trommelten auf das Pflaster, und er atmete in kurzen Stößen, als er, so schnell er konnte, über die offene Fläche sprintete. In einiger Entfernung entdeckte er das Grüppchen Dämonenfänger. Einige von ihnen lachten und zeigten auf ihn, weil sie glaubten, er würde einen Witz machen.

»Runter!«, schrie er und wedelte mit den Händen. »Runter auf den Boden!«

Die erste Druckwelle der Explosion hob ihn in die Luft, bis die Wirkung der Schwerkraft wieder einsetzte. Im letzten Moment drehte er sich, um den Laptop zu schützen, und knallte mit der linken Schulter mit voller Wucht auf den Beton. Sämtliche Luft wurde aus seinen Lungen gepresst, und ein brennender Schmerz schoss ihm in die Seite. Eine zweite Detonation zerriss die Luft. Er bedeckte seinen Kopf und versuchte, in den Beton hineinzukriechen.

Er hörte Schreie und das Geräusch von Schritten, die auf ihn zurannten. Beck rappelte sich hoch und schrie vor Schmerz auf. Er blickte in entsetzte braune Augen.

»Beck?«, rief Riley. »O mein Gott, bist du verletzt?«

Er schüttelte den Kopf, obwohl es eine Lüge war. Als er vorsichtig seinen linken Arm bewegte, sprang irgendetwas wieder zurück ins Gelenk. Der Schmerz war so heftig, dass er einen Schrei unterdrücken musste. Dann ließ der Schmerz nach.

Nicht gebrochen. Das war die gute Nachricht.

»Beck«, sagte Riley und berührte behutsam sein Gesicht. »Ist alles in Ordnung?«

Sie macht sich wirklich Sorgen. Oder vielleicht hatte sie auch nur Angst, dass sie, falls er starb, das Geld ihres Vaters nicht bekäme. Wer konnte das bei ihr schon so genau sagen?

In seinem Kopf drehte sich alles, und er kam nur mit Jacksons und Rileys Hilfe auf die Beine. Nachdem er zum Bordstein geschwankt und sich hingehockt hatte, lenkte ein tiefes Grollen seine Aufmerksamkeit wieder auf die Lagerhalle. Das Grollen stammte vom einstürzenden Dach, das alles unter sich zermalmte. Dort, wo elektrische Leitungen durchtrennt wurden, stoben Funken auf. Mit dem ganzen Plastik und Holz als Brennmaterial würde nichts übrigbleiben, das sich zu retten lohnte.

Dieser Obdachlose hat mir den Arsch gerettet. Wenn er noch in der Nähe gewesen wäre, hätte Beck ihm jeden Dollar aus seiner Brieftasche gegeben.

Er ließ den Blick zu den anderen Dämonenfängern schweifen. Mit grimmigen Mienen musterten sie die Typen aus dem Gebäude. Die Arbeiter waren zu verängstigt, um sich von der Stelle zu rühren, und fürchteten Vergeltungsmaßnahmen. Einer von ihnen weinte.

»Was zum Teufel war das denn?«, fragte Jackson mit hochgezogenen Brauen.
»Eine improvisierte Sprengfalle«, sagte Beck und bewegte vorsichtig seine verletzte Schulter. Sie wurde bereits steif. »Man verdrahtet ein Handy mit Sprengstoff, ruft dann die Nummer an, und …« *Soldaten sterben*. Oder Dämonenfänger, die in diesem Fall beinahe hätten dran glauben müssen. »Wahrscheinlich waren die Sprengladungen seit dem Tag dort, an dem sie den Laden aufgemacht haben, damit sie ihn jederzeit plattmachen können.« *Keine Zeugen. Keine Beweise*. Wer immer hinter der Sache steckte, war ein kaltblütiger Mistkerl.
Fauchend schnappte Remmers sich den Typ mit den Dreadlocks. »Du hättest uns fast umgebracht.« Der Mann schüttelte verzweifelt den Kopf und fasste an den dicken, muskulösen Arm, der seinen Hals umklammerte.
»Lass ihn los, Remmers. Er soll reden«, sagte Harper. Fluchend und widerstrebend gehorchte der Fänger.
»Ich schwöre bei Gott, dass ich nicht wusste, dass das Zeug da oben war«, quiekte Dreadlock. »Ich wäre ebenfalls krepiert!«
»Rede!«, befahl Harper. »Wir wollen alles hören.«
»Schon gut, schon gut«, sagte der Mann und hob kapitulierend die Hände. »Ich habe den Kerl, der die Sache hier hochgezogen hat, nur ein paarmal gesehen. Er ist echt unheimlich. Wenn der in der Nähe ist, krieg ich glatt das Zittern.«
»Wie sieht dieses Arschloch aus?«
»Er trug einen Anzug.«

»Haarfarbe? Größe?«
Wenn jemand absolut nicht mehr weiter wusste, dann Dreadlock. Er öffnete und schloss ein paar Mal den Mund. »Ich kann mich echt nicht mehr gut an ihn erinnern.«
»Wie wurdet ihr bezahlt?«
»Bar. Jeden Freitag.«
»Wie hast du mit diesem Typen Kontakt aufgenommen?«
»Gar nicht. Er kam zu uns. Jeden Morgen sammelt ein Truck die Flaschen ein und liefert sie … wohin auch immer«, sagte er und machte eine vage Handbewegung.
Stewart schaute hinüber zu den anderen Männern, die sie aus dem Gebäude gescheucht hatten. »Was ist mit euch?«
»Irgend so ein Schlipsträger eben«, sagte ein Mann.
»Das ist alles, an was ihr euch erinnert?« Nicken überall.
»Wir haben sechs Typen, die einen Scheiß wissen, und ein brennendes Gebäude voller Beweise. Man wird der Zunft die Schuld dafür geben«, beschwerte sich Harper.
Beck zupfte an Rileys Jacke, und als sie sich näher zu ihm beugte, flüsterte er ihr etwas ins Ohr. Er sah sie an, als sie kapierte, was er ihr erzählte.
»Du bist echt unglaublich, weißt du das eigentlich?«, grinste sie.
Eine Sekunde lang glaubte er ihr.
Riley ging zu Stewart und gab die Nachricht flüsternd weiter. Dann tat sie dasselbe bei Harper. Die beiden Meister tauschten Blicke. Nach einem knappen Befehl von Harper trieben sie die Arbeiter die Straße hinunter und ließen sie sich in einer ordentlichen Reihe auf den Bordstein setzen, bewacht von Remmers und Jackson.

»Mach schon, Heiliger, tu was für dein Geld«, sagte Harper.

Als er an Riley vorbeikam, flüsterte Simon ihr etwas zu, das Beck nicht verstand. Eine Sekunde sah es aus, als würde sie ihrem Ex ins Gesicht springen, dann stieß sie den Lehrling wütend fort.

»Untersteh dich, so etwas zu sagen«, zischte sie. »Ich habe nichts damit zu tun.«

»Und warum ist die Hölle uns dann immer einen Schritt voraus?«, konterte er.

»Reißt euch zusammen, alle beide!«, brüllte Harper. Riley wandte sich ab, die Brust wütend vorgeschoben, die Hände zu Fäusten geballt.

Der junge Lehrling warf Riley einen letzten vernichtenden Blick zu, dann ging er weiter, um auf die Gefangenen aufzupassen.

Mit Rileys Hilfe schaffte Beck es zu seinem Fahrzeug. Er lehnte sich gegen die Beifahrertür, außer Sichtweite der Arbeiter und der anderen Dämonenfänger, und ließ sich von ihr die Jacke öffnen. Vorsichtig zog sie den Computer und die Papiere heraus und zeigte alles den beiden alten Männern.

Stewarts Augen strahlten wie Wunderkerzen. »Darum bist du also so lange dringeblieben.«

»Zum Teufel, Junge, das könnte uns allen den Arsch retten«, grinste Harper.

In der Ferne heulten Sirenen auf.

Stewart deutete auf die Beweisstücke. »Bringt das Zeug zu mir nach Hause. Ich lasse Jackson später kommen, damit er sich den Computer mal ansieht. Wir müssen von allem Sicherungskopien machen. Dasselbe gilt für die Papiere. Ich will Kopien. Verteilt sie überall.«

»Glaubst du, jemand könnte mauern, Angus?«, fragte Harper.

Stewart nickte. »Damit rechne ich.«

Riley hatte gewaltige Mühe, Beck in seinen Pick-up zu helfen. Er hatte solche Schmerzen, dass sie den Sicherheitsgurt für ihn anlegen musste. Sie ignorierte, wie nah sie ihm dadurch kam und dass sie sich über ihn beugen musste, um das Ding einrasten zu lassen.

»Hast du irgendwas Trinkbares?«, fragte er.

Riley kramte eine Wasserflasche aus ihrem Rucksack und reichte sie ihm, doch es ging über seine Kräfte, den Verschluss mit einer Hand zu öffnen. Nachdem sie nachgeholfen hatte, trank er die Hälfte des Wassers mit ein paar Schlucken aus.

Sie stellte den Sitz ein, so dass sie an die Pedale kam, was ihrem Passagier einen Schmerzenslaut entlockte.

»Sorry.«

»Demolier meinen Truck nicht!«, warnte er.

»Keine Angst.« Zumindest hoffte sie, dass sie ihn nicht schrotten würde. Sie hatte noch nie so etwas Großes gefahren. Langsam fuhr Riley vom Bordstein los und versuchte, ein Gefühl für die Lenkung und die Bremsen zu bekommen. Als sie die erste Kreuzung auf dem Weg zu Stewarts Haus überquerte, rasten zwei Polizeiwagen auf dem Weg zur zusammengefallenen Lagerhalle an ihnen vorbei. Ein Feuerwehrzug folgte kurz darauf.

Zu sehen, wie Beck um sein Leben rannte und dann wie ein Vogel ohne Flügel in die Luft geschleudert wurde, war der Stoff, aus dem Albträume gemacht waren. Riley war sicher gewesen, dass er tot war. Überzeugt, dass sie niemals die Gelegenheit bekommen würde, sich zu entschuldigen.

Doch jetzt legte Angst ihr die Worte in den Mund. »Was zum Teufel hast du dir dabei gedacht?«, rief sie und erschreckte ihren Beifahrer. »Warum bist du in dem Gebäude geblieben, obwohl du wusstest, dass da eine Bombe war? Bist du vollkommen wahnsinnig?«

Beck drehte sich zu ihr, das Gesicht schweißnass vor Schmerzen.

»Wir brauchen Beweise, oder sie wären mit ihrem Laden umgezogen und hätten von neuem anfangen, und noch mehr Menschen wären gestorben.«

»Aber du wärst fast gestorben, du Schwachkopf!«

Er schmunzelte. »Nur weiter so, Mädel, und ich komme glatt noch auf die Idee, du könntest dir Sorgen um mich machen.«

»Ich mache mir Sorgen, Beck. Ich habe dir das immer wieder gesagt. Wir kommen nur nicht miteinander klar.«

»Und wessen Fehler ist das?«, gab er zurück.

»Meiner«, sagte sie ohne Zögern. »Und deiner. Wir haben beide Schuld.«

Er holte tief Luft und nickte zustimmend. »Es war schon immer schwieriger, mit dir zu reden als mit anderen Frauen. Keine Ahnung, wieso.«

Riley wusste, was er meinte. Sie konnte den ganzen Tag mit Peter quatschen, ohne jemals auf eine emotionale Landmine zu treten. Aber Beck? Er war gespickt mit den Dingern, und sie schaffte es auf Anhieb, jede Einzelne davon zu treffen.

»Was hat Simon zu dir gesagt, um dich so wütend zu machen?«

Riley hielt den Blick auf die Straße gerichtet. »Er glaubt, ich würde für die Hölle arbeiten und alles sabotieren, was die Dämonenfänger tun.«

Beck schnaubte angewidert. »Das zeigt, was für ein Volltrottel er ist.«

Riley warf ihm einen raschen Seitenblick zu. Sein Gesicht war nicht mehr ganz so blass. »Wie geht's deinem Arm?«

»Tut höllisch weh, aber ich werde es überleben.« Er sah aus dem Fenster auf die vorbeiziehende Szenerie. »Dieser Anruf, den ich auf dem Dach bekommen habe«, sagte er. »Der erste. Er war nicht von Justine.«

»Und warum hast du mir erzählt, er wäre von ihr?«

»Ich wollte dich ärgern.« Er räusperte sich. »Der Anruf kam von einem Arzt unten in Sadlersville. Sadie geht's schlecht. Er sagt, dass sie bald ins Krankenhaus muss.«

»Das ist deine Mom, oder?« Er nickte. »Was fehlt ihr denn?«

Beck nahm einen großen Schluck Wasser, ehe er antwortete. »Sie hat … Krebs. Sie wird sterben«, sagte er mit bebender Stimme.

O Gott, ich bin ein totales Miststück. »Das tut mir so leid, Beck. Ehrlich. Ich hatte keine Ahnung.« Doch selbst nach der Entschuldigung fühlte sie sich kein bisschen besser. *Ich hab's total vermasselt.*

Er starrte aus dem Fenster. Sein Gesicht war im Licht des Armaturenbretts nur undeutlich zu erkennen.

»Sadie und ich sind nie gut miteinander ausgekommen. Ich habe sie zu sehr an meinen Daddy erinnert, wer auch immer das war. Da er nicht in der Nähe war, war ich das naheliegendste Hassobjekt.«

Er glaubt wirklich, seine Mutter hätte ihn gehasst. Kann das sein? »Du fährst doch runter, um sie zu besuchen, oder? Ich meine, … bevor …«

»Weiß ich noch nicht. Erst müssen wir hier die Dinge in Ordnung bringen.«

Jeden anderen würde sie umgehend zur Schnecke machen, weil er die Stadt nicht auf der Stelle verließ, aber das hier war Beck, und sein Leben war kompliziert. Offensichtlich bildete die Beziehung zu seiner Mutter da keine Ausnahme.

Riley erinnerte sich, wie es sich angefühlt hatte, als sie erfahren hatte, dass ihre Mutter Krebs hatte und dass keine Medizin auf der Welt Miriam Blackthornes Leben retten würde. Wie hilflos sie sich gefühlt hatte. Sie hatte diese Hölle nur durchgestanden, weil Peter und ihr Dad für sie da gewesen waren.

»Sag mir Bescheid, falls du irgendetwas brauchst, okay?«, sagte sie. »Ich meine es ernst. Ich bin für dich da.«

Als er sich zu ihr umdrehte, schimmerten Tränen in seinen Augen. Er sah sofort wieder weg, als hätte er gemerkt, dass er Schwäche zeigte.

»Danke«, flüsterte er kaum hörbar über dem Motorenlärm des Trucks.

✣

Die Ärztin der Zunft, Carmela Wilson, wartete bei Stewart auf sie. Beck nahm das gar nicht gut auf.

»Ich brauche keinen Arzt«, knurrte er.

»Schaff deinen Hintern hier rein, oder ich zieh dich hier aus und untersuche dich auf der Auffahrt«, erwiderte Carmela.

Beck widersprach nicht, als genüge der Protest, um sein Macho-Ego zu erhalten. Oder weil er wusste, dass Carmela nicht bluffte.

Er bestand darauf, es allein und ohne Hilfe bis in die Küche zu schaffen. Die Strapaze laugte ihn aus, und mit einem ausgiebigen Stöhnen ließ er sich auf den Stuhl sinken. Sein Gesicht war aschfahl.

Carmela verdrehte die Augen. »Das muss an der DNA von diesen Kerlen liegen«, grummelte sie.

Als sie ihm endlich Jacke und T-Shirt ausgezogen hatte, zeigte sich, dass seine ganze linke Schulter rot und geschwollen war.

»Au weia. Morgen früh wirst du ziemlich heftige Schmerzen haben«, sagte die Ärztin.

»Hab ich jetzt schon«, murmelte Beck.

»Er braucht eine Eispackung«, fügte Carmela hinzu und begann ihn zu untersuchen.

Riley durchsuchte die Küchenschränke nach einer stabilen Plastiktüte und füllte sie mit Eis aus dem Gefrierschrank. Becks gelegentlichen Schmerzenslauten nach zu urteilen, ging es ihm ziemlich mies.

»Nichts gebrochen«, verkündete Carmela. »Ich vermute, die Schulter hat sich von allein wieder eingerenkt.« Das Stöhnen des Fängers bestätigte das. »Du musst sie über Nacht mit Eis kühlen. Ich gebe dir etwas gegen die Schmerzen. Warte ein, zwei Tage, ehe du den Arm bewegst, aber sei vorsichtig, okay? Und keine Dämonen fangen!«

Beck widersprach ihr nicht, was zweierlei bedeuten konnte: Er war schwer genug verletzt, um tatsächlich zu tun, was die Ärztin sagte, oder er würde sie einfach ignorieren. Riley tippte auf Letzteres.

Nachdem Carmela gegangen war, bestand er darauf, in seinen Truck zu steigen und nach Hause zu fahren, ehe er die Schmerztabletten schluckte.

»Du solltest hier bleiben. Ich kann dir helfen …«, begann sie.

»Nein. Ich fahre nach Hause. Wenn Stewart das nicht passt, dann zur Hölle mit ihm.«

»Aber ruf mich an, wenn du zu Hause bist. Hast du verstanden?«

Er nickte widerstrebend.

Riley schnallte ihn an – noch einmal – und sah entsetzt zu, wie er es schaffte, den Truck einhändig und rückwärts von der Auffahrt auf die Straße zu manövrieren. Der Eisbeutel klebte an seiner verletzten Schulter wie ein gefrorener Papagei.

»Du bist echt ein Masochist, Alter«, sagte sie kopfschüttelnd.

Wie wollte er den Sicherheitsgurt wieder lösen, wenn er zu Hause war? *Nicht mein Problem.*

Riley legte den Computer und die Papiere auf Stewarts Schreibtisch, durchsuchte die Küche nach einer Banane und schleppte sich nach oben in ihr Schlafzimmer. Sie hatte gerade angefangen, sich für die Dusche auszuziehen, als ihr Handy klingelte.

»Ich bin zu Hause. Bist du jetzt glücklich?«, fragte Beck schroff.

»Ja.«

»Du behandelst mich wie ein dummes Kind«, beschwerte er sich.

»Ach nee. Wo habe ich das wohl her?«

Er legte auf.

15. Kapitel

Zuerst war es nur ein schwaches Flüstern im hintersten Winkel von Rileys Bewusstsein. Dann wurde es allmählich lauter. Ihr Name, immer und immer wieder. Ori war wieder da.

»Vergiss es, du Penner«, sagte sie und drehte sich auf die Seite. Wahrscheinlich glaubte er, er müsste nur seinen Charme spielen lassen und sie würde alles bereuen und ihm ihre Seele überlassen. *Nie im Leben*. Das musste er doch wissen, warum also rief er sie? Und warum stets zur selben Zeit am Morgen?

Weil er die Dämmerung geliebt hat. Ori hatte behauptet, es würde ihn an den Himmel erinnern. Dasselbe hatte er von ihr gesagt.

Die Stimme verschwand nicht, egal, wie sehr Riley auch versuchte, sie auszublenden. Je mehr sie dagegen ankämpfte, desto intensiver wurde sie, fast wie ein körperlich wahrnehmbarer Schrei. Wenn das nicht bald aufhörte, würde es sie völlig handlungsunfähig machen. *Wie Moms Migräneanfälle*.

Nachdem Riley sich angezogen und die Turnschuhe zugeschnürt hatte, dachte sie noch einmal darüber nach. Was würden die Meister sagen, wenn sie sahen, dass sie sich rarmachte? Ein schneller Blick verriet ihr, dass Stewarts Wagen nicht in der Auffahrt stand. Sie mussten noch mit dem Weihwasserproblem beschäftigt sein, also konnte Riley verschwinden, ohne dass sie es mitbekamen. Solange Ori eine Statue war, stellte er keine Bedrohung dar. Wenn sie seiner Bitte dieses Mal nachkäme, würde er danach vielleicht Ruhe geben, und sie könnte endlich schlafen.

Riley schlich aus dem Haus. Sobald sie den Wagen Richtung Süden lenkte, ließ der Druck in ihrem Kopf nach, und er wurde weniger, je näher sie dem Oakland-Friedhof kam. Auf den Straßen herrschte nicht viel Verkehr, so dass die Fahrt nicht lange dauerte. Sie fuhr direkt auf den Friedhof, dann konnte sie wenigstens schnell wieder verschwinden, falls sich das hier als Falle entpuppte.

Auch wenn Ori sie belogen und verführt und anschließend versucht hatte, ihre Seele zu rauben – er hatte ihr das Leben gerettet. Mehr als einmal. Er hätte zulassen können, dass Beck seine Seele in der Armageddon Lounge verlor, als zwei Trance-Dämonen den Fänger aufs Korn genommen hatten. Aber er hatte es nicht getan. Ori sagte, er sei eingeschritten, weil sie bereits zu viele Verluste erlitten hatte. Dabei hätte sie angenommen, er wollte Beck aus dem Weg haben. Ori war ein Rätsel, eines, das sie vermutlich niemals lösen würde.

Riley parkte so neben dem Glockenturm, dass der Wagen für eine rasche Flucht in die richtige Richtung wies. In ihrem Kopf herrschte wohltuende Stille, als hätte Ori genau das bekommen, was er wollte. Die Sonne reichte kaum über den östlichen Horizont und konnte die morgendliche

Kälte noch nicht vertreiben. In der Ferne hörte sie das Winseln eines U-Bahn-Zuges, der in die King Memorial Station einfuhr.

Kaum hatte sie die Wagentür geschlossen, erstarrte Riley. Sie sah Oris Statue an. Beide Fäuste waren in die Höhe gereckt, als wollte er den Himmel herausfordern, die Flügel waren weit ausgebreitet. Er trug Jeans, doch Brust und Füße waren nackt. Eine feine Schicht Raureif bedeckte seinen Körper. Wie es sich wohl anfühlte, in einer Statue gefangen zu sein? Wusste er, was um ihn herum vorging, oder war es, als würde er schlafen?

Es dauerte eine Weile, ehe sie sich überwinden konnte, näher heranzutreten. Als sie zu ihm hochstarrte, schien der steinerne Engel im Morgenlicht zu flirren. »Weißt du überhaupt, dass ich hier bin?«, fragte sie grübelnd.

»Natürlich weiß er das.«

Erschrocken wirbelte Riley herum. Zu ihrer Erleichterung war es dieses Mal nicht Luzifer, sondern eine ehrwürdige alte Dame mit einem langen, schwarzen Kleid und orthopädischen Schuhen. Oder, wenn man ihre wahre Gestalt kannte, Martha, der Engel vom Oakland-Friedhof. Derjenige, mit dem Riley über Simons Leben verhandelt hatte und der ihr den Job aufs Auge gedrückt hatte, Armageddon zu verhindern.

»Wie geht es dir, mein Kind?«, fragte der Engel und sah sie freundlich an.

Riley fielen etwa ein Dutzend verschiedene bissige Bemerkungen ein. Doch sie beschloss, sie für sich zu behalten. »Es ist mir schon mal bessergegangen.«

Ein weises Nicken. »Du bist gekommen, um den zu Stein Gewordenen zu besuchen. Warum?«
»Ich weiß, es ist verrückt, aber ich kann ihn immer noch in meinem Kopf hören.«
»Das ist gar nicht verrückt. Du wurdest von einem gefallenen Engel berührt. So etwas verblasst nicht so schnell.«
»Wenn Sie wussten, wer er ist, warum haben Sie mich dann nicht gewarnt?«
»Es war deine Entscheidung, ihm zu vertrauen. Freier Wille und so, du weißt schon«, erklärte Martha.
»Sie wissen, was zwischen uns vorgefallen ist?«, fragte Riley. Bei dem Gedanken wurden ihre Wangen heiß.
»Natürlich«, lautete die knappe Antwort. Martha nahm ein Blatt von einem Grabstein, als wäre es irgendwie verantwortlich für das ganze Chaos in der Welt. »Ich habe achtgegeben, ja am anderen Ende des Friedhofs zu sein, in der Nacht, als du mit ihm zusammen warst.«
»Ich dachte er … würde mich lieben.«
»Das glaubt ihr Sterblichen immer.«
Riley schaute zur marmornen Gestalt hoch. »Warum sehen die Leute vom Friedhof ihn nicht? Denen muss doch auffallen, dass hier eine neue Statue rumsteht.«
»Sie sehen ihn nicht. Selbst von uns sind sich nur wenige bewusst, dass er hier ist.«
Es schien ein guter Zeitpunkt zu sein, ihre Frage loszuwerden, also streckte Riley dem Stellvertreter des Himmels ihre Handflächen entgegen. »Was haben diese Zeichen auf meinen Händen zu bedeuten? Sie haben mir einen Haufen Ärger mit dem Vatikan eingebracht.«

»Das Mal des Himmels bekamst du, als du eingewilligt hast, uns zu helfen«, erwiderte der Engel. »Und das andere, als du zugestimmt hast, für den Höllenfürsten zu arbeiten.«

»Und zu was macht mich das? Bin ich jetzt gut oder böse?«

»Es macht dich zu einem Menschen, Liebes.«

Riley ließ die Hände sinken. »Wussten Sie, dass Simon sich gegen mich wenden würde?«

»Nein«, erwiderte Martha. »Es tut mir wirklich leid, dass es so gekommen ist. Dieser junge Mann wird sich für einiges verantworten müssen.«

Riley öffnete den Mund, um die nächste Frage abzufeuern, nämlich, wie sie den Weltuntergang verhindern sollte, aber der Engel schüttelte den Kopf. Er las schon wieder Rileys Gedanken.

Also gut … nächste Frage. »Der da«, sagte sie und zeigte mit dem Finger hoch zur Statue, »spukt in meinem Kopf herum. Warum macht er das?«

»Das musst du ihn fragen. Er ist einer der ehrlichsten unter den gefallenen Engeln, so dass du vielleicht sogar eine aufrichtige Antwort bekommst. Natürlich hat das nicht viel zu sagen, nicht wahr?«

Und schon war Martha in der Morgenluft verschwunden. Trotz der Handschuhe fror Riley und stopfte die Hände in die Taschen, während sie zum steinernen Engel emporblickte. *Also gut, was kann es schon schaden?* Sie konnte später immer noch zurück ins Bett gehen.

»Ich bin hier, und jetzt bist du still. Also, was willst du?«, murmelte sie verdrossen.

Wenn es eine Antwort gab, so war sie unhörbar. Im Osten wurde das Sonnenlicht durch die kahlen Bäume gefiltert und schimmerte rosig-golden. In einer nahen Magnolie zwitscherte hier und da ein Vogel. Rileys Blick wanderte zum Grab ihrer Eltern. Dann zum Mausoleum. Ihre Erinnerungen wurden lebendig – an die unzähligen Kerzen, die sie empfangen hatten, als Ori in jener Nacht die Türen geöffnet hatte. An seine warmen Schwingen, die verführerischen Worte.

Seine Lügen.

Als sie die Statue erneut betrachtete, berührte das Sonnenlicht gerade den obersten Punkt vom Kopf des Engels und verlieh ihm eine Krone aus seidigem Licht, fast wie ein Heiligenschein. Der helle Schimmer blieb nicht auf einer Stelle begrenzt, sondern breitete sich nach unten aus, liebkoste sein Gesicht und berührte seine Brust, wie eine Geliebte es tun würde. Jeder Muskel zeichnete sich ab, jede Feder funkelte wie ein Prisma und brach das Licht zu einem schillernden Regenbogen.

Sie erinnerte sich an die samtige Weichheit dieser Federn, und wie Ori sie auf ganz neue Art hatte fühlen lassen, sie sanft gelehrt hatte, was es bedeutete, eine Frau zu sein.

Die Erinnerungen ließen Riley erbeben, und sie rieb sich mit den Händen über die Arme, um sich zu wärmen. Sie wollte sich gerade abwenden, als der Schimmer die Jeans des Engels erreichte. Mit einem Lichtblitz wurde der goldene Marmor weicher und verwandelte sich in Haut.

»Hey, was geht hier vor?« Riley verschwand hastig hinter einem Grabstein, bis sie den freien Fluchtweg hinter sich hatte, nur für den Fall, dass Ori seinem marmornen Gefängnis entkam.

Der Engel schüttelte seine Flügel aus, ließ die Arme sinken und schaute nach unten. Sein Blick schien sie an Ort und Stelle festzunageln.

»O mein Gott«, flüsterte sie. Sein dunkles Haar hing ihm ins Gesicht und rahmte es ein. Die schwarzen Augen wirkten genau so unendlich tief wie in jener Nacht, in der er sie gehalten und geliebt hatte.

»Du willst dich wohl an meinem Los ergötzen, oder warum bist du gekommen?«, fragte er. Seine Stimme klang schroffer, als sie sie in Erinnerung hatte.

»Nein! Du hast mich doch gerufen!«

»Weißt du, warum Luzifer mir nur gestattet, die Morgendämmerung zu sehen? Das ist seine Rache. Er weiß, dass ich nach dem Licht lechze, also quält er mich jeden Morgen damit.«

Nein. Wenn sie auf diesem Sockel stehen würde, würde der Anblick des Sonnenaufgangs ihr Hoffnung machen, dass Luzifer sie vielleicht eines Tages freigeben würde. Aber der Engel sah das nicht, er war zu beschäftigt mit seiner Gefangenschaft und der Scham, seinen Meister enttäuscht zu haben.

Ori kämpfte gegen den verbliebenen Marmor, doch der hielt stand. Er fluchte in der Höllensprache und brüllte seinen Zorn in den Morgenhimmel hinaus. Obwohl sie Angst hatte, wich Riley nicht von der Stelle. So lange sie daran dachte, was er ihr angetan hatte und was er wirklich wollte, hatte der Engel keine Macht über sie.

»Warum wolltest du, dass ich herkomme?«, verlangte sie zu wissen.

»Damit du sehen kannst, was du mir angetan hast. Du bist schuld an meiner Gefangenschaft, Riley Anora Blackthorne.«

»Moment mal. Ich soll also Mitleid mit dir haben?« Sie schnappte nach Luft. »Du hast mich verführt, du Mistkerl. Bestohlen hast du mich, mir meine …«

»Nein!«, schrie er. Seine Stimme hallte in der Stille wider. »Ich habe deine Jungfräulichkeit nicht gestohlen. Ich habe sie angenommen.«

Sie spürte ihre Wangen heiß werden. »Du hast die Seele meines Dads gestohlen. Das kannst du nicht leugnen.«

Der Engel schüttelte den Kopf. »Wenn ich nicht eingeschritten wäre, hätte dieser Erzdämon Paul Blackthorne getötet und seine Leiche verspeist. Stattdessen habe ich deinem Vater die Chance gegeben, am Leben zu bleiben und mehr Zeit mit seinem geliebten Kind zu verbringen.«

»Er ist trotzdem gestorben. Du hast deinen Teil der Abmachung gebrochen.«

Oris dunkle Augen wurden hart. »Wenn ich gewusst hätte, dass der Abtrünnige hinter Paul her ist, hätte ich ihn aufgehalten. Als ich begriff, was los war, war dein Vater bereits tot. Das erwies sich als …«

»Unbequem?«, schimpfte sie, die Hände zu Fäusten geballt.

»Als ein schlechtes Omen«, erwiderte er. »Meister Blackthornes Tod beweist, dass der Höllenfürst unfähig ist, seine Getreuen zu schützen. Das schwächt seine Position.«

»Warum sollten wir Sterblichen uns darum scheren, wenn Luzifer nicht mehr der Obermacker ist? Es geht immer noch um Hölle und Verdammnis, egal, wer das Sagen hat.«

»Es gibt Schlimmere, die seinen Platz einnehmen könnten.« Ori runzelte nachdenklich die Stirn. »Vielleicht wird es Zeit, dass sie es tun. Vielleicht waren wir zu gnädig.«

Er senkte den Blick, um ihr erneut in die Augen zu sehen.

Jetzt hörte sie andere Worte in ihrem Kopf, die ihr erzählten, wie einfach es wäre, den Engel aus seinem Gefängnis zu befreien. Wie dankbar er sein würde. Dazu musste lediglich ihr Blut den Stein berühren, und sie könnten bis in alle Ewigkeit zusammen sein.

»Nein!«, sagte sie und schüttelte den Kopf, um die tückischen Gedanken zu vertreiben. »So weit kommt es noch, du verlogener Mistkerl. Wir haben das Spielchen einmal getrieben, und ich werde mir nicht noch einmal wehtun lassen.«

»Du bist ein eitles, selbstsüchtiges Kind«, erwiderte der Gefangene. »Siehst du denn nicht das große Ganze? Den Krieg, der uns bevorsteht?«

»Ich weiß, was uns bevorsteht«, erwiderte Riley etwas ruhiger. Sie hatte seinen Bemühungen widerstanden, und das ermutigte sie. »Ich soll diesen Krieg verhindern, oder hast du das schon vergessen?«

»Ich werde in deinem Kopf herumhämmern, bis du mich freilässt. Oder bis du verrückt wirst.«

»Versuch's doch, gefallener Engel.«

Oris Zorn verschwand so schnell, wie er gekommen war. Er schwieg und schüttelte in tiefster Verzweiflung den Kopf: Der goldene Schimmer kroch jetzt an seinem Torso empor und noch schneller über seiner Brust. Der Engel sah es ebenfalls.

»So schnell«, sagte er traurig. Ori spannte die Flügel, als wollte er unbedingt die Sonnenstrahlen aufnehmen, während sein Körper sich allmählich wieder in Stein verwandelte.

Der letzte Schimmer schwand dahin und ließ nur alabasterfarbenen Marmor zurück. Wassertropfen rannen über Oris Gesicht wie Tränen. Dieses Mal hatte der gefallene Engel die Hände nicht im Zorn erhoben, sondern ließ sie niedergeschlagen herunterhängen, und die Flügel waren halb an seinem Rücken zusammengefaltet. Die Augen waren geschlossen, der Kopf gesenkt, als sei es zu schmerzlich, die Welt zu sehen, ohne ein Teil von ihr zu sein.

✣

Aus Sorge, dass die Meister sich fragen könnten, wo sie steckte, kehrte Riley so schnell wie möglich zu Stewart nach Hause zurück. Leider stand das Auto ihres Gastgebers in der Auffahrt. Sie parkte dahinter, schaltete den Motor aus und blieb sitzen.

Oris mentale Sogwirkung war so stark gewesen, dass sie nicht an die Konsequenzen für sich und Stewart gedacht hatte, falls der Vatikan herausfand, dass sie sich mit einem gefallenen Engel getroffen hatte.

Um Zeit zu schinden, damit sie sich beruhigen konnte

und die Meister nicht merkten, dass etwas nicht stimmte, rief sie Peter an, um ihn in der Geschichte mit dem Weihwasserbetrug auf den neuesten Stand zu bringen. Er ging nicht ans Telefon – wahrscheinlich stand er gerade unter der Dusche –, also hinterließ sie ihm eine ellenlange Nachricht und versprach, sich an ihre Hausaufgaben für die Schule zu machen.

Als sie es nicht länger hinauszögern konnte, ging Riley zur Hintertür. Kaum hatte sie die Tür geöffnet, stieg ihr der verführerische Duft frischgebackener Zimtbrötchen in die Nase. Nachdem sie ihre Jacke an den Garderobenständer gehängt hatte, ging sie in die Küche und setzte einen neutralen Gesichtsausdruck auf. Zumindest einen, von dem sie hoffte, dass er nicht sagte: *Fragt mich, wo ich war. Die Antwort wird euch gefallen*.

Sie fand den Schotten und Harper am großen Küchentisch beim Frühstücken. Eine rotwangige Frau mit beachtlicher Oberweite und silbernen Strähnen im dunklen Haar stand am Herd. Sie trug eine schwarze Hose, eine rote Bluse und eine Schürze, die verkündete: DAS ABENDESSEN IST FERTIG, WENN DER RAUCHALARM AUSGEHT.

Nicht besonders ermutigend. Trotzdem ließen die Zimtbrötchen Rileys Magen vor Vorfreude knurren.

»Guten Morgen, Riley, du kommst gerade rechtzeitig zum Frühstück«, sagte Stewart aufgekratzter, als sie für menschenmöglich gehalten hätte.

»Blag«, fügte Harper hinzu, was für ihn so etwas wie eine fröhliche Begrüßung und allemal besser war als das, was sie erwartet hatte.

»Sirs«, sagte sie. Sie wählte einen Stuhl den beiden Meistern gegenüber. Keiner von ihnen schien schlechte Laune zu haben, also gab es vielleicht gute Nachrichten. Noch wichtiger, es war ihnen offensichtlich egal, wo sie gewesen war.

»Mrs Ayers, wie wäre es, wenn wir das Mädchen ein bisschen aufpäppeln?«, sagte Stewart nach einem Schluck Kaffee. »Für meinen Geschmack ist sie viel zu dünn.«

»Mit Vergnügen. Was isst du normalerweise, Riley?«, fragte Mrs Ayers. Ihre Worte wurden von einem trällernden britischen Akzent überlagert.

»Äh, Cornflakes oder Haferflocken.«

»Das ist alles?« Als Riley nickte, schüttelte Mrs Ayers bestürzt den Kopf. »O nein, nicht in diesem Haus, Liebes. Hier gibt es ein ordentliches Frühstück.«

Fünf Minuten später erfuhr Riley, woraus ein ordentliches englisches Frühstück bestand. Mindestens zwei weitere Rileys hätten davon satt werden können. Es gab ein gekochtes Ei, fette Würstchen, gegrillte Pilze, eine Tomate und gebackene Bohnen, und all das drängte sich auf einem Teller zusammen. Um dem Ganzen die Krone aufzusetzen, lag neben einem großen Glas Orangensaft ein riesiges Zimtbrötchen.

Wer isst denn Bohnen und Tomaten zum Frühstück?

Riley unternahm trotzdem einen mutigen Versuch und kam bald zu dem Schluss, dass die Jäger ihr einen Riesengefallen getan hatten, als sie ihr befahlen, bei Stewart zu wohnen, und sei es nur für kurze Zeit. Das Essen beruhigte auf der Stelle ihren nervösen Magen, und sie spürte,

wie ihr Energiepegel anstieg, obwohl sie nicht viel geschlafen hatte.
»Haben alle?«, fragte Mrs Ayers. Überall Kopfnicken. »Dann lass ich Sie mal allein«, sagte sie und verschwand im Hauptteil des Hauses. Offensichtlich war sie auch Stewarts Haushälterin.
Während Riley aß, unterhielten sich die Meister angeregt über den nächtlichen Einsatz und die Beute aus der Lagerhalle.
»Die Papiere, die Beck gerettet hat, sind größtenteils Bestandslisten für die Flaschen«, erklärte Harper Riley. »Nichts, was uns verrät, wo sie das gefälschte Zeug verkaufen.«
»Was ist mit dem Computer?«, fragte Riley.
»Damit hatten wir Glück. Auf dem Ding selbst war nicht viel drauf, nur die Dateien für die Etiketten. Aber er ist auf die Stadt zugelassen.«
»Was?«, sagte Riley und tastete überrascht nach einem Würstchen.
»Wir wissen noch nicht, auf welche Abteilung, aber ich habe einen Kumpel bei den Cops, der ist an der Sache dran.«
Sie dachte darüber nach, während sie eine Ladung Bohnen auf die Gabel schaufelte. »Was ist mit der Abteilung, die die Steuermarken ausgibt?«
Stewart schüttelte den Kopf. »Nein. Jemand weiter oben. Darauf könnte ich wetten.«
»Der Besitzer des Gebäudes hat einen Mordskrach geschlagen«, sagte Harper. »Er behauptet, wir hätten die Sprengsätze gelegt.«

»Wir müssen unsere Version der Geschichte öffentlich machen«, sagte Stewart. »Ich rufe CNN an.«

»Lass Beck mit dieser Reporterin reden«, schlug Harper vor.

Riley hielt mitten im Kauen inne. Diese Reporterin musste Justine sein. Als bräuchte Beck eine Entschuldigung, um Zeit mit ihr zu verbringen.

»Er geht sowieso zu ihr«, fügte Harper hinzu. »Dann kann er genauso gut ein gutes Wort für uns einlegen, wenn sie nicht gerade poppen.«

Riley verschluckte sich beinahe.

»Stimmt irgendetwas nicht, Mädchen?«, fragte Stewart und musterte sie.

»Nein. Ich bin nur pappsatt«, flunkerte sie.

Harper legte seine Gabel ab, nahm eine Tablette aus der Brusttasche und spülte sie mit einem Schluck Kaffee herunter. Sie sah nicht aus wie eine der Schmerztabletten, die er seit seiner Verletzung beim Tabernakel mit sich herumschleppte.

Er merkte, dass sie ihn beobachtete. »Was ist?«

»Nichts.« Er war ganz anders. Wenn man ihm den Alkohol wegnahm, war er fast ein Mensch.

»Hat die Ärztin nach Beck gesehen?«, fragte Stewart.

»Ja. Sie sagt, er wird es überleben. Er hat darauf bestanden, allein nach Hause zu fahren«, sagte sie und verdrehte die Augen. »Manchmal ist er so ein Idiot.«

Stewart schnaubte. »So ist das, wenn man zweiundzwanzig und unbezwingbar ist. Gib dem Jungen noch ein paar Jahre, und er wird lernen, auf solche Schmerzen zu hören.«

»Das stimmt allerdings«, sagte Harper.

Kurze Zeit später verließ ihr Meister die Küche, und Riley wartete, bis er außer Hörweite war. »Ist er krank?«, fragte sie. »Das waren andere Tabletten als die, die er normalerweise schluckt.«

»Die Medizin hält ihn vom Trinken ab«, erwiderte Stewart. »Solange er diese Dinger nimmt, wird ihm höllisch übel, wenn er auch nur einen Tropfen Alkohol trinkt.«

Darum also. »Es geht ihm so viel besser. Er ist nicht so … explosiv.« Und es war unwahrscheinlicher, dass er ihr blaue Flecken verpasste wie in der Vergangenheit.

»Aye. So war er, bevor sein Sohn starb.«

Sohn? »Er sagte, er hätte seinen Dad verloren, aber …«

Ihr Gastgeber senkte die Stimme, obwohl Harper sie unmöglich hören konnte.

»Sein Ältester war Dämonenfänger in Detroit. Vor drei Jahren wurde er getötet. Donald fand, die beste Art, damit fertig zu werden, sei der Alkohol.«

Donald. Sie hatte nicht einmal den Vornamen ihres Meisters gekannt.

»Zwei Familienmitglieder an Erzdämonen zu verlieren war verdammt hart für ihn. Besonders, da dein Vater den Kampf mit einem gewonnen hat.«

Jetzt wusste sie, warum Harper sie vom ersten Moment an gehasst hatte. Wenn sie in seiner Haut stecken würde, erginge ihr es vielleicht ganz ähnlich.

16. Kapitel

Gegen vier Uhr am Nachmittag setzte Riley sich in Morts Garten zu ihrem Vater. Seine Augen waren geschlossen, die Atmung verlangsamt, als würde er meditieren. Eine Flasche Stabilisator stand neben seinem Ellenbogen, und in seinem Schoß lag ein Buch. Sie legte es beiseite und war nicht überrascht, dass es vom Bürgerkrieg handelte.

Ihr Dad regte sich und lächelte, als er sie erkannte.

»Spatz.«

Riley grinste über den Kosenamen. Mit jedem Tag gefiel er ihr besser. Als Nächstes kam die Umarmung. Als sie schließlich fertig waren, nahm er einen großen Schluck von seinem Getränk. Das war ihr Moment, um mit Erzählen anzufangen.

»Die Jäger haben gesagt, ich soll bei Stewart wohnen«, berichtete sie.

»Es gibt schwerere Schicksale«, sagte ihr Vater lächelnd.

Riley dachte an das leckere Essen. »Das habe ich auch schon festgestellt. Wenn ich mich benehme, lassen die Jäger mich in Ruhe.«

»Es ist niemals einfach mit der Kirche. Nimm dich bloß vor ihnen in Acht, hörst du?«

Sie nickte. »Gestern Nacht haben wir ein paar Leuten ordentlich in den Hintern getreten.« Sie erzählte ihm, dass Beck der absolute Held des Tages war.

»Geht es ihm gut?« Die Besorgnis war genauso stark, als hätte er sich nach ihr erkundigt.

»Als ich ihn zuletzt gesehen habe, hat er geflucht, was das Zeug hält, das ist immer ein gutes Zeichen.«

Ihr Vater lachte. Das erinnerte Riley daran, wie es gewesen war, bevor er starb. Wie viel Spaß sie hatten, wenn sie sich unterhielten, selbst über den größten Unsinn wie der Frage, wie viele Katzenhaare wohl in einem Haarball stecken mochten.

»Ich habe Beck erzählt, wo du bist. Ich hoffe, das war in Ordnung.«

»Gut. Ich möchte ihn wiedersehen. Ich vermisse ihn.«

Die Begegnung würde für beide mörderisch hart werden. Beck würde genau denselben O-mein-Gott-ist-das-furchtbar-Moment durchmachen müssen wie sie. Der ganze Schmerz wäre wieder da. Nicht, dass er jemals ganz verschwinden würde.

»Er will wissen, wer dich reanimiert hat«, warnte sie.

»Klar will er das«, kam die prompte Antwort. »Wissen die Meister, wo ich bin?«

»Ja.«

Ihr Vater starrte den Springbrunnen mit der eleganten nackten Nymphe an, die in der Mitte herumtollte. »Ich wünschte, ich hätte dir nie erlaubt, Dämonenfängerin zu werden«, sagte er.

»Warum? Ich mache meine Sache gut«, sagte sie. »Echt,

ich werde besser. Ich habe diese Woche noch keine einzige Bücherei zerlegt.«

Er lachte glucksend. »Es geht nicht darum, dass du keine gute Fängerin bist, denn das bist du. Es geht darum, was der Job mit dir macht. Wenn ich dich ansehe, bist du immer noch meine süße Tochter, aber dein Blick sagt mir, dass du älter geworden bist. Du hast zu früh zu viel gesehen.«

»Wie Beck?« Er nickte. »Wenn du mir meine Lizenz nicht gegeben hättest, hättest du Ärger mit der Hölle bekommen, weil du dich nicht an die Abmachung mit ihnen gehalten hast. Die wollen mich dabeihaben.«

»Stimmt, aber ich hatte die Möglichkeit, sie abzuwehren.«

»Sie hätten dich getötet.«

»Das haben sie doch so auch. Zumindest hätte ich die Gewissheit, dass du in einer angenehmeren Umgebung aufgewachsen wärst.«

»Was, in Fargo, bei Tante Garstig?«, sagte sie. »Oder als Pflegekind? Klingt für mich nicht wirklich angenehmer.«

Ihr Vater legte ihr die Hand auf die Schulter und drückte sie sanft. »Und, wie läuft es in der Schule?«

»Geht so. Wir quälen uns immer noch mit dem Bürgerkrieg herum, und meine Noten sind ganz in Ordnung.«

»Nur in Ordnung?«, fragte ihr Dad. Eine Augenbraue zuckte.

»Einsen und Zweien. Ich bin gut. Ach ja, und Allan ist jetzt in meiner Klasse.«

Stirnrunzelnd murmelte ihr Vater etwas vor sich hin, das sie nicht verstand. »Wenn er dich belästigt, erzähl es der

Lehrerin. Wenn das nichts nützt, sag Stewart Bescheid. Lass nicht zu, dass der Junge dir noch einmal wehtut.«
»Von mir bekommt der keine zweite Chance.«
Er seufzte erleichtert. »Und wie läuft es zwischen dir und Beck?«
»Im Moment ziemlich mies. Er ist sauer auf mich wegen Ori, und ich bin … fuchsig wegen Justine.«
»Wegen wem?«
Riley erzählte ihm von der Reportertussi und warum sie sicher war, dass Ms Perfekt Beck über kurz oder lang verletzen würde.
»Es ist echt schwer, mit Beck zu reden«, sagte sie. »Sobald man ihm zu nahe kommt, macht er dicht.«
»Versuch es weiter. Er ist … die Mühe wert. Es steckt so viel in ihm.« Ihr Vater begann, mit den Augen zu blinzeln. Offensichtlich war es wieder Zeit für ein Nickerchen.
Sie beugte sich zu ihm und küsste ihn auf die Wange. »Ich komme morgen wieder. Versprochen.«
»Hör auf Beck und Stewart. Sie … passen auf … dich auf.«
Dann schaltete er sich aus.
Es ist, als wäre er richtig alt. Er ist eine Weile wach und schläft dann einfach ein.
Riley sah ihm noch eine Weile beim Ausruhen zu. Sie hatte es nicht eilig, den ihr noch verbliebenen Elternteil allein zu lassen. Vorsichtig legte sie das Buch neben ihn auf die Bank, damit er es fand, sobald er aufwachte, dann ließ sie ihren Vater schlummernd im Garten zurück.
Mit jedem Mal fiel ihr die Trennung schwerer. Eines Tages

würde es keine Unterhaltungen mehr geben, keine Zeit, die sie zusammen verbringen konnten. Der Leichnam ihres Vaters würde zur Ruhe gebettet, doch seine Seele würde bis in alle Ewigkeit Luzifer gehören.

Es muss einen Weg geben, ihn zu erlösen.

✣

Auf dem Weg zurück zu Stewarts Haus erreichte sie eine SMS von Peter.

Heiße Schokolade. Hausaufgaben. Bist du dabei?

Riley fuhr auf den Parkplatz eines Supermarktes, ehe sie antwortete.

Spendier mir Zitronenkuchen & ich gehöre dir.

Die Antwort kam umgehend. *Du bist echt leicht zu haben! Bis gleich.*

Lachend wendete sie den Wagen und fuhr in Richtung Stadtmitte. Sie erreichte das Café nur wenige Minuten vor ihm.

»Hey, bist du wach?«, fragte Peter und legte seine Laptoptasche auf den Tisch, den Riley im hinteren Teil des Cafés ausgesucht hatte. Dann flog seine Jacke hinterher.

»Kaum. Es war eine harte Nacht.«

»Reiß dich zusammen. Ich bezweifle, dass Mrs Haggerty ein ›Ich-musste-ein-paar-böse-Männer-verfolgen‹ als Entschuldigung dafür gelten lässt, dass du deine Hausaufgaben nicht gemacht hast.«

Riley starrte finster zu ihm hoch. »Du hast mir eine heiße Schokolade versprochen. Und Zitronenkuchen.«

»Und ich verbringe meine Zeit mit dir, weil ...?« Peter

bedeutete ihr mit einer Geste, den Satz zu vervollständigen.

»Weil ich einen Dämon in deinen Computer schmuggeln könnte, der ihn in null Komma nichts in Brei verwandelt.«

»Ah, kapiert.« Er trottete davon, um die versprochenen Köstlichkeiten zu holen.

Hausaufgaben schienen auf unspektakuläre Weise vollkommen zwecklos zu sein. Was, wenn die Welt aufhörte zu existieren? Spielte es dann noch eine Rolle, ob sie Einsen, Zweien oder Fünfen hatte?

Die Welt scherte sich vielleicht nicht darum, aber ihrem Vater und der Lehrerin war es wichtig. Und wenn die Welt nicht in Stücke ging und ihr Dad unter Morts Obhut blieb, würde er vielleicht noch ein Jahr oder so rumlaufen. Und ziemlich sicher würde auch Dead Dad ihre Zeugnisse sehen wollen. Und wenn ihr Noten dann nicht gut genug waren …

Er kann mir ja wohl schlecht Hausarrest aufbrummen.

Trotzdem, sie musste wieder zu einem normalen Alltag zurückfinden. In der Welt drehte sich nicht alles um Dämonen und Engel.

Sie musste sich zwei Mal heiße Schokolade nachschenken lassen, ehe ihr Verstand endlich auf vollen Touren lief. Regelrecht high vom Zucker aus dem leckeren Zitronenkuchen, stürzte sie sich auf ihre Matheaufgaben. Zum Glück war sie im Lösen von quadratischen Gleichungen ziemlich gut, denn sie musste eine ganze Seite davon rechnen.

Peter arbeitete an seiner Gemeinschaftskundeaufgabe über einen Stamm in Neuguinea, der als Initiationsritus seine jungen Männer in den Regenwald schickte, damit sie einen Affen oder ein Wildschwein töteten. Er schien sich nicht sonderlich für das Thema zu interessieren, sondern wurde erst munter, als sich jemand auf den Platz neben ihm plumpsen ließ. Dieser Jemand war ein Mädchen. Simis normalerweise bunte Haare waren heute fast einfarbig, allerdings mit unterschiedlichen Blautönen von Marineblau bis Türkis. Es war nicht ganz so grell wie manche ihrer anderen Farbentwürfe.

»Hey. Ich dachte, heute wäre dein freier Tag. Was machst du denn hier?«, sagte Riley.

»Kaffee trinken. Ich bekomme ihn umsonst«, antwortete Simi und hob zum Beweis einen großen Pappbecher hoch. Sie nahm den Deckel ab, schüttete drei Päckchen Zucker hinein und schloss den Becher wieder. Kein Wunder, dass sie die ganze Zeit zappelig war.

»Deine Haare sind total irre«, sagte Peter.

Simi musterte Peter unverfroren und nickte schließlich anerkennend. »Deine auch. Die braunen Spitzen gefallen mir.«

Er zuckte die Achseln, als sei es keine große Sache, aber Riley merkte, dass er sich freute, weil ihr das aufgefallen war.

»Ich habe die Karten für das Gnarly-Scalenes-Konzert besorgt«, fügte Simi hinzu. »Sieh es als verfrühtes Geburtstagsgeschenk an.«

Sehr verfrüht, denn Riley hatte erst in ein paar Monaten Geburtstag.

»Ich habe Geld, um sie zu bezahlen.«

»Ich auch«, erwiderte Simi. »Wie geht's diesem mega heißen Typen? Du weißt schon, den, den wir neulich auf der Straße getroffen haben. Ori.«
Peter verschluckte sich an seinem Eistee.
Das einzige Mal, dass sie sich den Namen von einem Typen gemerkt hat. »Ach, weißt du …«
»Ich hab dir gesagt, du sollst mal ein bisschen wild sein, aber du hast mal wieder nicht auf mich gehört, oder?«, fragte Simi.
Ihre Freundin würde keine Ruhe geben, bis sie alle Einzelheiten kannte. »Äh, ich war wild.«
Simi blinzelte. »Echt? Du hast dich von ihm küssen lassen?«, sprudelte es aus ihr heraus. Als Riley nickte, drängte Simi sie, mehr zu erzählen. »Und, wie war es? Hammermäßig? Ist dir das Hirn weggeschmolzen?«
»Total seelenraubend«, feixte Peter.
Riley versetzte ihm unterm Tisch einen Tritt. »Es war ganz nett«, sagte sie.
»Und, seid ihr zwei jetzt zusammen?«
Wir waren. Ich habe noch das Mal, das es beweist. »Nein«, antworte Riley. »Auf keinen Fall.«
»Ach verdammt«, grummelte Simi. »So ein Mist. Und mit wem gehst du jetzt?«
»Warum muss ich mit jemandem gehen?«
Simi verdrehte in gespielter Verzweiflung die Augen und richtete ihre Aufmerksamkeit auf Peter. »Was ist mit dir? Hast du was am Laufen?«
Einen Moment lang war er sprachlos, dann kam er in die Gänge. »Nein. Im Augenblick nicht.«

»O Gott, ihr beiden seid echt … langweilig.«

Ehe Riley die Gelegenheit hatte zu erklären, warum das gar nicht so schlecht war, rief jemand ihren Namen. Es war Beck, die Reisetasche mit seinen Arbeitsutensilien über der Schulter. Zur Abwechslung freute sie sich über die Unterbrechung.

Simi sprang auf und bot ihm ihren Platz an. »Bin schon weg. Ihr könnte über Dämonen und …«, sie deutete auf ein Diagramm in Rileys Hausarbeit, »… so was reden. Ich melde mich später noch mal bei dir, Herzchen.«

Beck wartete, bis Simi verschwunden war, dann fragte er: »Was dagegen, wenn ich mich zu euch setze?«

Als Riley den Kopf schüttelte, setzte er sich auf den Stuhl ihr gegenüber und warf seine Baseballkappe auf den Tisch. Zumindest würde der Dorftrottel nicht über Ori reden.

»Peter, richtig? Ich habe dich bei Pauls Beerdigung gesehen«, sagte er und streckte seine Hand aus.

»Das stimmt.« Sie begrüßten sich. »Wie geht's?«, fragte ihr Freund.

»Ganz gut.«

Während die beiden Männer einen harmlosen Plausch hielten, versuchte Riley herauszufinden, warum Beck ins Café gekommen war. Er war nicht besonders gesellig, es sei denn, ein Billardtisch war mit von der Partie, so dass irgendetwas anderes hinter seinem plötzlichen Auftauchen stecken musste.

Schließlich hielt sie es nicht länger aus und unterbrach die beiden. »Warum bist du hier?« Jetzt war es an Peter, sie unterm Tisch zu treten. Sie starrte ihn finster an.

Beck ignorierte ihr kleines Drama. »Du bist nicht ans Telefon gegangen, also nahm ich an, dass du hier bist.«

Was? Riley kramte das nervige Technikteil heraus. Der Akku war leer, und das Aufladegerät lag in ihrem Schlafzimmer in Stewarts Haus. »Tut mir leid.«

»Schon gut. Ich gehe heute Abend auf Dämonenfang«, sagte er. »Ich dachte, du hättest vielleicht Lust, mitzukommen.«

»Was ist mit deiner Schulter?«

»Der geht's besser. Die Schmerztabletten helfen.« Beck machte eine Pause und fügte dann hinzu: »Wir müssten gegen acht aufbrechen. Passt dir das?«

Nein, das passt mir nicht. Riley wollte keine Dämonen fangen. Sie wollte hier im Café bleiben, ihre Hausaufgaben machen und mit Peter quatschen. Dann vielleicht zu Stewart fahren und ein wenig fernsehen.

»Muss ich mitkommen?«, fragte sie und versuchte zu entscheiden, ob das ein Befehl von einem der Meister war.

»Willst du nicht?«, fragte Beck verwirrt. Dann nickte er resigniert, als sei ihm plötzlich etwas klargeworden. »Du willst nicht mit mir gehen, ist es das?«

Peter sprang auf. »Okay … ich glaube, ich … werde mir noch etwas Eistee holen. Bin gleich wieder da.« Er war schon unterwegs zum Tresen, ehe Riley etwas darauf erwidern konnte. Dabei war sein Glas noch drei viertel voll.

Feigling. Er wusste, dass es möglicherweise damit endete, dass Beck und sie sich anschrien.

»Sag es einfach, wenn ich das Problem bin, okay?«, drängte Beck. »Ich muss wissen, wo wir in diesem Punkt stehen.«

»Es liegt nicht an dir, Beck. Es ist die ganze Dämonenfängerei. All die verrückten Stunden, die verrückten Leute, die Dämonen. Ich hab das alles so satt.«

Seine Miene wurde weicher. »Ich verstehe dich, Mädel. Zum Teufel, ich täte nichts lieber, als in meinen Truck zu springen und eine Woche Angeln zu fahren, weg von all dem. Es ist einfach alles zu viel.«

Riley hätte nie mit Becks Eingeständnis gerechnet, dass ihm etwas über den Kopf wuchs.

»Es geht also nicht nur mir so«, sagte sie.

Er nahm einen Strohhalm und knickte ihn zu einem Quadrat, bis die beiden Enden sich wieder berührten. »Nein, das geht uns allen so. Selbst den Meistern.«

»Wenn ich nicht mitkomme, ziehst du dann ganz allein los?«, fragte sie.

»Nein, Jackson kommt auch mit. Harper sagt, wir sollen von jetzt an in Zweierteams arbeiten. Wir haben keine Wahl mehr.«

Solange er Rückendeckung hat, wird ihm nichts passieren.

»Dann bleibe ich hier und mache meine Hausaufgaben.«

»Na gut.« Er stand auf und setzte seine Baseballkappe auf. »Wir sehen uns später, Mädel.«

Als Beck durch die Eingangstür verschwunden war, rutschte Peter wieder auf seinen Platz und stellte ein volles Glas Eistee vor sich ab. »Keine fliegenden Fetzen. Ich bin beeindruckt. Ich dachte, ihr beide würdet euch innerhalb von Sekunden in Atombomben verwandeln.«

»Dazu sind wir beide zu müde. Zu viel ist zwischen uns passiert.«

»Hey, er redet immer noch mit dir, selbst nach der Geschichte mit dem geflügelten Kerl. Das hat etwas zu bedeuten, selbst wenn du es nicht wahrhaben willst.«

Es bedeutete in der Tat etwas.

Riley widmete sich wieder ihren Matheaufgaben – das war immer ein unverfängliches Thema –, aber ihre Gedanken kamen nicht zur Ruhe. Ein Teil von ihr wollte ein normales Leben, der andere sehnte sich nach der Aufregung und der Gefahr, die der Dämonenfang reichlich bot.

Ich bin so durcheinander.

Gegen sieben Uhr packte Peter zusammen, da er seinem Dad versprochen hatte, zum Abendessen zu Hause zu sein. Sobald er verschwunden war, nahm Simi seinen Platz ein.

»Geht der Typ mit irgendjemandem?«, fragte sie.

»Wer? Peter?«, fragte Riley verwirrt. Simi war bekannt dafür, dass sie ihre Freunde je nach Laune wechselte. »Nicht das ich wüsste. Warum?«

»Ich mag ihn, er ist cool.«

»Er hat mir erzählt, dass du ihn abgewimmelt hast, als er mit dir ausgehen wollte.«

Simi hob eine Schulter, und ihre Zöpfe flogen in alle Richtungen. »Das mache ich manchmal, um rauszukriegen, ob der Kerl die Mühe lohnt. Er muss bestimmte

Kriterien erfüllen, ehe ich mit ihm ausgehe. Eine klasse Frisur steht ganz oben auf der Liste. Ein bisschen schräg ist gut. Und schlau, aber das ist nicht unbedingt nötig. Wusstest du, dass ein paar von den Strebern am besten küssen können?«

Riley dachte an Simon. »Ja, ich weiß.«

»Also, über wen willst du reden – über diesen Ori oder den coolen Dämonenfänger?«

Ihre Freundin war überaus neugierig. »Weder noch.«

»Such dir einen aus, oder ich wähle«, entgegnete Simi.

Mist. »Beck.«

»Gute Wahl«, erwiderte ihre Freundin und nickte anerkennend. »Warum tanzt ihr beide immer nur umeinander herum?«

Simi kannte die Geschichte nicht, sie und Riley hatten sich erst nach dem Debakel mit Beck kennengelernt. Riley gab ihr die Kurzfassung der Legende von der Prinzessin und dem Dorftrottel und ihrem aktuellen Streit wegen Ori. Ohne die Dämonenjäger oder ihr nächtliches Rumgeschmuse mit dem Engel zu erwähnen.

»Bin gleich wieder da«, sagte Simi, sprang auf und kurvte zum Tresen, um sich Kaffee nachschenken zu lassen.

Sie ist wie ein hyperaktiver Chihuahua. Doch hinter dieser Wuschigkeit verbarg sich ein scharfer Verstand, einer der Gründe, warum Riley sie so mochte.

Simi fläzte sich wieder auf ihren Platz. »Also, zusammengefasst: Du magst ihn. Er mag dich. Richtig?«

Riley musste einräumen, dass sie mit dieser Feststellung ziemlich richtig lag.

»Okay. Erstens, entschuldige dich dafür, dass du mit diesem Ori rumgezogen bist. Dann kann er sich stammelnd dafür entschuldigen, dass er so ein Idiot ist. Und dann könnt ihr zwei zusammen abdampfen.«

So einfach war es nicht. »Beck ist …«

»Eine totale Nervensäge«, erklärte Simi. »Aber ich kenne die Zeichen. In dem steckt ein richtig cooler Typ, einer, der die Mühe absolut lohnt. Du wärst schön blöd, wenn du den entwischen lässt, Herzchen.«

»Aber …«

»Widerspruch zwecklos«, sagte Simi und hob die Hände, als wollte sie Rileys Einwände damit abfangen. Dann sprang sie erneut auf, und die Zöpfchen flogen durch die Luft. »Lass uns irgendwo hingehen und Spaß haben. Ich will Nachtisch.«

Hurrikan Simi scheuchte Riley aus dem Café auf die Straße, ehe diese protestieren konnte. Dann umarmte ihre Freundin sie plötzlich herzlich.

»Womit hab ich das verdient?«, fragte Riley und lächelte über die unerwartete Geste.

»Mir war danach«, antwortete Simi. Für den Bruchteil einer Sekunde wurde sie ruhiger. »Das mit Beck meinte ich ernst. Vertrag dich mit ihm. Du wirst dich selbst bis in alle Ewigkeit hassen, wenn ihm etwas zustößt und du niemals die Sache zwischen euch in Ordnung gebracht hast.«

»Ich werde es versuchen.«

»Super! Jetzt lass uns zusehen, dass wir irgendwo ein Eis auftreiben.«

»Du mischst aber nicht wieder vier verschiedene Geschmacksrichtungen, oder?«, stöhnte Riley.

»Natürlich. Was wäre das Leben ohne ein bisschen Aufregung?«

17. Kapitel

Während sie eine Riesenportion Eiscreme vertilgte, bearbeitete Simi sie mit Feuereifer, mit ihr in den Club zu gehen, doch Riley schlug die Gelegenheit aus, sich die neue Band anzuhören. Stattdessen ging sie in ihre Wohnung, um ihr Handy aufzuladen und frische Unterwäsche zu holen. Zwei Slips waren noch übrig, und zwar die mit den Rüschen. *Na gut. Immerhin sieht sie niemand.* Sie schluckte ein paar Tabletten gegen ihre Krämpfe. Sie waren weniger geworden, aber immer noch da.

Während sie darauf warteten, dass ihr Ersatzladegerät das Handy auflud, machte Riley vom Festnetztelefon aus ihren täglichen Kontrollanruf bei Hauptmann Elias Salvatore. Sie dachte da an einen knappen Bericht à la »Ich bin immer noch in Atlanta, ich stecke nicht in Schwierigkeiten und mache keine Party mit Luzifer und seinen Kumpels«. Als sie ihm die zensierte Version ihrer Aktivitäten mitteilte, hörte sie im Hintergrund Lärm, der nach Gewehrschüssen klang. Sie achtete darauf, das Gespräch kurz zu halten.

Riley hatte gerade ihr Auto erreicht, um zurück zu Stewart zu fahren, als ihr Telefon klingelte. Es war der Meister persönlich.

»Riley? Wo steckst du?«, wollte er wissen.
»Auf dem Weg zu Ihnen.«
»Nein. Fahr, so schnell du kannst, zu Beck. Der Junge wurde verletzt.«
Riley zögerte keine Sekunde. »Bin schon unterwegs.«
Sie schleuderte das Handy in ihren Rucksack und scherte aus der Parklücke aus.

Mit hoher Geschwindigkeit bretterte Riley auf Becks Auffahrt, ging in die Bremsen und stürzte aus dem Wagen. Sie hätte sich die Mühe sparen können – sein Truck war nicht da, und als sie an die Tür klopfte, erhielt sie keine Antwort.
O Gott. Es geht ihm richtig schlecht. Sie haben ihn ins Krankenhaus gebracht.
Doch ehe sie Stewart anrufen konnte, um herauszufinden, was los war, hielt Becks Truck hinter ihrem Wagen an. Jackson saß am Steuer. Er stieg aus, ging zur Beifahrertür und öffnete sie.
Als Riley zu ihm eilte, schnappte sie entsetzt nach Luft. Ein Blutrinnsal lief Beck übers Gesicht und in den Kragen. Er hatte die Augen zusammengekniffen, und sein Gesichtsausdruck erinnerte sie an ihre Mutter, wenn sie wieder eine ihrer mörderischen Kopfschmerzattacken hatte.
»Was ist passiert?«
»Gefallen …«, sagte Beck. »Auf den Boden … geknallt.«
Riley warf dem anderen Fänger einen vernichtenden Blick zu.

»Er weigert sich, ins Krankenhaus zu gehen«, erklärte Jackson. »Carmela kommt vorbei, um ihn zu verarzten.«
»Lass ihn uns reinbringen«, brummte Riley.
Sie brauchten ihre ganze Kraft, um den verletzten Dämonenfänger auf seine vordere Veranda zu bugsieren. Riley kramte seinen Schlüssel aus der Tasche seiner Jeans und fummelte am Türschloss herum. Sobald sie die Tür öffnete, begann die Alarmanlage zu piepen. Riley tippte die Zahlen ein, die sie beim letzten Mal benutzt hatte. Der Alarm zählte weiter.
»Wie lautet der Code?«, rief sie laut. Beck stützte sich schwer auf Jackson und starrte sie mit leerem Blick an. »Beck! Hilf mir!«
Der verletzte Fänger schloss die Augen und konzentrierte sich angestrengt. »Siebzehn … achtundachtzig.«
Riley tippte die Zahlen ein, und der Alarm verstummte. Irgendwann musste sie ihn mal fragen, was die Zahl zu bedeuten hatte.
Mit Jacksons Hilfe schaffte der Dämonenfänger es bis zum Sofa, wo er mit einem tiefen Stöhnen zusammenbrach. Dann krümmte er sich zusammen und hielt sich den Kopf, als würde er von innen explodieren.
Wahrscheinlich tut er das auch. Riley hatte selbst Kopfschmerzen, und sie war nicht mit dem Gehweg zusammengestoßen. Während Jackson Becks Reisetasche hereinholte, bereitete Riley eine Eispackung vor.
»Ich muss gehen. Ich muss zurück zur Dämonenhochburg«, sagte Jackson. »Remmers hat die beiden Kerle aufgespürt, die dir letzten Monat den Dämon geklaut haben.

Wir hoffen, dass wir sie finden und herauskriegen, wer die Dämonen illegal kauft.«

Riley nickte und jonglierte mit der Eispackung, damit ihre Finger nicht erfroren. »Danke, Jackson.«

»Keine Ursache. Ruf an, wenn du mich brauchst.« Die Tür fiel hinter ihm ins Schloss.

Riley dachte daran, was sie bei den Kopfschmerzattacken ihrer Mutter gelernt hatte, und holte die größte Schüssel aus dem Küchenschrank für den Fall, dass Becks Magen beschloss, sich einzumischen.

Obwohl das Badezimmer sauber war, war der Medizinschrank beinahe leer – eine ACE-Packung, eine Schachtel Aspirin und Ersatzrasierer. Kein Verbandsmaterial oder Desinfektionsmittel. Sie brauchte einen Moment, bis ihr einfiel, wo sie die Sachen bei einem ihrer früheren Besuche gesehen hatte. Der Schrank im Flur enthielt alles, was sie brauchte. Sie nahm Verbandsmaterial und Medikamente heraus und eilte zurück ins vordere Zimmer.

Beck hatte sich nicht bewegt. Sie kniete sich neben ihn und fragte leise: »Wie geht es dir?«

Er sah sie aus braunen Augen an. »Tut höllisch weh.«

»Schlimmer als ein Kater?«

»Ja.«

Das ist nicht gut.

»Für eine Aspirin könnte ich morden«, gab er zu.

Irgendwie glaubte sie nicht, dass das eine gute Idee wäre.

Riley hatte gerade angefangen, die Wunde zu reinigen, als es an der Tür klopfte und die Zunftärztin hereinplatzte, ohne ein »Herein« abzuwarten.

Carmela setzte sich neben Beck auf die Couch und stellte ihren Arztkoffer vor sich auf den Boden. »Mein Leben wäre perfekt, gäbe es da nicht diese starrköpfigen Macho-Dämonenfänger«, beschwerte sie sich. »Ach nee, hier ist ja noch so ein Exemplar.« Sie zog eine kleine Taschenlampe hervor und hielt sein Kinn fest. »Versuch, nicht zu blinzeln, okay?«
In aller Ruhe untersuchte die Ärztin beide Pupillen. »Keine Erweiterung. Das ist schon mal gut.« Dann tastete sie seinen Kopf ab und stellte ihm einen Haufen Fragen, zum Beispiel, welcher Wochentag war, wie alt er war oder wie der Gouverneur hieß. Sie wies ihn an, ihre Hände festzuhalten. Ganz zum Schluss untersuchte sie seine Kopfwunde. »Die Verletzung ist nur oberflächlich, was der einzige Grund dafür ist, dass du nicht alles mit Blut eingesaut hast. Du kannst hierbleiben, es sei denn, irgendetwas ändert sich. Wenn es schlimmer wird, gehst du ins Krankenhaus. Ohne Widerrede.«
Beck sackte auf der Couch zusammen. »Danke. Ich rufe euch beide morgen früh an, falls ich etwas brauche.«
Riley und die Ärztin tauschten Blicke.
»Netter Versuch«, sagte Riley. »Ich gehe nirgendwo hin.«
»Du brauchst nicht …« Sekunden später brauchte Beck die große Schüssel. Sein Körper bebte heftig. Sobald er nichts mehr erbrach, lehnte er sich zurück. »Okay, du hast gewonnen«, sagte er schwach. »Du kannst bleiben.«
»Das war zu einfach«, erwiderte Carmela. Sie zog Riley zur Seite und erklärte: »Du musst alle zwei Stunden ein paar neurologische Tests machen, die zeigen, ob in seinem

Schädel irgendetwas nicht stimmt. Wenn sich die Testergebnisse ändern oder er verwirrt ist, oder wenn du glaubst, irgendetwas würde nicht stimmen, bring ihn auf der Stelle ins Krankenhaus, dann rufst du mich an.«

»Okay …« Die Ärztin gab ihr Anweisungen, wie sie die Tests durchzuführen hatte, aber diese waren so umfangreich, dass Riley sich Notizen auf einem Kassenbon vom Supermarkt machen musste, den sie auf dem Tisch fand.

»Hast du alles?«, fragte Carmela. »Wenn nicht, wuchten wir ihn in mein Auto und bringen ihn sofort zur Notaufnahme.«

»Ich hab alles.«

Die Ärztin ging neben Beck in die Hocke. »Keine Schmerztabletten, bis ich sicher bin, dass du keine Gehirnerschütterung hast. Es wird eine harte Nacht werden, für euch beide. Ich komme morgen früh wieder, es sei denn, ihr ruft mich vorher an.«

»Danke«, sagte Beck.

»Du schuldest mir ein Bier, wenn es dir wieder bessergeht. Und ein Essen beim Taiwanesen.« Die Ärztin schwieg. »Das ist die zweite Verletzung in dieser Woche, Den. Meinst du nicht, du übertreibst? Mach mal halblang und nimm dir Zeit, um richtig gesund zu werden.« Sie stand auf. »Und nächstes Mal nimm keinen Zivilisten mit auf Dämonenfang. Das war verdammt dämlich, egal, was der Bundesverband sagt.«

Nachdem sie ihre Breitseite abgefeuert hatte, segelte Carmela zur Tür hinaus, die Arzttasche in der Hand, unterwegs zum nächsten Opfer.

Zivilist? Dämonenfänger nahmen keine normalen Leute mit, wenn sie auf Tour gingen. Das war viel zu gefährlich. Und wer wollte schon mitkommen, wenn man von Klauen aufgerissen oder gefressen werden konnte? Wer wäre so verrückt?

Eine Reporterin. Vielleicht diejenige, mit der der Dorftrottel sich traf.

Jetzt ergab alles einen Sinn: Justine war dabei gewesen. Beck war von Natur aus darauf gepolt, Frauen zu beschützen, so war er nun einmal. So verhielt er sich Riley gegenüber, und er würde doppelt fürsorglich sein, wenn er mit der Frau was hatte. Irgendetwas war schiefgelaufen, und jetzt war er derjenige, der verletzt worden war.

Riley kniete sich neben Beck, um ihn zu fragen, doch dann überlegte sie es sich anders. Er hatte zu starke Schmerzen.

Wenn diese Reportertussi Schuld hat, dann ist sie tot.

Um ihn nicht anzuschreien, eilte sie mit der Schüssel ins Badezimmer und schüttete den stinkenden Inhalt naserümpfend in die Toilette. Nachdem sie das Zeug heruntergespült hatte, befeuchtete sie einen Waschlappen mit kaltem Wasser. Das würde sich auf seiner Stirn gut anfühlen.

Als sie den Waschlappen auswrang, zitterten ihre Hände. *Er hätte heute Abend sterben können.* Simi hatte sie gewarnt – vielleicht hatte sie nicht mehr viel Zeit, um die Sache mit Beck wieder ins Lot zu bringen.

Sie stellte die Schüssel neben die Couch und begann, ihm behutsam das Blut aus dem Gesicht zu wischen.

Beck richtete sich auf. »Ist die Ärztin weg?«

»Ja.« *Solange du mir nicht richtig blöd kommst, was du besser bleiben lässt.*

»Du musst etwas für mich tun.« Es gab eine lange Pause, dann seufzte er. »Schließ die Tür ab.«

Das war ein merkwürdiger Wunsch, aber sie tat, worum er sie gebeten hatte.

»Du darfst niemandem davon erzählen«, sagte er. »Die Leute kämen auf komische Gedanken.«

»Verstanden. Was kann ich für dich tun?«, fragte sie mit wachsender Verärgerung.

»Im kleinen Schlafzimmer. Du wirst schon merken, welches ich meine.«

Als sie den Flur hinunterging, probierte Riley die erste Tür, an der sie vorbeikam, und hoffte, hier richtig zu sein. Sie stieß die Tür vorsichtig auf und tastete nach dem Lichtschalter, unsicher, was sie wohl vorfinden würde. Wer konnte das bei jemandem wie Beck schon wissen? Das Licht ging an und beleuchtete ein großes Poster auf der gegenüberliegenden Wand. Eine hübsche, blonde Frau, vollkommen angezogen, lächelte Riley brav an. Carrie Underwood, Becks Lieblings-Countrysängerin.

»Du bist echt der reinste Jünger«, sagte Riley kopfschüttelnd. Sie rechnete halb damit, einen Schrein unter dem Poster zu entdecken, doch stattdessen stand dort ein Schreibtisch mit einem Laptop, einem Scheckheft und einem Stapel Briefe, die aussahen wie Rechnungen. Als sie den Raum musterte, erweckte eine Bewegung in der Ecke ihre Aufmerksamkeit. Sie starrte genauer hin, und es dauerte ein paar Sekunden, ehe sie begriff, was sie da sah.

In einem riesigen Käfig auf dem Boden hockte etwas Kleines, Pelziges. Etwas echt Niedliches.

»Wow!«, sagte Riley und grinste breit. Sie ging vor einem Kaninchenkäfig in die Hocke, der groß genug war, um mindestens drei Tieren Platz zu bieten. Allein das Metall musste ziemlich teuer gewesen sein, und dann hatte der Bewohner auch noch eine spezielle Bodenmatte.

Beck hat ein Kaninchen? Riley hätte einen Hund erwartet, eine Giftschlange oder vielleicht eine Tarantel, die besser zu seinem Image als hartem Kerl passten, nicht so etwas hinreißend Flauschiges.

Es war ein kleines Tier, vielleicht zwei Pfund schwer, mit wunderschönem hellbraunen Fell und ausdrucksstarken schwarzen Augen. Das Fellknäuel musterte sie mit zuckender Nase.

»Willst du raus?«

Das Kaninchen sprang kraftvoll in die Höhe, was Riley als *Ja* interpretierte. Sie beugte sich zum Käfig herunter und holte den Bewohner so vorsichtig wie möglich heraus. Als Kind hatte sie mit dem Schulkaninchen gespielt, obwohl seine Zähne und Klauen ihr Angst gemacht hatten. Doch jetzt nicht mehr. Nicht, nachdem sie sich mit einem Dreier gekabbelt hatte.

Als sie ins Wohnzimmer zurückkehrte, saß Beck aufrecht, die Eispackung im Nacken. Er sah etwas besser aus, was sie hoffen ließ, dass in seinem Kopf womöglich alles in Ordnung war.

Nachdem sie das Kaninchen auf die Couch gesetzt hatte, hoppelte es prompt zu Beck und setzte sich neben ihn, als wüsste es genau, was er brauchte. Beck kraulte es, dann blickte er misstrauisch zu Riley hoch.

»Sag jetzt nichts«, warnte er.

»Was denn?«, grinste sie. »Ich bin sicher, dass alle großen, bösen Dämonenfänger ein Hoppelhäschen zu Hause haben.«

Seine Wangen wurden dunkelrot. »Es gehört nicht mir, nicht richtig jedenfalls.«

»Und warum ist es dann hier?«

Er seufzte. »Ich war mit diesem Mädchen zusammen … und dann zog sie weg und bat mich, Rennie in einem der Parks freizulassen.« Er holte tief Luft. »Ich fand das nicht richtig, weil irgendetwas ihn fressen würde … ich hab's nie geschafft, ihn auszusetzen.«

In Becks Welt war die Länge einer Erklärung ein Maß dafür, wie verlegen er war.

»Du darfst den anderen Dämonenfängern nichts davon sagen«, bat er ehrlich besorgt. »Keinem von ihnen.«

Das war die Wahrheit: Die anderen würden ihm wegen dieses kleinen, knuddeligen Fellbündels jede Menge Stress machen. In ihren Augen wäre er kein richtiger Kerl mehr.

»Haben die Jäger es gesehen?«

»Nein. An dem Morgen war es bei meiner Nachbarin. Mrs Merton nimmt es manchmal.«

Deshalb wollte er gestern Nacht unbedingt nach Hause. Er hatte sich Sorgen um sein Kaninchen gemacht.

»Wusste Dad davon?« Beck nickte langsam, eine gewaltige Anstrengung angesichts seiner Verletzung. »Keine Sorge, das bleibt unser Geheimnis«, sagte sie.

Er sackte erleichtert zusammen. Es bedeutete ihm wirklich eine Menge.

»Warum nennst du es Rennie?«

»Eigentlich heißt er Renwick«, sagte er. »Ich habe den Namen gekürzt.«

Renwick? Verrückter Name. »Warum hältst du ein Kaninchen?«

»Er ist echt ruhig und nörgelt nicht an mir herum. Das gefällt mir.«

Riley begriff den Wink und stellte keine Fragen mehr. Das Kaninchen saß immer noch neben Beck, vollkommen zufrieden, als er es streichelte. Beck fielen die Augen zu, und einen Moment lang wirkte ihr Patient friedlich, obwohl er rasende Kopfschmerzen haben musste.

Selbst Superman hatte sein Kryptonit.

✣

Später, nachdem Riley den pelzigen Mitbewohner gefüttert und mit ihm gespielt hatte, brachte sie Rennie zurück in seinen Käfig. Beck gab ihr eine lange Liste mit detaillierten Anweisungen, um sicherzustellen, dass das Kaninchen sich wohl fühlte, wozu auch gehörte, einen Kreis aus Weihwasser auf den Boden zu ziehen und ein paar Gitterstäbe des Käfigs damit zu betupfen für den Fall, dass sie Besuch von einem hungrigen Dämon bekämen. Ganz offensichtlich vergötterte er das Tierchen.

Der Dorftrottel hatte sie überrascht. *Wieder einmal.*

Als Riley vor dem Käfig aufstand, erweckte etwas auf dem Schreibtisch ihre Aufmerksamkeit. Die Verpackung einer Text-to-Speech-Software. *Ups.* Sie sollte eigentlich Peter danach fragen, hatte es jedoch vergessen. Irgendwie hatte Beck es sich allein besorgt. Neugierig bewegte Riley die Maus, und auf dem Computerbildschirm tauchte ein Artikel der Lokalzeitung auf. Er hatte mitgelesen, während die Stimme die Worte sprach.

Wenn er so weitermachte, würde er bald in der Lage sein, alles zu lesen, was er wollte.

»Du bist echt unglaublich«, flüsterte Riley. Was sie ihm allerdings niemals auf die Nase binden würde.

Beck lehnte ihre Hilfe ab, brauchte sie dann aber doch, um ins Bett zu kommen. Er maulte noch mehr rum, als sie ihm die Stiefel aufschnürte und aus dem Hemd half. Doch als er seine Jeans auszog, musste sie sich umdrehen.

»Ich werde schon nicht in Ohnmacht fallen, nur weil ich deinen Hintern sehe«, sagte sie.

»Vielleicht ja doch, und das will ich nicht auf dem Gewissen haben«, sagte er und schmiss die Jeans beiseite.

Als sie sich wieder umdrehte, lag er im Bett. Sie hatte ihn schon zuvor ohne T-Shirt gesehen, aber dieses Mal wirkte er anders. Seine Arme waren muskulös und die Brust kräftig, der Beweis, dass er regelmäßig Gewichte stemmte. Seine Bauchmuskeln, die gerade eben unter der Decke hervorlugten, bildeten ein geradezu klassisches Sixpack. Beck mochte vielleicht Bier trinken, aber es war ihm auf jeden Fall nicht anzusehen.

»Das ist aber eine ziemlich fiese Prellung«, sagte sie und deutete auf seine linke Schulter.
»Das wird schon wieder.«
Nach einer frischen Eispackung auf der Stirn war er versorgt.
Sobald Beck ruhiger geworden war, ging Riley in den vorderen Teil des Hauses und rief Stewart an, um ihn auf den neuesten Stand zu bringen.
»Wie geht es ihm?«, fragte der Meister.
Riley gab ihm einen kurzen Überblick, ohne das Kaninchen zu erwähnen.
»Er hat den härtesten Schädel, den ich je gesehen habe«, lautete die Antwort. »Brauchst du Hilfe, um auf den Jungen aufzupassen?«
»Äh, nein. Das geht schon.« Riley wagte einen Bluff. »Was hatte Justine bei dem Einsatz zu suchen?«
Stewart zögerte keine Sekunde. »Diese rothaarige Giftnudel hat den Bundesverband beschwatzt, damit sie ein Fängerteam begleiten darf. Harper und ich hatten in der Angelegenheit keine andere Wahl. Sie hat darauf bestanden, heute Abend mit Beck und Jackson loszuziehen.«
Rileys Ahnung hatte sie also nicht getäuscht. »Wie hat er sich die Verletzung zugezogen?«, fragte sie und schritt erregt im Wohnzimmer von einer Wand zur anderen.
»Jackson meint, die Reporterin hat ein Foto gemacht, und das Blitzlicht der Kamera hat den Dreier ausrasten lassen. Er hat sich auf sie gestürzt, und Beck hat sich ihm in den Weg gestellt.«

Natürlich. »Ist die Schreibertussi noch am Leben?«, fragte Riley.

»Aye. Und unverletzt.«

»Und warum passt sie dann nicht auf Beck auf? Ihretwegen ist er verletzt. Es wäre ihre Aufgabe, ihm zu helfen. Nein, lassen Sie mich raten: Justine ist zu beschäftigt damit, ihre Nägel zu feilen.«

»Himmel, Mädchen, höre ich da etwa eine geballte Ladung Eifersucht raus?«

»Stimmt«, sagte sie. In ihren Eingeweiden brodelte rechtschaffener Ärger. »Er ist schwer verletzt, und sie lässt sich nirgends blicken. Das ist doch Scheiße.«

»Sehe ich genauso. Du bist da, weil Beck sich geweigert hat, die Frau in sein Haus zu lassen. Er sagte, nur Pauls Tochter darf sich um ihn kümmern.«

Riley strauchelte mitten im Gehen. »Das sagen Sie nur so.«

»Du willst mich doch nicht etwa einen Lügner nennen?«

O Mist. Gar nicht gut. »Äh, nein. 'tschuldigung.«

»Ihr seid wie zwei zornige Katzen in einem Fass, die sich gegenseitig die Augen auskratzen«, brummte Stewart. »Ich schwöre, ihr beide werdet mich noch ins Grab bringen.«

»Ich passe auf ihn auf, keine Sorge.«

»Gut. Genau das wollte ich hören. Ruf an, wenn du mich brauchst.«

»Jawohl, Sir.«

Riley beendete den Anruf und fragte sie, was über sie gekommen war. Einen Großmeister einen Lügner zu nennen war ziemlich bescheuert, auch wenn sie einen schlechten Tag hatte. Sie tippte sich mit dem Telefon gegen die Wange. Beck hatte ausdrücklich nach ihr verlangt, nicht nach Justine oder sonst jemandem. Er wollte nicht, dass die Frau, mit der er zusammen war, sich um ihn kümmerte oder auch nur sein Haus betrat. War er sauer auf die Reporterin, weil sie den Einsatz vermasselt hatte? Oder war es etwas anderes?

Als Riley ins Schlafzimmer zurückkehrte, schien ihr Patient zu schlafen, aber der Schlaf war weder tief noch erholsam. Sie bezog Posten in dem Sessel neben dem Bett, wobei ihr auffiel, wie ihre Rollen sich vertauscht hatten. Normalerweise passte er auf sie auf, wenn sie mal wieder irgendwas selten Dämliches angestellt hatte.

Eine Zeitlang beobachtete sie jeden Atemzug, jedes Ein- und Ausatmen. Als Becks Atem einen Moment aussetzte, geriet sie in Panik, bis er einen leisen Schnarcher von sich gab und zu seinem natürlichen Rhythmus zurückfand.

Was, wenn sich sein Zustand verschlechterte, ohne dass sie es merkte? Wenn er in ein tiefes Koma fiel und …

Willst du schon aufgeben? Sie machte sich selbst verrückt. *Behalt ihn einfach im Auge. Alles wird gut.*

Um wach zu bleiben, besah Riley sich im Licht, das vom Flur hereinfiel, sein Schlafzimmer. Es war das Zimmer eines Mannes. Marineblaue Bettwäsche, Vorhänge und Laken, als hätte er gleich eine ganze Garnitur gekauft. Auf eine männliche Art ordentlich. Kein unnötiges Tamtam.

Es passt zu Beck.

Sie wollte nicht wegdösen, also schnappte sie sich das Buch, das auf dem Nachttisch lag. Sie ging in den Flur, neugierig, was Beck so las. Es war ein Kinderbuch, und laut Klappentext handelte es von einem Wolfsjungen namens Runt, der sich unbedingt seinem Vater beweisen wollte. Die Auswahl des Lesestoffs sprach Bände: Seit er von der Armee zurück war, hatte Beck versucht, sich Rileys Dad zu beweisen. Jetzt machte er dasselbe bei Stewart.

Im Buch entdeckte sie eine Vokabelliste in der ausladenden Handschrift ihres Vaters. Hinter jedem Wort standen die Aussprache und die Bedeutung.

Riley kannte Kerle, die zugaben, dass sie ungebildet waren – sie nannten es normalerweise »doof« –, aber nichts dagegen unternahmen. Als sei ihr Schicksal in Stein gemeißelt. Beck akzeptierte sein Schicksal nicht, sondern kämpfte und versuchte, nach einer miesen Kindheit das Beste aus seinem Leben zu machen.

Nur zu! So lange er das Gefühl hatte, dass es die Mühe wert war, würde er es schaffen. Doch sobald Becks Selbstvertrauen zerbröselte oder er den Antrieb verlor, wäre er genau wie die anderen – noch ein Loser, der das Gefühl hatte, alles Böse verdient zu haben, was das Leben über ihm ausschüttete.

Riley kehrte zum Sessel zurück und legte das Buch so zurück, wie es gelegen hatte, damit sein Besitzer nicht merkte, dass sie hineingeschaut hatte. Er konnte in solchen Dingen ziemlich empfindlich sein. Obwohl es unmöglich schien, döste sie eine Weile, dann weckte sie Beck für den ersten Zwei-Stunden-Check auf. Verschlafen beantwortete er die Fragen, die sie ihm stellte. *So weit, so gut.*

»Hast du im Sessel geschlafen?«, fragte er und gähnte.

»Ich hab's versucht. Es war nicht besonders bequem.«

Er sah sie ernst an. »Im Schrank ist ein Schlafsack. Er ist sauber. Damit hast du es warm.«

Riley nickte dankbar und beobachtete, wie er wieder in den Schlaf sank. Nach einiger Zeit schlief ihr der Hintern ein, und sie schlenderte nach vorne ins Wohnzimmer. Gelangweilt und verzweifelt bemüht, irgendwas zu unternehmen, um wach zu bleiben, besah sie sich die Regale an der Wand rechts vom Fenster. Sie hatte die Bilder zuvor schon gesehen, aber noch nie die Gelegenheit gehabt, sie genauer anzuschauen.

Zu ihrer Verblüffung entdeckte sie ein Foto von ihrem Vater, auf dem er vor der Highschool posierte, an der er Geschichte unterrichtet hatte. Es musste etwa fünf Jahre alt sein. Ihre Schätzung wurde bestätigt, als sie ein Foto von ihrer Mom und einer zwölfjährigen Riley entdeckte.

Mein Gott, war ich so hässlich? Ihre Mutter dagegen war genauso schön, wie sie sie in Erinnerung hatte. Die Kamera hatte genau den Moment eingefangen, in dem sie über irgendetwas lachten, und die Liebe zwischen ihnen war so deutlich sichtbar, dass Riley sie immer noch spürte. *Ich vermisse dich so sehr. Du wüsstest, was ich tun soll, was ich Beck sagen soll, damit alles wieder gut wird.*

Es gab noch weitere Fotos. Alle zeigten entweder ihren Patienten oder Mitglieder der Familie Blackthorne. Auf keinem einzigen waren seine Leute zu sehen. Seine Mutter stand jedenfalls nicht auf dem Kaminsims.

Riley nahm eines der gerahmten Bilder zur Hand. »Seht

euch bloß die beiden an«, sagte sie und lächelte. Das Foto zeigte ihren Dad neben einem strahlenden Beck in knackiger Uniform, der gerade frisch aus dem Ausbildungslager der Armee kam. Damals hatte er echt gut ausgesehen. *Und tut es noch.*

Als Riley das Foto wieder hinstellte, streifte ihre Hand ein schlichtes Holzkästchen. Obwohl sie wusste, dass es unhöflich war, hob sie den Deckel an. Und schnappte nach Luft. In dem Kästchen lagen Becks Medaillen: Ein Silver Star und zwei Purple Hearts. Sie nahm den fünfzackigen Stern – er war golden, nicht silbern und hatte auf der Rückseite die Inschrift FÜR TAPFERKEIT VOR DEM FEIND eingraviert. Sie kannte sich mit Medaillen nicht aus, vermutete aber, dass sie nicht an jeden vergeben wurden. Am Boden des Kästchens lagen Fotos, die Beck zeigten, wie er die Auszeichnungen von einigen total verklemmten hohen Offizieren entgegennahm. Beim Bild mit dem Silver Star lief er auf Krücken. Er wirkte stolz, obwohl ihm seine Beinverletzung offenkundig zu schaffen machte.

Warum hängst du sie nicht irgendwo auf, wo die Leute sie sehen können? Es war, als würde er sich ihrer schämen oder so.

»Manchmal werde ich echt nicht schlau aus dir«, murmelte sie.

Nachdem sie die Bilder und Medaillen wieder dorthin zurückgelegt hatte, wo sie sie gefunden hatte, holte Riley den Schlafsack aus dem Schrank und machte es sich auf dem Boden in Becks Schlafzimmer bequem. Sie war schon fast eingeschlafen, als sie daran dachte, den Wecker an ihrem Handy zu stellen, oder es würde keine weitere Überprüfung geben. Über sich hörte sie Beck leise von Dämonen und Arschtritten murmeln.

Manche Dinge ändern sich nie.

18. Kapitel

Als Riley um fünf Uhr morgens das nächste Mal Becks Hirnfunktionen überprüfte, pfiff sie aus dem letzten Loch. Die Anstrengung, sich um ihn zu sorgen, raubte ihr mehr Energie als der Schlafmangel.

»Verdammt, kannst du mich nicht einfach in Ruhe lassen?«, brummte er und starrte sie wütend an, als sie ihn anstupste, bis er wach war.

Das ist der alte Beck. Ihr Sorgenpegel sank um die Hälfte.

»Was machen die Kopfschmerzen?«, fragte sie.

»Besser. Ist jetzt eher wie ein Kater.«

»Wann hast du Geburtstag?« Er nannte ihr das Datum – es war bald so weit. »Wie alt wirst du?«

»Das weißt du doch.«

»Wenn du die Frage nicht beantwortest, fange ich an, dich über Justine auszuquetschen.«

Ein Stöhnen. »Ich werde dreiundzwanzig.«

Riley machte den Trick mit der Taschenlampe und vergewisserte sich, dass beide Pupillen gleich groß waren. Ihr war noch nie aufgefallen, dass die braune Iris hellere, goldene Flecken hatte. *Hübsch*.

»Was ist? Stimmt irgendwas nicht mit meinen Augen?«, fragte Beck.

Verlegen, weil er sie ertappt hatte, sagte sie: »Nein, sie sehen gut aus. Ich war nur … gründlich.« Zu ihrer großen Erleichterung akzeptierte er diese Erklärung.

Sobald sie den Hand-Greif-Test ohne irgendeine offensichtliche Schwäche hinter sich gebracht hatten, seufzte Riley zutiefst erleichtert. Wenn er einen der Tests nicht bestanden hätte, hätte sein Gehirn laut der Ärztin irgendwelche üblen Sachen gemacht, bluten zum Beispiel. Aber das schien nicht der Fall zu sein.

»Ich würde sagen, du hast Schwein gehabt, Dorftrottel. Dein Dickschädel ist zur Abwechslung mal zu etwas nütze.«

Er nickte langsam, ohne ihre Hände loszulassen. Sie fühlte sich unbehaglich und entzog sich seinem Griff.

»Riley …«, begann er.

»Du solltest dich noch etwas ausruhen«, erwiderte sie beim Aufstehen.

»Nein, sprich eine Weile mit mir. Du hast mich aufgeweckt, und ich kann nicht so leicht wieder einschlafen.«

Widerstrebend ließ sie sich erneut auf der Bettkante nieder. »Warum hast du keine Fotos von deiner Familie im Wohnzimmer?«

»Ich habe nur eins von meinen Großeltern, aber das ist noch nicht gerahmt. Von meinem Onkel hatte ich nie eins. Jetzt wünschte ich, ich hätte eins.«

Ihr fiel auf, dass dieses Bedauern sich nicht auf seine Mutter bezog. *Sie kommen anscheinend echt nicht miteinander klar*. »Ist dein Onkel tot?«

»Ja. Er ist nach Las Vegas gezogen, als ich bei der Armee

war, und starb dort bei einem Autounfall. Ich lag im Krankenhaus, als es passierte, so dass ich nicht zur Beerdigung nach Hause fahren konnte.«

»Das tut mir leid.«

Er sah sie nicht an, sondern spielte mit der Decke in seinem Schoß herum. Das bedeutete, dass ihn irgendetwas quälte.

»Was ist los?«

Schließlich sah Beck sie an. »An dem Morgen, bevor die Jäger kamen, habe ich ein paar Dinge gesagt.«

Er hatte sie nicht gesagt, sondern rasend vor Wut gebrüllt, weil sie Ori gestattet hatte, mit ihr zu schlafen. Da hatte sie zum ersten Mal begriffen, dass Beck in ihr eine potentielle Freundin sah.

»Das ist egal«, sagte Riley und entschied sich damit für eine unverfängliche Antwort. Sie wollte nicht genauer ergründen, wie viel Glück sie möglicherweise verspielt hatte, weil sie den Lügen des Engels geglaubt hatte.

»Es ist nicht egal.« Jetzt runzelte Beck die Stirn. »Ich kann nichts dafür, aber ich bin immer noch sauer auf dich, weil du mit ihm geschlafen hast.«

Das wurmte sie gewaltig. »Ach, tatsächlich? Du kannst also mit dieser Schreibertussi oder einem der Mädels aus der Billardhalle rummachen, aber ich soll rein und unberührt bleiben, bis du dich endlich einmal bequemst, mich zu bemerken? Wie soll das denn funktionieren?«

Die Furchen auf Becks Stirn wurden tiefer. »Du schuldest mir Respekt. Nach allem, was ich für dich getan habe, gehst du einfach hin und lässt ihn …«

Wie bitte? »Weil du die Miete gezahlt hast, glaubst du, ich sei für dich reserviert? So, als würdest du ein Mädchen zum Abendessen einladen und dann erwarten, dass sie dich ranlässt?«

Er schnellte überrascht in die Höhe, dann zuckte er vor Schmerz zusammen. »Was? Zum Teufel, nein! Das habe ich nicht gemeint.«

»Bist du sicher?«

»Ja, ich bin mir sicher«, sagte er mit Nachdruck. »Alles, was ich wollte, war Respekt.«

Er klang aufrichtig, also antwortete sie genauso offen. »Respekt funktioniert in beide Richtungen, Beck«, sagte sie. »Du behandelst mich die ganze Zeit wie ein kleines Kind. Ori dagegen hat mich immer wie eine Frau behandelt.«

Riley wartete auf einen fiesen Kommentar als Gegenschlag, doch stattdessen öffnete er nur den Mund und schloss ihn wieder, als ihm keine Antwort einfiel.

Sie stand auf. Sie brauchte eine Auszeit von dem Typen im Bett. »In zwei Stunden bin ich wieder da. Ruh dich aus.«

»Du bist nicht wie Justine«, platzte er heraus. »Wirst es niemals sein. Sie ist … hübsch und alles, aber …« Er hielt inne, dann holte er tief Luft, als kratze er seinen Mut für die folgenden Worte zusammen. »Du bedeutest mir mehr, als sie es jemals könnte.«

Riley sank in den Sessel, verblüfft von der Sehnsucht, die in seiner Stimme mitschwang. »Das hast du mir nie gesagt. Du hast mir immer nur Vorträge gehalten und mich zur Schnecke gemacht, wenn ich nicht jedem deiner Befehle gehorcht habe.«

»Ich weiß, ich habe alles verkehrt gemacht. Das tut mir leid. Ich konnte … dir nicht erzählen, was ich fühle.«

»Warum nicht?«, fragte sie.

Er hatte den Blick wieder auf die Bettdecke gerichtet. »Wegen dem, was ich bin. Wo ich herkomme.«

In ihrem Kopf ging eine Alarmglocke los, die sie warnte, vorsichtig aufzutreten. Oder am besten gar nicht.

»Du musst schlafen. Ich komme bald wieder, um dich wieder zu ärgern.« Riley stopfte die Decke um ihn herum fest, ohne den Blick von seinem besorgtem Gesicht abzuwenden.

»Du hättest dich nicht um mich kümmern müssen«, sagte er. »Du hättest heute Nacht auch weggehen können.«

»Und dich alleinlassen? Völlig ausgeschlossen.«

»Dafür hast du was bei mir gut«, sagte er schlicht.

»Nein, wir sind quitt.« *Belassen wir es dabei.*

Als sie die Tür erreicht hatte, hatte Beck bereits die Augen geschlossen. Langsam wurde sein Atem gleichmäßiger, und er sank in den Schlaf. Ihn anzusehen hatte etwas unglaublich Friedvolles.

Obwohl er ihr einen kurzen Blick hinter seine Hardcore-Panzerung gestattet hatte, war Riley klug genug, nicht allzu viel hineinzuinterpretieren. Am Morgen würde er bestimmt wieder auf Abstand gehen. So war er eben.

Vielleicht braucht er das eines Tages nicht mehr.

✣

Genau wie Riley vorausgesehen hatte, kroch Beck kurz vor der Morgendämmerung von seinem Krankenlager, und die prompte Ankündigung lautete knapp und grimmig: Er hatte erträgliche Kopfschmerzen, und sie brauchte ihm keinen Haufen Fragen zu stellen, weil er heute nicht sterben würde. Und dass er unbedingt unter die Dusche musste.

»Du kannst jetzt nach Hause fahren«, sagte er und schloss die Badezimmertür hinter sich, als hätte sie ihren Zweck erfüllt und sei nur noch ein lästiges Ärgernis.

Idiot. Dann seufzte sie. Früher hätte Riley sich über ihn geärgert, aber allmählich begann sie, die komplizierten Gefühlsumschwünge dieses Mannes vorauszuahnen.

Zwei Schritte vor, einen zurück.

Die Badezimmertür wurde geöffnet, und Beck steckte den Kopf heraus. Sein blondes Haar stand in alle Richtungen ab wie bei einem Punkrocker. Es sah irgendwie niedlich aus. »Ruf mich an, wenn du bei Stewart bist, okay?«

Er spielte schon wieder den großen Bruder. Riley schüttelte den Kopf. »Nein.«

Beck öffnete den Mund, um zu streiten, überlegte es sich dann jedoch anders.

»Okay«, sagte er. »Du bist kein Kind mehr. Es gibt keinen Grund, warum ich dich wie eines behandeln sollte.« Die Tür ging wieder zu, und ein elektrischer Rasierer erwachte summend zum Leben.

Vielleicht hätte ich ihm schon vor langer Zeit eins überbraten sollen.

✣

Obwohl sie Beck gesagt hatte, sie würde zu Stewart fahren, rief Oris Stimme nach ihr, sobald sie den Motor gestartet hatte. Die Zeit passte – es dämmerte beinahe.

»Verschwinde, Engel. Wenn dir langweilig ist, unterhalte dich mit den anderen Statuen. Aber lass mich bloß in Ruhe.«

Sie war gerade rückwärts auf die Straße gefahren, als Oris Wille sie mit voller Wucht erwischte. Riley warf sich im Sitz herum, Tränen liefen ihr übers Gesicht. Ihr Kopf fühlte sich an wie eine überreife Wassermelone eine Sekunde, ehe sie auf das Pflaster aufschlägt.

»Hör auf!«, schrie sie und umfasste ihren Kopf. Der Schmerz verschwand auf der Stelle. Hinter der prompten Ruhepause stand die unausgesprochene Drohung: Komm zu mir, oder der Schmerz wird wiederkommen. Drei Mal so stark.

Laut fluchend fuhr Riley zum Friedhof. Zumindest stand Beck unter der Dusche. Wenn er wüsste, dass sie zu einem morgendlichen Stelldichein mit Luzifers Top-Verführer fuhr, würde er ausrasten.

Da es aussah, als könnte Ori sich nicht aus seinem Gefängnis befreien, parkte Riley am Westeingang und ging zu Fuß weiter. Wie sie gehofft hatte, wischte die kühle Morgenluft die mentalen Spinnweben in ihrem Kopf beiseite, während die Bewegung die Schmerzen in ihrem Rücken und den Beinen linderte. Die Beschwerden würden vorbeigehen; was zählte, war, dass Beck wieder gesund wurde. Sie war für ihn da gewesen, so wie er immer für sie da gewesen war. Das fühlte sich richtig gut an.

Martha, der Engel, saß auf der Treppe zum Pförtnerhaus, als hätte er auf Rileys Auftauchen gewartet. Die Stricknadeln bewegten sich mit Warp-Geschwindigkeit und schufen etwas, das eine Mütze aus hellrotem Garn zu werden schien.

»Gut, dass du da bist. Der gefallene Engel macht solch ein Theater«, sagte der Engel missbilligend. »Er stört den Frieden dieses heiligen Ortes.«

»Ist das nicht genau das, was eine Ausgeburt der Hölle nun einmal macht?«

Der Engel dachte darüber nach und zuckte schließlich die Achseln. Die Nadeln klapperten weiter.

Riley stellte ihren Rucksack ab und setzte sich auf die Mauer vor dem kleinen Backsteingebäude.

»Können Sie ihn aus meinem Kopf bekommen?«, fragte sie. »Einen Exorzismus veranstalten oder so etwas?«

»Er ist aufgrund deines freien Willens dort. Damit musst du einfach klarkommen.«

Ein liebevoller, aber strenger Engel. Na super.

»Er glaubt, ich würde ihn befreien«, sagte Riley. »Sein Ego hat etwa die Größe eines Planeten.«

»Das ist nichts Ungewöhnliches bei uns Engeln«, erwiderte Martha augenzwinkernd.

Riley stieß mit der Spitze ihres Turnschuhs gegen die Pflastersteine. »Warum wollte Luzifer meine Seele nicht haben?«

Martha musterte sie von der Seite. »Du sprichst seinen Namen so beiläufig aus.«

»Wie nennen Sie und Ihre Leute ihn denn?«

»Wir haben eine ganze Anzahl Namen für den Morgenstern«, erwiderte der Engel säuerlich. »Viele davon sind nicht gerade vornehm.«

Da kapierte Riley. »Luzifer testet auch Engel, nicht nur uns Sterbliche.« Das brachte ihr ein Nicken ein. »Was passiert, wenn Sie so einen unangekündigten Test nicht bestehen? Werden Sie dann alle zu Statuen?«

»Dieses Wissen ist nicht für dich bestimmt.«

Frustration machte sich in ihr breit. Der Bote des Himmels schien nie besonders hilfreich zu sein, es sei denn, es passte seinem Boss in den Kram. »Was dürfen Sie mir denn erzählen?«

»Frag den gefallenen Engel nach einem anderen seiner Art. Einem namens Sartael. Achte genau darauf, wie er antwortet, und du wirst eine Menge erfahren. Genug, dass es sich lohnt, diesen kalten Morgen hier zu verbringen.«

»Aber wer ist …«

Martha schnitt ihr das Wort ab. »Geh und sprich mit dem Verräter, Liebes, oder er schreit wieder herum. Das macht die Eichhörnchen nervös.« Sie erhob sich und stopfte das Strickzeug in ihren Beutel, ging ein paar Schritte und verschwand. Sie hatte sich nicht die Mühe gemacht, Rileys Frage über Luzifer zu beantworten.

Ich will doch nur die Wahrheit wissen.

Riley schlenderte gemächlich zur Statue und genoss den Morgen. Soweit sie sehen konnte, hatte Ori sich seit gestern nicht verändert, bis auf den Vogelkot auf den Flügeln. *Das nervt ihn garantiert.* Sie stellte sich an das Podest des Marmorengels und wartete ungeduldig auf den Sonnenaufgang. Anstatt den Horizont anzustarren wie eine gaffende Touristin, schloss sie die Augen und lauschte dem Vogelgezwitscher und dem gelegentlichen Rascheln in den Bäumen um sie herum. Wahrscheinlich waren das die nervösen Eichhörnchen.

Riley spürte eher, als dass sie es sah, wie Ori lebendig wurde. Hitze durchströmte sie, als würde sie zusammen mit ihm wiedererwachen. Als sie die Augen aufschlug, starrte er zu ihr herunter. Wie würde es heute sein? Noch mehr Zorn? Noch mehr verführerische Lügen?

Der Engel schüttelte seine Flügel aus. »Wieder da?«, fragte er.

»Du hast mich gerufen, schon vergessen? Ich habe Besseres zu tun, als hier herumzuhängen und dir zuzusehen, wie du von Stein zum Ekel und wieder zu Stein wirst.«

»Du kannst meinen Ruf ja ignorieren, wenn du stark genug bist«, erwiderte er.

Das bezweifelte sie. »Und dann? Hetzt du dann die geflügelten Affen auf mich?«

Verwirrt runzelte Ori die Stirn. »Ich befehlige keine Primaten. Ich befehlige nur Sterbliche.«

Offenkundig war der Engel kein Fan vom *Zauberer von Oz*.

»Wow, das ist aber ein ziemlich großes Ego für eine dämliche Statue. Aber du bluffst nur – du kannst mir nicht befehlen, dich zu befreien, sonst hättest du es längst getan.«

Ori schien nicht besonders erfreut darüber, dass sie von allein darauf gekommen war.

»Kurz bevor Luzifer dich in einen Taubenschlafplatz verwandelt hat, wolltest du mir erzählen, warum es so wichtig ist, dass ich dir meine Seele gebe. Was wolltest du da sagen?«

Oris schwarze Augen schienen sie durchbohren zu wollen. »Befrei mich, und du wirst alles erfahren.«

»Gibst du denn nie auf? Das wird nicht passieren.«

»Eines Tages wirst du keine andere Wahl haben«, schoss er zurück.

»Beantworte meine Frage, oder ich verschwinde.«

Ori legte den Kopf schräg. »Du hast dich verändert. Du bist jetzt härter, weniger …«

»Unschuldig? Vertrauensvoll? Das wäre dein Verdienst, Engel.« Riley riss der Geduldsfaden. »Wer ist der gefallene Engel, den ihr Sartael nennt?«

Ori wurde vollkommen still, als hätte er sich von einem Moment zum anderen wieder in eine Statue verwandelt. »Woher weißt du von ihm?«

Sie beschloss, den Spieß umzudrehen und die Frage nicht zu beantworten.

»Hat er Simon gegen mich aufgehetzt? Ist er derjenige, der dich schlecht beraten und dir eine Falle gestellt hat, damit du bestraft wirst?«

»Ja.« Das einzelne Wort kam als giftiges Knurren heraus. »Sartael hat mich belogen und mir erzählt, unser Fürst würde etwas von mir erwarten, obwohl es gar nicht stimmte.« Dieses Etwas war, mit Riley ins Bett zu gehen.

»Seinetwegen kam ich erst so spät zu Meister Harper, als ihr von dem Fünfer angegriffen wurdet. Zu der Zeit begriff ich nicht, dass der Fünfer seinen Befehlen gehorchte. Deshalb war Astaring so schwer zu töten.«

Die Dämonen haben Namen? Meine Güte. »Warum macht er das?«, fragte Riley.

»Macht. Er strebt nach dem Thron des Fürsten.«

Riley lehnte sich an einen Grabstein, was vermutlich ziemlich respektlos war, aber sie war müde.

»Wieso sind eigentlich alle so scharf drauf, in der Hölle zu herrschen?«, brummte sie. »Mir scheint es ein ziemlicher Scheißjob zu sein. Man ist ständig von Dämonen umgeben und muss laufend Sterbliche und Engel auf die Probe stellen, die einen alle hassen.«

Vorsichtig säuberte Ori den Flügel, den ein Vogel beschmutzt hatte. Nachdem er den Dreck fortgebürstet hatte, traf sein düsterer Blick wieder Rileys. »Sartael wird niemanden testen. Er will vernichten. Er wird einen Krieg mit dem Himmel beginnen.«

Den Krieg, den ich verhindern soll.

»In der Tat«, erwiderte Ori.

Sie hatte vergessen, dass er ihre Gedanken lesen konnte. »Warum tötet Luzifer ihn nicht einfach? Ich meine, er ist der Fürst der Finsternis. Das kann doch nicht nur ein Titel sein.«

Ori musterte sie prüfend und sagte verwirrt: »Du trägst das Mal meines Gebieters, aber deine Seele gehört dir.«

»Er wollte sie nicht haben. Stattdessen schulde ich ihm einen Gefallen. Deswegen habe ich einen Riesenärger mit der Kirche bekommen.«

»Trotzdem haben sie dich am Leben gelassen«, sagte Ori nachdenklich. »Nur die Törichtsten unter uns würden sich dem Fürsten in den Weg stellen und sein Schnuckelchen töten.«

»Schnuckelchen?«, spie sie aus. Mit diesem Penner war sie fertig. »Nenn mich nicht noch einmal so. Wir haben nichts zu bereden.«

»Am Ende wirst du wieder hier stehen«, sagte Ori. »Und dann wirst du mir zuhören, Riley Anora Blackthorne. Du wirst keine Wahl haben.«

»Das werden wir ja sehen, Engel.«

Riley machte auf dem Absatz kehrt und marschierte davon, vom Zorn angetrieben. Erst als sie den Glockenturm erreicht hatte, blickte sie über die Schulter zurück. Ori war wieder zu Stein geworden und blickte mit geöffneten Augen in den heraufziehenden Morgen. Die Arme an der Seite, hatte er die Handflächen wie zum Gebet erhoben.

Es war in der Tat ein ergiebiger Sonnenaufgang gewesen. Sie kannte jetzt den Namen des Engels, der überall die Fäden zog, des gefallenen Engels, der Chaos sowohl über die Gesegneten als auch über die Verdammten gebracht hatte.

Nach einem großen Frühstück und einem ausgiebigen Nickerchen schleppte Riley sich widerstrebend in Stewarts Bibliothek. Bis die Schule anfing, musste sie noch ein paar Stunden totschlagen, und dies war der ruhigste Ort, um Nachforschungen über gefallene Engel anzustellen. Hoffentlich hatte der Besitzer der Bibliothek nichts dagegen.

Kaum hatte Riley die Deckenleuchte eingeschaltet, da

seufzte sie neidvoll auf. Dies war kein vollgestopfter Schlupfwinkel, sondern ein normal großer Raum, der ihr verriet, dass Stewart ernsthafte Forschungsarbeit betrieb. Bücherregale, die vom Boden bis zur Decke reichten, begrüßten sie, zusammen mit einem runden Holztisch, zwei Polstersesseln und einer Tiffany-Schreibtischlampe. Die Bibliothek sah aus, als sei sie auf magische Weise aus einem anderen Jahrhundert hierherversetzt worden.

Ob Dad den Raum wohl je gesehen hat? Wahrscheinlich nicht. Wenn das der Fall gewesen wäre, hätte er ihn nie wieder verlassen.

Riley legte ihren Notizblock, Telefon und Stift auf den Tisch und begann, die Regale abzusuchen. Sie begriff rasch, dass es dabei ein System gab: Romane im Taschenbuchformat standen alle in einem Regal – Stewart schien Kriegsromane und Krimis aus dem viktorianischen und edwardianischen England zu bevorzugen. Die Sachbücher waren thematisch sortiert. Riley ging von Regal zu Regal und strich mit nahezu religiöser Ehrfurcht mit dem Finger über die Buchrücken.

In einer Ecke waren zwei Bücherregale mit Wälzern über Engel, Dämonen, Himmel und Hölle bestückt. Riley hatte keine Ahnung, welches Buch sie nehmen sollte, also überließ sie ihrem Finger die Entscheidung.

Rebellische Engel: Luzifers Abstieg aus dem Himmel.

Das klang vielversprechend. Als sie das Buch aus dem Regal nahm, stellte sie fest, dass es in braunes Leder gebunden war und leise knarrte, als sie es aufschlug. Die Farbe war mit dem Alter blasser geworden. Das Werk war 1898 erschienen. Sie hielt ein Buch in den Händen, das einhundertzwanzig Jahre alt war.

Ehrfürchtig trug Riley es zum Tisch und legte es auf den Buchständer. Nachdem sie die dicke, grüne Decke vom Sessel aufgehoben hatte, setzte sie sich und legte sie sich über die Beine. So prachtvoll die Bibliothek auch war, es war empfindlich kühl.

Das erste Kapitel des Buches beschrieb die Schaffung des Menschen (Adam) und den Zorn, den das in den Reihen der Engel hervorrief. Der Text war in einer schwer zu lesenden Prosa verfasst, aber Riley arbeitete sich tapfer hindurch. Ihr Dad hatte früher ein paar ziemlich merkwürdige Bücher gelesen und immer darauf bestanden, ihr Absätze daraus vorzutragen. In gewisser Weise hatte er sie damit auf diesen Moment vorbereitet.

Viele protestierten gegen die Schaffung der Lehmgestalt, wie sie Adam nannten. Dass Gott Seine Liebe für solch ein niederes Wesen aufsparte, missfiel den Heerscharen der Engel, allen voran dem Morgenstern. Als Gott ihnen befahl, allesamt die Knie vor Adam und seinen Nachkommen zu beugen, erhob sich eine Rebellion unter den Engeln, und sie verließen den Himmel.

Nach vier weiteren Seiten über diesen Aufbruch aus dem Himmel – bei solchen Büchern dauerte es ewig, bis die besten Stellen kamen – folgte eine mehrseitige Auflistung der Engel, die sich an Luzifers Seite gegen den Allmächtigen gestellt hatten. Riley ging die Liste durch, bis sie den gefunden hatte, der versucht hatte, ihre Seele zu stehlen.

Ori: Ein Engel aus den höheren Gefilden, bekannt für seinen Charme und seine Verführungskunst.

»Wem sagst du das.«
Im Text hieß es weiter, dass Ori, seit er sich in der Hölle niedergelassen hatte, den Posten eines Bevollmächtigten für Vergeltung innehatte und diejenigen bestrafte, die Luzifers Autorität anfochten. Das passte zu seiner Behauptung, warum er nach Atlanta gekommen war.
Weiter unten auf der Seite las sie:

Sartael (auch bekannt als Sararel): Ein hinterhältiger Erzengel, der sich heimlicher Betrügereien bedient. Es heißt, er sei einer der Drahtzieher hinter Luzifers Fall. Bekannt dafür, die Gedanken der Sterblichen zu verderben und sie seinem Willen zu unterwerfen.

Riley wickelte die Decke fester um die Beine und vergrub sich tiefer in den Text, um mehr über den Engel zu erfahren, der sich alle Mühe gab, ihr Leben zu ruinieren.

✣

Der nächste Morgen brachte dicken, schottischen Haferbrei, Schinken, mehr Pilze, Tomaten und heiße Scones. *Wenn ich noch sehr viel länger hierbleibe, muss ich mir bald eine größere Jeans kaufen.*

Meister Stewart studierte die Zeitung und murmelte hier und da leise vor sich hin. Als er zu Riley hochblickte, war sein Stirnrunzeln so tief, dass sie glaubte, sie hätte irgendetwas falsch gemacht.

»Was ist?«, fragte sie und ließ ihren Löffel sinken.

»Wie läuft's bei dir in der Schule?«

»Gut. Ich habe eine Eins für meine Mathehausarbeit bekommen und einen Test über den Bürgerkrieg locker geschafft.«

Ein Grunzen. »Hast du mit dieser rothaarigen Reporterin geredet?«

Was? Er hatte es schon wieder getan – mitten in einer Unterhaltung das Thema gewechselt. »Nein, ich habe nicht mit dieser Schnepfe geredet.«

»Aha, dann war sie also wieder kreativ.« Er schob die Zeitung über den Tisch. Beim Anblick des Fotos zog sich ihr Herz zusammen – ein verletzter Beck lag zusammengekrümmt auf einer mit Müll übersäten Straße, irgendwo in der Dämonenhochburg. Sie las die Schlagzeile.

DÄMONENFÄNGER BEIM EINSATZ VERLETZT – IST DIE ZUNFT VERHEXT?

Der Artikel gab Justines Version des Einsatzes wieder, nach der Beck und Jackson plötzlich von einem Dreier »überwältigt« worden waren. Kein Wort davon, dass sie der Grund für die Schwierigkeiten gewesen war.

»Das ist totaler Bockmist. Beck wäre nicht verletzt worden, wenn sie nicht dabei gewesen wäre. Er hat den Helden gespielt. Das macht er immer.«

Stewart nickte nachdenklich. »Dritter Absatz unten.«

Riley überflog den Text und spürte, wie ihr Kiefer sich verkrampfte. Justine zitierte eine ungenannte Quelle, dass die Zunft verflucht sei, weil sie Frauen in ihren Reihen duldete. Riley hob in einer heftigen Bewegung den Kopf, in ihren Adern kochte das Blut. »Glauben die das wirklich?«, wollte sie wissen.

»Manche. Es ist wie mit Frauen auf Schiffen. Genau das Gleiche.«

Angewidert schob Riley die Zeitung fort.

»Es wird noch schlimmer werden«, warnte der Meister. »Bereite dich darauf vor.«

Sie nickte grimmig und widmete sich wieder ihrem Haferbrei. Wenn sie Justine Armando jemals wiedersehen würde, würde es ziemlich eklig werden.

Ein Handy klingelte, dann näherten sich Schritte, und Harper betrat die Küche.

»Das schaffen wir«, sagte er unbehaglich. »Wie viele brauchen Sie?« Pause. »In Ordnung. Ich schicke zwei Fänger rüber.« Er beendete das Telefonat und legte nachdenklich das Handy auf den Tisch.

»Ärger?«, fragte Stewart.

»Bin mir nicht sicher. Die Jäger haben einen Tipp bekommen, in diesem verlassenen Gebäude in Forsyth würden sich Dämonen aufhalten.«

»Die Jäger bitten uns um Hilfe?«, fragte Stewart.

Harper grinste. »Genau. Plötzlich sind wir nützlich, zumindest, wenn es um die Dämonenhochburg geht. Sieht aus, als würde Rom wollen, dass wir zusammenspielen

wie brave Jungs und …«, er blickte zu Riley hinüber, »… Mädchen.«
»Wen willst du losschicken?«
»Beck, wenn er schon wieder fit genug ist. Er wäre der Beste, da er schon ein paarmal in dem Gebäude unterwegs war. Die meisten anderen kommen nicht einmal in die Nähe.«
»Er wird nicht ablehnen, selbst wenn er Schmerzen hat«, vermutete Stewart. »Das ist nicht seine Art.«
»Dann muss er lernen, wo seine Grenzen sind«, erwiderte Harper. Sein Blick wanderte zu Riley. »Du gehst mit ihm, Blag.«
»Was?«, schrie sie auf und ließ fast den Rest von ihrem Scone fallen.
»Gute Gelegenheit, etwas zu lernen.« Harper grinste spöttisch. »Drei Jäger und ein Fänger werden auf dich aufpassen. Was soll da schon schiefgehen?«
»Hallo, ich bin's, wissen Sie noch?«, protestierte sie und wischte sich die Finger an der Serviette ab. »Ich hole einmal Luft, und irgendetwas geht schief.« *Ich sollte nirgendwo in der Nähe der Jäger sein. Für den Fall, dass sie ihre Meinung über mich ändern.*
»Komm mir nicht damit. Du musst lernen, wie man ein Gebäude durchsucht, und auf diese Weise wirst du Profis in Aktion erleben.«
Sie hätte glatt noch weiter protestiert, doch Stewart hatte nichts gegen Harpers Entscheidung vorgebracht. Das bedeutete, sie sollte tatsächlich bei dem Einsatz dabei sein.
»Ich ziehe mir andere Klamotten an.«

19. Kapitel

Beck kam vorbei und holte Riley bei Stewart ab, anschließend fuhren sie zusammen in Richtung Innenstadt.

»Was zum Teufel denkt Harper sich dabei?«, fragte er und sah sie streng an. »Du solltest bei diesem Einsatz nicht dabei sein. Ich war schon vorher in dem Laden, es ist einfach knallhart.« *Das ist verdammt nochmal kein Ort für ein Mädchen.*

»Mein Meister ist der Meinung, ich müsste Erfahrungen sammeln«, erwiderte sie. »Wo wir beim Thema sind – wie geht's deinem Kopf und deiner Schulter?«

Ich erzähl ihr lieber nicht, dass es noch weh tut. »Ganz gut«, log er. »Die Ärztin sagt, ich kann wieder Schmerztabletten nehmen, das bringt eine Menge.«

Riley musterte ihn finster, und er wusste, dass sie ihm seine Lüge nicht abkaufte. »Carmela hat auch gesagt, dass du keine Dämonen fangen sollst.«

»Ein bisschen kürzer treten wäre nicht schlecht«, gab er zu.

Beck entdeckte den Van der Dämonenjäger in der Forsyth Street und quetschte seinen Truck in die Lücke direkt dahinter. Drei Männer vom Team des Vatikans warteten auf sie. Hauptmann Salvatore, Müller und Corsini. Sie standen neben ihrem Fahrzeug und starrten an dem heruntergekommenen Gebäude auf der anderen Straßenseite hoch. Das vierstöckige Haus bestand aus Backstein und Marmor. Verblasste Gang-Graffiti schmückten die oberen Bereiche, und einige Fenster waren mit windschiefem Sperrholz vernagelt. Diejenigen, die nicht zugenagelt waren, zeigten rußige Brandspuren. Eine Vordertür gab es nicht mehr – der Eingang war mit Betonblöcken zugemauert worden, genau wie die Fenster im Erdgeschoss. Was bedeutete, dass sie durch eines der Fenster im ersten Stock einsteigen oder von hinten in das Gebäude gelangen mussten.

»Ein Freund von mir hat hier mal gewohnt«, bemerkte Beck.

»Hier?«, fragte Riley ungläubig. »Bevor es so war, meinst du?«

»Nein. Ike ist obdachlos, so dass ihm alles recht ist, was ihn vor dem Wetter schützt. Im Moment wohnt er in einer der Unterkünfte, aber manchmal hat er nicht so viel Glück.«

»Das muss ziemlich gruselig sein«, sagte sie. »Nie zu wissen, wo man den nächsten Tag verbringt.«

»Er wird ganz gut damit fertig. Er war wie ich bei der Armee. Da lernt man, mit so was klarzukommen.«

»Habt ihr zusammen gedient?« Sie klang tatsächlich interessiert.

»Nein. Er war im ersten Golfkrieg dabei, damals in den frühen Neunzigern. Ich war damals noch nicht einmal geboren.« Er zog den Reißverschluss seiner Reisetasche zu.

»Ike sagte, er hat dich an dem Abend gesehen, als du den Dreier hier unten gefangen hast.«
Riley überlegte einen Moment. »Der alte Schwarze, der so komisch läuft?«
»Das ist er. Irgendwann mache ich euch mal miteinander bekannt.«
»Gerne«, sagte sie.
Ist sie nur höflich oder meint sie es ernst? Warum kümmert mich das? Was spielt es für eine Rolle, was Pauls Tochter von mir denkt?
Beck schob den Gedanken beiseite und kletterte aus dem Truck. Riley tat es ihm gleich und schulterte ihren Rucksack. Als sie sich dem Vatikan-Team näherten, begrüßte der Hauptmann sie.
»Hauptmann Salvatore«, erwiderte Beck. »Irgendwas Neues?«
»Wir wurden informiert, dass in dieser Gegend die Dämonenaktivität zugenommen hat, insbesondere um dieses Gebäude herum. Ich dachte, wie nehmen uns das Häuschen hier mal vor und schauen, was wir so aufscheuchen. Kennen Sie den Ort?«
»Paul und ich haben hier Pyro-Dämonen gefangen. Außerdem ist es ein guter Ort, um einen Dreier aufzuspüren.«
»Sind Sie bewaffnet?«, fragte der Jäger.
»Jupp«, sagte Beck und klopfte auf das Stahlrohr, das aus seiner Tasche ragte.
»Ich meine, mit Feuerwaffen.«
»Ich bevorzuge diese Art von kaltem Stahl«, erwiderte Beck.

»Das müssen Sie wissen.« Der Jäger blickte zu Riley hinüber. »Was ist mit Ihnen?«

»Ich habe Weihwasser. Das echte Zeug«, antwortete sie. »Und ich kann schnell laufen.«

Der Hauptmann schenkte ihr ein schiefes Lächeln. »Also dann, was soll mit solchen Talenten noch schiefgehen?«

»Sind wir vollzählig, oder ist der Rest des Teams auf dem Weg?«, fragte Beck.

»Die anderen gehen einem Anruf aus dem Norden der Stadt nach. Eine richtige Razzia, dazu brauchen sie mehr Männer. Wenn wir auf zu viel Widerstand stoßen, ziehen wir uns zurück und fordern Verstärkung an.«

»Klingt nach einem Plan«, stellte Beck fest. »Es gibt einen Eingang auf der Rückseite. Erspart es uns, zu einem der Fenster im ersten Stock hochzuklettern.« *Und meine Schulter bringt mich nicht um.*

»Sie werden das hier brauchen.« Salvatore reichte ihm eine schwarze Baseballkappe mit dem Logo von St. Georg und dem Drachen auf der Vorderseite. »Das Ding hat eingebaute Lampen, damit Sie beide Hände frei haben.«

Beck probierte es aus. Es gab ein Hauptlicht im Schirm und zwei weitere an den Seiten. Er knipste sie an und aus und nickte anerkennend. Er nahm seine Kappe von den Braves ab und stopfte sie in die Reisetasche, dann setzte er die neue auf. Er fand es witzig, dass Riley eine eigene bekam.

»Sie haben richtig feines Spielzeug«, gab er zu.

Salvatore lächelte. »Einer der Vorteile, wenn man für den Heiligen Stuhl arbeitet.«

»Ich könnte mich nie damit anfreunden. Ich fluche viel zu viel.«

Die Augenwinkel des Hauptmanns zuckten. »Wir auch, wenn unsere Chefs nicht in der Nähe sind.«

Beck führte sie einen Seitenweg an der Westseite des Gebäudes entlang und ignorierte die neugierigen Blicke der Passanten. Auf dieser Seite gab es einen überdachten Eingang, der allerdings versperrt war. Oberhalb der Tür befand sich ein Fenster, und das war der beste Weg ins Innere.

Aus Gewohnheit drehte Beck sich einmal um hundertachtzig Grad, um die Umgebung zu überprüfen. Ein paar neugierige Leute. Er biss die Zähne zusammen, als er erst seine Tasche und anschließend sich selbst auf das Vordach hievte. Ein reißender Schmerz schoss ihm in den Fingerspitzen und ließ sie taub werden. Er schüttelte die Hand, um wieder Gefühl hineinzubekommen.

Das Vordach schwankte unter seinem Gewicht. »Seid vorsichtig«, warnte er. »Das Ding tut's nicht mehr lange.«

Einer nach dem anderen zogen die Jäger sich hoch, bis nur noch Riley übrig war. Er sah ihr an, dass sie dieses Abenteuer mit neuen Augen betrachtete.

»Und?«, fragte er in neutralem Ton. Er wollte, dass sie die Entscheidung traf und nicht das Gefühl hatte, sie müsste das machen, um ihm oder den anderen irgendetwas zu beweisen.

Mit entschlossener Miene griff Riley nach oben und packte seine rechte Hand. Er zog sie hoch, doch er merkte, dass sie es ihm so leicht wie möglich machte, damit seine linke Schulter geschont wurde. Sie brauchte einen Moment, um einen festen Stand zu finden.

»Bist du sicher, dass das Ding uns trägt?«, fragte sie besorgt.

»Das werden wir bald herausfinden.«

Nachdem sie vorsichtig den Vorbau überquert hatten, riss Beck die letzten Stücke des verwitterten Sperrholzes vom Fenster.

»Ich gehe als Erster«, sagte er, vor allem, weil er das Gebäude kannte und Riley so mitten zwischen den Jägern gehen würde. Wenn irgendetwas schiefging, musste er darauf vertrauen, dass die Männer sie in Sicherheit bringen würden. Wenn das Arschloch Amundson mit zum Team gehört hätte, säße sie jetzt im Truck.

Beck kletterte durch die Fensteröffnung in den düsteren Raum. Aus Erfahrung wusste er, dass er völlig zugemüllt war und einem Dämon etwa eine Million Verstecke bot, selbst einem Viech von der Größe eines Dreiers. Die Lampe am Schirm durchschnitt den Raum wie ein Suchscheinwerfer.

»Genial«, sagte er. *So was will ich auch haben.*

Beck schwenkte erst nach rechts, dann nach links, und stellte erfreut fest, dass die Baseballkappe die Umgebung ganz anständig ausleuchtete. Nicht so hell wie eine Taschenlampe, aber dafür hatte er die Hände frei für das Stahlrohr, und darauf kam es an.

Er wartete, bis die anderen ihm durch das Fenster gefolgt waren.

»Boah, stinkt das hier«, sagte Riley und wedelte mit der

Hand vor der Nase herum. »Benutzt ganz Atlanta diese Hütte als Toilette?«

Mit äußerster Bedachtsamkeit bewegte Beck sich vorwärts und passte auf, wohin er seine Füße setzte. Zerbrochenes Glas bedeckte den Fußboden. »Pass auf, wo du hintrittst, Mädel«, warnte er.

Schmutzige Lichtstrahlen krochen durch die Spalten in den vernagelten Fenstern, kaum genug, um irgendetwas zu erkennen, während die Lichter der Baseballkappen im Raum herumtanzten wie hyperaktive Glühwürmchen.

Riley stieß einen kaum unterdrückten spitzen Schrei aus, als etwas aus der kaputten Deckenverkleidung direkt über ihrem Kopf auf sie herunterschoss – ein Vogel, der auf das nächste Fleckchen Sonnenlicht zusteuerte. Kurz darauf folgte ihm ein zweiter. Dieses Mal duckte sie sich nur.

»Tut mir leid«, sagte sie. Er brauchte sie nicht anzusehen, um zu wissen, dass sie vor Verlegenheit knallrot geworden war. »Warum liegt hier so viel Müll rum?«

»Ein Dreier ist in dem Gebäude ausgeflippt und hat einen Haufen Leute umgebracht. Die Eigentümer haben niemanden gefunden, der hier aufräumt, also sind sie einfach abgehauen.«

»Kann ich gut verstehen.«

In etwa zwölf Metern Entfernung entdeckte Beck einen Haufen dreckigen Bettzeugs. Jemand hatte sich in diesem Höllenloch ein Nest gebaut. »Home, sweet home«, murmelte er.

Hinter dem improvisierten Bett standen ein klappriger, aus ausrangierten Kisten gebastelter Tisch und ein Kunststoffgartenstuhl. Er staunte immer wieder, wie die Leute sich bemühten, das Beste aus dem zu machen, was sie hatten. So wie es aussah, war der Untermieter eine ganze Weile nicht hier gewesen.

Riley hob die Zeitung auf, die auf dem Tisch lag. »Januar. Von diesem Jahr«, sagte sie. »Die Suchanzeigen.«

Der Lichtstrahl von Becks Lampe fing einen Stapel von etwas merkwürdig Weißem ein. Er trat näher. *Auch das noch.*

Er schaltete sein Licht aus und wandte sich an die anderen. »Wir haben eine Leiche hier.« Dann sah er Riley direkt an. »Kein schöner Anblick. Bist du sicher, dass du es dir ansehen willst?«

Ihre gerunzelte Stirn verriet ihm, dass sie mit der Entscheidung rang.

»Wenn Sie aussteigen und zurückgehen möchten, werden wir nicht schlechter von Ihnen denken«, sagte der Hauptmann leise.

Damit hatte er sich bei Beck einen Stein im Brett gesichert. »Du hast gehört, was er sagt.«

Riley schluckte hart. »Das gehört zum Job als Dämonenfänger«, erwiderte sie. »Ich komme damit schon klar.«

Sie ist durch und durch Pauls Tochter.

Beck ging zurück zur Leiche, schaltete seine Lampe wieder an und kniete sich neben den auseinandergerissenen Haufen Knochen. An einigen hingen noch Streifen getrockneten Fleisches, doch die meisten waren sauber abgenagt. Der Schädel lag etwa einen Meter weiter links, die leeren Augenhöhlen starrten in die Ewigkeit.

Der Hauptmann ging neben dem Knochenhaufen in die Hocke und hob einen Knochen mit der Spitze seines Dienstrevolvers an. »Nagespuren. Große. Wahrscheinlich ein Dreier.« Der Jäger erhob sich, nahm die Waffe in die linke Hand und bekreuzigte sich.

»Gibt es irgendeine Möglichkeit, herauszufinden, wer das war?«, fragte Riley. Ihre Stimme war dünner als vorher. »Und seine Familie zu informieren?«

»Seine Kleidung ist verschwunden, so dass es keine Möglichkeit gibt, ihn zu identifizieren«, sagte Beck. »Die Cops haben genug mit den Lebenden zu tun, die Probleme machen, als dass sie sich auch noch Sorgen um die Toten machen könnten.«

Riley holte tief Luft. »Das ist so … traurig.«

So ist es nun einmal, Mädel. Wenn du einen Fehler machst, stirbst du. Wenn du Glück hast, gibt es jemanden, der an deinem Grab weint.

Sie ließen den Leichnam hinter sich, und Beck führte das Team tiefer in das Gebäudeinnere hinein. Es wurde dunkler, und der Boden war zunehmend mit Trümmern übersät. Teile der Deckenverkleidung waren heruntergefallen und bildeten unordentliche Haufen, und überall standen kaputte Möbel herum. Beck hatte vor, den Raum einmal der Länge nach zu durchsuchen, doch dann blieb er an der Treppe stehen. Im Lichtkegel der Lampe hatte er Spuren im Staub entdeckt, die in den zweiten Stock führten, und zwar nicht solche, wie Menschen sie hinterließen.

Beck hob eine Hand, und die anderen blieben stehen. Er zeigte auf die Spuren.

»Besser, wir sind von jetzt an still«, sagte er vor allem Rileys wegen.

Sie nickte und umklammerte ihre Weihwasserkugel fester.

Beck machte sich daran, die Treppe emporzusteigen, wobei er versuchte, keinen Krach zu machen, doch das war so gut wie unmöglich. Obwohl die Stufen selbst massiv waren, knirschte der Schutt auf ihnen laut unter seinen Füßen.

Als er den zweiten Stock erreicht hatte, stieg ihm der Gestank von frischem Dämonenkot in die Nase. Er hielt sich nicht damit auf, es den anderen zu sagen: Sie würden es ebenfalls riechen. Hier oben war es noch dunkler, da alle Fenster mit Sperrholz vernagelt waren – ein perfektes Versteck für einen Dreier. Die Treppe in den dritten Stock wies keine Prankenspuren auf.

»Wo lang?«, fragte der Hauptmann mit gesenkter Stimme.

»Links«, erwiderte Beck, eher aus dem Bauch heraus. So würden sie in den vorderen Teil des Gebäudes gelangen. Wenn ihnen dabei kein Dämon über den Weg lief, würden sie zum Ausgangspunkt zurückkehren.

Diese Etage unterschied sich in nichts von den Räumen ein Stock tiefer – kaputte Möbel, ein Tischkalender, ein Foto von irgendjemandes Familie. Eine zerbrochene Kaffeetasse.

Riley blieb dicht bei ihm statt bei den anderen. Das hatte er nicht erwartet. Beck hatte angenommen, sie würde sich bei den Jägern mit ihren Waffen sicherer fühlen. Als sie über etwas stolperte und beinahe das Gleichgewicht verlor, packte er sie am Arm, und sie richtete sich wieder auf. Er hörte ein gemurmeltes Danke. Trotz der Kälte konnte er sehen, wie ihr der Schweiß als dünnes Rinnsal seitlich übers Gesicht lief.

Harper nimmt sie zu hart ran. Sie ist noch nicht bereit für so was. Aber wann war irgendein Dämonenfänger schon bereit, allein loszuziehen? Was, wenn sie irgendwann so einer Situation ausgesetzt wäre und nicht wüsste, wie sie sich verhalten sollte?

Bei einem leisen Geräusch blieb Beck stehen und hob die Hand, damit die anderen ebenfalls anhielten. Schnüffellaute. Knurren. Das Geräusch von etwas, das im nächsten Raum herumtigerte. Beck tippte ein paarmal gegen sein Ohr und zeigte auf den Raum. Der Hauptmann nickte.

Vorsichtig schlichen sie voran und wichen dabei dem Müll aus. Die Jäger waren ausgeschwärmt, Müller und Corsini waren links von ihm, der Hauptmann rechts.

Er vermisste jemanden. Er sah über die Schulter zurück und stellte fest, dass Riley ihm den Rücken zugekehrt hatte und auf die Tür am anderen Ende starrte.

»Mädel?«, flüsterte er.

Sie ahmte seine Handzeichen perfekt nach – tippte sich ans Ohr und deutete dann auf den anderen Raum.

Au Scheiße.

Ein Dämon vor, einer hinter ihnen. Und sie saßen in der Mitte fest.

20. Kapitel

Riley wischte sich mit dem Ärmel den Schweiß von der Stirn. Panik machte sich in ihr breit. Es waren nicht viele Dämonen, und vier Männer waren bei ihr, alles Profis. Die Waffen der Jäger hatten spezielle Munition, es war also ganz anders als im Tabernakel.

Unwillkürlich schnappte sie nach Luft, als die Türöffnung vor ihr von einem haarigen, geifernden Dämon ausgefüllt wurde. Es war ein ausgewachsener Dreier mit einer Doppelreihe Zähne. Unter dem dichten, schwarzen Fell zeichneten sich die Muskeln ab, und die Augen glühten wie zwei intensiver Laser.

Dämonenstimmen erhoben sich, ein Geheule wie von Höllenhunden.

»Da sind mehr als zwei von den Dingern«, sagte Beck.

»Stimmt«, erwiderte Salvatore. »Rückzug zur Treppe. Wir befinden uns in einem geschlossenen Raum, also seien Sie vorsichtig mit Ihren Waffen, meine Herren.« Der Hauptmann sprach in sein Funkgerät. »Team Angelus, hier ist Team Gabriel. Wir haben Kontakt zu mehreren Ausgeburten der Hölle und brauchen auf der Stelle Verstärkung.« Er klang so beherrscht, als würden sie nicht gerade zwischen gefräßigen Monstern feststecken.

Amundson antwortete sofort. »Roger, Team Gabriel. Wo im Gebäude befinden Sie sich?«

»Zweiter Stock. Wir gehen einen Stock tiefer und wenden uns dann zum westlichen Ausgang.«

Noch mehr Laseraugen glitzerten im Halbdunkel auf.

»Roger«, erwiderte Amundson knapp. »Team Angelus ist in schätzungsweise zehn Minuten bei Ihnen.«

Zehn Minuten waren eine Ewigkeit, wenn man in einem Gebäude voller Dämonen gefangen war.

»Schieb den Müll vor dich, das wird sie etwas bremsen«, empfahl Beck. Riley nickte und legte vorsichtig die Weihwasserkugel zurück in den Rucksack. Dann zog sie sich zurück, jeder Schritt wie in Zeitlupe, während sie die Gefahr vor sich keine Sekunde aus den Augen ließ. Jedes Stück Müll, an dem sie vorbeikam, schob sie zwischen sich und die Dämonen: zerborstenes Sperrholz, zerbrochene Stühle und Gott weiß, was alles. Müller war jetzt neben ihr und gab ihr mit seiner Waffe Deckung.

Vielen Dank, Harper. Diese Erfahrung habe ich echt gebraucht.

Beide Gruppen erreichten die Treppe gleichzeitig. Beck machte sich auf den Weg in den ersten Stock, aber er hatte erst ein paar Stufen geschafft, als er wieder hochgestürzt kam. »Da unten sind noch mehr.«

Ein heulender Chor setzte ein, wie ein uralter, höllischer Schlachtruf, und aus der Dunkelheit stürmte eine dichte Masse pelziger Leiber auf sie zu. Mündungsfeuer erhellten den Raum. Riley zuckte beim Krach der Waffen zusammen, und ihre Nase rebellierte gegen den übelkeitserregenden Gestank der Dämonen. Ein paar Schritte links von ihr bekam ein Dreier eine Kugel in die Brust und stürzte kopfüber zu Boden. Ein anderer folgte einen Moment später. Und dann noch einer.

Auf der Treppe kam sie nur langsam voran: Die Handläufe fehlten, und Riley musste sich ihren Weg nach oben ertasten, wobei sie sich an der staubigen Wand abstützte. Ihr Herz raste so sehr, dass ihr schwindelig wurde. Eine Panikattacke in diesem Moment wäre fatal.

Sie stieß einen Warnschrei aus, als ein Dreier sich von oben auf sie stürzte. Seine Zähne glänzten im Licht der Lampen. Becks Stahlrohr ging eine innige Verbindung mit dem Schädel ein, und das Viech taumelte an ihnen vorbei, wobei es eine Wolke erstickenden Staubs aufwirbelte.

»Bleibt in Bewegung!«, drängte er.

Das Funkgerät des Hauptmanns spie ein paar Worte aus. »Die Verstärkung kommt voraussichtlich in acht Minuten«, rief er laut, warf ein Magazin der Waffe fort und rammte ein neues hinein. »Wir müssen einen Verteidigungsposten finden, um Zeit zu gewinnen.«

»Das Dach«, rief Beck. »Das ist die beste Chance, die wir haben.«

Trotz der knurrenden Meute, die ihnen auf den Fersen war, begegneten sie bei ihrem Aufstieg keinen weiteren Dämonen. Kurz bevor sie den vierten Stock erreichten, bat Müller um die Erlaubnis, die Ungeheuer in Schach zu halten, während die anderen sich zum Dach durchschlugen.

»Wir bleiben zusammen«, lautete die knappe Antwort seines Vorgesetzten.

»Aber, Sir …«

»Nein! Wir werden den Fehler von Barcelona nicht wiederholen«, widersprach Salvatore.

Barcelona? Vielleicht waren die Jäger ja gar nicht so unfehlbar, wie Riley geglaubt hatte.

Als sie den obersten Stock erreicht hatten, suchte Beck nach dem Zugang zum Dach. Er schob Möbelstücke herum, und der Strahl seiner Schirmleuchte schwankte wild.

Was, wenn er den Weg nicht findet?

»Ich hab's!«, rief er laut. Vor Erleichterung schluchzte Riley beinahe auf.

Die nächste Treppe war schmaler und machte einen scharfen Schwenk nach rechts. Ganz oben versperrte ihnen eine Tür den Weg. Beck sah über die Schulter zurück, sein Gesicht glänzte vor Schweiß, und er atmete stoßweise. Sie wusste, was er dachte: Was erwartete sie auf dem Dach? Noch mehr Dreier? Oder lag dort etwas noch Schlimmeres auf der Lauer?

Corsini schob sich an ihr vorbei und stellte sich neben Beck. »Wir gehen zusammen hoch«, sagte er. »Befehl vom Hauptmann.« Er bot dem Dämonenfänger eine Pistole an. Dieses Mal schlug Beck das Angebot nicht aus.

»Hier«, sagte er und reichte Riley das Stahlrohr. »Du weißt, wie man sie erledigt.«

Das wusste sie. Im Tabernakel hatte sie einen Dreier mit einem Klappstuhl erschlagen, und das Stahlrohr war als Waffe wesentlich besser geeignet.

Beck löste die Sicherheitsverriegelung der Waffe, lud durch und stieß mit der Stahlkappe seines Stiefels die Tür auf. Die rostigen Angeln quietschten wie eine Katze, die unter einen Truck geraten war.

Beck ging als Erster, Corsini folgte.

Riley machte einen Schritt nach oben, doch Müller hielt sie am Arm fest. »Warten Sie, bitte.«

Sie zwang sich, ruhig zu bleiben. In ihrer Phantasie hörte sie bereits die Schreie und die Geräusche, wie Beck und Corsini in Stücke gerissen wurden. Nichts. Auch hinter ihnen herrschte Stille. Die Dämonen hatten sich für den Moment zurückgezogen.

Warum ist es so ruhig? »Beck?« Keine Antwort. »Beck!«, schrie sie.

»Alles klar«, rief er nach unten.

Gott sei Dank. So schnell sie konnte, hetzte Riley nach oben. Müller kam als Nächster, zuletzt der Hauptmann, der ein Stück Dachbalken mit sich schleppte. Sobald sie die Tür geschlossen hatten, verkeilte er sie mit dem Holz.

»Besonders lange wird sie das nicht aufhalten«, gab er zu.

»Wie viele habt ihr gesehen?«, fragte Beck, während er die Seiten des Daches auskundschaftete.

»Ich habe achtzehn gezählt, aber ich weiß, dass da noch mehr sind«, antwortete der Hauptmann.

»Warum benehmen sie sich so?«, wollte Corsini wissen. Er wirkte nervöser als die anderen beiden Jäger, aber schließlich musste er auch an sein ungeborenes Kind denken. »Ich dachte, die Dämonenfänger würden nur …« Er fing Becks finsteren Blick auf und hielt den Mund.

»Sich Geschichten ausdenken, von wegen, die Dämonen

arbeiten jetzt zusammen? Weil wir nicht mit ihnen fertig werden? Tja, jetzt kennst du die Wahrheit, Jäger.«

Und die Wahrheit wird euch befreien. Das war einer von Paul Blackthornes Lieblingssprüchen gewesen. In diesem Fall allerdings bestand die Wahrheit darin, dass sie auf dem Dach eines vierstöckigen Gebäudes standen und keine Chance hatten, wieder herunterzukommen, solange sie nicht durch ein Meer aus Höllenbrut waten wollten. Irgendwie bezweifelte Riley, dass die Dreier das Zeichen der Hölle auf ihrer Handfläche zur Kenntnis nehmen würden, bevor sie sie fraßen.

Salvatore sprach in sein Funkgerät. »Team Angelus, wann kommen Sie an?«

»Sieben Minuten«, kam die prompte Antwort.

»Wir sind auf dem Dach. Haben Sie verstanden?«

»Roger.«

Ein deutliches Rumsen war zu hören, als sich etwas gegen die Tür warf.

»Dieser Platz hier ist so gut wie jeder andere«, rief Beck von seiner Position in der Nähe der Vorderseite des Gebäudes. »Von hier haben wir die Tür in der Schusslinie.«

Salvatore stimmte zu. »Wenn die anderen Teams eintreffen, werden sie mit den Dämonen aufräumen, und wir können wieder runter.«

Diese Männer wissen, was sie tun. Es kommen noch mehr, um uns zu helfen. Alles wird gut.

Sie bauten ihre Verteidigungsstellung in einer Ecke auf, wo die Vorder- und Seitenwände aufeinanderstießen. Auf Vorschlag des Hauptmanns hin zog Riley einen großen

Halbkreis aus Weihwasser, etwa drei Meter von ihrer Position entfernt. Als ihr mittendrin das Weihwasser ausging, schlachtete sie die Glaskugel aus ihrem Rucksack, um den Schutzkreis zu vervollständigen. Als sie fertig war, hatten die Männer Posten bezogen, die Rucksäcke der Jäger lagen vor ihnen auf dem Boden. Zusätzliche Munition lag ausgebreitet neben ihnen, bereit zum Einsatz.

Die Tür bekam einen weiteren massiven Schlag ab.

Beck zog sein Telefon heraus und tippte eine Nummer ein. »Jackson? Wir brauchen hier Hilfe.« Er schilderte die Lage. »Geht nicht in das Gebäude. Es ist gerappelt voll mit Dämonen.« Der andere Dämonenfänger musste ihn nach den Jägern gefragt haben. »Etwa in fünf Minuten. Wenn ihr uns Rückendeckung von der Straße geben könntet, das wäre prima. Ja. Bis später.«

Er hat sich nicht verabschiedet. Dabei könnte dies hier glatt das eine Mal werden, wo er wünschte, er hätte es getan.

Beck hatte das Gespräch gerade beendet, als sein Telefon aufleuchtete. »Hallo? Oh, hi.« Er hörte aufmerksam zu, den Blick auf die Tür geheftet. »Danke für den Tipp, Kumpel, du hast was gut bei mir. Was ich gerade treibe? Ich hocke auf dem Dach einer Hütte, die mit Dreiern vollgestopft ist. Und, wie ist dein Tag so gelaufen?«

Wie kannst du nur so ruhig bleiben? Rileys Knie zitterten so heftig, dass sie kaum stehen konnte.

Irgendetwas brachte sie dazu, sich umzudrehen, Instinkt vielleicht. Eine pelzige Schnauze lugte über den Rand der Brüstung, während die Klauen des Besitzers sich haltsuchend in die Backsteine gruben. *Wie ist das Ding hier hoch gekommen?* Mit ungeheurer Anstrengung hievte es sich direkt hinter Beck hoch. Der quasselte immer noch munter drauflos, ohne zu ahnen, dass er kurz davor war, als Mittagessen zu enden.

Ehe der Dreier aufs Dach kriechen konnte, prügelte Riley mit dem Stahlrohr auf ihn ein. Zähne flogen in alle Richtungen und regneten prasselnd auf sie nieder, dann verschwand der Dämon aus ihrem Blickfeld. Die Klauen scharrten, als er den Halt verlor. Von unten ertönten Schreie, als die Schwerkraft den Rest erledigte. Als sie nachsah, lag der Kadaver ausgespreizt auf der Straße. Schaulustige deuteten darauf, während andere Bilder mit ihren Handys machten.

Beck beendete sein Telefonat. Sobald sie seine Aufmerksamkeit hatte, deutete Riley mit dem Stahlrohr nach unten. Er spähte über den Rand des Gebäudes, blinzelte und grinste.

»Gut gemacht. Erinnere mich daran, dass ich dich nicht zu sehr nerve. Sonst kommst du eines Tages noch auf die Idee, mit dem Ding auf mich loszugehen.«

»Verlockende Vorstellung«, sagte sie. *Außer, dass ich bei dir auf die Knie zielen würde. Dein Schädel ist viel zu hart.*

Der Keil an der Tür knackte und zerbarst, das Türblatt sprang auf. Dämonen quollen auf das Dach. Vier, fünf, noch mehr. Die Jäger feuerten eine Salve ab. Einen großen Dämon erwischte es zwischen den Augen, und er brach nur wenige Schritte vor dem Schutzkreis zusammen. Er zuckte noch einmal, dann rührte er sich nicht mehr. Tot.

Uns wird nichts passieren. Sie werden sie alle erschießen, und dann gehen wir hier raus.
Der Kadaver des Dämons zuckte erneut, dann hockte er sich hin. Schwarzes Blut lief ihm über die abscheuliche Fratze, rötlich-gelbe Augen flackerten und hellten sich auf. Vor Wut heulend schwenkte er die bekrallten Armen über dem Kopf.
»Aber Sie haben ihn doch erschossen!«, rief Riley. Und die Kugeln enthielten vom Papst gesegnetes Weihwasser. Kein Dämon konnte das überleben. »Er sollte tot sein!«
Salvatore versenkte drei weiterer Kugeln in dem Ding. Es zuckte zusammen, fiel aber nicht. Es konnte nicht sterben, weil es bereits eine Leiche war.
»Verdammte Scheiße. Zombie-Dämonen? Verschon mich bloß mit so einem Dreck!«, brüllte Beck.
Weitere tote Dreier erhoben sich, alle mit diesem seltsamen gelben Flackern im Blick.
»Stellt das Feuer ein, bis sie den Schutzkreis überschreiten«, befahl Salvatore. »Verschwendet keine Munition.«
»Das geht so was von daneben«, sagte Beck und warf einen besorgten Blick am Gebäude nach unten.
Wenn er Angst hat, stecken wir echt in Schwierigkeiten.
Der Himmel würde sie nicht sterben lassen. Wenn sie jetzt starb, konnte sie Armageddon nicht verhindern. *Ich höre mich schon an wie Simon.* Er war so sicher gewesen, dass sein Glaube ihn schützen würde, dass er nie gedacht hätte, die Engel könnten andere Pläne haben.
»Habt ihr so etwas schon mal gesehen?«, fragte Beck.

Salvatore schüttelte den Kopf. »Das ist ein neues Übel.«

Riley runzelte nachdenklich die Stirn. Mit diesen Dämonen stimmte etwas ganz und gar nicht. Niemand sang »Blackthornes Tochter«, womit sie mittlerweile immer rechnete, wenn sie einem Dämon begegnete. Egal, ob es ein winziger Einer oder ein Fünfer war, alle nannten sie beim Namen. Diese hier nicht.

»Ihre Augen sind anders. Sie sind gelb«, sagte sie.

Beck schnaufte zustimmend. »Ich hätte nie gedacht, dass Luzifer so weit gehen würde.«

Die Dämonen knurrten, aber sie schraken nicht zurück und heulten »Nenn nicht Seinen Namen«.

»Luzifer ist eine Niete«, schrie Riley. Keine Reaktion welcher Art auch immer. »Ich glaube nicht, dass das seine Leute sind.«

»Sie müssen dem Höllenfürsten dienen«, widersprach Salvatore.

»Und warum fürchten sie dann nicht seinen Namen?«, fragte Riley.

Ehe der Hauptmann antworten konnte, meldete sich sein Funkgerät. »Das andere Team ist ganz in der Nähe«, verkündete er.

Die Dämonen hatten außerhalb des Schutzkreises aus Weihwasser Stellung bezogen.

»Was machen sie da?«, fragte Riley. »Sie könnten doch durchbrechen, wenn sie wollten. Worauf warten sie noch?«

Beck fluchte leise. »Scheiße, merkst du es nicht? Sie benutzen uns, um die anderen hereinzulocken. Wir sind der verdammte Köder.«

Der Hauptmann wirbelte zu ihm herum. »Sie meinen, das ist eine Falle für das Verstärkungsteam?«

»Warum nicht? Sie könnten den Schutzkreis jederzeit zerstören, warum also stehen sie da noch rum?«

»Sir, ich glaube, der Fänger hat recht«, sagte Müller.

Der Hauptmann murmelte leise vor sich hin, dann schaltete er das Funkgerät ein. »Hier ist Team Gabriel. Gehen Sie nicht in das Gebäude. Ich wiederhole, gehen Sie nicht in das Gebäude. Ein Fünf-Mann-Team am Westeingang, um die Höllenbrut einzusperren. Benutzen Sie nur Weihwassergranaten. Jede andere Munition ist nutzlos.«

Am anderen Ende entstand eine Pause, als Amundson die beunruhigenden Neuigkeiten verdaute. »Wir haben verstanden, Team Gabriel. Ein Löschzug der örtlichen Feuerwehr und ein Leiterwagen sind in fünf Minuten hier.«

Salvatore spähte über den Rand des Gebäudes. »Wir müssen schneller hier raus sein. Schicken Sie Seile hoch, wir seilen uns ab.«

Was? »Äh.« Riley hob die Hand, als wäre sie in der Schule. »Ich habe mich noch nie irgendwo abgeseilt. Das geht gar nicht.«

Salvatore verlor keine Zeit. »Vergessen Sie das Abseilen. Machen Sie die Planen fertig.«

Die Planen? Was sollte das bedeuten?

Das tiefe Knurren ihrer Wächter wurde intensiver, als hätten die Dämonen begriffen, dass ihre Beute sich verdrücken wollte.

Mit jedem Atemzug bekam sie schwerer Luft.

Jetzt bloß nicht in Panik geraten. Einfach einatmen. Ausatmen. Wir werden nicht sterben.

Beck kam zu ihr, berührte sie am Arm. »Halt durch, Mädel, gleich sind wir hier draußen«, sagte er leise. Seine kräftige Stimme gab ihr Sicherheit, und sie lockerte ihren verkrampften Griff um das Stahlrohr.

Als von unten Rufe ertönten, warf Riley einen raschen Blick über die Gebäudekante. Die Leiche des Dämons war verschwunden, allerdings bezweifelte sie, dass jemand sie als Souvenir mit nach Hause genommen hatte.

Quietschende Reifen kündigten die Ankunft von vier schwarzen Vans an. Die Türen flogen auf, und Männer stürmten aus den Fahrzeugen. Riley sah Jackson und Remmers die Straße entlanglaufen. Sie erspähte Simons hellblondes Haar. Die Fänger gesellten sich zu den Jägern und machten sich daran, Atlantas ahnungslose Bürger daran zu hindern, mitten in ein Kriegsgebiet zu spazieren.

Das Knurren hinter Riley wurde lauter, und sie drehte sich genau in dem Moment um, in dem die Dämonen sich in Bewegung setzten.

»Ruhig Blut!«, rief Salvatore. »Sie werden eine Weile brauchen, um den Schutzkreis zu durchbrechen.«

Riley spürte erneut Panik in sich aufsteigen und schaute wieder nach unten. Mitten auf der Straße wurde etwas Großes, Weißes auseinandergefaltet und verwandelte sich langsam in ein gigantisches Quadrat. Eine riesige Plane. Jäger verteilten sich hastig an den Rändern und packten den Stoff mit festem Griff. Dann blickte einer nach dem anderen erwartungsvoll nach oben.

Das Funkgerät des Hauptmanns knackte. »Das Sprungtuch ist bereit, Team Gabriel«, berichtete Amundson. »Sie können jederzeit kommen.«

»Ausgezeichnet. Evakuierung beginnen«, antwortete der Hauptmann.

Wenn die glaubten, sie würde vom Dach springen …

»Nein, nein, nie im Leben«, sagte Riley und wich zurück.

Beck war auf der Stelle bei ihr. Trotz ihrer Proteste riss er ihr die Baseballkappe vom Kopf, schleuderte sie beiseite und löste dann das Stahlrohr aus ihren Fingern. Es fiel neben seiner Reisetasche auf den Boden.

»Riley?« Sie gab keine Antwort, zu groß war die Angst vor dem, was geschehen könnte, wenn sie es täte. Schauder liefen durch ihren Körper, und bei jedem Atemzug wurde ihre Kehle bedrohlich eng.

»Komm schon, Mädel«, drängte er. »Leg deine Arme um den Rucksack und halte ihn ganz fest an deine Brust. Dann spring. Alles wird gut.«

»Ich kann das nicht«, beharrte sie.

Die Dämonen hatten den Schutzkreis erreicht. Ein einsames Heulen ertönte und wurde verstärkt, als ein Dämon nach dem anderen in den unheiligen Chor einstimmte. Der erste Dreier stieß gegen den Schutzkreis, zuckte zusammen und brüllte auf, als das Weihwasser ihn versengte. Dann traf der zweite auf die Barriere, und der dritte. Am Ende würde der Schutzkreis nachgeben, und sie würden alle sterben.

»Du musst springen, jetzt!«, sagte Beck und hob sie auf die Arme. Dicht an ihrem Ohr stieß er einen zischenden

Schmerzenslaut aus, als seine Schulter gegen das zusätzliche Gewicht protestierte.

»O Gott, tu das nicht!«, schrie sie.

Beck musste gesehen habe, wie groß ihre Angst war, denn sein Gesichtsausdruck wurde weicher. Er beugte den Kopf vor und flüsterte: »Vertraust du mir, Riley?«

In ihren Augen sammelten sich Tränen.

»Ja«, wisperte sie zitternd vor Angst. *Immer.*

»Dann wird alles gut«, erwiderte er. Zärtlich küsste er sie auf die Stirn.

Und warf sie vom Dach des vierstöckigen Gebäudes.

21. Kapitel

Riley hätte den ganzen Weg nach unten geschrien, aber dazu reichte die Zeit nicht. Sie prallte einmal auf, dann ein zweites Mal und rutschte mit Hilfe zweier Jäger über den Rand des Sprungtuchs auf den Boden. In ihrem Kopf drehte sich alles, und einer der Männer half ihr, sich auf den Bordstein zu setzen. Zitternd sank sie auf den Beton, die Arme hielten den Rucksack noch immer fest umklammert. Schließlich ließ sie los, und die Tasche rutschte zu Boden.

Als sie mehrere Gewehrschüsse hörte, hob sie den Blick. Beck stürzte vom Haus, die Reisetasche fest an die Brust gepresst.

»O mein Gott«, flüsterte sie und hielt den Atem an, als er auf die Erde zustürzte.

Beck landete, rutschte vom Sprungtuch und entfernte sich mit schmerzverzerrtem Gesicht ein paar Schritte vom Sprungtuch. Müller und Corsini kamen als Nächste. Hauptmann Salvatore wartete nicht darauf, bis der letzte Jäger das Sprungtuch geräumt hatte, sondern sprang über den Rand des Daches und rollte sich hastig zu einer Kugel zusammen. Über ihm bauten sich die Dämonen in einer Reihe auf und brüllten vor Wut.

Beck kam zu ihr, ließ sich auf den Bordstein sinken und hielt seine Schulter. Er holte zischend Luft, als in seinem Rücken etwas knackte, dann richtete er sich auf.

»Alles in Ordnung mit dir?«, fragte sie.

»Ja. Ich sollte nur aufhören, solchen bescheuerten Blödsinn zu machen. Die Schulter tut höllisch weh.« Er sah besorgt zu ihr hinüber. »Tut mir leid, dass ich dich runtergeschmissen habe, aber es ging nicht anders.«

»Ich weiß.« Sie wäre niemals von allein gesprungen, oder erst, wenn ein Dämon kurz davor gewesen wäre, sie zu fressen. Außerdem hatte er sie geküsst, na ja, so gut wie. Das war … interessant. Vielleicht hegte er doch keinen so großen Groll, wie sie gedacht hatte.

Riley holte eine Halbliterflasche Wasser aus dem Rucksack und nahm einen großen Schluck, wobei sie versuchte, ihre Hände vom Zittern abzuhalten. Ohne Erfolg. Dann reichte sie Beck das Wasser. Wie sie gehofft hatte, wühlte er in seiner Reisetasche herum und förderte ein Fläschchen Schmerztabletten zutage. Er schüttete eine davon auf die Hand und spülte sie mit dem Rest der Flüssigkeit herunter. Dann reichte er ihr die Jägerkappe, die sie getragen hatte.

»Ich dachte, du würdest die hier vielleicht gerne als Souvenir behalten«, sagte er.

Ein Dach voller Dämonen, und er hat sich die Zeit genommen, die Kappe aufzuheben.

»Danke.«

Ihr Blick wanderte wieder zum Dach des Gebäudes empor. Die Dämonen waren nicht mehr zu sehen, wahrscheinlich formierten sie sich neu und warteten auf eine bessere Chance, ihre Beute zu überraschen.

»Die Jäger gehen doch nicht etwa da rein, oder?«

»Bis sie soweit sind, sind die Dreier längst verschwunden.« Mit dem unverletzten Arm wischte Beck sich den Schweiß von der Stirn. »In diesem Teil der Stadt gibt es jede Menge Tunnel. Sie ziehen einfach in ein anderes Haus.«

Jackson ging neben Riley in die Hocke und zwinkerte ihr zu. »Für eine Dämonenfängerin bist du nicht schlecht geflogen.«

»Tja, eins meiner vielen verrückten Kunststückchen.«

»Ich kann dir beibringen, wie man sich abseilt, wenn du willst«, bot Beck an.

Sie sah ihn von der Seite an. »Meinst du das ernst?«

»Klar. Man braucht ein paar Muckis, aber eigentlich ist es nicht schwer.«

Riley notierte sich das im Geiste, um später einmal darauf zurückzukommen.

»Allerdings müssen wir dir vorher Stiefel besorgen«, fügte er hinzu. »Diese High-Tops taugen nichts.«

Da war sie sich gar nicht so sicher: Sie liebte ihre Converse.

»Was war da drin los?«, fragte Jackson.

Beck schüttelte prompt den Kopf. »Das erzähle ich dir irgendwo, wo … wir nicht so viel Publikum haben.«

»Kapiert«, sagte ihr Kollege stirnrunzelnd. »Stewart und Harper sind bald hier. Sie machen gerade einen Kondolenzbesuch.«

Beck schaute auf. »Wen haben wir verloren?«

»Tom Ashton. Zwei Dreier haben ihn erwischt.«
»Gütiger Himmel«, murmelte Beck.
»Wer war das?«, fragte Riley.
»Der Typ mit dem lenkradgroßen Oberlippenbart«, erklärte Jackson.
Oh. Sie erinnerte sich an ihn. Er war nett gewesen.
Riley stand auf. Das Bedürfnis, irgendwo anders zu sein, war so groß, dass sie meinte, daran zu ersticken. Sie musste ihren Dad sehen, seine Umarmung spüren und ihn sagen hören, dass die Welt gar nicht so ein schrecklicher Ort war. Sie würde ihm nicht glauben, aber zumindest könnte sie versuchen, sich der Illusion hinzugeben, er hätte recht.
»Ich gehe«, sagte sie. Als Beck protestierte, dass sie auf Stewart warten sollte, damit sie mit ihm zurückfahren konnte, winkte sie ab. »Mir geht es gut. Ich nehme den Bus.«
»Wie du willst.«
Riley starrte zu ihm hinunter und überlegte, wie sie ihn wissen lassen konnte, wie dankbar sie ihm dafür war, dass er sie gerettet hatte. Trotz allem, was zwischen ihnen vorgefallen war, hatte er auf sie aufgepasst.
»Danke«, sagte sie einfach.
»Gern geschehen«, antwortete er.
Als Riley sich durch die Absperrungen schlängelte, hörte sie das Klicken der Kameras. Die Presse war überall. Jemand rief ihren Namen – es war Justine, die sich ihren Weg durch die gaffenden Schaulustigen bahnte.
Riley drehte ihr den Rücken zu und ging weiter. Wenn ihr

die Reporterin vor die Augen käme, würde es einen Riesenärger geben, Ärger von der Sorte, der garantiert noch einen Zeitungsartikel nach sich ziehen würde.

An der nächsten Straßenecke wartete bereits der nächste Feind auf sie: Simon. Seine normalerweise hellen blauen Augen waren verschleiert, und seine Miene verriet, dass er sich nicht entscheiden konnte, ob er sich freuen sollte, dass sie am Leben war, oder nicht.

Als Riley näher kam, versperrte er ihr den Weg. »Siehst du nicht, dass die Hölle dich als Werkzeug benutzt?«, fragte er so leise, dass sie ihn kaum verstehen konnte.

»Hau ab, Simon«, sagte sie. »Ich bin nicht in Stimmung.«

Er packte sie am Arm und zwang sie, stehen zu bleiben. »Warum lockst du immer noch die Dämonen zu dir? Wenn die Jäger nicht rechtzeitig gekommen wären, wären all diese Männer jetzt tot.«

»Und ich auch, Simon. Dieses kleine Detail scheinst du vergessen zu haben.«

»Ich bezweifle, dass die Hölle einer der ihren das antun würde.«

Sie blickte ihn finster an. »Wer war der Typ, der dich im Krankenhaus und zu Hause besucht hat? Dein Bruder sagt, dass du danach so komisch wurdest.«

»Niemand hat mich im Krankenhaus besucht, außer meiner Familie und Vater Harrison«, gab Simon zurück. Er klang so überzeugt, als hätte ihm das jemand eingetrichtert.

»Ach ja? Ich habe dich besucht, und Beck ebenfalls. Hast du das auch vergessen?«

Er blinzelte. »Du versuchst, mich durcheinanderzubringen«, sagte er und nahm die Hand von ihrem Arm.

»Frag deine Mom. Sie wird dich nicht belügen. Und dann erklär mir, wen die Hölle zum Narren hält, Simon Adler.«

Riley schob sich an ihm vorbei und spürte, wie seine Verachtung ihr die Straße entlang folgte. Einen Block weiter verringerte sie das Tempo, aber nur, weil ihr Körper von der Landung auf dem Sprungtuch und den endlosen Krämpfen schmerzte. Auf dem Weg zur Bushaltestelle konnte sie nur daran denken, wie Beck sie in den Armen gehalten hatte. Wie zärtlich er sie angelächelt hatte, als hätte er die Sache mit Ori vollkommen vergessen. Er hatte sie sogar auf die Stirn geküsst. Mit fünfzehn hätte sie das in Ekstase versetzt. Jetzt nicht. Sie hatte erlebt, wie schnell Freude sich in Liebeskummer verwandeln konnte.

»Vertraust du mir?«, hatte er gefragt.

Ja. Doch das bedeutete nicht, dass ihr Vertrauen nicht in Tränen enden würde.

✣

Die Busfahrt zu ihrer Wohnung verlief ganz okay, bis auf einen schlampigen Teenager mit seinem MP3-Player. Es war eins von diesen richtig guten Teilen, und der Typ rockte heftig zur Musik mit. Genau wie Riley sechs Reihen hinter ihm. Als sie den Bus bestieg, fiel ihr die nasse Linie auf der untersten Stufe auf. Neben dem Fahrersitz klemmte eine Flasche Weihwasser. Als sie den Mann darauf ansprach, erklärte er, es handele sich um eine neue Verordnung der Stadt. Alle Busse und Bahnen mussten gegen Dämonen geschützt werden.

O Mist. Es hatte also ein Ende damit, kleine Dämonen heimlich in öffentlichen Verkehrsmitteln zu transportieren. Höllenbrut in Bussen und Bahnen waren schon immer illegal gewesen, aber die Dämonenfänger ignorierten die Regeln normalerweise, und niemand beschwerte sich darüber, zumindest nicht bei den kleinen Dämonen ersten Grades. Niemand würde es wagen, einen Dreier in einen U-Bahn-Wagen zu schleifen, ohne mit erheblichem Protest zu rechnen.

Sobald sie zu Hause war, holte Riley mechanisch die Rechnungen aus dem Briefkasten und sah sich die Mitteilungen auf der Pinnwand neben dem Eingang an. Manchmal konnte man ein paar billige Möbel ergattern, wenn jemand auszog. Die neueste Nachricht kam von Mrs Ivey aus dem dritten Stock, sie vermisste die Batterie für ihr Hörgerät. Mrs Ivey war eine unleidliche, alte Frau und davon überzeugt, dass jemand sie gestohlen hatte.

Sie könnte recht haben. Wenn die Batterie irgendwie schimmerte, war es nicht unwahrscheinlich, dass sie von dem Dämon gestohlen worden war, mit dem Riley sich die Wohnung teilte. Wenn der Dämon sich blicken ließ, könnte sie ihn ja vielleicht überzeugen, das Ding zurückzugeben.

Die Wohnung roch muffig, doch Riley war zu selten hier, um daran etwas zu ändern. Trotz der kühlen Luft klappte sie ein Fenster auf und hörte sich die Nachrichten auf dem Anrufbeantworter an. Die wichtigste Nachricht kam von Feuerwehr-Jack, einem Dämonenhändler, der zugleich der Zunft als Anwalt diente. Es war eine schlechte Nachricht: Die Leute von der Vereinigung der Schuldeneintreiber hatten es auf Rileys Auto abgesehen. Wenn sie allerdings bereit wäre, ihren Vater abzutreten, wären sie gerne bereit, ihr das Fahrzeug zu lassen.

Erpressung? Nach der Hölle, die sie in den letzten paar Tagen durchlebt hatte, war das Autoproblem nicht mehr als ein kleines Flackern auf ihrer Sorgenmess-Skala. Jack würde sich schon darum kümmern. In solchen Sachen war er gut.

Nachdem sie geduscht und frische Kleidung angezogen hatte, ließ Riley sich auf ihre Couch fallen. Aus irgendeinem Grund musste sie wieder an Mrs Iveys Batterie denken. Es musste schrecklich sein, nichts hören zu können.

War der kleine Dämon zu Hause?

»Hallo? Bist du da?« Auf einem der Bücherregale blitzte etwas auf, und da war er, ganze sieben Zentimeter Höllenbrut. Hellbraun, mit gespaltenem Schwanz und winzigen, roten Augen. Die Ohren waren spitz, und er war gekleidet wie ein Ninja. Er trug sogar solche winzigen Tabi-Schuhe, wie Ninja-Assassinen sie trugen. Bloß, dass dieses Kerlchen ein Dieb war, kein Mörder. Neben ihm lag ein Sack mit Beutegut; Schätze, die er aus den Wohnungen anderer Leute gemopst hatte. Riley fragte sich oft, ob Luzifer bedauerte, so einen diebischen Kleptomanen geschaffen zu haben.

»Hast du jemandem die Batterie vom Hörgerät gestohlen?« Als Antwort erhielt sie ein Achselzucken. Vielleicht hatte der Dämon keine Ahnung, wovon sie sprach. »Kannst du mal nachsehen? Bitte! Mrs Ivey braucht sie zurück. Sie kann ohne sie nicht hören, und sie ist schon an guten Tagen eine griesgrämige alte Dame.« Riley hatte das gemerkt, als sie einmal ihre Wäsche ein paar Sekunden länger als nötig im Gemeinschaftstrockner gelassen hatte.

Der Dämon wühlte in seinem kleinen Sack und begann, das Beutegut rauszuholen. Jedes einzelne Stück glänzte oder funkelte. Das war die Schwäche der Elstern – sie fuhren total auf Glitzerzeug ab. Der Haufen mit den Beutestücken wurde immer größer. Ohrringe, ein kleiner Zehenring, goldfarbene Büroklammern, eine Krawattennadel und ein I-LUV-LAS-VEGAS-Schlüsselanhänger. Da musste irgendwelche Dämonenmagie im Spiel sein, denn der Beutesack war eigentlich zu klein für all die Schätze in seinem Inneren. Der Dämon zog eine silberne Scheibe heraus, hielt sie in die Höhe und quiekte etwas. Die dämonische Entsprechung von »Ist es das?«

»Ja, ich glaube, das ist es. Kann ich sie bitte haben?«

Der Dämon quiekte erneut. »Was bekomme ich dafür?«, vermutete Riley.

Sie kramte in ihrem Rucksack herum und förderte eine leicht eingedrückte Schokopraline aus dem Café zutage. Wie die in einem Stück überlebt hatte, war ihr ein Rätsel. »Wie wär's damit?«, sagte sie und drehte sie, so dass er die glänzende Verpackungsfolie sehen konnte.

Der Handel war abgeschlossen, ehe sie auch nur blinzeln konnte. Die Batterie lag in ihrer Hand, und der Dämon umklammerte die in Silberpapier verpackte Praline.

»Danke.« Sie zog ihre Jacke an und steckte die Batterie in die Tasche. Und erstarrte. Da war etwas. Etwas Klebriges. Riley zog das Ding vorsichtig heraus und hielt es hoch, dann musste sie beinahe würgen: Es handelte sich um einen sieben Zentimeter langen, blutigen Dämonenzahn, wahrscheinlich von dem Ungeheuer, das sie vom Dach geprügelt hatte.

»Bäh«, sagte sie, »ist das eklig.«

Der kleine Dämon auf dem Bücherregal begann, ängstlich zu zischen.

»Schon gut. Das Ding ist tot. Na ja, größtenteils, schätze ich.«

Der Dämon hörte nicht auf, zu zischen und auf den Zahn zu deuten. »Er wird dir nicht wehtun.« Sie legte ihn sich auf die Handfläche und hielt ihn dem Dämon hin. »Siehst du?«

Der kleine Bösling war ganz außer sich und wich in eine Ecke neben einem alten Wörterbuch zurück. Der Beutesack lag auf der anderen Seite des Regals. Rileys Blick sprang zum Sack, dann wieder zum Dämon. Mit jeder Sekunde wuchs ihre Erregung. Klepto-Dämonen ließen ihre Beute niemals außer Reichweite liegen.

»Liegt es daran, dass ein Dreier euch kleine Kerlchen frisst?«

Der Dämon schüttelte den Kopf, die Augen wirkten wie hellrote Unterteller.

Verwirrt schloss Riley die Faust um den Zahn. »Aber wovor hast du dann Angst? Ihr arbeitet doch alle für Luzifer«, sagte sie.

Der Dämon erschauderte und schrie auf, als er den Namen seines Herrn hörte. Wie sie es immer taten. *Bis auf die auf dem Dach*.

»Okay, ich packe ihn wieder weg«, sagte sie und steckte den Zahn wieder in ihre Jackentasche. »Besser?«

So musste es sein. Die Elster flog zu ihrem Sack und presste ihn sich an die Brust, wobei sie tief erleichtert vor- und zurückschaukelte.

»Tut mir leid«, sagte Riley. »Ich wusste nicht, dass er dir solche Angst machen würde.«

Realitäts-Check. Du hast dich gerade bei einem Dämon entschuldigt.

Allmählich hörte die Elster auf zu zittern und hob ihren Sack über die Schulter.

»Du nennst mich nie Blackthornes Tochter, so wie die anderen. Warum nicht?«

Sie hörte ein paar schrille Töne, dann war der Dämon nur noch ein verschwommenes Nichts.

»Also doch, aha. Irgendwie hatte ich das schon vermisst.«

Warum hatten die Dämonen in dem alten Gebäude es nicht getan? *Warum unterscheiden sie sich so sehr vom Rest?*

Jetzt, wo die Elster verschwunden war, holte Riley den Zahn noch einmal hervor und ließ ihn auf der Handfläche ruhen. Ihre Haut begann zu kribbeln, bis in die Fingerspitzen hinein.

Magie.

Riley beschloss, das Problem einem Experten für das Übernatürliche vorzutragen, in diesem Fall Mort. Dabei konnte sie gleich ihren Vater beruhigen und zeigen, dass sie noch in einem Stück war.

Doch zuerst musste sie Mrs Ivey die vermisste Batterie zurückgeben. Sie fragte sich nur, wie lange es wohl dauerte, bis die Elster sie erneut stahl.

22. Kapitel

In Little Five Points herrschte dichtes Gedränge, doch die Zaubergasse, die Straße, in der Mort wohnte, war ungewöhnlich leer. Riley warf einen raschen Blick in das Café – eine einzige gelangweilte Kellnerin saß am Tisch und las in einer Zeitschrift. Ein Stück weiter die Straße entlang, vor dem Hexenladen *Beifuß, Buch und Besenstiel*, war ihre Freundin Ayden damit beschäftigt, die Vordertreppe des Ladens zu fegen. Sie trug einen langen schwarzen Rock und eine tief ausgeschnittene weiße Bluse, darüber eine bestickte rote Samtweste. Wenn man dann noch ihr lockiges rostrotes Haar dazunahm, sah sie aus, als sei sie gerade einem Mittelalter-Markt entsprungen. Ayden war vermutlich in ihren späten Vierzigern, aber das war schwer zu sagen. Sie hatte wieder einmal ihre Magie dazu benutzt, das riesige Tattoo an Hals und Brust umzugestalten – jetzt zeigte es eine Reihe grimmig dreinblickender Elfen, die in voller Kampfmontur über ein Feld marschierten.

Als Riley sich näherte, hörte Ayden auf zu fegen und stützte sich auf den Besen. Sie musterten einander eine Weile, als wüsste keine von ihnen so recht, was sie sagen sollte.

Riley probierte es mit etwas Harmlosem. »Du bist heute gar nicht auf dem Markt.«

»Nein. Wir wechseln uns ab. Ich bin morgen wieder am Marktstand.«

Noch mehr unangenehmes Schweigen. »Äh, weißt du, wenn es nicht gut für dich ist, mit mir zusammen gesehen zu werden, dann verstehe ich das«, sagte Riley.

»Das ist es nicht.« Noch eine Pause. »Danke, dass du …«, Ayden deutete mit einer Kopfbewegung die Straße hinunter auf Morts Haus, »… mich hast wissen lassen, was los ist. Ich habe mir ziemliche Sorgen um dich gemacht.«

»Ich mir auch.« Riley winkte ihre Freundin ein Stück von der Tür fort, für den Fall, dass jemand im Laden war, der sie belauschen könnte. Dann zeigte sie ihre Handflächen vor. Sie konnte die Zeichen nicht mehr erkennen, fragte sich jedoch, ob Ayden sie vielleicht noch sah.

Die Hexe starrte ihre Hände an, dann hob sie überrascht eine einzelne Braue. »Ich verstehe, warum du das Mal des Himmels trägst. Aber womit hast du dir das von der Hölle verdient?«

Vor einer Hexe kann man nicht viel geheim halten. »Ich schulde Luzifer einen Gefallen. Und ich habe mit einem gefallenen Engel geschlafen.«

Die Braue schien zur Stratosphäre aufsteigen zu wollen. »Göttin, Mädchen, bist du wahnsinnig?«

»Ich dachte, er würde für den Himmel arbeiten.« *Ich dachte, ich würde ihn lieben.*

Ayden stieß langsam den Atem aus, als sie über die Antwort nachsann. »Hat Luzifer Paul auferstehen lassen?«

Riley nickte. »Wo ist dein Vater jetzt?«

»Bei Mort. Er weiß, dass der Höllenfürst meinen Vater beschworen hat.«

»Kann es eigentlich noch bizarrer werden?«, grummelte Ayden.

»O ja. Jemand lässt Dämonen von den Toten auferstehen, und die Jäger können sie nicht umbringen.«

Die Augenbraue der Hexe änderte die Richtung, stieß gegen die andere, bis sie zusammen ein beeindruckendes Stirnrunzeln bildeten. »Was für ein verdammter, idiotischer Nekromant hält so was denn für eine gute Idee?«, sagte Ayden. »Warum glauben die, das nächste Leben sei ihr persönlicher Spielplatz?«

Boah. Riley wusste, dass Hexen und Nekros füreinander nur wenig liebevolle Gefühle hegten, aber Aydens Bitterkeit wirkte ziemlich heftig.

Sie holte den Dämonenzahn aus ihrer Tasche. »Der stammt von einem der gruseligen Dämonen. Kannst du ...«

Ayden winkte ab. »Rede mit dem Advokaten der Beschwörer«, sagte die Hexe. »Ich will da nicht mit hineingezogen werden.«

Riley verstaute den Zahn wieder sicher in ihrer Jackentasche.

»Wissen die Jäger von den Malen auf deinen Händen?«, fragte Ayden.

»Ja. Offensichtlich mussten sie erst den Papst fragen, um herauszufinden, dass ich keine Bedrohung darstelle.«

»Ach ja?« Aydens Stirn glättete sich ein wenig. »Egal, sei bloß vorsichtig. Irgendetwas liegt in der Luft, etwas Unangenehmes. Pass gut auf dich auf, verstanden?«

»Mach ich.«

»Und leg dich nicht noch weiter mit der Hölle an. Die lassen nicht mit sich spaßen.«
»Der Himmel auch nicht.«

✣

Als Riley die Schwelle zum Haus des Totenbeschwörers überschritt, hatte sie das Gefühl, ihre Nerven würden sich langsam entspannen. Inzwischen nannte sie es bei sich *Morts Magie*, da sie sich anschließend stets besser fühlte. Sie fand ihren Dad wesentlich aufgeweckter als beim letzten Mal, mit einer Flasche aufgepeppter Brause im Büro des Totenbeschwörers.
»Beck war heute Morgen hier«, verkündete er.
Ihr gegenüber hatte der Dorftrottel den Besuch mit keinem Wort erwähnt. »Hast du ihm von deinem Deal mit der Hölle erzählt?«
»Nein. Er ist noch nicht bereit dafür.«
Es zischte leise, und gleich darauf trat Mort durch die illusionäre magische Wand, die in den hinteren Bereich des Hauses führte. Ihr Gastgeber hatte dieses Kunststück schon bei Rileys allererstem Besuch aufgeführt, so dass sie jetzt nicht überrascht war.
»Riley, gut zu sehen, dass du den Fängen des Vatikans am Ende doch entkommen bist«, sagte Mort. Er setzte sich ihr und ihrem Vater gegenüber auf die Bank und strahlte übers ganze Gesicht.
Und jetzt war sie im Begriff, ihm die gute Laune zu verderben. Riley holte den Zahn aus ihrer Tasche und legte ihn vor ihren Gastgeber auf den Picknicktisch.

»Wo hast du den her?«, fragte er.

»Von einem Dämon dritten Grades. Er glaubte, er könnte Beck fressen, also habe ich ihn mit einem Stahlrohr verprügelt.« Als würde jedes Mädchen in ihrem Alter Ausgeburten der Hölle den Schädel einschlagen, um sich seinen Lebensunterhalt zu verdienen.

»Ist mit Beck alles in Ordnung?«, fragte ihr Vater besorgt.

»Es geht ihm gut.«

Mort streckte die Hand nach dem Zahn aus, riss sie jedoch sofort wieder zurück, als wäre er einem Schweißbrenner zu nahe gekommen. »Dieses Ding ist mit nekromantischer Energie gespickt.«

Riley strahlte. »Ich wusste es. Ich konnte mir nicht vorstellen, dass Luzifer so verrückt ist.«

»Wovon redest du da?«

Riley schilderte kurz die Ereignisse in dem verlassenen Gebäude, wobei sie die meisten der Hier-hätten-wir-gefressen-werden-können-Stellen ausließ, um ihren Vater nicht zu beunruhigen. Stattdessen konzentrierte sie sich mehr auf die Dämonen-die-einfach-nicht-totbleiben-wollten-Stellen.

»Das … das ist so was von gegen die Regeln«, stammelte Mort schockiert.

Ihr Vater hingegen schwieg. Er wirkte nicht im Geringsten überrascht.

»Dad?«

»Ja«, sagte er ernst.

»Wusstest du, dass das passieren würde, das mit den untoten Dämonen?«

Keine Antwort.

»Komm schon, hör auf, meinen Fragen auszuweichen. Wir müssen es herausfinden. Hat Ozy etwas damit zu tun?«

Ihr Vater schob seine Hand an ihre, dann umarmte er sie plötzlich und völlig überraschend. Er flüsterte: »Ich liebe dich. Egal, wie die Sache ausgeht, daran wird sich niemals etwas ändern. Denk immer daran.«

Seine Ernsthaftigkeit machte ihr Angst. »Dad, was ist los?«

Als der Ton einsetzte, ein kaum wahrnehmbares, tiefes Summen, sprang Mort auf und kippte in seiner Hast die Bank um.

»Nein!«, sagte er. »Das würdest du nicht wagen!«

Das Summen wurde intensiver und höher und brachte die Porzellantassen auf dem Picknicktisch zum Klappern. Der Ton verstärkte sich, wurde lauter und stärker, bis Riley am ganzen Körper mitvibrierte. Die Teekanne rutschte vom Tisch und zerbrach auf dem Holzfußboden, gefolgt von den Tassen und Morts Büchern. Riley kroch umher, um die alten Bände vor der Flüssigkeit in Sicherheit zu bringen.

»Was ist das?«, rief sie laut.

Statt zu antworten, hob der Totenbeschwörer seine Hände auf Brusthöhe, die Handflächen nach vorne. Blaue Wellen der Magie umwogten ihn, krümmten sich hoch zur Decke und tief zum Boden. Wenn es nicht so unheimlich gewesen wäre, hätte es richtig hübsch ausgesehen.

Mit puterrotem Gesicht psalmodierte Mort etwas auf Latein. Das Summen wurde unerträglich und explodierte schließlich in scharfe Bruchstücke, wie ein musikalisches

Schrapnell. Riley hielt sich die Ohren zu, aber es brachte nicht viel. Die Energie bohrte sich in ihren Schädel und die Knochen. Irgendwo im Haus splitterte Glas.

Dann nichts mehr, als hätte jemand einen Schalter umgelegt.

War einer von Morts Zaubersprüchen schiefgegangen?

Rileys Vater erhob sich und entfernte sich ein paar Schritte, scheinbar unberührt von dem Chaos.

»Dad?«

Er schüttelte den Kopf und bedeutete ihr, zu bleiben, wo sie war.

Was geht hier vor?

Frische Luft strömte in den Raum. Als Riley wieder klarsehen konnte, stellte sie fest, dass die magische Wand verschwunden war. Sie erkannte einen freien Weg zur Hintertür und der dahinterliegenden Gasse. Mort lag zusammengesackt auf dem Boden wie eine müde Puppe. Er bebte am ganzen Körper.

»Mort! Mach was!«, flehte sie.

»Kann nicht«, stöhnte er. »Zu stark.« Er presste eine Hand gegen die Nase und zog sie blutverschmiert wieder fort.

Im Gang entstand eine Bewegung, als eine Gestalt aus dem Sonnenlicht des späten Nachmittags auf sie zukam. Etwas flatterte hinter ihm her, wie ein Umhang. *Oder ein Staubmantel*. Ori hatte so einen getragen.

Hatte sich der gefallene Engel aus Luzifers Fesseln befreien können? War er hier, um Rache zu üben?

Die Gestalt, die den Raum betrat, hatte ganz und gar nichts Engelhaftes an sich. Lord Ozymandias' flatternder

Umhang war von bodenlosem Mitternachtsschwarz, und sein silbriges Haar hob das schlichte, pulsierend grüne Mal in der Mitte seiner Stirn hervor.

»Ah, Beschwörer Alexander. Guten Tag«, sagte er jovial, offenkundig erfreut, dass seine Bemühungen erfolgreich gewesen waren. »Bitte verzeihen Sie. Ihr magischer Schutz war besser, als ich angenommen hatte.«

»Was machen Sie hier?«, verlangte Riley zu wissen.

Diese seltsamen Augen richteten sich auf sie. »Ich würde meinen, das sei offensichtlich.« Er richtete seine Aufmerksamkeit auf ihren Vater. »Zeit zu gehen, Paul Blackthorne. Ich erspare uns die Drohungen. Du weißt, wozu ich in der Lage bin.«

»Sie können ihn nicht mitnehmen«, protestierte Riley. »Er gehört Ihnen nicht.«

»Natürlich kann ich. Mortimer ist aus dem Spiel, und du warst niemals drin.«

Riley warf sich nach vorn und prallte gegen eine massive Wand aus … Nichts. Sie nahm Anlauf, versuchte es erneut und prallte wieder an etwas Unsichtbarem, aber Undurchdringlichem ab. Magie schürfte ihre Haut auf wie Rasierklingen.

»Dad! Geh nicht mit ihm!«

»Es ist schon in Ordnung, Riley«, sagte ihr Vater. »Vertrau mir.«

Ihre Panik wuchs, sie rammte ihre Faust gegen die unsichtbare Barriere, aber sie gab nicht nach. »Dad, nein!«

Lord Ozymandias ignorierte ihre Angriffsversuche, legte ihrem Vater den Arm um die Schultern und führte ihn zur

Rückseite des Hauses. »Sag mir, Meisterjäger«, sagte er, »wer hat dich aus deinem Grab beschworen?«

»Luzifer, der Höllenfürst«, erwiderte ihr Vater ohne Zögern.

Das tiefe Lachen des Nekromanten hallte im ganzen Gebäude wider. »Ich hatte so gehofft, dass du das sagen würdest.«

Kaum waren Ozy und ihr Vater durch die Hintertür verschwunden, verschwand auch die magische Barriere, was Riley unvorbereitet traf. Sie stürzte zu Boden. Sie schrie vor Verzweiflung und rollte sich zu einer Kugel zusammen, doch dieses Mal wollten keine heißen Tränen fließen. Stattdessen brannten sie tief in ihrem Inneren, gefangen in einer Trauer, die sie unmöglich bannen konnte. Sie hatte ihren Vater immer wieder verloren. Es gab keinen Frieden für Paul Blackthorne, nicht in diesem Leben und nicht im nächsten.

Mort hatte sich nicht gerührt. Riley schob ihre Trauer beiseite und eilte zum Totenbeschwörer. Als sie die Hand nach ihm ausstreckte, schüttelte er den Kopf und versprühte dabei Blut in alle Richtungen.

»Nicht anfassen!«, sagte er. »Die Schutzzauber sind zerstört. In meinem Inneren.«

»Was kann ich tun?«, fragte sie in panischer Angst.

»Zu schwach … um die Magie zu erden.« Sein Gesicht war alabasterfarben, sein Atem gepresst. Mort würde das nicht überleben, wenn sie nicht schnellstens Hilfe holte. Vielleicht wusste einer der anderen Totenbeschwörer, was zu tun war. *Aber wie kann ich sie erreichen?*

»Riley?«, rief jemand.

Ayden. »Hier hinten«, schrie Riley.

Kurz darauf kam ihre Hexenfreundin hereingestürmt. Mit einem Blick erfasste sie die Szene.

»O Göttin, es ist genauso schlimm, wie ich dachte.« Sie stieß Riley fort und kniete sich vor Mort. »Beschwörer? Kannst du dich selbst erden?«

Mort schüttelte den Kopf. »Kann nicht fokussieren. Kann den Bann nicht sehen.«

Die Hexe holte tief Luft. »Riley, hol eine Eispackung.«

»Aber was ist mit ihm?«

»Geh!«, kommandierte ihre Freundin.

Riley verschwand. Sie argwöhnte, dass Ayden etwas vorhatte, das sie nicht mitbekommen sollte. In der vorderen Eingangshalle kauerte Tereyza, Morts tote Haushälterin, neben der offenen Tür. Morts reanimierte Köchin befand sich in einem ähnlich beklagenswerten Zustand und hatte sich unter dem Tisch versteckt. Riley musste die Schubladen durchwühlen, um eine Plastiktüte zu finden. Nachdem sie einen Haufen Eis aus dem Gefrierfach hineingeschaufelt hatte, befeuchtete sie ein Küchenhandtuch und eilte zurück in Morts Büro. Sie hatte es beinahe erreicht, als der Boden unter ihren Füßen zu schwanken begann und sie gegen die Wand geschleudert wurde. Riley presste die Eispackung gegen ihre Brust und wartete, bis das Beben aufgehört hatte, dann setzte sie zu einem Sprint an.

Als sie schlitternd in Morts Büro stürmte, fühlte sich der Raum anders an als zuvor. Weniger … flüchtig. Mort saß aufrecht, und Ayden stand hinter ihm, eine Hand auf jeder Schulter, die Augen geschlossen. Sie schlug abrupt die Augen auf, im selben Moment, in dem der Totenbeschwörer hochfuhr. Ihre Augen waren strahlend blau. Sie blinzelte ein paarmal, dann nahmen sie wieder ihre übliche braune Farbe an.

Boah …

»Du kannst ihn jetzt anfassen«, sagte Ayden und schüttelte den Kopf, als hätte sie einen Bienenstock unter ihrem Schädel. Ihre Finger pulsierten immer noch vor Magie. Als sie das bemerkte, lehnte sie sich zurück gegen die Wand. Funkelnde, stachelförmige grüne Lichthöfe formten sich um ihren Körper herum und lagerten sich schließlich in den einzelnen Mauersteinen ein.

»Was machst du da?«, fragte Riley.

»Die Magie erden.«

Riley gab dem Totenbeschwörer die Eispackung, die er sich an die Stirn hielt. Sie kniete sich neben ihn und wischte ihm behutsam das Gesicht mit dem nassen Tuch ab.

Sein Hemd hatte eine Menge Blut abgekommen. »Wirst du wieder gesund?«, fragte sie.

Ein Nicken. Er ließ die Eispackung sinken, und zwei blutunterlaufene Augen tauchten auf.

»Bist du so nett und hilfst mir hoch?«

Riley stellte eine der Bänke auf und half dem Nekromanten auf die Beine. Er torkelte zur Bank und ließ sich mit einem erschöpften Seufzer darauf sinken.

»Ich werde formale Beschwerde bei der Gesellschaft einreichen«, sagte er.

Ayden schnaubte. »Du weißt, dass das absolut nichts nützen wird.«

»Ich habe keine andere Möglichkeit, Regress anzumelden«, antwortete Mort. »Hast du irgendeine Vorstellung davon, wie es ist, wenn deine Schutzvorrichtungen eingerissen werden, wenn dein Haus demoliert wird, von irgend so einem …«

»Lass deine Wut nicht an mir aus«, schnauzte die Hexe. »Ich bin nicht diejenige, die das getan hat.«

Morts Schultern sackten nach unten. »Ich weiß. Es ist nur …« Er holte tief Luft und atmete langsam wieder aus. Er hob den Blick und fixierte Riley mit seinen blutunterlaufenen Augen. »Ich kann dir mit dem Dämonenzahn nicht weiterhelfen, selbst wenn wir ihn in diesem … Chaos wiederfinden. Alles ist jetzt von Ozymandias Magie durchtränkt, so dass ich nicht mehr in der Lage wäre, genau zu bestimmen, wer die Dämonen beschwört.«

»Das war's also? Der Bösewicht hat meinen Vater, und keiner unternimmt was?« Rileys Stimme wurde lauter.

»Ich werde tun, was ich kann, Riley, aber ich denke, wir können nichts mehr machen.«

Du vielleicht …

Riley hatte bei Luzifer einen Wunsch frei. Sie hatte geplant, dafür die Seele ihres Dads zu fordern, aber ihn von Ozymandias zurückzubekommen war fast genauso gut.

Wie finde ich den Höllenfürsten? Man fand seine Nummer nicht gerade in seinem Kurzwahlspeicher.

»Diesen Blick kenne ich doch«, sagte Ayden. »Versprich mir, dass du deinen Vater nicht verfolgen wirst.«

Riley schüttelte den Kopf. »Dieses Versprechen werde ich nicht geben.«

»Komm schon, überleg doch mal«, warnte die Hexe. »Wenn es so wichtig gewesen wäre, dass Paul frei bleibt, warum hat der Höllenfürst deinen Vater dann nicht geschützt, als der Nekro ihn holen kam? Ist es dir nicht in den Sinn gekommen, dass es Luzifer Wille sein könnte, dass dein Vater mit Ozymandias geht?«

Das hatte Riley nicht bedacht. Aber es ergab Sinn. Ihr Dad hatte nicht im mindesten überrascht gewirkt, als Ozymandias so unvermutet aufgetaucht war. In der Tat schien er sich eher seinem Schicksal ergeben zu haben.

Du wusstest, dass er dich holen würde. Darum hast dich verabschiedet.

Das Gefühl der Hilflosigkeit, das sie in diesem Moment überkam, überwältigte sie beinahe. Wenn sie noch länger bliebe, würde sie schluchzend und für alle Zeit gebrochen auf dem Boden liegen, also schnappte Riley sich ihren Rucksack und floh. Als sie die Gasse entlang zur Hauptstraße rannte, hätte sie schwören können, Ozymandias' höhnisches Gelächter zu hören.

23. Kapitel

In Rekordzeit schlang Beck sein Abendessen, bestehend aus Steak und Eiern, herunter. Trotz all der Misshandlungen, die sein Körper in den letzten paar Tagen eingesteckt hatte, fühlte er sich ziemlich gut. Er hatte sogar die meisten Ratschläge der Ärztin befolgt, und es hatte funktioniert. Das dumpfe Pochen in seiner Schulter erinnerte ihn daran, dass es Zeit für die nächste Schmerztablette war, aber damit würde er bis nach dem Treffen mit Justine warten. Für diese Begegnung brauchte er einen klaren Kopf. Er warf einen Blick auf die Uhr auf seinem Telefon. Die Reporterin war spät dran.

Als er seinen Kaffee in kleinen Schlucken trank, dachte er an seinen Besuch bei Paul heute Morgen. Es war für sie beide hart gewesen, und nicht nur wegen seines schlechten Gewissens, weil er den Freund nicht gerettet hatte. Der Meister verbarg die Wahrheit vor ihm.

Warum sagst du mir nicht, wer dich beschworen hat? Warum ist das so eine verdammt große Sache? Beck hatte sogar versprochen, den Nekro, der das getan hatte, nicht umzubringen, aber das hatte Paul nicht umstimmen können.

»Nicht der richtige Zeitpunkt«, hatte sein Freund gesagt. Schließlich hatten sie es dabei belassen.

Beck hatte Riley nichts von seinem Besuch bei Paul erzählt, weil er es nicht für nötig gehalten hatte. Ihr Vater würde es tun, wenn sie ihn das nächste Mal sah.

Nach einem weiteren großen Schluck Kaffee sowie reiflicher Überlegung rang er sich zu dem Anruf durch, den er vor sich herschob, seit Paul in der Dämonenhochburg ums Leben gekommen war. Es war Zeit, Rileys Tante in Fargo zu informieren, dass das Mädchen ganz allein war. Soweit er wusste, war Esther Henley, die Schwester ihrer Mutter, Rileys nächste Verwandte. Er wusste auch ein wenig von der Familiengeschichte: Esther hatte Paul von Anfang an nicht gemocht, seit dem Abend, an dem er zum ersten Mal mit ihrer Schwester ausgegangen war. Nach Miriams Tod hatte Esther den Rest der Blackthornes mehr oder minder ignoriert.

Mir bleibt nichts anderes übrig. Die Frau musste über Rileys Situation Bescheid wissen. Was Tante Esther mit diesem Wissen anfing, war dann ihre Sache. Zugegeben, es war ein mieser Trick gewesen, in Rileys Handy herumzuschnüffeln, um an die Telefonnummer zu kommen, ohne dass sie es ihm erlaubt hätte. Aber sie selbst würde niemals anrufen. Zumindest sagte er sich das immer wieder.

Bring es einfach hinter dich. Er wählte die Nummer und wartete, während die Kellnerin ihm Kaffee nachschenkte.

»Die gewählte Rufnummer ist nicht vergeben«, verkündete eine Automatenstimme.

Zum Teufel, du willst mich wohl verarschen. Er trennte die Verbindung, dann versuchte er es erneut für den Fall, dass er sich verwählt hatte. Dieselbe Nachricht. Die ganze Mühe, und dann fehlte die Tante des Mädchens unentschuldigt? Um keine Möglichkeit auszulassen, rief er die Telefonauskunft an und erfuhr, dass im eingeschneiten Fargo kein Anschluss auf den Namen Esther Henley angemeldet war. Offensichtlich hatte die Frau ein wärmeres Plätzchen zum Leben gefunden und sich nicht die Mühe gemacht, es ihrem Schwager oder ihrer Nichte mitzuteilen.

Obwohl Beck nicht genau wusste, warum, war ein Teil von ihm erleichtert über diese Nachricht.

Stoff raschelte leise, als Justine sich auf die Sitzbank ihm gegenüber gleiten ließ. Die Kellnerin schenkte ihr Kaffee ein und ließ sie dann allein, nachdem Justine die Speisekarte abgelehnt hatte. Die Reporterin trug einen hellen cremefarbenen Hosenanzug, der ihr leuchtend rotes Haar und die unergründlichen smaragdgrünen Augen gut zur Geltung brachte. Wie üblich sah sie perfekt aus. Als sie ihre Besitztümer auf dem Tisch ausbreitete, wehte ihr Parfüm zu ihm herüber.

»Tut mir leid, dass ich zu spät bin«, sagte sie.

Beck warf einen kurzen Blick auf die Zeitung auf dem Tisch, die mit seinem Foto. Er tippte mit dem Finger darauf. »Wer hat dir erzählt, dass Riley Unglück anzieht?«

Justine schüttelte den Kopf. »Ich gebe meine Quellen nicht preis.«

»Es ist jedenfalls eine Lüge. Sie ist eine verdammt gute Dämonenfängerin.«

»Und warum ist der Einsatz der Jäger heute schiefgegangen?«, fragte Justine. »Warum haben sie die Dämonen nicht getötet? Was ist wirklich in dem Gebäude passiert?«

Offensichtlich hielten die Jäger dicht, und Justine kam nicht so leicht wie sonst an ihre Informationen. Jetzt hoffte sie, Beck könnte ihr die fehlenden Puzzlestücke liefern.

»Kein Kommentar«, sagte er.

Ein leichtes Stirnrunzeln war ihre Reaktion. »Vielleicht sollte ich Fragen stellen, die du beantwortest.«

»Das werden im Augenblick nicht viele sein«, sagte er.

Ihre Augen blitzten auf. »Warum hast du mir nicht erzählt, dass deine Mutter im Sterben liegt?«

Beck ließ beinahe seine Kaffeetasse fallen. »Was?«

»Deine Mutter. Sie ist schwerkrank, und du hast mir nie etwas davon erzählt.«

»Woher weißt du das?«, wollte er wissen.

»Ich habe Nachforschungen über dich angestellt, für den nächsten Artikel«, erwiderte Justine. »Ich habe mit ihr telefoniert. Sie ist ziemlich … hart. Kein Wunder, dass du es so schwer hast im Leben.«

Beck brauchte ihr Mitleid nicht. Er musste zusehen, dass sie die Sache aufgab.

»Du hattest kein Recht, in meinem Leben herumzuwühlen«, sagte er und bemühte sich, leise zu sprechen. Wie konnte diese Frau es wagen, ihm das anzutun? Klar, sie war Reporterin, und das war ihr Job, aber es gab Grenzen, die man nicht überschritt, nicht bei Menschen, die einem wichtig waren. »Sadie steht unter Schmerzmitteln. Du kannst nicht die Hälfte von dem glauben, was sie sagt.«

»Sie ist nicht meine einzige Quelle.« Justine griff nach ihrer Kaffeetasse. Ihr Gesichtsausdruck erinnerte stark an den eines Kindes, das einen Geheimvorrat Süßigkeiten entdeckt hatte. »Ich habe mit ein paar von euren Nachbarn in Sadlersville telefoniert. Du scheinst dort einen gewissen Ruf zu haben, Beck.«

Heiliger Strohsack. Was hatten die ihr erzählt? *Wollte mich Donovan davor warnen?* Seine Stimme klang wie ein tiefes Knurren. »Ich will nicht, dass mein Privatleben in der Zeitung steht.«

»Werd erwachsen«, gab Justine zurück. »Die Leute wollen Geschichten wie deine lesen. Ein Dämonenfänger aus einem kaputten Zuhause, dessen Mutter im Sterben liegt und der keinen Schimmer hat, wer sein Vater ist? Mit solchen Storys gewinnt man Preise. Sie verkaufen Zeitungen. Es hilft mir, meine Rechnungen zu bezahlen.«

Becks sämtliche Muskeln zogen sich zusammen. »Du vergisst, dass es mein Leben ist.«

»Du bist jetzt eine Person von öffentlichem Interesse. Es ist eine großartige Story, Beck – der Kleinstadtjunge, der sich selbst aus der Armut befreit und ein Kriegsheld wird. Wird er Erfolg haben oder am Alkohol zugrunde gehen wie seine Mutter, die Prostituierte?« Aufgeregt beugte sie sich vor. »Warum besuchst du sie nicht? Ich würde es tun, wenn meine Mutter im Sterben läge.«

»Ich warne dich, hör mit dem Scheiß auf«, sagte er durch zusammengebissene Zähne. *Wenn sie weitergräbt, findet sie …*

Justines Augen wurden schmal. »Ich reagiere nicht auf Drohungen, Beck.«

»Ich dachte, zwischen uns würde was laufen.«

»Das tut es auch, aber das funktioniert nur in beide Richtungen. Du hast von mir Informationen über die Jäger bekommen, und ich bekomme von dir eine preisverdächtige Story. *Quid pro quo.*«

Er hatte keine Ahnung, was das bedeutete, aber er befürchtete, dass er letztendlich am kürzeren Ende des Hebels sitzen würde.

Riley hatte recht. Sie benutzt mich nur.

»Ich bitte dich ganz höflich. Hör nicht auf diese alten Gerüchte unten in Georgia.«

»Dann erzähl mir deine Version der Geschichte«, drängte Justine. »Sag zur Abwechslung mal deine Meinung.«

Ich habe dir vertraut. Ich hätte es wissen müssen. Beck schüttelte den Kopf. »Wir sind fertig miteinander.«

»Es gibt keinen Grund, jetzt beleidigt zu sein.«

»Wir. Sind. Fertig«, wiederholte er. »Im Bett und auch sonst.«

»Ich verstehe«, sagte Justine und musterte ihn finster. »Ich hätte dich für professioneller gehalten.« Als sie aufstand, machte er sich nicht die Mühe, sich ebenfalls zu erheben. Das war keine Dame – das war ein Raubtier in teuren Klamotten.

»Keine Angst, Beck, ich werde bald alles über dich wissen, und dann werde ich der Welt deine Geschichte erzählen«, sagte sie. »Ich werde dich berühmt machen, ob du willst oder nicht.«

Das war sein schlimmster Albtraum.

✣

Beck nahm seinen Zorn mit nach Hause, weg von allen, die ihn vielleicht sehen könnten. Er hatte das Gefühl, jeden Moment auszuflippen. Am liebsten wäre er in der nächsten Kneipe verschwunden, hätte sich volllaufen lassen und dann jemandem die Seele aus dem Leib geprügelt. Irgendjemandem. Das würde ihm bei dem Problem mit Justine jedoch kein Stückchen weiterhelfen. Wenn überhaupt, würde es ihre Lügengeschichte nur bestätigen.

Seit dem Moment, als Paul ihn aufgefordert hatte, etwas aus sich zu machen, hatte Beck verdammt nochmal sein Bestes gegeben, um genau das zu tun. Er war zur Armee gegangen und hatte Disziplin gelernt. Hatte gelernt, dass das Leben kostbar war in einer Welt, in der der Tod dich ohne Vorwarnung holen kam. Als er nach Atlanta zurückgekommen war, war Paul da gewesen, um die Zügel in die Hand zu nehmen. Er brachte ihm bei, wie man Dämonen fing und dass er sich selbst respektieren konnte, weil er mehr war als der uneheliche Sohn einer Trinkerin. Doch selbst Paul hatte nicht alle seine Geheimnisse gekannt.

Im Bundesverband der Zunft war bereits die Rede davon, dass in Zukunft nicht mehr jeder einfach so Meister werden durfte. Es würde nicht mehr reichen, einen der höherrangigen Dämonen gefangen zu haben und die Prüfungen zu bestehen. Man diskutierte über eine gründliche Prüfung des Strafregisters, Gespräche mit Familienmitgliedern und so was. Becks Vergangenheit könnte seine Zukunft ruinieren. Was konnte er machen? Zu Stewart gehen? All seinen Sünden auf den Tisch legen?

»Nein. Er wird mich rausschmeißen, ehe die Zunft es tut.«

Die Ereignisse in jenem Winter, als er fünfzehn gewesen war, würden Stewart keine andere Wahl lassen.

Als sein Telefon summte, ging er sofort ran. Es war der Schotte.

»Einer der Nekromanten hat Paul heute Nachmittag mitgenommen«, erklärte Stewart. »Mort blieb nichts anderes übrig, als ihn gehen zu lassen.«

»Welcher Nekro?«, fragte Beck kalt.

»Ihr Hoher Lord Ozymandias. Du wirst ihm nicht nachstellen, Junge. Wenn du es versuchst, werfe ich dich persönlich aus der Zunft, vorausgesetzt, du bist dann noch am Leben. Verstanden?«

Beck erkannte einen direkten Befehl, wenn er ihn hörte, auch wenn er sich darüber ärgerte.

»Jawohl, Sir.« *Eines Tages werde ich den Mistkerl erwischen.* »Wie nimmt Riley es auf?«

»Schlecht. Sie war dabei, als es passierte.«

»O Gott. Soll ich zu ihr kommen?«

»Nicht nötig. Sie ist früh ins Bett gegangen, und das ist der beste Ort für sie. Eine andere Sache – dieser Artikel in der Zeitung. Von jetzt an wirst du dich von Miss Armando fernhalten. Sie bringt nichts als Ärger.«

Das kannst du laut sagen. »Schon passiert, Sir.«

»Gut. Morgen Abend treffen wir uns mit der Gesellschaft der Totenbeschwörer. Du musst mit dabei sein.«

»Ich kann es kaum erwarten«, sagte Beck, ballte und lockerte seine freie Hand.

Kaum hatte der Meister aufgelegt, hämmerte Beck mit der Faust gegen die nächste Wand. Einmal für Justine. Einmal für Paul. Alles, was es bewirkte, war, dass seine Hand wehtat und die Wand eine Delle bekommen hatte.

Bescheuert.

Beck warf sich seine Reisetasche über die Schulter und ging zur Tür. Es war an der Zeit, dass er seinen Job machte, zumindest, bis sie ihm den wegnahmen.

✣

Ori blieb in der Morgendämmerung seltsam ruhig. Das machte Riley mehr Angst, als wenn er sie anschreien würde. Unfähig, nach einer unruhigen Nacht noch länger zu schlafen, schleppte sie sich nach unten in die Bibliothek und machte sich an die Hausaufgaben. Mathe, Geschichte und Gemeinschaftskunde kamen ihr völlig nutzlos vor, aber immerhin lenkte es sie von ihrem entführten Dad ab. Um neun scheuchte die Haushälterin sie von der Arbeit auf. Die Frau bestand darauf, ihr etwas zu essen zu machen. Riley hatte keinen Appetit, aber sie aß, so viel sie konnte, sonst hätte sich die Frau um ihre Gesundheit gesorgt. Nachdem sie geduscht hatte, kehrte sie in die Bibliothek zurück und machte sich wieder an die Arbeit. Als sie die grundlegenden Nachforschungen über Sartael und seine Rolle in der Hölle abgeschlossen hatte, entdeckte Riley ein Buch über die Geschichte des Dämonenfangs, geschrieben von einem von Stewarts Vorfahren im frühen neunzehnten Jahrhundert.

Die Geschichte der Dämonen und ihrer Rolle in der Geschichte der Menschheit bot Stoff für eine lange, aber interessante Lektüre. Es herrschte Einigkeit darüber, dass die Dämonen zum ersten Mal aufgetaucht waren, als Adam und Eva vor die Tür des Paradieses gesetzt wurden.

Je weiter sich die Menschheit entwickelte, desto komplexer wurde auch die Höllenbrut. Als die Menschen Stadtstaaten gründeten, waren die Dämonen bei ihnen und nutzten jede Schwäche aus. Als die Technik sich weiterentwickelte, entwickelte sich auch die Höllenbrut weiter. Die Erfindung des Computers hatte das Auftauchen der Technik-Dämonen zur Folge und so weiter.

Nach mehreren Stunden streckte Riley sich und sah auf die Uhr in ihrem Handy. Und erschrak.

O Mist! Ich komme zu spät zur Schule!

Eine Runde Nachsitzen war das Letzte, was sie brauchte.

✣

Ihre Lehrerin Mrs Haggerty hatte die Schüler bereits ins ehemalige Starbucks gerufen, das ihnen als Klassenzimmer diente. Riley eilte hinein und ließ ihren Rucksack neben den kleinen Tisch fallen, den sie als Schreibtisch benutzte. Die Lehrerin runzelte missbilligend die Stirn, aber die öffentliche Blamage und Nachsitzen blieben ihr erspart.

Als Riley saß, atmete sie tief ein und inhalierte den Duft von frischgemahlenem Kaffee, der immer noch in der Luft hing. Natürlich gab es keinen Kaffee mehr, aber das Gebäude würde den Geruch für immer bewahren. Riley beschwerte sich nicht: Bei den ständigen Budgetkürzungen könnte sie auch gut wieder in diesem verwaisten Supermarkt landen.

Peter saß rechts neben ihr. Mit den Lippen formte er Begrüßungsworte, und sie nickte als Antwort. Das Mädchen vor ihr, Brandy, war nicht gerade eine Freundin, aber sie war auch keine Feindin mehr. Nur jemand, der Riley tolerierte, so lange sie nützlich zu sein schien. Ihr langes braunes Haar fegte immer wieder über Rileys Tisch und ihr Schulheft. Es war zwar äußerst verlockend, etwas hineinzubinden und abzuwarten, ob es Brandy auffallen würde, aber sie ließ es doch lieber bleiben. Das würde die Gegenpartei nur dazu veranlassen, einen Racheakt in Erwägung zu ziehen.

Riley zog ihren Tisch mit einem hörbaren Quietschen ein Stück zurück.

»Schaltet eure Telefone stumm oder macht sie ganz aus, Leute«, warnte Mrs Haggerty.

Kaum hatte Riley ihres auf stumm geschaltet, begann es zu vibrieren, als wollte es sie ärgern. Verstohlen überprüfte sie die SMS, wobei sie ihr Handy teilweise unter ihrem Schulheft versteckte. Dann stöhnte sie frustriert auf. Die SMS stammte von Allan, ihrem Exfreund, der nur ein paar Tische entfernt saß.

Chillst du nach der Schule mit mir?

Total genervt löschte Riley die Nachricht und zwang sich, nicht in seine Richtung zu blicken. Vor ein paar Jahren war sie mit Allan zusammen gewesen und hatte dabei Erfahrungen gesammelt, die sie im Leben nicht vergessen würde, und das wortwörtlich auf einen Schlag.

Woher hat er meine Nummer?

Peter hätte sie nie herausgerückt, nicht einmal unter massiver Folter. Blieben also nur Brandy oder eine andere aus der Mädchenmeute. Das Telefon vibrierte erneut, doch dieses Mal ignorierte Riley es und warf das Gerät in ihren

Rucksack. Als Peter ihr einen fragenden Blick zuwarf, verzog sie genervt das Gesicht.
Sobald sie die Mathehausaufgaben korrigiert hatte, setzte Mrs Haggerty zu einem weiteren ellenlangen Vortrag über den Bürgerkrieg an. Es hätte interessant sein können, wenn Riley nicht mit einem Dad aufgewachsen wäre, der total auf dieses Thema abfuhr. Eine ihrer frühesten Erinnerungen war die an ihren Vater, der, umgeben von Büchern und Landkarten, etwas von General McClellans Taktik oder der Schlacht von Kennesaw murmelte.
Nur noch eine Woche. Dann würde die Klasse sich einem anderen düsteren Kapitel der amerikanischen Geschichte zuwenden.
Während der Unterricht sich in die Länge zog, stellte sie fest, dass Allan den Großteil der Zeit damit zubrachte, sie anzustarren. Das konnte nichts Gutes bedeuten.
Er wird sich nicht trauen, was zu machen, nicht, wenn die anderen dabei sind. Sie musste nur dafür sorgen, dass sie nicht mit ihm allein war.
Nach der Schule, als Peter und sie im Pulk mit den anderen zum Parkplatz gingen, plapperten Brandy und ihre Freundinnen über irgendeinen Musikclip.
Peter musterte sie aufmerksam. »Du bist irgendwie komisch. Alles in Ordnung?«, fragte er.
»Nein. Das Leben ist Scheiße. Einer der Nekros hat Dad von Mort gestohlen.«
Peter blieb wie angewurzelt stehen. »O Gott, das tut mir leid. Gibt es irgendeine Chance, dass du ihn zurückbekommst?«

»Keine Ahnung. In einer Stunde gehe ich zu einem Treffen mit den Totenbeschwörern. Vielleicht haben sie Mitleid mit einem armen Waisenkind und tun das Richtige.«

»Darauf würde ich nicht zählen.« Er schob die Hand in die Jackentasche, zog den Anhänger mit der Dämonenkralle heraus und hielt ihn ihr hin. »Ich dachte, du möchtest ihn vielleicht zurückhaben.«

»Danke, dass du ihn für mich aufbewahrt hast.« Riley versteckte die Kette unter ihrem T-Shirt. Dann zog sie ihren Freund von den anderen Schülern fort, damit niemand hörte, was sie sagte. Sie hatte bereits den Ruf, sonderbar zu sein.

»Wie bringt man einen Zombie um?«, fragte sie.

Peter starrte sie eine Sekunde lang an, dann grinste er. »Komm schon, jeder weiß, wie man einen Untoten umbringt.«

»Ich nicht. Ich bin die Einzige, die keine Horrorfilme mag, schon vergessen?«

»Du siehst sie dir nicht an, sondern lebst in einem. Das soll einer kapieren.«

»Peter«, warnte sie. »Spuck's aus.«

»Am besten schneidet man ihnen den Kopf ab«, erklärte er ernst.

»Dafür brauche ich ein Schwert«, grübelte Riley. Zum Glück hing eine ganze Wand in Stewarts Büro voll mit den Dingern.

»Willst du jetzt auch noch Zombiejagd in dein Programm aufnehmen?«, feixte Peter. Er ahnte nicht, dass genau das auf sie zukam.

Sie blickte sich um, um sich zu vergewissern, dass niemand in der Nähe war. »Da draußen laufen untote Dämonen herum. Kugeln bringen sie nicht um. Darum habe ich gefragt.«
Eine Sekunde lang musste Peter geglaubt haben, sie mache Witze, doch dann verflüchtigte sich sein Lächeln.
»Weißt du, ich habe gehört, dass es in Illinois zu dieser Jahreszeit richtig nett sein soll. Ich könnte meine ausgeflippte Mom besuchen, ein bisschen mit den Kleinen spielen. Mal aus der Stadt rauskommen, wenn du verstehst, was ich meine.«
»Ich würde genau das tun, wenn ich du wäre.«
»Nur einmal wünschte ich, du würdest lügen.« Er seufzte. »An deiner Stelle würde ich bei den Dingern eine Kettensäge benutzen«, sagte er und erwärmte sich für das Thema der Zombiedezimierung. »Oder eine Machete. Dafür brauchst du kein Benzin. Vielleicht funktioniert es auch mit einer Guillotine.«
Angesichts Peters Feuereifer begann Riley, ihre Frage zu bereuen.
»Worüber redet ihr gerade?« Brandy mischte sich in die Unterhaltung ein, als würde sich alles nur um sie drehen. Ausnahmsweise einmal begrüßte es Riley tatsächlich, dass das Mädchen und ihr Gefolge dazwischenplatzten. Heute Nachmittag waren sie alle in Schwarz gekleidet – Blusen, Röcke und Stiefel. Sie konnte sich das aufgeregte Hin und Her von SMS-Nachrichten vorstellen, um die Modeanweisungen zu koordinieren.
»Wir reden gerade über Zombies und wie man sie um-

bringt«, erklärte Peter sachlich. »Habt ihr irgendwelche Vorschläge?«

»Igitt«, antwortete Brandy erschaudernd. »Wie eklig.«

Zeit, das Thema zu wechseln. »Warum hast du Allan meine Nummer gegeben?«, fragte Riley. »Bist du bescheuert oder was?«

Brandy machte ein verlegenes Gesicht. »Er sagte, ihr zwei wart früher mal zusammen, also dachte ich, dann ist das ja kein Problem.«

»Das Schlüsselwort lautet früher.«

»Ich finde ihn ganz okay. Vielleicht ein bisschen fies, aber eigentlich gar nicht so übel.«

Zumindest wusste Brandy nicht, wo sie wohnte. Das Letzte, was sie brauchte, war ein Allan, der vor ihrer Wohnung herumlungerte. Oder vor Stewarts Haus.

»Achtung, Feind naht«, verkündete Peter und warf einen Blick über Rileys Schulter.

»Hey, Riley, ich habe dir ein paar SMS geschickt«, sagte ihr Ex. Er baute sich neben ihr auf, zu dicht für ihren Geschmack, aber sie weigerte sich, zurückzuweichen. Sein braunes Haar war noch genauso wie damals, als sie zusammen gewesen waren, aber er war in den letzten zwei Jahren größer und muskulöser geworden, obwohl er die Masse gar nicht nötig hatte. Er hatte schon vorher gewusst, wie man Leute tyrannisierte.

»Ich habe sie gesehen. Und gelöscht.«

»Warum?«

»Du weißt, warum. Schick mir keine SMS. Ruf mich nicht an. Tu so, als würde ich nicht existieren.«

»Ich habe dir doch gesagt, dass es mir leidtut.«

Als ob ich dir glauben würde.

Brandy runzelte die Stirn. »Was geht da zwischen euch beiden ab?«

»Nichts von Bedeutung«, erwiderte Allan. »Riley hat nur ein Problem mit ihrer inneren Einstellung.«

Wütend starrte Peter zu dem Kerl hoch, der mindestens sechzig Pfund mehr auf die Waage brachte als er. »Dich interessiert die kurze Geschichte von Riley und diesem Neandertaler?« Er wartete Brandys Antwort nicht ab, sondern tobte weiter. Seine Stimme schien vor Zorn Stachel bekommen zu haben. »Er hat sie dazu gebracht, für ihn zu stehlen. Als sie keinen Computer mitgehen lassen wollte, hat er sie ins Gesicht geschlagen. Sie hat fast einen Zahn dabei eingebüßt.«

Allans Nackenmuskeln spannten sich an, und er starrte Rileys besten Freund verärgert an.

Sie kannte diesen Blick – er war kurz davor, es Peter auf ziemlich schmerzhafte Weise heimzuzahlen. Wenn es zum Kampf käme, würde er Peter zu Brei schlagen und anschließend von der Schule fliegen.

Zu ihrer Überraschung ging Brandy dazwischen. »Hey, wer ist denn der Typ in dem Truck?«, rief sie laut, lauter als nötig. »Der ist ja hammerscharf.« Ihre Mädchenmeute drehte sich wie auf Kommando um, und ein paar von ihnen murmelten bewundernd.

Der scharfe Typ, um den es ging, war Beck, der gerade auf den Parkplatz eingebogen war. Er warf einen Blick auf die Gruppe, und schon war er aus dem Truck, lehnte sich an die Tür und beobachtete die Situation aufmerksam.

Dein Timing ist perfekt. Auch wenn sie keine Ahnung hatte, warum er hier war. Falls Allan gewalttätig wurde, würde er einem erfahrenen Kämpfer mit einem Stahlrohr gegenüberstehen anstelle eines Jungen, der gerade mal halb so groß war wie er.

»Das ist einer der Dämonenfänger«, erwiderte Riley.

»Süüüß …«, sagte Brandy. »Kannst du uns miteinander bekannt machen?«

Beck und Brandy? Das ergäbe ein Pärchen, wie es die Hölle selbst nicht besser hinbekäme. *Zeit, dem Mädchen einen Dämpfer zu verpassen.* »Magst du Country-Musik?«

»Iih, nee!«, antwortete sie, als hätte Riley ihr vorgeschlagen, lebendige Frösche zum Frühstück zu essen.

»Aber er.«

»Bäh«, sagte Brandy. »Ich hätte wissen müssen, dass er zu cool ist, um wahr zu sein.«

Als sie Peter zu seinem Wagen brachte, warf Riley ihm einen gereizten Blick zu. »Willst du dich umbringen lassen? Du kannst von Glück reden, dass Allan dich nicht verprügelt hat.«

»Es wird Zeit, dass jemand diesem Kerl Paroli bietet«, sagte Peter und warf seine Laptoptasche ins Auto.

»Pass bloß auf dich auf. Du hast ihn schlecht dastehen lassen, und das wird er nicht vergessen.«

»Wenn er mich schlägt, wandert er in den Knast. So einfach ist das.«

»Nicht so einfach, wenn dein Kiefer mit Draht verschlossen ist und du im Koma liegst.«

Er wurde blass. »Stimmt, das wäre schade.«

»Ich sehe besser mal nach, was der Dorftrottel will«, sagte sie und sah zu Beck hinüber.

»Ruf mich später an, ja?«, sagte Peter und stieg in sein Auto.

»Mach ich.« Im Davongehen hörte sie, wie er die Autotüren verriegelte. Als sie Becks Truck erreicht hatte, fuhr er gerade vom Platz.

»Was ist los?«, fragte sie.

»Stewart will, dass ich dich mit zum Treffen mit den Totenbeschwörern nehme«, sagte er. Sein Blick folgte Allan, als ihr Ex über den Parkplatz zu seinem Fahrzeug ging.

»Weißt du was? Ich habe ein Auto. Ich habe sogar einen Führerschein. Ich kann allein fahren«, antwortete sie.

»Der Befehl lautet, dass du mit mir kommst. Wenn du ein Problem damit hast, ruf Stewart an.«

Er wusste genau, dass sie das nicht tun würde. Es war nicht fair, ihren Ärger am Boten auszulassen, also kletterte sie in Becks Wagen. Im Truck war es nicht mehr so eng, da er irgendwo einen Rucksack aufgetrieben hatte, der wesentlich weniger Platz einnahm als seine Reisetasche. Der Camouflage-Rucksack war abgenutzt und hatte Risse und rostbraune Flecken. Ob es der war, den er früher bei der Armee benutzt hatte?

»Wie geht's deinem Kopf?«, fragte sie.

»Besser.« Er bog in die Peachtree Street ein und fädelte sich in den fließenden Verkehr ein. »Jackson und Remmers haben die beiden Kerle erwischt, die dir vor ein paar Wochen den Dämon geklaut haben. Die Deppen waren echt hilfsbereit.« Er grinste bei dem Gedanken. »Sie gaben uns den Namen von dem Kerl, der Höllenbrut unter der Hand kauft. Ich werde ihn demnächst mal besuchen. Ich freue mich darauf, diese Gaunerbande so richtig hochgehen zu lassen.«

»Super. Aber sei bloß vorsichtig«, warnte sie.

»Keine Sorge, Jackson kommt zur Verstärkung mit. Das schaffen wir schon.«

Beck manövrierte den Truck mit einem Minimum an Hupeinsatz über eine verstopfte Kreuzung. »Ich weiß, dass es mich wahrscheinlich nichts angeht, aber dieser große Kerl, der auf dem Parkplatz neben dir stand. Ich glaube, der hat Probleme. Ein brutaler Kerl.«

Riley sah neugierig zu ihm hinüber, fasziniert, dass er Allan so schnell durchschaut hatte. »Wie kommst du darauf?«

»Ich habe ein … blödes Gefühl bei dem. Er glaubt, die Welt gehört ihm. Er hat dich auf eine Weise angesehen, dass sich mir die Nackenhaare aufgestellt haben.« Beck bog ab, dann fügte er hinzu: »Das bedeutet nicht, dass du jetzt auf Teufel komm raus mit dem Kerl ausgehen musst, nur weil ich ihn nicht mag. Den Fehler habe ich schon bei diesem Engel gemacht.«

Riley grinste und kostete die Ironie aus. »Zu spät. Ist schon passiert. Das war Allan, der Psycho-Ex. Na ja, der erste Psycho-Ex, wenn man Simon mitzählt.«

»Der, der dich geschlagen hat?«

»Ja. Er ist jetzt in meiner Klasse. Ziemlich schräg, was?«

»Wenn er …« Beck holte tief Luft und schluckte herunter, was immer er hatte sagen wollen. »Ich nehme an, du kommst mit ihm klar. Wenn nicht, sag mir Bescheid. Ich würde ihn zu gerne für dich bis zum Arsch in den Boden rammen.«

Wer bist du, und was hast du mit dem Dorftrottel angestellt?

»Danke«, sagte sie, nicht ganz sicher, was da gerade passiert war.

Falls Allan ihr irgendwie blöd käme, würde sie die Cops rufen. Das hatte sie beim letzten Mal falsch gemacht: Statt diesem Schläger eine Vorstrafe zu verpassen, hatte ihr Dad mit seinen Eltern geredet, in der Hoffnung, dass der Scheißkerl professionelle Hilfe bekäme. Stattdessen war ihr Ex losgezogen und hatte die nächsten Freundinnen terrorisiert.

»Du musst aufpassen«, sagte Beck. »Ich habe solche Typen schon früher getroffen. Sie schlagen dich, und dann entschuldigen sie sich. Dann schlagen sie dich wieder, weil sie damit durchgekommen sind. Egal was passiert, du hast immer Schuld.«

Seine Worte wurden zu sehr von Emotionen überlagert, als dass es einfach nur eine Warnung sein konnte.

»Ist dir das passiert?«, fragte sie und fürchtete die Antwort.

Beck nickte.

Wie viele Ungeheuer hast du in deinem Horrorkabinett versteckt?

24. Kapitel

Die Gesellschaft der Totenbeschwörer war in einem prachtvollen zweistöckigen Gebäude untergebracht. Efeu bedeckte die verwitterten grauen Steine und überwucherte die Zwillingsfenster. An der Vorderseite befand sich ein Säulenvorbau, doch Beck ignorierte ihn und parkte neben Stewarts Wagen an der Südseite des Hauses. Als er ausstieg, pfiff er anerkennend.

»Ich glaube, ich hätte Grabräuber werden sollen.«

»Ich glaube, sie sagen ihre ganzen Zaubersprüche auf Latein, Beck.«

Er verzog das Gesicht. »Tja, dann bin ich wohl angeschissen.«

Am Eingang wurden sie von einem würdevollen Butler empfangen, der aussah wie ein Statist in einem alten englischen Film. Nachdem er sich vergewissert hatte, dass ihre Namen auf der Gästeliste standen, führte er sie einen holzvertäfelten Korridor entlang zu einer Doppeltür.

Hinter dieser Doppeltür befand sich ein mit Totenbeschwörern gefüllter Ballsaal. Riley schätzte, dass es mindestens fünfzig waren, alle in verschiedenfarbigen, ihrem Rang in der Gesellschaft entsprechenden Roben. Sie standen plaudernd in Grüppchen zusammen, in einem Raum, der während des Bürgerkriegs modern gewesen wäre. An jedem Ende des Saals befand sich ein gewaltiger Kamin, der reichlich Wärme spendete, die allerdings prompt zur Decke mindestens fünf Meter über ihnen aufstieg. Schwere, blutrote Damastvorhänge hingen vor den Fenstern und bauschten sich im kühlen Nachtwind, während ein Streichquartett etwas von Bach spielte.

Wie in einem viktorianischen Roman.

Neben einem der Kamine erspähten sie Meister Stewart. Er führte sie von den in der Nähe stehenden Beschwörern fort.

»Egal, was passiert«, sagte er leise, »erwähnt mit keinem Wort die untoten Bestien, die ihr gesehen habt. Wenn das rauskommt, bricht Panik aus. Verstanden?«

Sie nickten beide.

»Glauben Sie, sie rücken Dad wieder heraus?«, fragte Riley.

»Ich weiß es nicht. Wir werden tun, was wir können.«

Ein paar Minuten später wurde das Treffen offiziell eröffnet. Riley, Beck und der Meister wurden zu Sesseln im vorderen Teil des Saals geführt, während die letzten Töne von Johann Sebastian Bach verklangen. Hinter ihnen suchten sich die Totenbeschwörer ihre Plätze selbst, als handle es sich um eine Theatervorstellung. Vielleicht war es das für sie auch.

Der Mann, der das Treffen leitete, Lord Barnes, legte die Beschwerde in quälender Detailliertheit dar. Dann war Stewart an der Reihe. Der Meister erzählte vom Tod ihres Vaters, wie mutig Beck versucht hatte, das Leben seines

Freundes zu retten. Rileys Augen brannten, doch als sie nahe davor war, zu weinen, bohrte sie ihre Fingernägel in die Handflächen, um die Tränen zurückzuhalten. Becks Gesicht war wie versteinert, ohne Zweifel ließen die lebhaften Erinnerungen ihn diese Nacht noch einmal durchleben.

Auf bewegende Weise schilderte der Meister, wie Riley viele Nächte auf dem Friedhof verbracht hatte, um den Leichnam ihres Vaters zu beschützen, sowie die Versuche der Beschwörer, seine Leiche zu kaufen. Er legte besonderen Wert darauf, Lord Ozymandias' verabscheuungswürdige Zaubertricks zu beschreiben. Hinter sich hörte sie die Leute murmeln, und sie klangen gar nicht glücklich. Offensichtlich fanden einige der Nekros, der Dunkle Lord sei zu weit gegangen, zumindest ihren Maßstäben nach.

Wo steckt er? Hat der Scheißkerl es nicht einmal nötig, sich hier blicken zu lassen?

Einen Augenblick später wurde ihre Frage beantwortet, als die hinteren Türen sich öffneten. Köpfe wandten sich um.

Lord Ozymandias trug seine gewohnte schwarze Robe und seinen Zauberstab. Das Mal auf seiner Stirn pulsierte wie ein Stern.

»Aber, aber, Meister Stewart«, sagte er und schritt theatralisch den Mittelgang hinunter, »bei Ihnen hört es sich an, als sei ich ein Raubtier.«

»Das liegt daran, dass Sie eines sind. Magie gegen ein junges Mädchen einzusetzen, um den Leichnam ihres Vaters zu stehlen, ist unehrenhaft. Dieses Verhalten gehört sich nicht für einen Totenbeschwörer, und das wissen Sie auch.«

»O weh, welch schlimmer Tadel!« Ozymandias lachte und griff sich in gespieltem Entsetzen an die Brust. Dann wurde seine Stimme eiskalt. »Ich mache, was jeder Beschwörer macht – ich reanimiere die Toten. Wenn es sich bei der Leiche zufällig um einen Meisterfänger handelt, einen, der für seinen Kunstfertigkeit bekannt ist, tue ich alles, um mein Ziel zu erreichen. Auch, wenn es kleine Mädchen ängstigt.«

Kleine Mädchen? Riley wäre beinahe aufgestanden, aber Becks Finger schlossen sich fest um ihren Arm.

»Ruhig Blut. Überlass es Stewart«, flüsterte er. Sie biss die Zähne zusammen und blieb sitzen.

»Im Namen der Dämonenfängerzunft von Atlanta«, begann der Meister, »fordern wir die Rückgabe von Meister Paul Blackthorne, damit er seine letzte Ruhe finden kann.«

»Sie fordern?« Ozymandias ging weiter in den vorderen Bereich des Saals. »Das ist überaus kühn.«

»Legen Sie sich besser nicht mit uns an.«

»Ach, Sie sprechen von der Internationalen Zunft. Es mag Sie überraschen, aber ich habe keine Ehrfurcht vor Euch Großmeistern. Sie sind doch nichts weiter als ein paar aufgestiegene Rattenfänger.«

Riley schnappte bei der Beleidigung nach Luft.

»Du verdammter …«, murmelte Beck.

Stewart hatte sich im Griff, sein Blick war hart. »Geben

Sie Paul Blackthorne heraus, und wir werden wie Gentlemen darüber hinwegsehen.«

»Da brauchen Sie schon bessere Argumente, Fänger«, erwiderte Ozymandias. Er spielte mit dem Meister.

Mit einer heftigen Bewegung stand Mort im Publikum auf. »Lord Barnes, ich würde gerne etwas dazu sagen, wenn Sie gestatten.«

»Der Vorsitzende erteilt Beschwörer Alexander das Wort.«

Der Nekromant stapfte nach vorn und wandte sich dann an seine versammelten Kollegen. Auf seiner Stirn glänzte Schweiß, und Riley wusste, dass das, was er vorhatte, ziemlich riskant war.

»Paragraph vier, Punkt dreizehn des Totenbeschwörer-Kodex gestattet eine Übertragung der Eigentumsrechte lediglich für den Fall, dass der ursprüngliche Beschwörer nicht länger in der Lage ist, seine oder ihre Pflichten gegenüber dem Reanimierten zu erfüllen.« Er legte ein Dokument vor Barnes auf das Podium. »Paul Blackthorne hat mich zu seinem eingetragenen Beschwörer bestimmt. Aus diesem Grund beantrage ich zusammen mit der Dämonenfängerzunft, dass sein Leichnam umgehend wieder meiner Obhut unterstellt wird.«

Mort vor!

Ozymandias funkelte ihn an. »Sie wollen mich herausfordern, Beschwörer Alexander?«

»Nein, Lord Ozymandias, ich werde Euch nicht zu einem magischen Duell auffordern, obgleich ich jeden Grund dazu hätte.« Mort richtete sich auf. »Ihr habt die Schutzeinrichtungen meines Hauses zerstört, Ihr habt Paul Black-

thorne ohne meine Erlaubnis gestohlen. Das sind verabscheuungswürdige Verbrechen in unserer Gesellschaft.«
Die Totenbeschwörer begannen, sich flüsternd zu unterhalten. Wenn Ozy das mit Mort machen konnte, konnte er das mit jedem von ihnen machen. Plötzlich wurde aus dem Problem mit einem gestohlenen Leichnam eine Angelegenheit, die sie alle betraf.
»Ruhe bitte!«, rief Barnes und wedelte mit den Armen. Merkwürdig, dass er keine Magie einsetzte, um ihre Aufmerksamkeit zu bekommen.
Jetzt war Stewart an der Reihe. »Die Formulare wurden ordnungsgemäß ausgefüllt, und Beschwörer Alexander hat den Antrag gestellt, diese Gesellschaft möge in dieser Angelegenheit nach dem Gesetz handeln.« Auf den Stock gestützt, verlagerte er sein Gewicht. »Paul Blackthorne war ein guter Mann, und er hat es verdient, wieder in die Obhut seiner Tochter gegeben zu werden.«
Ozymandias zupfte nachdenklich an seinem Umhang herum. »Ich bezweifle, dass ein guter Mann vom Höllenfürsten persönlich aus seinem Grab beschworen worden wäre.«
Ein kollektives Aufkeuchen ging durch die Reihen.
Na klasse. Jetzt weiß es die ganze Welt.
Mit aufgerissenen Augen packte Beck ihren Arm. »Um Himmels willen«, flüsterte er gepresst, »sag mir, dass er lügt.«
Riley löste seine Finger und stand auf. Sie zappelte unruhig herum, während die Aufruhr um sie herum sich langsam legte.

»Miss Blackthorne«, sagte Barnes. »Möchten Sie dem etwas hinzufügen?«

Wenn es schon mal raus war, warum sollte sie es dann nicht zu ihrem Vorteil nutzen?

Sie drehte sich um, so dass alle Totenbeschwörer sie hören konnten. »Es ist wahr, Luzifer hat meinen Dad beschworen«, sagte sie. »Er tat es aus einem Grund – um zu verhindern, dass Ozymandias sich meinen Vater holt.«

»*Lord* Ozymandias«, erwiderte ihr Erzfeind.

»Was auch immer«, schnauzte Riley zurück und ignorierte Ozys finsteren Blick. »Ich will nur meinen Dad zurückhaben. Der Rest ist mir völlig egal. Geben Sie ihn mir einfach zurück.«

Ihr Erzfeind lächelte durchtrieben. »Wie überaus wortgewandt«, sagte Ozymandias. »Dabei habe ich sogar, als Zeichen der Würdigung von Pauls Unterstützung bei meinen … Studien, deine ausstehenden Schulden beglichen.«

Aus dem Nichts zauberte der Nekromant ein einzelnes Blatt Papier hervor und ließ es zum Podium segeln. Raschelnd landete es vor Barnes. »Dies ist der Beleg. Die Schulden für die medizinische Versorgung deiner inzwischen toten Mutter sind beglichen.«

Er versucht, mich zu kaufen. »Das verdammte Geld ist mir egal«, erklärte Riley. »Ich will meinen Dad. Ist das so schwer für Sie zu verstehen? Soll ich Sie anbetteln? Okay, ich mach's. Bitte geben Sie mir meinen Vater zurück, o Hoher Lord aller dunklen Dinge.«

»Vorsicht, Riley«, warnte Stewart.

Um sie herum setzte nervöses Geflüster ein. Anstatt mit Magie zurückzuschlagen, schien Ozymandias sich über ihren Ausbruch zu amüsieren.

»Das Kind hat ›bitte‹ gesagt«, erwiderte er lachend. »Wie könnte ich bei so viel Höflichkeit widerstehen?« Mit einer theatralischen Handbewegung verschwand der Nekromant in einem Wirbel aus blendendem Licht. An seiner Stelle tauchte ein verwirrter Paul Blackthorne auf.

»Dad?«, schrie Riley. Sie stürzte vor, versuchte, sich durch das Gewühl aus Stühlen und Leibern zu schlängeln. Als sie die Stelle erreichte, wo er gestanden hatte, war ihr Vater verschwunden.

»Dad?«, rief sie laut. »Wo bist du?« *Wenn das alles nur ein Trick war …*

Als ein Totenbeschwörer auf die Doppeltür zeigte, setzte Riley zum Sprint an, schoss am bestürzten Butler vorbei und durch die lange, ausgedehnte Halle nach draußen. Sie entdeckte ihren Vater zusammengekauert hinter einer Azalee am anderen Ende des Gebäudes. Wenn es möglich gewesen wäre, hätte er geweint. Stattdessen zitterte er von Kopf bis Fuß, die Züge verzerrt vor Entsetzen über Bilder, die nur er sehen konnte.

»Dad?«

Seine blassbraunen Augen blickten zu ihr auf. »Dämonen, überall Dämonen«, sagte er und wiegte vor und zurück wie ein Kleinkind, das aus einem furchtbaren Albtraum erwacht.

»Dad? Ich bin's, Riley.« Als sie ihn am Arm berührte, zuckte er furchtsam zurück, als sei sie eine Fremde.

Mort kniete sich neben sie. »Paul? Erinnerst du dich an mich? Ich bin Mortimer.« Die ruhige Stimme des Beschwörers veranlasste ihren Vater, aufzublicken. Vor Mort schien er weniger Angst zu haben als vor allen anderen. Selbst weniger als vor seiner eigenen Tochter.

Es dauerte noch eine Viertelstunde, bis der Beschwörer Rileys Vater geduldig dazu überredet hatte, vom Boden aufzustehen. Die vielen neugierigen Nekromanten, die sich um sie geschart hatten, trugen nicht gerade dazu bei, dass der Mann seine Scheu verlor. Sobald Paul wieder auf den Beinen war, führte Mort ihn zum Parkplatz.

»Ich nehme ihn mit zu mir«, sagte er, ohne den verängstigten Mann auch nur einmal aus den Augen zu lassen.

»Ich will mitkommen«, erwiderte Riley.

»Nein, du würdest ihn nur noch mehr aus der Fassung bringen. Im Moment braucht er Ruhe. Ich gebe dir Bescheid, wie es ihm geht.«

Sie wollte widersprechen, aber Mort hatte recht: Ihr Vater befand sich in seiner eigenen, kleinen Hölle, und der mitfühlende Totenbeschwörer konnte ihm am besten helfen. Als ihr Dad und Mort bereit zum Aufbruch waren, berührte Riley das Autofenster, das sie von ihrem Vater trennte.

Was, wenn er sich nie wieder an mich erinnert?

25. Kapitel

Wie betäubt vom Schock schaltete Riley auf Autopilot. Sie kletterte in Becks Truck, schnallte sich an und starrte aus dem Seitenfenster. Sie fragte nicht, wohin sie fuhren. Es war egal. Wenn sie nach Hause gehen würde, wäre sie allein in der Wohnung, umgeben von den Echos ihres toten Vaters – dem Kühlschrank, in dem immer noch seine Lieblingslimo stand, seiner Kleidung im Schrank, der Zahnbürste im Badezimmer.

Riley stieß einen erstickten Laut aus und stopfte sich die Faust in den Mund.

»Halt durch, Mädel. Ich bringe dich an einen ruhigen Ort«, sagte Beck leise. »Wir werden über alles reden, nur wir beide. Ich lasse dich nicht allein, es sei denn, du willst, dass ich gehe.«

»Ich will nicht allein sein.«

»Ich weiß. Ich auch nicht. Nicht jetzt.«

Nach einer Weile parkte er hinter einem mehrstöckigen Wohnblock für ältere Menschen. Wahrscheinlich war er in den siebziger Jahren gebaut worden, aber er war gut in Schuss und bot einen schönen Ausblick über den Centennial Park.

»Was ist das?«, fragte sie verwirrt. »Warum sind wir hier?«

»Du wirst schon sehen«, sagte Beck. Er zog zwei Decken hinter dem Sitz hervor und legte sie sich über den Arm. »Hier entlang«, sagte er und deutete auf einen Seiteneingang.

Er zauberte einen Schlüssel hervor und führte sie durch einen Korridor zum Servicelift, der bis zum obersten Stock fuhr. Trotz allem, was geschehen war, regte sich allmählich Rileys Neugier.

Auf ihren fragenden Gesichtsausdruck hin erklärte Beck: »Ich fange hier ab und zu Dämonen, meistens Elstern. Der Hausmeister hat es so eingerichtet, dass ich kommen und gehen kann, ohne ihn zu stören.«

Als sie oben angekommen waren und auf das Dach des Gebäudes hinaustraten, zitterte Riley in der frischen Brise. »Ich kann nicht behaupten, dass ich Dächer besonders mögen würde, nicht nach dem letzten.«

»Hier sind wir sicher. Keine Dämonen.« Beck breitete die erste Decke an der Rückseite eines Abzugs der Klimaanlage aus, der ihnen Schutz vor dem Wind bot. »Setz dich. Die Show fängt gleich an«, sagte er.

Show? Immer noch verwirrt, tat sie, wie geheißen, und zog ihre Jacke enger an sich, um sich zu wärmen. Als er sich neben sie setzte, legte er die zweite Decke sorgfältig um sie beide, wofür er nah an sie heranrücken musste, so nah, dass sie sein Rasierwasser riechen und die kurzen blonden Stoppeln an seinem Kinn sehen konnte.

»Was soll ich machen?«, fragte sie.

»Es wird eine Weile dauern. Warte einfach ab«, sagte er. Unter ihnen zogen Autos und Fußgänger vorbei, doch hier oben war es wie in einer anderen Welt. Ruhiger. Als würden sie vom Himmel hinabblicken und all diese kleinen Menschen herumkriechen sehen. Als sei die Welt nicht ganz versessen darauf, jeden zu zerstören, den sie liebte.

Die Ruhe ließ ihre Trauer bersten. Riley schloss die Augen und versuchte, ihren Kummer zurückzudrängen, doch mit einem erstickten Schluchzen brach es aus ihr hervor. Beck legte seinen Arm um sie und zog sie an sich.

»Wein ruhig, dazu hast du jedes Recht«, sagte er. »Zum Teufel, ich würde auch heulen, wenn ich könnte.«

Die Tränen flossen in einem nicht enden wollenden Sturzbach. Riley weinte, bis nichts mehr kam. Als sie schließlich aufblickte, waren auch Becks Augen feucht. Sie bot ihm ein Taschentuch an, aber er schüttelte den Kopf.

»Männer benutzen so was nicht«, sagte er und bemühte sich, tough zu klingen.

»Ich erzähl's auch niemandem.«

Er nahm eines, ohne sich jedoch die Augen abzuwischen. An ihn gekuschelt, putzte Riley sich die Nase. »Sprich mit mir, Beck. Erzähl mir irgendetwas, nur nichts von Nekromanten, toten Vätern oder gruseligen Dämonen. Ich will zur Abwechslung mal über etwas Normales reden. Ich will nicht mehr, dass mir innerlich alles wehtut.«

Er seufzte in ihr Ohr. »Ich auch nicht.«

Beck dachte eine Weile nach, als fiele es ihm schwer, ein unverfängliches Thema zu finden. »Hast du … das Computerprogramm gesehen, das ich mir gekauft habe? Es lag auf meinem Schreibtisch.«

Riley nickte, obwohl sie keine Ahnung hatte, wie er ausgerechnet auf dieses Thema kam. »Hilft es dir?«

»Ja«, sagte er. »Ich werde immer besser im Lesen. Ich höre zu, wann immer ich dazu Zeit habe.« Seine Mundwinkel hoben sich zu einem Lächeln. »Würdest du … hast du Lust, mir zu helfen, Riley?«

Auf diese Weise könnte sie das Vermächtnis ihres Vaters antreten. »Klar, sehr gerne, Beck.« Riley blinzelte – irgendetwas stimmte nicht an dem, was er gesagt hatte. »*Riley?* Was ist denn aus dem Mädel geworden?«

Beck holte tief und entschlossen Luft. »Ich arbeite daran, wie ich rede.«

»Warum?«

»Ich bin stolz darauf, aus Georgia zu kommen, und daran wird sich auch nie was ändern. Aber …« Er strich sich mit der Hand durchs Haar, immer ein Zeichen dafür, dass er nervös war. »Stewart sagt, dass er mich mit nach Schottland nehmen will, damit ich die Meister von der Internationalen Zunft kennenlerne.«

»Wow«, sagte sie und setzte sich so hastig auf, dass ihr die Decke von den Schultern rutschte. »Das ist eine ganz besondere Ehre, Beck. Das würde er nicht tun, wenn er nichts von dir halten würde.«

»Davon weiß ich nichts«, sagte er ausweichend »aber ich möchte den Mann stolz machen. Ich will mich nicht wie ein Bauerntölpel anhören.«

»Aber das ist noch nur die Art, wie du sprichst.«

»Na ja … ich meine, die Leute beurteilen einen aber genau danach.« Er schwieg, während er in Gedanken den nächsten Satz formulierte. »Du nennst mich Dorftrottel. Und bestimmt nicht, weil ich so … gebildet klinge.« Der Südstaatenakzent war immer noch herauszuhören, aber er war jetzt weicher, wie sündhaft sahnige Schokolade.

»Dorftrottel ist nur ein Spitzname«, antwortete Riley. »Du nennst mich manchmal Prinzessin, und ich lebe auch nicht im Schloss.«

»Ich weiß. Es ist nur so, dass ich jetzt immer die Aufnahmen höre und feststelle, dass ich anfange, anders zu reden. Ich glaube nicht, dass das eine schlechte Sache ist.«

Da steckte mehr dahinter als Stewart und seine Pläne für Becks Zukunft in der Zunft. »Hat Justine etwas dazu gesagt?«

Er nickte. »Sie findet, ich klinge reizend. Das will ich nicht. Ich will, dass die Leute mich ernst nehmen.«

Was bildet sich diese Schreibertussi eigentlich ein, wer sie ist? Andererseits, wenn er bereit war, sich so grundlegend zu ändern, war die Geschichte mit der Reporterin ja vielleicht doch ernster, als Riley gedacht hatte.

Was siehst du in ihr?

Beck brauchte jemanden, der ihn unterstützte. »Lass dir von niemandem sagen, wie du sprechen oder dich verhalten solltest. Sei du selbst. Das ist cool genug.«

»Danke«, sagte er. »Ich habe doch gesehen, wie das läuft. In der Armee war ich mit diesem Mädel zusammen, Caitlin. Sie kam aus North Carolina, aber das wusste ich nicht, bis sie es mir erzählte. Wir waren … ziemlich gut befreundet.«

So, wie er von ihr sprach, war da mehr, als dass sie einfach nur zusammen in die Kiste gehüpft waren, und als sie seinen melancholischen Blick sah, beschloss sie, besser nicht nach irgendwelchen Einzelheiten zu fragen.

»Wie wär's, wenn du dir einen britischen Akzent zulegen würdest?«, schlug Riley vor. »Oder einen schottischen, wie Stewart?«, sagte sie und wackelte mit den Brauen. »Das wäre total sexy.«

»Werd bloß nicht frech«, sagte er.

Irgendwo in der Nähe ging eine Sirene los und verschwand in der Ferne.

Allmählich legte sich die bedrückende Traurigkeit. Beck half ihr, einen Weg aus der Dunkelheit herauszufinden. Als Riley sich wieder neben ihn kuschelte, ordnete er fürsorglich die Decke neu, um sie zu wärmen. Einen kurzen Moment lang wünschte sie, sie könnten sich immer so nahe sein.

»Darf ich dich etwas Persönliches fragen?«, sagte sie. Er nickte. Sie wollte nicht zugeben, dass sie in Becks Sachen herumgeschnüffelt hatte, und formulierte ihre Frage sorgfältig. »Dad hat gesagt, dass du in der Armee einige Orden bekommen hast. Warum hast du sie nirgendwo aufgehängt, so dass die Leute sie sehen können?«

Er schüttelte den Kopf, noch ehe sie den Satz beendet hatte. »Ich weiß, dass manche Leute das unglaublich wichtig nehmen, aber ich muss immer an die denken, die nicht zurückgekommen sind. Immer, wenn ich mir die Dinger ansehe, sehe ich ihre Gesichter und male mir aus, was für Leben sie wohl führen würden, wenn ich sie gerettet hätte. Ich habe nicht genug dafür getan, und ich kann auch nicht so tun, als würden die Orden das wieder gutmachen.«

Darum klingt er manchmal so alt. »Du kannst nicht für jeden auf dieser Welt die Verantwortung übernehmen«, sagte sie.

Er zog sie besitzergreifend an sich. »Ich weiß.« Er spähte zum gegenüberliegenden Gebäude hinüber. »Da! Die Show fängt an«, sagte er. »Siehst du?«

Was soll ich sehen?

Der einzige Unterschied war, dass im Gebäude vor ihnen jetzt eine Reihe Lichter leuchteten, ein einziges von unzähligen Stockwerken. Dann erhellte sich eine andere Etage, dann noch eine, wie bei einem Weihnachtsbaum, bei dem ein Licht nach dem anderen eingeschaltet wurde. Weitere Lichter begannen aufzuflackern, je mehr die Dämmerung die Oberhand gewann. Einige waren strahlend hell, andere goldgelb – die gebeutelte Stadt glitt vom Tag in die Nacht.

»Pass auf die Spitze vom Bank-of-America-Haus auf«, sagte Beck voll Vorfreude. Riley schaute in die entsprechende Richtung und betrachtete das Gebäude. Die Spitze bestand aus einem einzigen Punkt, so dass es aussah wie ein riesiger Druckbleistift.

»Jetzt mach schon. Leg den Schalter um«, drängte Beck. Seine Begeisterung war ansteckend. »Komm schon! Das willst du doch nur!«

Als hätte Beck selbst Hand angelegt, begann die Spitze des Gebäudes zu glimmen wie die Glühfäden einer gewaltigen Glühbirne.

»Wow, das ist ja cool«, sagte Riley, überwältigt von dem Leuchtfeuer, das sie stets als selbstverständlich angesehen hatte. »Ich habe noch nie gesehen, wie es eingeschaltet wird.«

»Darum komme ich hier hoch, wenn mir alles zu viel wird. Ich sehe zu, wie die Lichter angehen, und manchmal, wenn ich morgens hier bin, sehe ich, wie sie ausgehen. Es hilft mir, mich daran zu erinnern, dass ich ein Teil von etwas Größerem bin, dass all die Leute da unten meine Hilfe brauchen und dass ich sie nicht im Stich lassen darf.«

Dieser Typ ist so vielschichtig. Ich könnte ewig mit ihm zusammen sein und würde doch nicht alle Seiten von ihm kennen.

»Es ist wirklich toll.«

»Hilft es dir?«

Sie nickte. »Ich fühle mich nicht mehr so allein.« Das lag mehr an ihm als an den Lichtern, aber das brauchte er nicht zu wissen.

Beck räusperte sich. »Darf ich dich auch etwas Persönliches fragen?«

Das war nur gerecht. »Klar, solange es nicht um einen verlogenen Engel geht.«

Beck grunzte zustimmend. »Paul hat seine Seele doch für dich verkauft, oder?«

Erstaunt drehte Riley sich zu ihm um. »Woher weißt du das?«

Beck ordnete die Decke neu. »Ich habe es nur geraten. So etwas würde ein Mann doch für seine Tochter tun. Oder seine Frau.« Er blickte ihr direkt in die Augen. »Ich würde es für dich tun, um dich zu beschützen«, sagte er zärtlich.

Er würde für mich in die Hölle gehen. In diesem Moment wusste Riley, dass sie dasselbe für ihn tun würde.

Unvermittelt bereitete diese intensive Nähe ihr so viel Unbehagen, dass sie sich aufrappelte und zum Geländer ging. Der kühle Wind wehte in ihren Rücken, auf seinem Weg wohin auch immer. Beck stellte sich neben sie und legte eine Decke um sie.

Riley schuldete ihm so viel, doch vor allem schuldete sie ihm eine Entschuldigung.

»Das mit Ori tut mir leid, wirklich«, sagte sie. »Ich habe dich verletzt, und ich fühle mich mies deswegen. Es war nicht richtig, nach allem, was du für mich getan hast. Ich war einfach nur … einsam.«

Beck rückte näher und berührte ihre Wange mit den Fingern. Sie waren rau und schwielig, aber überraschend sanft. »Ich war auch einsam. Darum habe ich mich auf Justine eingelassen. Es tut mir leid.«

Träume ich? Doch um sich selbst zu zwicken, müsste sie sich bewegen, und das war nicht drin.

Unausweichlich trieben sie aufeinander zu, angezogen von etwas, das so stark war, dass keiner von ihnen einen Namen dafür hatte. Je näher sie einander kamen, desto stärker wurde die Anziehung. Als sei dieser Augenblick vorbestimmt gewesen.

Er wird mich küssen. Ihr Herz begann, schneller zu schlagen. Sie hatte davon geträumt, hatte sich ausgemalt, wie wunderbar es sein würde. Und jetzt geschah es.

Bitte, lass es umwerfend sein.

Beck war so nahe, dass sie nur noch seine Augen sehen konnte. Einen flüchtigen Moment lang meinte sie, tief in seine ungeschützte Seele blicken zu können.

Seine Hand zitterte, als er ihre Wange berührte. *Er ist nervös.* Genau wie sie. Damit er wusste, dass alles in Ordnung war, legte sie ihre Hand über seine. Sie schloss die Augen und wartete, dass ihre Lippen einander berührten.

Auf der Straße unter ihnen raste ein Streifenwagen mit heulenden Sirenen vorbei.

Riley spürte seinen Atem in ihrem Haar, roch sein Aftershave. Sie inhalierte tief, um sich seinen Geruch einzuprägen. Ganz leicht streiften seine Lippen die ihren, eine Sekunde, bevor der schrille Ton eines Drucklufthorns losging. Erschrocken fuhren sie auseinander, und das zärtliche Zwischenspiel fand ein jähes Ende.

Becks schockierte Miene verriet ihr, dass er es ebenfalls wusste. Er trat noch weiter zurück, als würde sie eine zu große Versuchung darstellen. Kopfschüttelnd murmelte er: »Tut mir leid, ich hätte das nicht tun dürfen. Dazu hatte ich kein Recht.«

Ehe sie ihm sagen konnte, dass er jedes Recht dazu hatte, klingelte sein Handy. Als er den Anruf annahm, starrte Riley finster hinunter in die Stadt, die entschlossen schien, ihr das Leben zu vermiesen.

Verdammt! Ein winziger Kuss?! Was hätte das schon geschadet?

Zwei schwarze Vans rasten um die Ecke, dann ein dritter. Alle trugen das Logo der Dämonenjäger.

Beck blickte jetzt Richtung Westen, zum Centennial Park. »Wir kommen.«

Bevor sie fragen konnte, was los war, hatte er sich die Decken geschnappt und rannte zur Tür. Er hatte sein Fängergesicht aufgesetzt, keine Spur von dem nervösen jungen Mann, der sie beinahe geküsst hätte.

»Was ist los?«, rief sie laut, als er die Tür aufriss.

»Dämonen auf dem Markt«, antwortete er. »Sie nehmen alles auseinander.«

26. Kapitel

Als sie seinen Truck erreichten, schleuderte Beck die Decken auf den Sitz und sagte zu Riley: »Du wirst dich wohl nicht aus der Sache raushalten, oder?«

»Würdest du es?«, sagte sie und setzte ihren Rucksack auf.

»Nein.« Er kramte hinter dem Sitz herum und tauchte mit einem zweiten Stahlrohr wieder auf. »Verwende es klug.«

»Danke, Yoda.«

Er runzelte die Stirn und rannte los in Richtung Markt. Für einen Kerl mit seiner kompakten Statur war er ziemlich schnell. Als sie hinter ihm herjoggte, schlug der Rucksack immer wieder gegen ihre Nieren, aber sie hatte keine Zeit, ihn neu zu justieren. Die Menschen flohen in Scharen in ihre Richtung. Manche waren offensichtlich verletzt, andere hysterisch. Ein Mann begoss sich mit Wasser aus einer Flasche, um seine glimmende Kleidung zu löschen.

Normalerweise war der Markt ein Meer aus bunten Zelten und Campingwagen mit Lichterketten, die es ermöglichten, bis spät in den Abend einzukaufen. Jetzt herrschte hier nur noch Chaos. Schüsse hallten von nahe gelegenen Gebäuden wider, entweder von den Jägern oder denjenigen Händlern, die bewaffnet waren.

Beck entdeckte einen Dreier neben einem Grillzelt, der an

einer gebratenen Ziege nagte, ohne sie vorher vom Spieß gezogen zu haben. Der Standbesitzer versuchte, ihn mit einer Tischdecke zu verscheuchen, und brüllte wütend etwas auf Spanisch.

»Halten Sie sich von ihm fern!«, schrie Beck den Mann an. Beim Klang seiner Stimme drehte sich der Dämon um und heulte. Er vergaß seine Mahlzeit, stürzte sich auf den Dämonenfänger und zwang ihn, das Weite zu suchen. Während er davonrannte, schrie Beck das Ding unablässig an, um es von Riley und den anderen wegzulocken.

Sie werden dich noch umbringen.

Ein weiterer Dreier kroch über einen offenen Bereich und sprang auf einen Tisch, um einen Mann anzugreifen. Dessen Kumpel erwischte den Dämonen mit einer Zeltstange kräftig am Schädel und betäubte ihn, dann zerrte er seinen verletzten Freund außer Reichweite. Als er mit einem Revolver zurückkehrte, gab er einen einzigen Schuss auf den Kopf des Dämons ab. Zufrieden wandte er der Bestie den Rücken zu.

»Vorsicht!«, schrie Riley, aber es war zu spät. Der Dämon richtete sich auf und streckte den Mann mit seinen rasiermesserscharfen Krallen nieder.

Kugeln waren heute nutzlos. Diese Ausgeburten der Hölle gehörten zu denen, die nicht starben.

Peters Vortrag über die verschiedenen Techniken, Zombies umzubringen, fiel ihr ein. Sie brauchte eine Weile, um sich zu orientieren, denn der Ort war so verwüstet, dass sie sich nur mit Mühe erinnerte, wo genau der Schwerthändler seinen Stand hatte. Riley bewegte sich joggend weiter, wich panischen Menschen und Dämonen auf Beutejagd aus. Eine dieser Ausgeburten der Hölle hatte einen riesigen weißen Fleck am Nackenfell. Den kannte sie persönlich – es war der Dreier, der sie in der Dämonenhochburg beinahe umgebracht hätte.

Riley eilte an einem Stand mit umgestürzten Bücherregalen vorbei. An dem Zelt mit den Untoten. Die Reanimierten waren alle verschwunden, die Seitenwände der Zeltleinwand waren aufgeschlitzt. Sie eilte an einem brennenden Zelt vorbei. Mit einem leisen Blobb, Blobb, Blobb tropften die nach Kundenwünschen gestalteten Kerzen in den Flammen.

Mittlerweile war es so dunkel, dass die Schatten sie zum Narren hielten und sie Dämonen sehen ließen, wo gar keine waren. Endlich fand Riley das Zelt, nach dem sie gesucht hatte. Der Ort war gut besucht, denn der Eigentümer verteilte Schwerter an alle, die eines haben wollten, ohne eine Bezahlung dafür zu verlangen. Mit einem »Danke« schnappte sie sich eines, das aussah, als könnte es damit klappen, und rannte wieder zurück, um Beck zu suchen.

Müller und der Hauptmann hasteten an ihr vorbei, der Anführer schrie Befehle in sein Funkgerät, während er den Angriff koordinierte. Salvatore runzelte die Stirn, als er sie sah, blieb aber nicht stehen.

Egal, wie viel Mühe sie sich gab, sie konnte sich einfach nicht von Schwierigkeiten fernhalten.

Schließlich entdeckte sie Beck. Ein Dreier hatte ihn neben einem kleinen Wohnwagenanhänger, der schon bessere Tage gesehen hatte, gestellt. Beck bewachte den Wagen; eine Frau und zwei kleine Kinder kauerten sich direkt hinter der Tür zusammen.

Und du bist kein Held?

»Beck«, rief sie und hielt das Schwert in die Höhe. Er hörte sie nicht, all seine Sinne waren auf die Zähne und Klauen vor ihm gerichtet. »Hey, Dorftrottel!« Damit hatte sie seine Aufmerksamkeit. Riley näherte sich vorsichtig und warf das Schwert, so dass es neben seinen Füßen landete und dabei knapp einen seiner Stiefel verfehlte. In einer raschen Bewegung schleuderte er sein Stahlrohr auf den Dreier, um ihn abzulenken, hob das Schwert auf und war auf der Stelle wieder kampfbereit. Als der Dämon vorstürmte, schlug er zu und schnitt ihm ein Stück aus der Schulter. Der zweite Hieb richtete noch größeren Schaden an, und der Dämon heulte vor Wut auf.

»Hau ihm den Kopf ab!«, schrie Riley und machte mit dem Daumen eine Schnittbewegung an der Kehle, um ihre Worte zu unterstreichen.

Mit einem Nicken gab er ihr zu verstehen, dass er verstanden hatte, und der dritte Hieb wurde der Todesstoß, als der Schädel des Dämons von seinem Körper abgetrennt wurde. Beide Teile krachten auf den Lehmboden … und blieben liegen.

Peter hatte recht gehabt.

»Ja!«, krähte Beck und reckte eine Faust in die Höhe. »Das ist es!« Dann stürzte er davon, auf der Suche nach dem nächsten Dreier, den er köpfen konnte.

Riley seufzte vernehmlich. »Ich habe ein Monster geschaffen.«

Sie war einem Dämon im Moment nicht gewachsen, also lief sie von Zelt zu Zelt und erzählte allen, wie das Abschlachten beendet werden konnte. Manche hielten sie für verrückt, aber ein paar der Händler nahmen sie ernst.

In fasziniertem Entsetzen sah Riley zu, wie der Besitzer des Buchladens einem Dreier eine Schaufel auf den Schädel schmetterte. Als er auf den Boden aufschlug, kam ein anderer Standbesitzer hinzu und gemeinschaftlich köpften sie den Dämon. Als er nicht wieder von den Toten auferstand, jubelten die Männer siegestrunken und machten sich auf die Suche nach weiteren Dämonen.

Allmählich wendete sich das Blatt zugunsten der Menschen. Einige Standbesitzer waren durch die Klauen und Zähne gestorben, doch der Rest gab nicht auf.

Auf ihrem Weg durch die Stadt aus Zelten und beschädigten Wohnwagen hielt Riley immer wieder an, um den Verletzten zu helfen. Sie konnte nicht sehr viel mehr tun, außer ihnen ihr Mitgefühl zu schenken oder eine Kompresse zu halten, um die Blutung zu stillen. Die meisten Verletzten hatten Kratzer von den Klauen davongetragen, und die würden sich sehr schnell entzünden, wenn sie nicht ordentlich behandelt wurden.

Als sie einem kleinen Jungen die Hand hielt, wies sie seinen Vater an, Weihwasser auf die Beinwunde zu gießen. Der Junge schrie vor Schmerz auf, als die Flüssigkeit die offene Wunde berührte.

»Das müsste reichen. Du wirst wieder gesund«, sagte sie.

»Woher weißt du das?«, fragte er, während ihm dicke Tränen übers Gesicht liefen.

»Weil ich Dämonenfängerin bin«, antwortete sie und empfand Stolz, weil sie das sagen konnte.

»Und wo zum Teufel wart ihr? Warum habt ihr sie nicht aufgehalten?«, wollte der Vater des Jungen wissen. Seine Sorge verwandelte sich in Wut, jetzt, wo er ein greifbares Ziel vor sich hatte.

Rileys Stolz schmolz dahin. »Wir tun unser Bestes.« Sie deutete auf die Flasche mit der gesegneten Flüssigkeit. »Das ist gutes Zeug. Behandeln Sie sein Bein alle zwei Stunden damit. Das wird ihn gesund machen.«

Sie lief die Reihen ab und testete jede Weihwasserflasche, die sie fand. Sie rieb mit einem angefeuchteten Finger über das Etikett, um herauszufinden, ob es das echte oder das gefälschte Zeug war. Sie war versucht, ihre Dämonenkralle zu benutzen, um die Flüssigkeit zu testen, aber angesichts der Stimmung der Überlebenden könnte sich das als ziemlich unklug erweisen. Wenn sie gefälschtes Weihwasser fand, schüttete sie es auf den Boden und erklärte den Leuten, warum. Nicht alle glaubten ihr.

»Was zum Teufel tust du da?«, beschwerte sich ein Mann. »Ich brauche das für meinen Kumpel. Das Zeug sollte ihn heilen.«

Sein Kumpel hatte eine klaffende Bauchwunde und würde es nicht mehr lange machen, wenn sein Freund ihn weiterhin mit Leitungswasser behandelte. »Bringen Sie ihn ins Krankenhaus. Dort haben sie Weihwasser. Dieses Zeug ist gefälscht. Es wird ihn umbringen.«

»Du lügst.«

»Nein«, sagte Riley und deutete auf die leere Flasche, die

der Typ in der Hand hielt. »Ich lüge nicht. Bringen Sie ihn hier raus. Sofort!«

Der Typ gab tatsächlich nach. »Okay, flipp hier bloß nicht aus, Kleine.«

»Tut mir leid.«

Als ein Team Sanitäter vorbeitrabte, gefolgt von einem Polizisten, begriff Riley, dass die Schlacht vorbei war. Das Herz des Marktes glich einer offenen Wunde. Überall Schreie und Rufe und Weinen.

Riley schlug die Richtung zum einzigen Ort ein, der möglicherweise Zuflucht bieten würde. Zu ihrer Erleichterung war das Zelt der Hexen unbeschädigt, und drei der Hexen bildeten einen Halbkreis um den Eingang herum. Sie alle hatten irgendeine Waffe in der Hand, auch ihre Freundin Ayden, die ein Schwert hielt, als wüsste sie, wie sie damit umzugehen hatte. Dann sah Riley die Tote neben dem Zelt. Es war eine ältere Hexe, und ein weinendes Mädchen hielt sie in den Armen.

Nicht einmal diejenigen, die Magie verwendeten, waren sicher.

»Ich wusste doch, dass du hier irgendwo in der Hölle unterwegs bist«, sagte Ayden ernst.

Rileys Blick ruhte immer noch auf der toten Frau. »Es tut mir leid. Ich hätte nicht gedacht …«

»Dass Hexen verletzt werden und sterben können? Wir sind genauso sterblich wie ihr Dämonenfänger. Immerhin musste Elspeth nicht lange leiden. Sie ist jetzt im Sommerland und …« Ayden blinzelte die Tränen fort. »Komm, lass uns sehen, was wir für die Lebenden tun können.«

Sie warf ihr Schwert einer der anderen Hexen zu und trat hinaus auf den Markt.

Riley verlor jedes Zeitgefühl, als sie mit der Hexe ihre Runden machte. Einige Menschen wollten ihre Freundin nicht an sich heranlassen. Manche fuhren sie barsch an, doch Ayden hütete ihre Zunge.

»Sie brauchen einen Sündenbock«, erklärte sie, als sie weitergingen, nachdem ein Mann sie beschimpft hatte. »Schon bald weiß jeder in der Stadt, dass wir die Dämonen beschworen haben.«

Die Hexe steuerte auf einen der Dämonen zu, der lang ausgestreckt im Dreck lag. Er war zerstückelt, ein Beweis für den Zorn der Menge. Ayden kniete sich hin und hielt die Hand über den abgetrennten Kopf des Dings. Sie schloss die Augen und murmelte etwas. Dann runzelte sie die Stirn. Und verharrte vollkommen reglos. Riley schnappte nach Luft.

Eine Schwertspitze ruhte auf Aydens Nacken.

»Meinst du nicht, dass der heute schon genug Leute getötet hat, Hexe?«, knurrte ein Mann. Sein Hemd war versengt, und er hatte eine heftige Brandwunde an der Wange. Er schien einer der Händler zu sein, denn er trug einen Geldbeutel an der Taille. »Versuchst du, das Viech von den Toten auferstehen zu lassen?«

»Warum sollte ich das tun wollen?«, erwiderte Ayden ruhig.

Der Arm, der das Schwert hielt, zitterte vor Wut. »Weil du auch zur Hölle gehörst.«

Beck tauchte aus dem Nichts auf, das Gesicht schweiß-

überströmt und die Jacke mit Dämonenblut verschmiert.
»Ey komm, das war echt ein Scheißtag«, sagte er. »Mach es nicht noch schlimmer, okay?«
»Was zum Teufel mischst du dich da ein?«, fragte der Mann und starrte den Dämonenfänger finster an.
»Weil du kurz davor bist, einen Fehler zu machen, der dich das Leben kosten wird«, sagte Beck und wischte sich beiläufig die Klinge seines Schwerts an der Jeans sauber. »Diese Dame ist keine Bedrohung.«
»Ich sehe keine von denen bluten.«
»Die tote Hexe in ihrem Zelt wird Ihnen da wohl nicht ganz zustimmen«, sagte Riley.
Der Typ zögerte. »Ihr Fänger seid genauso übel wie diese verdammten Hexen. Ich sollte euch beide auf der Stelle töten.«
Es hätte übel ausgehen können, wenn Hauptmann Salvatore und zwei seiner Männer sich nicht in diesem Moment durch die Menge gedrängt und zu ihnen gestellt hätten.
Der Anführer der Jäger erfasste die Situation mit einem Blick. »Warum bedrohen Sie diese Frau mit vorgehaltener Klinge?« Dabei benutzte er einen ziemlich deutlichen Komm-mir-bloß-nicht-blöd-ich-hatte-eine-echt-schlechte-Nacht-Tonfall.
»Diese Hexe hat versucht, den Dämon wiederzubeleben. Ich habe es selbst gesehen«, berichtete der Mann. »Ich will, dass Sie sie verhaften. Am besten sogar verbrennen.«
Ayden presste die Lippen zu einer schmalen Linie zusammen.
»Die Kirche hat diese Gräuel längst hinter sich gelassen«,

tadelte Salvatore. »Treten Sie zurück und lassen Sie das Schwert fallen.«

»Aber sie …«

»Das ist nicht Ihr Problem«, unterbrach Salvatore ihn. Er schnippte mit den Fingern, und seine Begleiter flankierten ihren Hauptmann, die Hände an den Waffen.

Der Händler schüttelte entrüstet den Kopf, doch das Schwert rutschte ihm aus den Fingern. »Die Dämonenfänger und die Hexen halten euch zum Narren.« Dann stapfte er empört davon.

Ayden stand auf und klopfte sich den Schmutz vom Rock. »Danke«, sagte sie.

»Nicht der Rede wert.« Salvatore rieb sich nachdenklich den Nacken, während er sein Funkgerät einschaltete. »Team Gabriel hier. Ich brauche vier Mann, die ausschwärmen und aufpassen, dass es keinen Ärger gibt.« Der Befehl wurde umgehend bestätigt.

Der Hauptmann wandte sich an seine Begleiter. »Müller, Sie bauen sich mit Tamson deutlich sichtbar neben dem Zelt der Heiden auf, für den Fall, dass jemand beschließt, es auseinandernehmen zu wollen.« Zwei Mal »Jawohl, Sir«, dann zogen die Jäger in forschem Tempo weiter.

»Noch einmal danke«, sagte Ayden.

Salvatore deutete auf ein paar Holzbänke. »Lassen Sie uns reden, da drüben, wo es ruhig ist.« Auf dem Weg dorthin beäugte der Hauptmann Riley.

»Ich weiß, ich sollte mich aus solchen Sachen raushalten«, sagte sie. »Aber das funktioniert einfach nicht.«

»Offensichtlich nicht.« Er richtete seine Aufmerksamkeit

auf Ayden, als sie sich auf eine Bank sinken ließ. »Was haben Sie mit dem Dämonenleichnam gemacht?«

»Ich hatte gehofft, die magische Signatur zu erspüren, um eine Vorstellung davon zu bekommen, wer hinter all dem steckt. Was ich fühlte, war teils ein Nekromant, teils etwas anderes. Dieses Etwas war sehr alt, keine Magie von Heiden oder Beschwörern.« Dabei hielt sie den Blick auf Riley gerichtet und versuchte, ihr eine Botschaft zu übermitteln.

Soll ich den Jägern von Sartael erzählen? Nein. Das würde nur Fragen aufwerfen, woher sie etwas über den gefallenen Engel wusste, und das würde direkt zu ihren Gesprächen mit der Statue auf dem Friedhof führen und Stewart in Gefahr bringen.

Der Hauptmann, der nichts von dem Kampf ahnte, den Riley in ihrem Inneren ausfocht, seufzte. »Wir müssen ausführlich darüber reden und unsere Beobachtungen vergleichen. Können Sie so schnell wie möglich ins Westin kommen?«, bat der Hauptmann.

»Nicht ins Hotel. An einen neutralen Ort«, erwiderte Ayden gepresst. »Wenn ich in Ihr Hauptquartier käme, würden manche darin ein Schuldeingeständnis sehen. Ein Fehler, und die Heiden in dieser Stadt müssten für etwas bezahlen, das sie nicht getan haben.«

Salvatore bedachte ihren Einwand. »Was ist mit dem Haus von Meister Stewart? Ihre Beziehungen zu den Dämonenfängern sind doch gut, oder? Das wäre dann neutrales Gebiet.«

»Wenn es für den Großmeister in Ordnung ist, soll es mir

recht sein. Geben Sie mir etwas Zeit … um mich um ein paar Dinge zu kümmern.«

»Ich verstehe. Ihr Verlust tut mir aufrichtig leid.«

Sein Mitgefühl schien die Hexe zu überraschen. »So wie mir Ihrer leidtut«, sagte sie und eilte davon.

»Wen haben Sie verloren?«, fragte Beck, während er sich mit dem Jackenärmel die Stirn abwischte. Er hinterließ einen dunklen Schmutzstreifen auf seiner Haut.

»Einen unserer neuen Rekruten«, erwiderte der Hauptmann. Salvatores Blick schweifte zurück zum Zentrum des Marktes, wo die Händler versuchten, ihre Waren aus den Trümmern zu retten. Leichen lagen aufgereiht neben einem der Zelte, bedeckt mit was immer gerade zur Hand gewesen war.

»Warum hatten Sie nicht alle Schwerter?«, fragte Beck. »Sie wussten doch, dass Kugeln nutzlos waren.«

Salvatores Augen loderten auf, als er den Vorwurf hörte. »Der Vatikan befasst sich mit diesem Problem«, sagte er kurz angebunden. »Er ist nicht dafür bekannt, sich die Entscheidung leichtzumachen. Oder besonders schnell zu sein.«

»Also werden noch mehr Leute sterben, während die im Vatikan in aller Seelenruhe darüber diskutieren?«, knurrte Beck.

»Läuft es nicht immer so?«

27. Kapitel

Jackson brachte Riley schließlich zu ihrem Auto. Er war nicht so fröhlich wie sonst, zu mitgenommen von dem, was auf dem Markt passiert war. Riley war dankbar für sein Schweigen.

Zu ihrem Ärger fand sie eine Nachricht unter dem Scheibenwischer geklemmt – von Allan. Sie enthielt seine Telefonnummer und E-Mail-Adresse und in seinem üblichen knappen Befehlston: Ruf mich an! Heute Abend!

Sie zerknüllte den Zettel und zerrieb ihn mit ihrem Turnschuh auf dem zerbrochenen Betonpflaster.

Als sie endlich bei Stewart angekommen war und geduscht hatte, hatten die Nachwehen des Angriffs auf den Markt bereits mit voller Wucht eingesetzt. Die Telefone klingelten unablässig, doch Riley hörte jeweils nur eine Seite der Gespräche mit dem Bürgermeister, dem Gouverneur und dem Bundesverband der Dämonenfänger. Alle gaben den gleichen Befehl: Stopft die Dämonen zurück in die Flasche. Sofort. Ohne Zweifel bekam Hauptmann Salvatore dieselbe Abreibung von seinen Vorgesetzten in Rom.

Das brauchte ihnen niemand zu sagen. Wenn die Dämonenfänger und Jäger versagten, würde sich die Stadt in einen Futterplatz für jeden gefräßigen Dämon der Gegend verwandeln. Aus irgendeinem Grund fühlten sich die hohen Tiere stets bemüßigt, das Offensichtliche auszusprechen.

Es war fast elf, als die Telefonanrufe endlich aufhörten. Etwa zur selben Zeit entschied Stewart, dass ein Dessert die Lösung all ihrer Probleme war. Harper entschuldigte sich und ging ins Bett, so dass Riley mit ihrem Gastgeber und einem großzügigen Stück Pfirsichkuchen plus einer Kugel Vanilleeis allein zurückblieb.

Stewart schob seinen Teller als Erster zurück. »Ich habe heute am frühen Abend mit Mort gesprochen. Dein Vater hat sich ein wenig erholt, aber er ist immer noch … irgendwo anders. Ich wünschte, ich hätte bessere Nachrichten für dich.«

Riley hatte keine guten Nachrichten erwartet. »Was ist so wichtig, dass Ozymandias das meinem Dad angetan hat?«

»Meister wissen ziemlich viel über Dämonen, aber ich bin nicht sicher, was genau der Nekro sich erhofft hatte. Vielleicht werden wir es niemals erfahren.«

»Und was ist mit den Großmeistern?«

»Äh, wir wissen nur noch ein bisschen mehr über Dämonen und Engel und all das.«

»Hätten Sie meinen Dad wirklich getötet?«

»Aye«, sagte er leise. »Ich hatte einmal einen Freund, der sich auf die dunkle Seite gestellt hat. Sein Gesicht verfolgt mich noch immer.«

Riley schob ihren Teller weg, der Appetit war ihr vergangen.

Stewart seufzte, dann hellte sich seine Miene auf. »Spielst du Schach?«
»Manchmal. Ich bin nicht besonders gut.« Tatsächlich hatte ihr Vater sie jedes Mal geschlagen.
Stewart schob seinen Stuhl zurück. »Komm mit. Ich muss dir etwas zeigen.«
Obwohl Riley absolut keine Lust dazu hatte, folgte sie ihm. Er hatte den Jägern gegenüber für sie Partei ergriffen, ließ sie bei sich wohnen und behandelte sie mit Respekt. Eine Partie Schach würde sie schon nicht umbringen.
Stewart holte eine schlichte schwarze Kiste aus seinem Büro und trug sie in die Bibliothek, wo er sie mitten auf den Tisch stellte. Das Schachspiel war alt, schon fast antik. Jede Figur war aus Holz geschnitzt und handbemalt. Die weißen Figuren trugen Kilts.
»Die Schotten gegen die *Sassenach*«, sagte Stewart und stellte die Figuren auf. Als er ihren verwirrten Gesichtsausdruck sah, fügte er hinzu: »Die Schotten gegen die Engländer.«
»Oh«, sagte Riley und hob einen Springer im Schottenrock mit einem lächerlich großen Schwert auf. »Wie alt ist das Spiel?«
»Genau dreihundert Jahre. Es wurde in der Familie immer weitervererbt.«
»Von 1718?«, sagte sie erstaunt. »Ich kann mir nicht einmal vorstellen, wie es damals war.«
»Die Menschen verändern sich nicht so sehr, Riley. Wir glauben das nur. Da du eine Blackthorne bist, kannst du die Engländer repräsentieren.«

Sie baute ihre Figuren auf und bereitete sich darauf vor, niedergemetzelt zu werden.

»Hast du schon einmal deinen Namensvetter gesehen? Einen Schlehenbaum, meine ich?«, fragte Stewart, während er einen Bauern setzte. Riley schüttelte den Kopf.

»Das Ding hat gemeine Dornen, aber auch entzückende kleine Blüten und die süßesten Beeren, aber natürlich erst, nachdem sie einmal Frost abbekommen haben.«

Sie fragte sich, worauf er mit dieser Lektion in Baumkunde hinauswollte.

»Und das bedeutet was?«

Er lächelte geduldig. »Prüfungen und Rückschläge. Konflikte führen oft zu einem süßeren Leben. Das ist es, was uns die Schlehe lehrt.«

»Ich bin reif für ein wenig von dem Süßen, glaube ich.«

»Aye. Das sind wir alle.«

Danach schwieg er, und sie spielten. Es fiel ihr schwer, sich zu konzentrieren, aber sie versuchte es, da sie vor dem Meister nicht als kompletter Dummkopf dastehen wollte. Riley vermutete, dass er einen bestimmten Grund hatte, seine Zeit mit einer Amateur-Schachspielerin zu verbringen, während die Welt um sie herum in Stücke ging. Stewart würde schon zum Punkt kommen, wenn er so weit war.

Der alte Meister gewann mühelos. Nur ein paar Spielfiguren standen noch auf dem Brett, der Großteil davon gehörte ihm. Er nahm einen von Rileys Bauern, drehte ihn zwischen Daumen und Mittelfinger, während er ihn eingehend betrachtete. »Ich nehme an, so fühlst du dich im Moment.«

Riley nickte.
»Du hast in der Bibliothek Nachforschungen angestellt. Du hast Bücher draußen liegen lassen.«
»O, tut mir leid«, sagte sie. »Ich tue es nicht wieder.«
»Das ist kein Problem«, sagte er und stellte die Schachfigur ab. »Schließlich verrät mir deine Lektüre über die gefallenen Engel, was deiner Meinung nach hier vorgeht.«
Riley ordnete ihre Gedanken, denn der alte Mann war zu klug, um ihm irgendetwas vorzumachen. »Ozymandias hat eine Möglichkeit gefunden, die Dämonen zu manipulieren. Irgendjemand, der kein Nekro ist, hilft ihm dabei.« Es schien der richtige Zeitpunkt, ihr Geheimnis zu enthüllen. »Ich glaube, es ist Sartael. Er ist der gefallene Engel, der Ori angelogen und ihm erzählt hat, Luzifer würde meine Seele haben wollen.« Sie holte tief Luft. »Er hat Simon gegen mich aufgehetzt, und er hat den Fünfer auf meinen Dad angesetzt.«
Stewart hob eine seiner silbrigen Brauen. »Woher kennst du den Namen dieses gefallenen Engels?«
Sie erzählte Stewart von Ori und dass er dank Luzifer sein Leben als Statue fristen musste. Dann berichtete sie von ihrer Unterhaltung mit den zwei göttlichen Wesen auf dem Friedhof.
Nachdenklich lehnte sich der Meister in seinem Sessel zurück. »Hältst du es für klug, zum Friedhof zu gehen?«
»Ich hatte keine Wahl. Er hat mich ständig gerufen, und das hat mich verrückt gemacht. Ich dachte, mein Kopf würde explodieren.«

»Du weißt, dass du mit diesem Schritt unser beider Leben in Gefahr gebracht hast?«, fragte er streng.
»Ich weiß, aber Martha wollte, dass ich mit ihm rede. Sie nannte mir Sartaels Namen, so dass ich ihn gegen Ori einsetzen konnte.«
»Tatsächlich?« Gedankenverloren kratzte er sich am Kinn.
»Müssen Sie das den Jägern erzählen?«
Stewart stöhnte. »Bei Gott, ich sollte es. Ich werde es nicht tun, weil wir als Team zusammenarbeiten müssen, und das geht nicht, wenn wir als Gefangene des Vatikans auf unseren Prozess warten.«
»Danke«, murmelte sie. »Was glauben Sie, was hier vor sich geht?«
Der Meister beugte sich in seinem Sessel vor. »Bestenfalls lässt Luzifer bei den Bewohnern der Hölle gerade die Zügel etwas schleifen. Viele von denen sind ganz scharf auf die letzte Schlacht. Sartael ist einer ihrer Anführer. Falls er einem gewissen Nekromanten etwas ins Ohr geflüstert hat, könnten untote Dämonen dabei herausgekommen sein.«
»Warum schaltet Luzifer den Kerl nicht einfach aus?«
»Der Dunkle Fürst ist ein Stratege. Wenn es in der Hölle zu einem Krieg kommt, muss er genau wissen, wem er vertrauen kann. Um seine Feinde aufzustöbern, ist es manchmal am besten, sie gegeneinander auszuspielen.«
»Wie Ori und Sartael«, murmelte sie.
Stewart legte seine müdes Gesicht nachdenklich in Falten. »Du bist eine Blackthorne. Der Himmel wählt seine

Helden nicht ohne gründliche Überlegungen aus. Die Hölle übrigens genauso wenig.«

»Aber was soll ich tun?«, fragte Riley frustriert. »Niemand sagt es mir, zumindest Martha nicht. Sie macht dicht, wenn ich sie frage. Luzifer wird kein Wort sagen, und Ori genauso wenig.«

»Ich fürchte, du wirst gezwungen sein, eine Entscheidung zu treffen. Wenn du dich richtig entscheidest, wirst du die Menschheit vor den Engeln vertreten.«

»Sie meinen, wenn ich tot bin?«, fragte sie. Die Richtung, die das alles nahm, gefiel ihr überhaupt nicht.

»Nein, die Engel werden für den Krieg zusammengezogen«, antwortete er. »Du wirst zwischen beiden Armeen stehen.«

O mein Gott. »Was soll ich sagen, um sie davon abzuhalten, uns alle plattzumachen?«

»Ich habe keine Ahnung. Ich kann dir nur empfehlen, ehrlich und von Herzen zu sprechen.«

In der Ferne begann eine Uhr, zur Mitternacht zu läuten.

»Geh und ruh dich ein wenig aus. Komm um neun zum Frühstück herunter. Harper und ich treffen uns mit den anderen. Du musst beim letzten Teil dabei sein.«

»Ist das ein Kriegsrat?«

»Aye. Es wird Zeit, diesem Elend ein Ende zu bereiten, so oder so.«

✣

Später, als sie langsam in den Schlaf sank, dachte Riley an Beck und den entgangenen Kuss. Wie wäre es gewesen?

Umwerfend? Ganz in Ordnung? Enttäuschend? Nein, enttäuschend niemals. So war Beck nicht.

Wahrscheinlich überwältigend. Die Dämonen hatten ihr schon wieder alles vermasselt.

Wird Zeit, es ihnen heimzuzahlen.

28. Kapitel

Wie angewiesen, stapfte Riley um neun Uhr morgens die Treppe hinunter. Der Küchentisch war mit Kaffeetassen überfüllt, ringsum saßen Leute. Vater Rosetti und Hauptmann Salvatore für die Jäger, Ayden und Mort für die Magier, dazu die beiden Meister und Beck. Riley zog sich einen Stuhl heran und schielte nach dem Teller mit Kuchen und Donuts.

»Warum können die Totenbeschwörer diesen Ozymandias nicht zwingen, die Dämonen freizugeben?«, wollte Elias Salvatore wissen. »Dann könnten wir sie töten.«

»So einfach ist das nicht. Lord Ozymandias verfügt über sehr viel Macht, und wenn wir ihn herausfordern, wird er einen Krieg innerhalb der Gesellschaft beginnen«, antwortete Mort. »Stattdessen werde ich versuchen, den Bann zu brechen, der die Dämonen bindet, aber dafür brauche ich einen Fokus.«

»Du hast Salvatore gehört; sie haben alle Leichen vernichtet«, sagte Beck, barscher als üblich. Er sah völlig fertig aus, als hätte er seit Tagen nicht geschlafen. »Es muss einen anderen Weg geben.«

»Es gibt einen – ich versuche, den Bann zu brechen, und scheitere, und ein Haufen Leute stirbt. Verschafft mir einen von diesen Dämonen, und meine Chance erhöht sich gewaltig.«

»Was ist mit diesem Dämonenzahn, den ich dir gezeigt habe?«, fragte Riley.

Mort schüttelte den Kopf. »Er war zu sehr magisch aufgeladen, als dass ich ihn hätte benutzen können. Ich habe ihn zerstört.«

Oh ... Sie hatte noch eine Möglichkeit, eine, von der der Vatikan bereits wusste.

»Was ist mit der Dämonenkralle?«, sagte sie und zog die Klaue unter ihrem Sweater hervor. »Sie gehört einem der unheimlichen Viecher. Ich habe es gestern auf dem Markt gesehen.«

»Wie kannst du dir da sicher sein?«, fragte Mort. »Sehen die nicht alle gleich aus?«

»Es ist der mit einem großen weißen Klecks am Nacken. Er hat versucht, mich in der Dämonenhochburg zu fressen, also kann ich mich sehr gut an ihn erinnern.«

»Dessen Leichnam haben wir nicht verbrannt, also ist er noch am Leben«, sagte Salvatore.

»Dann können wir die Kralle für das benutzen, was Mort damit vorhat«, sagte Riley.

»Davon würde ich dringend abraten«, sagte Ayden. »Die Kralle war einmal mit deinem Körper verbunden, sie ist mit deinem Blut getränkt. Dadurch hat sie sich verändert.«

»Warum sollte das eine Rolle spielen?«

Ayden und Mort wechselten Blicke. Schließlich setzte der Nekromant zur Erklärung an.

»Du stehst jetzt in direkter Verbindung mit diesem Dä-

mon.« Er atmete tief aus. »Das bedeutet, dass du den Zauberspruch aussprechen musst.«
»Was? Ich kann nicht zaubern!«
»Keine Sorge, ich helfe dir bei dem Latein«, sagte Mort.
»Es ist egal, ob es Latein ist oder was auch immer. Ich verhexe niemanden. Ich bin eine Dämonenfängerin. Das bringt mir schon genug Ärger ein.« Besonders, wenn Roms Großinquisitor jede ihrer Bewegungen protokollierte.
»Es tut mir leid, Riley, aber du bist die aussichtsreichste Kandidatin«, sagte Mort.
»Sie sollten das Kind nicht drängen, Böses zu tun«, warf Vater Rosetti ein.
»Das tue ich nicht. Ich bin nur ehrlich«, erwiderte Mort. »Wenn wir diese Dämonen vernichten wollen, ist unsere Chance am größten, wenn Riley den Zauber ausführt. Sie hat eine direkte Verbindung mit einem von ihnen.«
»Damit bringst du deine Seele einen Schritt der Hölle näher«, sagte Rosetti und wandte sich jetzt direkt an Riley. »Rom wird sich das auf jeden Fall merken.«
Wie bin ich nur in diesen Schlamassel geraten? »Wenn es die Dämonen vernichtet, mache ich es«, sagte sie.
»Deine Seele …«, begann Rosetti.
»Gehört mir. Warum erzählen mir die Leute ständig, was ich mit dem Ding machen soll? Wenn ich beschließe, sie zu verschachern, um Menschenleben zu retten, ist das meine Entscheidung«, sagte Riley, rot vor Ärger.
»Dann wirst du auch die Konsequenzen zu tragen haben«, warnte der Priester. »Die Bestimmungen unserer Über-

einkunft mit Meister Stewart besagen, dass du dich von allen Aktivitäten fernzuhalten hast, die deine Seele in Gefahr bringen.«

»Das habe ich kapiert«, sagte sie. »Aber ich sehe keine andere Möglichkeit. Sehen Sie einen anderen Weg, Vater Rosetti?«

Riley rechnete mit Vorhaltungen, vielleicht sogar Handschellen. Stattdessen schüttelte der Priester betroffen den Kopf.

»Ich fürchte, du hast recht«, sagte er. »Wie so oft ist der Weg zur Hölle mit guten Vorsätzen gepflastert.«

Stewart schnaubte. »Genauso wie der Weg zum Himmel, wie ich gehört habe.«

Eine weitere halbe Stunde verging, in der sie über die Einzelheiten feilschten, doch am Ende kamen sie überein, dass es in der Morgendämmerung des nächsten Tages losgehen sollte. Der Ort stellte keine Überraschung dar – der Oaklandfriedhof. Später würde es noch ein Strategietreffen geben, doch Riley würde nicht dabei sein, da sie die Grundzüge der lateinischen Aussprache erlernen musste.

»Komm gegen halb vier zu mir nach Hause«, sagte Mort, als sie ihn zur Tür brachte. »Wir arbeiten ein paar Stunden, dann kannst du dich ausruhen, und danach machen wir weiter.«

»Wie schwer ist es? Ich meine, ist der Zauberspruch sehr schwer?«

»Es ist nicht der schwierigste, aber gewiss auch nicht der einfachste.«

Was in Morts Sprache bedeutete, dass der Spruch ziemlich anspruchsvoll war, er ihr aber keine Angst machen wollte.

Sie wechselte das Thema. »Wie geht's meinem Dad?«

»Nicht viel besser«, gab der Beschwörer zu. »Er phantasiert immer noch von Dämonen. Er hat den Verstand verloren, Riley. Ich bin mir nicht sicher, ob er ihn jemals wiederfindet.«

»Ozy wird dafür büßen, stimmt's? Er muss«, sagte sie mit Nachdruck.

»Ich würde mich nicht darauf verlassen.« Der Totenbeschwörer verabschiedete sich.

Besorgt darüber, was die Zukunft bringen, wie übel es werden könnte, stieg Riley die Treppe hinauf in ihr Zimmer. Ihre Hand strich über das glatte Holzgeländer. In ihrem Leben gab es keinen Sonnenschein mehr. Stattdessen wurde es Schritt für Schritt dunkler, wie eine hereinbrechende Nacht. Vielleicht gehörte es sich so für diejenige, die zwischen den ewigen Heeren des Himmels und der Hölle stand.

Es gab nur einen Trost:

Ihr Vater würde vom Ende der Welt nichts mitbekommen.

⁘

Wenn Riley jemals eine Liste erstellt hätte, was sie an ihrem letzten Tag auf Erden tun würde, hätte darauf garantiert nicht gestanden: der Wäsche beim Trocknen in einem Trockner zusehen, der bei jeder Umdrehung quietschte. Aber auf gar keinen Fall wollte sie dreckige Unterwäsche hinterlassen oder einen schmuddeligen Kühlschrank oder eine chaotische Wohnung. Selbst wenn der Rest der Menschheit nicht mehr da sein würde, um ihren Ordnungssinn zu bewundern.

Sobald die Aufgabe erledigt war, kehrte Riley in ihre Wohnung zurück und stopfte Geld in Umschläge, um diverse Rechnungen zu begleichen. Die Welt überlebte vielleicht, doch falls sie selbst nicht überlebte, wollte sie zumindest schuldenfrei abtreten. Nachdem ihr diese Schuldeneintreiber nicht mehr im Nacken saßen – sie hatten ihr sogar ein bissiges »Danke, dass Sie Ihre Schulden beglichen haben, auch wenn wir Sie dafür bis ans Ende der Welt hetzen mussten« auf dem Anrufbeantworter hinterlassen –, blieben nur noch die alltäglichen Rechnungen übrig. Im Hintergrund brachten die Fernsehnachrichten Sonderberichte über einen Plan, Weihwasser in der ganzen Stadt zu verteilen. Mit Unterstützung aus Rom hatte die örtliche Diözese eine Möglichkeit entdeckt, ganze Tankladungen Wasser auf einmal zu segnen und die heilige Flüssigkeit kostenlos in der ganzen Stadt zu verteilen.

Das sollte die Leute davon abhalten, durchzudrehen.

Ihr Handy piepte und meldete eine neue SMS von Peter.

Schule fällt aus!!!

Riley schickte eine SMS zurück, in dem sie ihm für die Info dankte, aber sie schenkte es sich, ihm zu erzählen, dass sie den Unterricht ohnehin geschwänzt hätte. Völlig ausgeschlossen, dass sie Latein büffelte und gleichzeitig einen Test in amerikanischer Geschichte mitschrieb.

Das leise Geräusch von kleinen Füßen, die über den Küchentresen rannten, drang in ihr Ohr. Witzig, dass ihr dämonischer Zimmergenosse sich nicht entscheiden konnte, ob er diebisch war oder nicht. Sie wartete, bis die Elster auftauchte.

»Hey, Kleiner.« Der winzige Dämon musterte sie einen Moment, dann sprang er auf den Tisch, seinen Sack in der Hand.

Wie macht er das denn? Es war, als würde ein Mensch in den Grand Canyon springen. Die Elster setzte den Sack mit dem Beutegut vor sich ab und begann, darin herumzuwühlen. Zum Vorschein kamen alle möglichen Gegenstände, zusammen mit einem stetigen Strom bunten Glitters. Endlich fand der Dämon, wonach er gesucht hatte, und trat vor, die silbernen Seemuschelohrringe mitschleppend. Diejenigen, die er aus ihrer Kommode gemopst hatte. Er stellte sich auf die Zehenspitzen und bot ihr den Schatz an. Wenn er nicht einer von Luzifers Lakaien wäre, fände sie ihn richtig niedlich.

»Danke«, sagte sie, nahm den Schmuck aber nicht an. »Behalte sie. Ich brauche Glück.«

Das brauchte sie ihm nicht zweimal zu sagen. Der Dämon lächelte und zeigte seine spitzen Zähne, dann nickte er ihr zu und in null Komma nichts waren die Ohrringe wieder im Sack verschwunden. Dann sauste er davon und ward nicht mehr gesehen.

Riley seufzte. »Ich werde dich vermissen. Auch wenn du für … *ihn* arbeitest.«

Als sie auf ihre Liste mit den Rechnungen hinunterblickte, um zu sehen, was als Nächstes dran war, lag überall auf dem Papier Glitter verstreut. Gerade, als sie es fortwischen wollte, begriff sie, dass die hellroten und goldenen Fitzelchen Wörter bildeten.

Befrei den Engel.

»Was? Meinst du Ori?«, rief Riley laut. Sie kam sich bescheuert vor, weil sie mit einer scheinbar leeren Küche sprach. Ein Quieken kam oben vom Kühlschrank. Die Entsprechung des Dämons für »Darauf kannst du einen lassen, Schwester«.

»Ich weiß nicht, ob ich ihm vertrauen kann.«

Noch ein Quieken. Sie vermutete, das bedeutete: »Das ist dein Problem.«

Sobald Ori wieder frei war, könnte er sich am Höllenfürsten rächen wollen, der ihn in der Statue festgesetzt hatte. Vielleicht Seite an Seite mit Sartael. *Aber Luzifer weiß das. Er manipuliert mich schon wieder.*

Unfähig zu entscheiden, was der beste Kurs war, warf Riley den Glitter in den Mülleimer und fuhr fort, ihre Rechnungen zu bezahlen. Rechnungen waren sinnvoll.

Aber der Rest meines Lebens? Eher nicht.

✣

Peters Gesicht leuchtete auf, als er Riley vor seiner Tür stehen sah.

»Hey!« Dann verschwand der freudige Gesichtsausdruck. »Was ist los? Du warst noch nie bei mir zu Hause.«

»Können wir ein Stückchen gehen?«, fragte sie und versuchte, nicht allzu niedergeschlagen und fertig zu klingen. Er schnappte sich seine Jacke, und sie schlenderten über den Bürgersteig des Vororts, auf dem es von kleinen Kindern auf Fahrrädern und bellenden Hunden nur so wimmelte. Es war die Art von Wohngegend, die Riley nie gekannt hatte.

»Hast du etwas von dem Weihwasser abbekommen, das sie in der Stadt verteilt haben?«, fragte sie.

»Wir sind versorgt. Das Zeug, das wir haben, ist in Ordnung. Ich hab's überprüft.«

»Ich habe noch ein paar Kanister für euch im Wagen. Kipp es überall hin, wo du glaubst, ein Dämon könnte eindringen.«

Peter blieb mitten auf dem Gehweg stehen. »Was ist los, Riley?«

Sie erzählte ihm die letzten Neuigkeiten, bis auf den Teil mit dem Weltuntergang. Manchmal war es das Beste, nicht allzu ehrlich zu sein. Peters Augen weiteten sich, als sie ihm anvertraute, dass sie den Zauber ausführen würde.

»Und die Jäger haben nichts dagegen?«, fragte er zweifelnd.

»Eigentlich schon, aber sie sind mit ihrem Latein am Ende, wie wir alle. Der Angriff auf dem Markt bedeutet, dass die Dämonen jetzt jeden anfallen, nicht nur Profis. Wenn der Zauberspruch funktioniert, wird alles wieder gut.«

»Und wenn nicht?«

Dann verwandelt Atlanta sich in ein Schlachtfeld.

»Dann braucht ihr Weihwasser«, mahnte sie. »Und Schwerter. Das bringt sie um, genau, wie du gesagt hast.«

»O mein Gott, du meinst es ernst.« Peter wandte einen Moment den Blick ab und versuchte, seiner wachsenden

Panik Herr zu werden. »Immerhin sind Mom und die Zwillinge in Illinois. Wenn sie hier wären, wäre es richtig übel.«

»An deiner Stelle würde ich deinem Dad nichts davon erzählen«, riet Riley. »Er würde ausflippen. Du weißt, was du zu tun hast. Du bist echt gut darin, dich um deine Leute zu kümmern.«

Ihr Freund hörte nicht zu. »Ich kann mich frühmorgens rausschleichen, um bei dir zu sein. Vielleicht kann ich helfen.«

Das würde er glatt machen. *Aber das werde ich nicht zulassen*. Falls diese Schlacht zum Weltuntergang führte, sollte Peter in diesen letzten Momenten zu Hause sein. Zu Hause bei den Menschen, die er liebte, und nicht auf einem Friedhof von einem Dämon zerrissen werden.

»Nein. Du musst auf deine Familie aufpassen. Die Dämonenfänger passen auf mich auf.«

Resigniert schüttelte Peter den Kopf. »Du hast recht. Was kann ich schon tun? Die Dinger mit CDs beschmeißen? Beck wird dich beschützen.«

Bis er tot ist, wie alle anderen.

Sie gingen einmal um den Block, sprachen über Themen, die nicht so schwer wogen, wie die Hausaufgaben und ob Peter diesen Sommer die Gelegenheit haben würde, seine Mom zu besuchen. Dinge, die wenig Aussicht hatten, sich zu erfüllen. Genau wie Peters Liebesleben.

»Du solltest mal mit Simi reden. Ich glaube, sie würde sich gerne mal mit dir treffen.«

Peter sah sie von der Seite an. »Im Ernst?«

»Ja. Sie findet dich nett.«

»Cool. Ist so gut wie erledigt.«

Als sie wieder bei ihm zu Hause angekommen waren, war es fast drei.

»Ruf mich an, wenn es vorbei ist, okay?«, mahnte Peter. »Bitte sag mir Bescheid, was los ist.«

»Mach ich«, antwortete sie und hoffte, sie würde das Versprechen halten können. »Du bleibst im Haus und passt auf, dass der Weihwasserschutz heil bleibt. Wir erledigen den Rest.« Sie kam sich vor, als würde sie irgendwelche Zeilen aus einem Filmdrehbuch nachplappern. *Keine Sorge, wir sind die Guten, und wir siegen immer gegen das Böse.* Aber das Leben war kein Film.

Sie umarmten sich direkt vor dem Haus. Es war eher eine freundschaftliche Umarmung, aber voller Gefühl. Als sie sich losließen, wandte sie sich ab, aber er hielt sie am Ellenbogen fest.

»Wenn das irgendjemand schaffen kann, dann du. Du bist wirklich etwas ganz Besonderes, Riley. Denk immer daran.«

Sie hatte Peter und den Himmel auf ihrer Seite. *Vielleicht reicht das ja.*

29. Kapitel

Sie fand ihren Vater zusammengekauert an der Wand in Morts rundem Büro. Er saß auf einem dicken Kissen, eine Decke über den Schultern, den Stabilisator in Reichweite. Das Einzige, was ihrem Vater fehlte, war sein ausgezeichneter Verstand.

»Er steht unter einem Verwirrungs-Bann«, sagte Mort leise. »Ich kann ihn nicht brechen. Ich verstehe nicht, warum Ozymandias es für nötig gehalten hat, ihn damit zu belegen.«

»Damit wir nicht wissen, was er getan hat, als Ozy ihn hatte?«, schlug Riley vor.

Mort nickte zustimmend. »Geh langsam zu ihm. Er erschrickt leicht.«

Riley befolgte den Rat des Totenbeschwörers. Es dauerte eine Weile, aber schließlich setzte sie sich neben ihren Vater auf den Boden. Er sah zu ihr herüber, dann starrte er wieder ins Leere. Zumindest phantasierte er nicht mehr über irgendwelche Dämonen.

»Dad«, sagte sie. Keine Reaktion. Sie hatte gewusst, dass es hart werden würde, aber das hier war grauenvoll. Also begann sie, ihm von den alltäglichen Dingen zu erzählen, davon, wie sie die Rechnungen bezahlt hatte, dass sie gute

Noten hatte und dass sie Peter zu Hause besucht hatte. Sie redete, bis ihre Kehle ausgedörrt war.
»Schuuuule?«, fragte ihr Vater.
Als Lehrer wusste er immer, wenn sie die Schule schwänzte.
»Der Unterricht ist ausgefallen, weil ... na ja, einfach weil.«
Er schien nicht zu begreifen, dass der Satz keinen Sinn ergab.
Als Riley ihrem Vater die Flasche mit der orangefarbenen Flüssigkeit reichte, trank er daraus. Immerhin ein Fortschritt.
»Ich bin hier, um von Mort Latein zu lernen«, erklärte sie, in der Annahme, er würde das gerne wissen wollen.
Ihr Vater murmelte etwas.
»Was?« Er wiederholte es, aber sie verstand nicht, was es bedeutete.
Als er schließlich einschlief, stopfte sie die Decke um ihn fest und machte sich auf die Suche nach dem Totenbeschwörer. Mort hatte den Garten zu ihrem Arbeitszimmer erkoren. In der Nachmittagssonne war es einigermaßen warm, und ein paar Vögel versuchten unter heftigem Geflatter, ein Eichhörnchen vom Futterplatz zu vertreiben.
»Wir fangen mit den einfachsten Wörtern an«, sagte der Beschwörer. »Du wiederholst, was ich dir vorspreche, und ich korrigiere deine Aussprache. Das machen wir so lange, bis dein Gedächtnis klemmt.«
Sie konnte sich ein Lächeln nicht verkneifen. »Besteht irgendeine Chance, dass es funktioniert?«

Er zuckte die Achseln. »Es gibt nur einen Weg, es herauszufinden.«

✣

Erst ganz zum Schluss, nach drei Stunden Arbeit, fand sie heraus, was ihr Dad gesagt hatte.

»Was bedeutet *alea iacta est*?«

»Der Würfel ist gefallen«, erwiderte Mort. »Es bedeutet, dass ein Ereignis sich nicht mehr rückgängig machen lässt.«

Ihr Vater wusste, was sie vorhatte, und dass ihre Überlebenschance gegen null ging.

Nachdem ihr Gehirn kein Latein mehr aufnehmen konnte, verabschiedete Riley sich endgültig von Paul Blackthorne. Während sie ihr Lebwohl stammelte, starrte er zu einem unsichtbaren Horizont, die Stirn leicht gerunzelt, als würde es in der Welt nicht gerecht zugehen. Als die Zeit gekommen war, küsste sie ihn, strich sein Haar glatt und verließ ihn. Statt zu weinen, flüsterte sie unablässig lateinische Brocken.

Ich werde tun, was ich tun muss, um die Welt zu retten. Anschließend würde sie versuchen, ihren Dad zu retten. Denn was für einen Sinn hatte ein Opfer, wenn es nicht denen galt, die man liebte?

✣

Obwohl es beinahe Mitternacht war, konnte Riley nicht schlafen. Ihr dröhnte der Schädel vom Latein und vom Stress, als sie zur Hintertreppe von Stewarts altem Haus ging. Das Gras wurde bereits grün, und das Verandalicht warf Schatten auf die Narzissenblätter, die sich aus der Erde schoben. In wenigen Wochen würden die Blumen blühen. *Oder auch nicht*.

Riley unterdrückte ein Gähnen, während ihr Gehirn die Probleme aufzulisten begann. Was, wenn da mehr Dämonen waren, als sie dachten? Was, wenn sie den Zauberspruch vermasselte? Was, wenn sie nicht mehr am Leben war, wenn das Ende kam? Würde jemand anders den Weltuntergang verhindern, oder war sie dieses Mal die Einzige, die dafür zur Verfügung stand?

Zu ihrer Erleichterung öffnete sich knarrend die Tür hinter ihr, und Beck setzte sich zu ihr auf die Treppe. In einer Hand hielt er eine Serviette mit einem riesigen Stück Kuchen, in der anderen eine Flasche Wasser.

Er reichte ihr den Kuchen und stellte die Flasche neben ihr Bein. »Ich habe mir gedacht, du bräuchtest vielleicht ein wenig Stärkung.«

»Danke«, sagte sie. Er lächelte übers ganze Gesicht, womit sie angesichts dessen, wie die Dinge liefen, nicht gerechnet hätte.

»Was ist los?«

»Jackson und ich haben den Kerl geschnappt, der die Dämonen kauft«, sagte er, und das Lächeln wurde noch breiter. »Der Typ hat alles auf denjenigen geschoben, der die ganze Operation leitet, einen Schlipsträger aus Bürgermeister Montgomerys Büro.«

»Das sind tolle Neuigkeiten.« Erst dann stolperte sie über den *Bürgermeister*. »So weit oben?«, fragte sie verblüfft.

»Es war Montgomerys Assistent, und der war ein Trance-Dämon«, sagte er kopfschüttelnd. »Es lief perfekt: Wir zerschmetterten eine Babel-Kugel, und das Ding verwandelte sich mir nichts, dir nichts in einen Dämon vierten Grades«, sagte Beck und schnippte zur Bekräftigung mit den Fingern. »Verdammt, das war nur gerecht.«

»Wow. Ich wünschte, ich wäre dabei gewesen.« *Das wäre so cool gewesen.*

»Die beiden Meister waren da, Salvatore und ich. Es war klasse«, sagte er, immer noch ganz aufgeregt. »Du hättest das Gesicht des Bürgermeisters sehen sollen. Ich dachte, er würde gleich kotzen.«

»Aber haben sie denn die Büros der Stadtverwaltung nicht mit Weihwasser geschützt?«

»Der Dämon war für die Beschaffung des Weihwassers zuständig, also hat er dafür gesorgt, dass es nicht das richtige Zeug war.«

»Für das Weihwasser zuständig …« Ihre Gedanken überschlugen sich. »Könnte er hinter …«

»Es hängt alles zusammen. Mit den Einnahmen vom Verkauf des gefälschten Weihwassers wurden die Dämonen gekauft. Der Bürgermeister hatte keine Ahnung, was da vor sich ging, aber er konnte es nicht leugnen – der Laptop, den ich aus der Lagerhalle mitgenommen hatte, stammte aus dem Büro seines Assistenten.«

Kein Wunder, dass Beck strahlte wie ein Zehn-Megawatt-Scheinwerfer. Riley hob die Hand und gab ihm High Five. »Das habt ihr super gemacht.«

»Der Bürgermeister ist plötzlich sehr hilfsbereit. Die Wähler sollen wohl nicht erfahren, dass sich Höllenbrut in der Stadtverwaltung eingenistet hatte.«

»Da kommt man ins Grübeln, wie viele von denen es tatsächlich gibt.« *Das muss Sartaels Plan sein.* Aber wie konnten sie das beweisen? »Besteht irgendeine Chance, dass der Vierer uns erzählt, wer hinter all dem steckt?«

»Nein. Der wird kein Wort sagen.« Beck zeigte auf den Kuchen, der unbeachtet in ihrem Schoß lag. »Der ist mit Schokoladenchips. Ziemlich lecker.« Er senkte die Stimme. »Aber nicht so gut, wie die Haferkekse von deiner Mom, die sie mir während meiner Armeezeit immer geschickt hat. Das waren die besten.«

Er hatte eine positive Erinnerung in ihr wachgerufen. Ihre Mom und sie hatten ganze Nachmittage damit zugebracht, Unmengen von Keksen zu backen, sie einzupacken und nach Übersee zu schicken.

»Die Jungs haben sie geliebt«, fuhr Beck fort. »Deine Mom musste jedes Mal mehr schicken, weil ich sie immer verteilt habe.«

»Ich habe ihr immer dabei geholfen, sie zu backen.«

»Ich weiß. Dadurch wurden sie noch mehr zu etwas Besonderem«, sagte er.

Riley spürte, wie ein warmes Gefühl sie durchflutete. *O Mann, ich bin verknallt.* Um nicht mit irgendetwas herauszuplatzen, was sie später bereuen würde, wandte sie ihre Aufmerksamkeit dem Kuchen zu.

»Ich habe Rennie bei der Nachbarin untergebracht«, sagte er. »Falls ich nicht wieder auftauche, wenn das alles vorbei ist, habe ich Mrs Merton gesagt, dass du ihn bekommen sollst.«

Der Kerl vermachte ihr das Einzige, das er mehr als alles andere auf der Welt liebte.

»Okaaay. Ich passe auf ihn auf. Ich verspreche es.«

»Gut. Ach ja, und ich habe den Scheck von deinem Daddy auf mein Bankkonto eingezahlt und mein Testament gemacht«, fügte er hinzu. »Du bekommst es, falls mir etwas zustößt. Stewart kann dir helfen, ein eigenes Bankkonto zu eröffnen.«

Darüber wollte sie nicht nachdenken. Trotzdem … »Was, wenn keiner von uns mehr da ist?«

»Dann geht es an die Stiftung der Dämonenfänger zur Unterstützung ihrer Familien. Ich nahm an, du hättest nichts dagegen.«

Genau das hätte sie auch getan.

Beck nestelte an einem Schnürsenkel herum, obwohl er wie immer einen Doppelknoten gebunden hatte. Er hatte noch etwas auf dem Herzen. »Wenn das alles vorbei ist, machst du dann vielleicht … backst du dann ein paar von den Keksen von deiner Mom?«, fragte er.

Natürlich ging es ihm nicht nur um die Kekse. Er hoffte, dass irgendwann, wenn all das Kämpfen ein Ende hatte, sie noch da war, um Kekse für ihn zu backen, und dass er dann noch am Leben sein würde, um sie zu essen.

»Klar«, sagte sie und lächelte ihn an. »Wie viel möchtest du?«

»Ein paar Dutzend müssten es schon sein. Ich bin sicher, dass die anderen Dämonenfänger auch welche wollen.«

Sie konnte ihm jetzt unmöglich vom Auftrag des Himmels erzählen. Er brauchte diesen Hoffnungsschimmer. Sie alle brauchten ihn.

»Riley, ich …« Beck sah ihr tief in die Augen. »Wenn die Sache schiefgeht …«

Du brauchst dir keine Sorgen zu machen, dass irgendjemand von deinem Kaninchen erfahren oder herausfinden würde, dass du nicht lesen und schreiben kannst. Du brauchst dir bis in alle Ewigkeit um nichts mehr Sorgen zu machen.

»Egal, was passiert, sei vorsichtig«, sagte er.

»Natürlich«, antwortete sie und fragte sich, was er gesagt hätte, wenn er den Mut dazu gefunden hätte. »Ich habe schließlich einen Backauftrag angenommen.«

Beck lächelte. Er wischte ihr einen Kuchenkrümel aus dem Gesicht. Eine Sekunde lang dachte sie, er würde versuchen, sie zu küssen, aber das tat er nicht.

»Aber das gilt auch für dich«, mahnte sie. »Du musst aufhören, den Helden zu spielen.« *Ich will dich nicht sterben sehen.*

»Mach dir deswegen keine Sorgen.«

Wir lügen, und wir wissen es beide.

Beck stand auf und klopfte sich die Jeans sauber, obwohl sie es nicht nötig hatte. »Ich muss gehen. Stewart wartet auf mich. Er sagt, er will mir beibringen, wie man ein Schwert ordentlich benutzt.«

Riley johlte. »Darf ich zusehen? Das wird bestimmt saukomisch.«

»Du hast einfach keinen Respekt, Frau«, gab Beck zurück.

Nachdem sich die Tür hinter ihm geschlossen hatte, fiel ihr auf, was er gesagt hatte.
Frau? Er nannte sie nicht länger Mädel.
Wenn das kein Zeichen dafür war, dass das Ende der Welt nahte, welchen Beweis brauchte sie denn noch?

30. Kapitel

Um sechs Uhr morgens versammelten sie sich am Westeingang des Oakland-Friedhofs. Sie hatten diesen Ort ausgewählt, weil geweihter Boden die letzte Waffe gegen Höllenbrut darstellte. Für Riley hatte diese Stunde Symbolcharakter – das Licht drängte die Dunkelheit zurück, als die Sonne für einen neuen Tag aufging.

Wie an den meisten Tagen im Februar war es kalt, der backsteinerne Torbogen des Friedhofeingangs war von Raureif bedeckt. Zwanzig Jäger standen in zwei strengen Reihen draußen vor dem Eingangstor, ihr Atem vermischte sich in der kühlen Luft zu kleinen Wolken. Sie trugen Kampfanzüge, und die roten Ohren und Nasen waren der einzige Hinweis darauf, dass die Kälte irgendeinen Effekt auf sie hatte. Jeder von ihnen hatte ein Schwert vor sich auf dem Boden liegen. Jetzt gingen sie in die Knie und senkten die Köpfe, während Vater Rosetti ein Gebet anstimmte.

»Daran hat sich im Laufe der Jahrhunderte nicht viel verändert«, sagte Stewart leise, als er sich neben Riley stellte, und deutete mit einer Kopfbewegung auf die Jäger und ihren Priester. »Direkt vor einer Schlacht erbitten wir immer noch göttlichen Beistand.«

»Tun Sie das?«, fragte sie und blickte zu dem Mann auf, der auf sie eher wie ein Großvater als ein Meister wirkte.

»Aye, ich habe ein paar Worte an den Allmächtigen gerichtet. Ob Er zugehört hat, weiß ich allerdings nicht.«

»Ich hab's auch getan«, gab sie zu. »Ich frage mich immer noch, ob ich irgendetwas hätte tun können, um das hier zu verhindern.«

Stewart seufzte schwer, das Gesicht in Sorgenfalten gelegt. »Das bezweifle ich. Sobald du von einem Strudel erfasst bist, gibt es keinen Ausweg mehr.«

Die Dämonenfänger standen in einer Gruppe für sich, in sicherer Entfernung zu ihren Rivalen. Verglichen mit dem geschniegelten Trupp des Vatikans waren sie ein zusammengewürfelter Haufen. Einige trugen Lederjacken, andere Denimjacken. Es gab ein ganzes Sortiment an Waffen, einschließlich Schwertern, Stahlrohren und Baseballschlägern. Sie sprachen miteinander, und hier und da hörte sie ihren Namen heraus. Simon war unter ihnen. Riley hätte damit rechnen müssen, dass er dabei war, trotzdem beunruhigte es sie. Sie wollte nicht zusehen, wie er noch einmal verletzt wurde. Von Zeit zu Zeit blickte er zu ihr hinüber, ohne einen Hauch Wärme im Blick.

Wahrscheinlich gibt er mir für das alles die Schuld.

Beck plauderte mit Jackson und McGuire. Sie wollte mit ihm reden, möglicherweise zum allerletzten Mal, aber die Menge um ihn herum ließ es nicht zu. Stattdessen lächelte sie in seine Richtung. Hoffentlich konnte er aus diesem Lächeln herauslesen, was sie wirklich für ihn empfand.

Widerstrebend wandte Riley sich ab und gesellte sich zu

jenen, die Magie einsetzten. Mort trug seine Robe und den weichen Filzhut, der merkwürdig fehl am Platze wirkte. Er stampfte mit den Füßen, um sich warm zu halten. Ayden trug enge Lederhandschuhe und einen dicken smaragdgrünen Umhang mit Kapuze. Unter dem Saum lugte eine Schwertscheide hervor.

Beide hatten riesige Gobelintaschen neben sich liegen. Wer hätte geahnt, dass man so viel Zeug brauchte, um ein bisschen Hokuspokus zu betreiben? Riley hatte ihren Rucksack dabei, gefüllt mit Gegenständen, die ihr etwas bedeuteten – das Medaillon mit dem Foto ihrer Eltern, den Umschlag mit einem winzigen Zopf aus den Haaren ihrer Mutter, ein Bild von ihr und Peter. Die Dämonenkralle hing um ihren Hals.

Soweit sie verstanden hatte, lautete der Plan, dass sie und die Magier die Dämonen zum Friedhof locken sollten, während die Jäger und Dämonenfänger auf geweihtem Boden auf der Lauer lagen. Sobald die Höllenbrut sich am Rand des Friedhofs zusammenrottete, würden die Männer angreifen und sie hoffentlich alle töten.

Zu viele Dinge, die schiefgehen konnten.

Als Ayden und Mort auf den Friedhof zugingen, rührte Riley sich nicht von der Stelle. Sie konnte sich nicht dazu überwinden, einen Schritt zu tun. Bestimmt schafften sie das auch ohne sie.

Ayden drehte sich zu ihr um. »Riley? Alles in Ordnung mit dir?«

Riley schüttelte zitternd den Kopf. »Nein.«

»Hast du Angst?«, fragte die Hexe sanft.

»Ja. Ich verliere fast den Verstand vor Angst. Ich weiß nicht, ob ich das schaffe.«

»Wenn du meinst, ich wäre freiwillig hier, gehörst du in die Klapse«, sagte Mort.

»Mir geht's genauso, aber das ist nun einmal unsere Aufgabe«, sagte Ayden. »Du kannst aufstehen und dich deinen Ängsten stellen, oder du kannst dich von ihnen beherrschen lassen. Du hast die Wahl. Niemand sonst kann dir sagen, was du als Nächstes tun sollst.«

Riley blickte über die Schulter zurück zu den Jägern. Sie rüsteten sich für das Kommende. Genauso die Fänger. Sie ertappte sich dabei, dass sie Beck schon wieder beobachtete, wie er mit Jackson herumalberte und versuchte, seine Ängste zu meistern.

Du hast genau solche Angst wie ich. Alle haben Angst.

Beck drehte sich zu ihr um, schenkte ihr ein leises Lächeln und entschuldigte sich bei den anderen Männern. Genau unter dem Friedhofstor stellte er sich zu ihr.

»Riley …«, begann er und hielt wieder inne, als sei er nicht sicher, was er sagen sollte.

Das war es, was sie wirklich wollte: eine Gelegenheit, sich zu verabschieden, aber jetzt war es viel zu peinlich. Zu viele Augenpaare waren auf sie gerichtet, und das machte Riley nervös. Beck musste ähnlich empfinden, denn er zog sie vom Eingang fort auf einen Seitenpfad, aus dem Blickfeld der meisten anderen.

Die Hexe verstand den Wink. »Du kannst dann ja nachkommen«, sagte Ayden und ging Seite an Seite mit Mort davon.

Riley blickte hinauf in Becks dunkelbraune Augen. *Was soll ich diesem Typen sagen? Was, wenn wir uns jetzt zum letzten Mal lebendig sehen?*
Beck holte tief Luft. »Stewart hat mir gesagt, was dir bevorsteht, was der Himmel von dir erwartet.«
Das irritierte sie. »Warum hat er dir das erzählt?«
»Damit ich nicht wie ein Idiot dastehe.«
Sie hatte keine Ahnung, wovon er sprach.
»Beck, ich …«
Zärtlich liebkoste er ihr Haar, betrachtete ihr Gesicht mit neuer Ehrfurcht.
»Ich war so ein verdammter Trottel, Riley. Ich habe dich bedrängt, wenn ich mich hätte verkrümeln sollen. Ich war nicht für dich da, wenn ich hätte da sein sollen.«
»Nein, du warst immer für mich da.«
»Nicht so, wie ich wollte. Ich wünschte … wir hätten eine Chance gehabt.« Er wandte kurz den Blick ab, dann sah er sie wieder an. Er legte seine Stirn gegen ihre. Sein Atem flatterte und ging unregelmäßig. »Tu, was du tun musst, um deine Schulden beim Himmel zu begleichen, Mädel«, sagte er, ohne sich zu bemühen, anders zu sprechen. »Aber du stirbst mir nicht, hast du mich verstanden? Ich kann nicht ohne dich leben. Du bist alles, was ich habe, Frau.«
Ihr stockte der Atem. »Ich will nicht hier sein, wenn du nicht hier bist.«
Beck legte die Hände um ihre Hüften und zog sie an sich. Sie konnte jeden seiner Atemzüge spüren, sie waren einander so nah, dass sie fast eins waren. Ihre Lippen berührten sich, zögerlich, und zu ihrer Erleichterung ließ der

Himmel es nicht Dämonen regnen, und die Erde unter ihren Füßen fing nicht an zu brodeln. Ermutigt vertiefte er den Kuss und zog sie noch fester an sich. Sie spürte die Hitze, die durch ihren Körper strömte, sie versengte und sie als seinen Besitz markierte. Es war der Kuss eines Mannes, der seit Jahren auf diesen Augenblick gewartet hatte und fürchtete, dass er niemals wiederkehren würde.

Als er aufhörte, presste Beck sie so stark an sich, dass sie meinte, ihre Knochen müssten brechen. Sie bekam kaum noch Luft, aber sie wollte nicht, dass er aufhörte. Sie legte den Kopf an seine Schulter und spürte, wie ihre Welt sich veränderte.

Jemand rief seinen Namen, und er fluchte leise.

»Ich muss gehen«, flüsterte er und trat einen Schritt zurück, plötzlich ganz der Profi. In seinen Augen glitzerte es feucht, der Beweis, dass er die Energie zwischen ihnen gespürt hatte. Riley zupfte seinen Kragen gerade und klebte sich, obwohl es beinahe unmöglich war, ein falsches Lächeln ins Gesicht.

»Na los, tritt ein paar Dämonen in den Arsch, Dorftrottel«, sagte sie und versuchte, tapfer zu klingen.

»Du auch, Prinzessin.« Er strich ihr zärtlich über die Wange. »Ich sehe dich bald, wo auch immer.«

Indem er zuerst ging, bewies Beck, dass er stärker war als sie. Als er sich vor dem Tor zu Stewart gesellte, stellte der Meister ihm eine Frage, und Beck nickte. Er sah noch einmal für eine Sekunde sehnsüchtig zu ihr zurück, dann wandte er sich ab.

Warum haben wir bis jetzt gewartet? Sind wir so blind gewesen?

Sie nahm sich Zeit, um sich Beck in allen Einzelheiten einzuprägen. Das strubbelige blonde Haar, die braunen Augen, die breiten Schultern. Sie merkte sich, wie er stand, dieses jungenhafte Lächeln, wie er sich in ihren Armen anfühlte. Sie wünschte, er wäre ihr erster Liebhaber gewesen anstelle des Engels.

Widerwillig wandte Riley sich ab und betrat den Friedhof. Jeder Schritt, der sie weiter von Beck fortführte, war eine Qual. Schließlich holte sie die Hexe und den Nekromanten beim Pförtnerhaus ein.

»Dieser Kuss war rekordverdächtig«, sagte Ayden und hob eine Augenbraue.

Riley bekam nicht einmal ein Erröten zustande. »Hast wohl zugeschaut, was?« Ein Nicken als Antwort. »Das reinste Erdbeben.«

»Dann behalte jede Sekunde davon im Gedächtnis, und das, was es bedeutet. Es liefert dir einen Grund, am Leben zu bleiben.«

Das konnte sie schaffen.

Schweigend gingen sie weiter, jeder hing seinen Gedanken nach. Als sie den schneeweißen Glockenturm hinter sich gelassen hatten, konnte Riley das Dach ihres Familienmausoleums mit den unheimlichen Wasserspeiern sehen. Ihr Blick wanderte zu Oris Statue. Melancholie schien an seinem Körper zu haften wie der Raureif.

Als Mort sie fragte, welcher Ort sich richtig anfühlte, um den Zauber auszuführen, wählte Riley genau jene Stelle aus, an der sie Totenwache für ihren Vater gehalten hatte. Sie konnte nur wenig beitragen, bis die anderen beiden damit fertig waren, ihren magischen Krimskrams auszupacken und aneinander herumzumäkeln, also bemühte sie sich, niemandem im Weg zu stehen. Fetzen der Unterhaltung drangen ihr ins Ohr – wo sie die Kerzen hinstellen sollten, wo die Energiekugeln, warum Hexenmagie weniger wirksam war als Nekromagie, und warum die Hexe das für totalen Unsinn hielt.

Um die beiden auszublenden, ging Riley zum Sockel von Oris Statue. Würde er wie immer in der Morgendämmerung lebendig werden? Würde sie dann noch am Leben sein, um ein letztes Mal mit ihm zu sprechen?

Riley blickte hinauf zu den gequält dreinblickenden Augen. »Ich glaube nicht, dass du mich angelogen hast. Das macht es nur noch schwerer, Engel.«

Als sie sich wieder ihren Gefährten zuwandte, entdeckte sie ein kompliziertes Muster aus farbigen Zeichen auf dem Boden. Das schien Morts Werk zu sein, da es ähnlich aussah wie die Muster, die sie in seinem Haus gesehen hatte. Ayden hatte Kerzen und Kristallkugeln beigesteuert.

»Kann man die Magie von Beschwörern und Hexen mischen?«, fragte Riley und begriff, dass sie genau das in wenigen Minuten tun würden.

Ayden bedachte sie mit einer hochgezogenen Braue. »Es hat große Ähnlichkeit damit, eine Stange Dynamit und ein Streichholz zusammenzubringen.«

»Falls also die Dämonen uns nicht umbringen, könnten wir uns selbst in klitzekleine Stücke sprengen?«

»In Stücke gesprengt zu werden wäre noch ein gutes Ergebnis«, erwiderte Mort.

»Was, wenn Ozy auftaucht?«

»Dann stecken wir richtig in der Klemme. Ich bin nicht stark genug, um ihn in einem magischen Kampf zu besiegen.«

»Ich auch nicht«, gab die Hexe zu. »Aber vielleicht zusammen? Wir werden es herausfinden müssen, was, Beschwörer?«

»Du wärst nicht so vorwitzig, wenn du wüsstest, wozu er in der Lage ist«, wandte Mort ein.

»Du vergisst, dass ich genau weiß, zu was er in der Lage ist«, gab Ayden zurück. »Ich habe gesehen, was er mit deinen Schutzeinrichtungen angestellt hat.«

»O Mann, jetzt bleibt mal cool, alle beide«, sagte Riley. »Wenn es kein Morgen gibt, ist es doch völlig egal, wer von euch recht hat.«

Damit war Schluss mit dem magischen Kindergarten. Es war nicht so, dass sie sich hassten – sie vertrauten einander nur nicht.

Rileys Hintern protestierte, als er den kalten Boden berührte. Aus irgendeinem Grund hatte sie nichts für dieses Alles-oder-gar-nichts-Szenario eingepackt. Was sollte man auch für den Weltuntergang einpacken? Sonnencreme und Sonnenbrille? Feuerfeste Unterwäsche? Vielleicht einen Reiseführer durch die Unterwelt.

Es gab einen Schlafsack im Mausoleum. Als sie die bronzene Doppeltür aufschloss, umfingen sie sofort all die Erinnerungen, die an diesen Ort geknüpft waren – der

Tag, an dem sie ihre Mutter beerdigt hatten, die vielen Stunden, die sie hier über ihren Vater gewacht hatte, die Nacht, in der sie mit Ayden zusammen Wein getrunken hatte und ziemlich abgefüllt gewesen war, die Zeit, die sie mit Beck hier verbracht hatte, nachdem das Tabernakel abgebrannt war. Wie er sie trotz seiner Verletzungen ganz fest gehalten hatte. Und dann jene Nacht mit Ori. Das Mausoleum bedeutete für sie mehr als ein Ort der Ruhe für verstorbene Verwandte; es war ein wichtiger Bestandteil ihrer persönlichen Geschichte, im Guten wie im Bösen.

Eine rote Rose lag auf der Vorratskiste im hinteren Teil des Bauwerks, die Rose, die Ori ihr in jener Nacht geschenkt hatte, ehe sie sich geliebt hatten. Obwohl es mehr als eine Woche her war, begannen die Blütenblätter gerade erst zu welken. *Engelsmagie*. Riley legte sie zur Seite, dann hob sie den schweren, mit Marmor verzierten Deckel der Kiste an. Als sie hineingriff, entdeckte sie einen weißen Briefumschlag, direkt oben auf dem Schlafsack. Er war an sie adressiert, in der Handschrift ihres Vaters.

Als sie die Kiste das letzte Mal geöffnet hatte, war er noch nicht dort gewesen, also hatte er ihn offensichtlich hineingelegt, nachdem er reanimiert worden war.

Liebste Riley,

jetzt steht alles auf dem Spiel. Egal, wofür du dich entscheidest, egal, was geschieht, du wirst immer in meinem Herzen bleiben, denn du bist mein geliebtes Kind. Vergib mir, was

ich getan habe und was ich tun werde. Es geschah alles um deinetwillen.
Mit all meiner Liebe,
Dad

Eine Träne lief ihr über die Wange. »Da gibt es nichts zu vergeben, Dad. Du hast das getan, was du für das Richtige hieltest. Ich versuche, es genauso zu machen.«
Riley küsste den Brief und schob ihn vorsichtig in den Umschlag zurück. Spontan schob sie ihn unter ihr Hemd, direkt an ihr Herz, obwohl es nur ein schwacher Trost war. Wenn ihr Vater schon nicht bei ihr sein konnte, so würde zumindest seine Liebe sie begleiten.

31. Kapitel

»Sieht aus, als wären wir so weit«, verkündete Mort.

»Was soll ich machen?«, fragte Riley und ließ sich nieder. Zum Glück bot der Kreis genügend Platz für ihren Schlafsack, ohne Morts und Aydens komplizierte Vorbereitungen durcheinanderzubringen.

»Du kannst den Jägern sagen, dass wir jetzt anfangen, und dann das Funkgerät ausschalten.«

Reichlich nervös klickte Riley auf das Funkgerät, das sie ihr gegeben hatten. »Äh, hallo?«

Salvatore meldete sich sofort. »Nur zu, Team Dämon.«

Das war immerhin noch besser als Team Höllentor.

Sie gab die Nachricht durch, und Hauptmann Salvatore bestätigte sie. »Die Teams Gabriel und Angelus sind auf Posten. Möge Gott uns den Sieg schenken«, sagte er.

»Dann mal los«, sagte sie und drehte den Lautstärkeregler am Funkgerät zurück.

»Schalte auch dein Telefon aus«, riet Mort. »Wir können keine Ablenkung gebrauchen.«

Direkt bevor sie tat, worum er sie gebeten hatte, schickte sie noch eine letzte SMS an Peter.

Es geht los. Wünsch uns Glück. Gebete wären auch nicht schlecht. Ich hab dich lieb!

Sobald die Elektronik gebändigt war, blieb ihr nichts weiter übrig, als den anderen bei ihrem Treiben zuzuschauen, was auch immer es war. Der ganze Hokuspokus erinnerte Riley daran, dass sie in Morts und Aydens Welt der Zaubersprüche und Beschwörungen eine Außenseiterin war.

»Magie hat große Ähnlichkeit mit der Arbeit an Hochspannungsleitungen«, warnte Ayden und richtete eine Kerze und den dazugehörigen Kristall neu aus. »Man muss sich dabei sehr konzentrieren, oder man wird geröstet. Wir werden dir helfen, so gut es geht. Achte nur immer auf die vor dir liegende Aufgabe.«

Die Hexe schuf einen Schutzkreis und sprach den machtvollen Zauber, der sie hoffentlich vor Ozymandias schützen würde, sollte er beschließen, sich zu rächen. Während Ayden den Zauber geduldig aufbaute, spürte Riley, wie die Magie kribbelnd über ihre Haut zu laufen schien. Die Luft um sie herum begann zu funkeln, als befänden sie sich im Inneren einer dieser Weihnachtskugeln, die man im Advent in den Kaufhäusern findet. Ayden beschwor die letzte Himmelsrichtung und erweckte den Kreis zum Leben. Prompt stoben grelle Funken auf, und es machte plopp. Riley verzog das Gesicht, während sich ihre Ohren langsam an den veränderten Luftdruck anpassten. Das war ein gedopter Schutzkreis.

Die Magie wirbelte um sie herum, schoss bis zu drei Meter in die Höhe, während bunt schillernde Flecken im Licht der Morgendämmerung tanzten. Alles außerhalb des Kreises – die Grabsteine, der Glockenturm, selbst die Bäume – wirkte durchscheinend und verschwommen, als

würde Riley es aus dem Inneren einer Seifenblase heraus betrachten.
Mort nickte anerkennend, was bei ihm so viel war wie Standing Ovations.
Vielleicht funktioniert es ja.
Rileys Handflächen begannen zu jucken. *O Mann.* Die Male pulsierten und waren deutlich zu erkennen. Irgendwie hatte die Magie das ausgelöst. Sie widerstand dem Drang, sich zu kratzen.
»Will ich wissen, was das zu bedeuten hat?«, fragte Mort und starrte auf ihre Handflächen. Riley schüttelte den Kopf.
»Unwissenheit hat auch ihre guten Seiten«, erwiderte Ayden. »Besonders in diesem Fall.«
Sobald der Kreis gesichert war, setzte sich der Totenbeschwörer neben Riley und baute methodisch seine Gerätschaften auf. Die Hauptsache war ein ledernes Buch mit Zaubersprüchen, auf dessen Vorderseite ein kompliziertes Symbol aufgeprägt war, wahrscheinlich die nekromantische Entsprechung zu einem Totenschädel und gekreuzten Knochen.
»Dies ist mein Zauberbuch«, erklärte Mort und streichelte den bejahrten Einband voller Zärtlichkeit. »Es wird seit Hunderten von Jahren in der Linie meines Meisters weitergegeben.«
Wie Stewarts Schachspiel. »Du hast es bekommen, als du angefangen hast?« Bei den Dämonenfängern lief es jedenfalls anders; sie rückten nur tröpfchenweise mit den Informationen heraus, um zu verhindern, dass die Lehrlinge

einen schnellen Tod durch die Hand eines ranghohen Dämons fanden.

»Ich habe es erst erhalten, als mein Meister starb. Da war ich endlich bereit.«

Riley war versucht zu fragen, wie sein Meister gestorben war, doch dann überlegte sie es sich anders. Sie bezweifelte, dass der Mann sich zu Tode gelangweilt hatte.

Mort schlug das Zauberbuch auf einer Seite auf, die eng mit Latein beschrieben war. Die Buchstaben waren nicht gesetzt, sondern kunstvoll handgeschrieben. Sie glühten buchstäblich. Vor ihrem inneren Auge sah sie einen Mönch, der in seiner kargen, steinernen Zelle diesen Text schrieb.

Riley schluckte, als ihr Herzschlag sich beschleunigte. »Das ist ziemlich schwer zu lesen«, sagte sie und hoffte, dass sie noch einmal davonkommen würde.

»Ich weiß. Deshalb haben wir dies hier«, sagte Mort und zeigte ihr ein maschinengeschriebenes Blatt Papier. »Das sind dieselben Zauberformeln, mit der Aussprache unter jedem Wort.«

Okay, schon besser. Relativ gesehen.

Riley wollte nie zaubern, aber hier stand sie jetzt. Wetten, dass der Vatikan, falls sie Erfolg hatte, die Ermittlungen gegen sie wieder aufnehmen würde, selbst wenn die Beschwörung jedem einzelnen Jäger das Leben rettete?

Der Totenbeschwörer schnippte mit den Fingern, und eine winzige Lichtkugel schwebte über der bedruckten Seite. Jetzt konnte sie die Worte besser erkennen. Doch im Licht war auch der dünne Schweißfilm auf Morts Stirn zu erkennen, der seine Angst verriet. Was Rileys Selbstvertrauen nicht besonders stärkte.

Verdammt. Sie war von Luzifer, von Ori und von ihren eigenen bescheuerten Entscheidungen in diese Ecke gedrängt worden. Unter ihrem Hemd knisterte etwas, der Brief ihres Vaters. *Alles wird gut.* Das hatte er immer gesagt. Vielleicht hatte er dieses Mal recht.

»Wir brauchen die Dämonenkralle«, sagte Mort. »Leg sie mitten auf das Buch.« Riley tat, wie geheißen, und die silberne Kette schlängelte sich um die schwarze Kralle. Sie erinnerte sie an Beck, an den Tag, als er ihr den Anhänger geschenkt hatte. Wie besorgt er gewesen war, er könnte ihr nicht gefallen! Selbst damit hatte er ihr gezeigt, wie viel sie ihm bedeutete.

Er ist irgendwo da draußen. Er und Simon und der Rest von ihnen. Sie werden sterben, wenn ich das hier nicht richtig mache.

»Wir beginnen damit, diesen besonderen Dämon zu beschwören«, erklärte Mort. »Wenn das funktioniert, führen wir den Lösungszauber durch. Lass dir Zeit. Wir haben es nicht eilig.«

Noch nicht. Doch sobald sie die erste Beschwörungsformel sprach, würde Ozymandias Bescheid wissen. Wahrscheinlich würde er seine Höllenbrut losschicken, und die Schlacht würde beginnen.

»Lass dich durch nichts ablenken. Das ist lebenswichtig«, warnte Mort.

Riley nickte. Ihr Herz raste so schnell, dass sie Schwierigkeiten hatte, zu atmen. *Was, wenn ich mittendrin eine*

Panikattacke bekomme? Was, wenn … Ayden berührte sie am Arm, gewann ihre Aufmerksamkeit und malte irgendein Zeichen in die Luft zwischen ihnen. Sie hatte das zuvor schon einmal getan, auf dem Markt, und behauptet, sie hätte eine Mücke verscheucht.

»Was machst du da?«, wollte Riley wissen.

»Einen Erdungszauber. Er wird dir helfen.«

Und das tat er, obwohl Riley keine Ahnung hatte, wie. Das Atmen fiel ihr allmählich leichter, und ihre Muskeln entkrampften sich. Sie konnte sogar durch den Schutzkreis hindurchsehen.

»Manchmal sind diejenigen die Stärksten, die genau das Gegenteil zu sein scheinen«, sagte Ayden, den Blick auf den Totenbeschwörer gerichtet. »Der Mut ist da. Du musst ihn nur tief in dir aufspüren.«

»Ich versuche es.«

Mort begann mit seiner Beschwörung. Was immer er sagte, klang ziemlich ernst, aber das war bei Latein ja immer so. Als die Zauberformel vollständig war, reichte er ihr ein Stück Papier. »Lies das.«

Riley befolgte seine Anweisung. Der Spruch bestand nur aus zwei Zeilen, und das war schnell geschafft. Als sie fertig war, nahm Mort das Blatt und schleuderte es in die Luft, wo es in blauen Flammen aufging. Es verbrannte und rieselte als feine, blaue Asche zu Boden.

»Das war ja gar nicht so schlimm.« Besser als befürchtet. *Deswegen war ich so aufgeregt?*

»Nein, das war ein ziemlich einfacher Zauber. Jetzt warten wir ab, ob dein Dämonenfreund sich blicken lässt«, antworte Mort. »Die Kralle wird sich bewegen, wenn die Kreatur sich nähert. Dann werden wir den Lösungszauber sprechen. Der ist unendlich komplizierter.«

Die Zeit verstrich. Riley versuchte, nicht herumzuzappeln, ohne Erfolg. Sie wollte den Brief ihres Vaters noch einmal lesen, aber nicht vor den anderen. Das war etwas, das nur sie beide etwas anging. Die feinen Härchen in ihrem Nacken begannen sich aufzurichten, eine primitive Reaktion auf eine unsichtbare Bedrohung. Eine Sekunde später begann die Dämonenkralle auf der Buchseite hin und herzurutschen.

Weit hinter ihnen ertönte ein schnüffelndes Geräusch, dann folgte ein langes, wehklagendes Heulen. Der Dämon stand jenseits der nördlichen Friedhofsmauer – er war klug genug, den geweihten Boden nicht zu betreten und damit seine Vernichtung zu riskieren.

»Ich hab's geschafft«, grinste Riley. »Wow!«

»Das hast du. Jetzt beginnen wir mit dem Lösungszauber, und …«, begann Mort. Dann versagte seine Stimme.

Ein Paar rötlich-gelber Augen starrte sie von außerhalb des Kreises an. Der Dämon stand auf geweihtem Boden.

32. Kapitel

»Das geht nicht! Er kann nicht hier sein!«, schrie Riley auf. »Er sollte längst verschmort sein!«
Mort holte langsam und tief Luft, um sich zu sammeln. Dann zeigte er auf den Dreier. »Siehst du die schwache rote Aura um ihn herum? Die gehört zu Ozymandias' Reanimations-Zauber. Dadurch kann er geweihten Boden betreten.«
»O Gott, nein«, flüsterte Riley. Sie hatte gesehen, was einem von Luzifers Dämonen zugestoßen war, sobald er die Friedhofserde berührte hatte – sofortiger Tod. Das hier war eindeutig Ozymandias' Höllenbrut mit Spezial-Upgrade.
»Du solltest es besser den Jägern erzählen. Sie werden nicht damit rechnen«, sagte Ayden. »Ich habe es jedenfalls nicht erwartet.«
Mit zitternder Stimme gab Riley die schlechte Nachricht weiter. Sie zählte bis fünf, ehe die Antwort kam.
»Roger, Team Dämon.« Dieses Mal klang Salvatores Stimme abgehackt und angespannt. Die ganze sorgfältige Planung des Hauptmanns war auf einen Schlag nur noch Schrott.
Riley hörte ein Klicken, dann begann Salvatore Befehle zu

erteilen und schickte seine Männer auf neue Positionen, zusammen mit der Warnung, dass sich die Hölle nicht mehr an die Regeln hielt.

Sie können jetzt in Kirchen gehen. Sie können überall hingehen, wo sie wollen. Während sie sich das Grauen ausmalte, das auf die Stadt zukäme, blieb der Dreier außerhalb des Kreises, schlurfte auf und ab und suchte nach einer Schwachstelle in dem Hindernis. Sobald er den Kreis berührte, blitzte die Magie auf, und er wich heulend zurück.

»Göttin, ist der hässlich.« Angewidert verzog Ayden das Gesicht. Das brachte ihr ein Zischen des Dämons ein. »Hey, Dämon, ich sag einfach nur, wie es ist!«

Die Kreatur starrte unablässig Riley an, dann die Kralle, die endlich aufgehört hatte, sich zu bewegen.

Ja, das ist deine. Du hättest sie nicht in meinem Bein zurücklassen sollen.

»Er sieht nicht so aus, als wäre er tot … noch nicht«, stellte sie fest. Er stank zwar, aber das hatte nichts zu sagen. Sie stanken alle.

»Ist er auch nicht«, sagte Mort. »Die Zauberformel wird ständig verändert, und mit jeder neuen Beschwörung weicht der Dämon noch weiter von seinem natürlichen Verhalten ab. Ein äußerst beeindruckender Zauber, auch wenn er absolut bösartig ist.«

Riley runzelte die Stirn. »Aber woher wusste er, dass wir auf dem Friedhof sein würden?«

»Möglicherweise hat das überhaupt nichts mit uns zu tun«, sagte Mort. »Er könnte es einfach als weiteren Schlag gegen die Abwehrmaßnahmen der Stadt geplant haben. Bei solchen veränderten Dämonen gibt es keinen Ort mehr, der den Menschen Zuflucht bieten könnte.«

»Göttin, ist das bösartig«, sagte Ayden.

»Ozymandias ist kalt und skrupellos«, sagte Mort, »aber nicht einmal ihm hätte ich so etwas zugetraut. Die magische Signatur fühlt sich an wie die von Luzifer, aber sie ist es nicht. Das verstehe ich nicht.«

Weil es ein anderer gefallener Engel ist. Sie hatte recht gehabt – Sartael steckte hinter all dem. Wenn die Höllenbrut geweihten Boden entehrte, würde der Himmel garantiert zurückschlagen.

»Jedenfalls haben wir einen Dämon. Sehen wir zu, dass wir ihn aus dem Bann befreien«, sagte der Nekro. Er hielt Riley ein weiteres Blatt Papier vor die Nase. Dieses Mal waren es wesentlich mehr Wörter, eine ganze Seite voll. Dieses Mal würde es kein Kinderspiel werden.

»Nimm die Kralle in die Hand und rezitiere die Formel, langsam und ganz vorsichtig«, sagte der Beschwörer. »Wenn du ein Wort falsch sagst, müssen wir wieder von vorn anfangen. Wenn wir dann noch am Leben sind.«

Also alles gar kein Problem.

Riley nahm die Kralle in die linke Hand, die mit dem Zeichen des Himmels. Ein großer Fehler. Die Haut reagierte, als hätte sie sie in Säure gehalten. Hastig nahm sie das Ding in die andere Hand, und alles war gut. Die Höllenkralle lag nun auf Rileys Höllenseite. Die Zauberformel auf der Himmelsseite. Was wohl der Vatikan dazu sagen würde?

Sie hielt das Blatt Papier in der Linken und besah sich die Seite: Sie kannte diese Worte, wenn auch nicht in dieser Reihenfolge. Ohne Zweifel hatte Mort auf diese Weise verhindert, dass sie aus Versehen den Zauberspruch sagte, ehe sie in einem Schutzkreis in Sicherheit waren.

Nach einem tiefen, klärenden Atemzug begann Riley, den lateinischen Text vorzulesen. Prompt wurden die Schritte des Dämons schneller, während er kurze, bellende Geräusche von sich gab. So etwas hatte sie noch nie zuvor von einem Dämon gehört. Es lenkte sie ab, und Riley verhaspelte sich bei einem Wort.

Mort seufzte und sagte etwas auf Latein. »Ich habe den Zauberspruch aufgehoben. Fang noch einmal von vorne an.«

Meum pactum dictum …

Als Riley von neuem begann, bildete sich ein pochender Schmerz hinter ihren Augen. Je mehr sie von dem Spruch vorlas, desto stärker erwärmte die Magie sie, als stünde sie nackt zur Mittagszeit in der Wüste. Jeder Sonnenstrahl war eine wahnsinnig spitze Nadel.

Sie stolperte über das fünfzehnte Wort. Mort hob den Spruch auf … noch einmal.

»Gib mir ein paar Minuten«, sagte Riley. Ihr Kopf pochte so heftig, dass sich ihre Augäpfel anfühlten, als würden sie jeden Moment explodieren.

»Geht nicht«, sagte Ayden, den Blick auf das Stück Friedhof hinter ihnen geheftet. »Noch mehr Dämonen kommen über die Mauer.«

Riley warf einen raschen Blick über die Schulter – die Bewegung tat ihrem Kopf überhaupt nicht gut – und sah die dunklen Gestalten über die steinerne Mauer klettern. Sobald sie auf dem Boden waren, bewegten sie sich mit erstaunlicher Geschwindigkeit. Alle hatten sie diese unheimlichen rötlich-gelben Augen.

Das Funkgerät neben ihr knackte, und sie fuhr erschrocken zusammen. Die Jäger hatten ihre Feinde erspäht und rückten vor.

Die Dämonen hatten den Kreis erreicht, ehe sie einen weiteren Atemzug nehmen konnte. Statt zu heulen und sich gegen den Schutzkreis zu werfen, um ihn zu durchbrechen, scheuten sie zurück, als ihnen die Magie in die Nasen stieg.

Einer von ihnen hob die Schnauze und starrte Riley direkt an. Es war ein ausgewachsener Dreier mit spitzen, verfärbten Zähnen. Er war noch am Leben, so dass ihm der Geifer aus dem Maul tropfte. Er stimmte ein Heulen an, und die anderen fielen ein, wie ein Rudel tollwütiger Wölfe.

Riley hielt sich die Ohren zu und versuchte, das Geräusch auszublenden, bebend vor grenzenlosem Entsetzen. Sie würden sie töten, sie und Mort und Ayden, und dann Beck in Stücke reißen und … Jemand schüttelte sie am Arm, aber sie achtete nicht darauf. Das Schütteln wurde stärker.

»Riley!« Es war der Nekromant. Als sie die Hände von den Ohren nahm, war das Heulen noch lauter geworden.

»Ich weiß, dass du Angst hast, aber wir müssen die Sache durchziehen«, mahnte Mort. »Mach ganz langsam und ignorier die Viecher.«

Das war unmöglich. Sie hatten es weiterhin auf sie abgesehen, grunzend und geifernd deuteten sie mit ihren Klauen auf sie. Kehlige Stimmen hallten in ihrem Kopf wider, flüsterten ihr ein, dass sie zu schwach war, um den Bann zu brechen, dass sie sie zerfleischen würden, sobald sie auch nur einen Fehler machte. Dass es besser war, sie würde aufgeben; dann würden sie vielleicht Gnade zeigen.

Als ob ich das glauben würde.

Riley schloss die Augen und dachte an flauschige Kaninchen. Vor allem an Rennie. Wie aufrichtig Beck dieses kleine Tierchen liebte. Wenn das hier alles vorbei war, würde es überall um sie herumhoppeln, während sie dasaßen und Haferkekse aßen. Vielleicht würden sie sich küssen. Aber das alles konnte nur geschehen, wenn sie den Zauber vollständig durchzog.

Riley schlug die Augen auf, konzentrierte sich auf die Worte und ignorierte alles andere um sie herum. Das Scharren von Klauen, die an Grabsteinen gewetzt wurden, das Heulen, das ständige Flüstern in ihrem Kopf. Sie ignorierte alles. Es gab nur noch das Latein, den Spruch und die Kralle.

Die Sätze wurden umso schwerer auszusprechen, je trockener ihr Mund wurde. Sie wagte nicht, innezuhalten. *Nur noch ein paar mehr*. Und danach noch ein paar.

Schließlich waren keine Worte zum Vorlesen mehr da. Das Blatt zitterte so heftig, dass sie es kaum festhalten konnte.

»Wirf das Papier in die Luft«, befahl Mort. Hoch damit,

und schon ging es in hübschen blauen Flammen auf, fast wie ein Feuerwerk. Außerhalb des Kreises sahen die Dämonen es verbrennen und wichen knurrend zurück.

Habe ich es geschafft?

Ehe sie fragen konnte, traf etwas von außen den Schutzkreis, als würde ein Vorschlaghammer auf ein Ei eintrommeln. Der Boden vibrierte, und die Grabsteine in der Nähe zersprangen. Speere aus uralten Steinen wurden in alle Richtungen geschleudert. Die Hexe schrie auf, riss die Arme hoch und wehrte den Angriff ab. Goldene Magie bildete im Inneren des Kreises einen Bogen.

»Hilf ihr!«, schrie Riley.

Mort war bereits auf den Beinen und stand ihr mit seiner eigenen Magie bei. Das Gold und das Blau verwandelten sich in ein hell leuchtendes Grün, als die Zauberkräfte zusammenfanden und einander verstärkten.

Es war genauso schnell vorbei, wie es gekommen war. Als Riley wieder durch den Schutzkreis sehen konnte, waren die Dämonen verschwunden.

»Haben wir es geschafft?«, fragte sie. »O mein Gott, wir haben es geschafft!«

In der Ferne ertönten Rufe, gefolgt von Schmerzensschreien. Die Dämonen waren nicht tot. Sie hatten sich nur leichtere Beute gesucht.

33. Kapitel

Als die Teams vorrückten, blieb Beck an Stewarts Seite. Er hätte gerne geglaubt, er müsse den alten Mann beschützen, doch in Wahrheit war es eher andersherum. In seinem Kilt bot Stewart einen beeindruckenden Anblick, und er hatte sogar ein Messer in einer Socke stecken. Sein schlimmes Knie trug einen Stützverband, wodurch seine Bewegungen seltsam steif wirkten, aber auf diese Weise benötigte er keinen Stock. Stattdessen hatte er ein zweischneidiges Schwert dabei. Ein großes. Und so, wie er damit umging, vermutete Beck, dass er es vermutlich schon als Kind benutzt hatte.

Harper stand neben ihnen, ein Stahlrohr in der einen, ein Kurzschwert in der anderen Hand. Wegen der Verletzungen, die er in den letzten Wochen hatte einstecken müssen, bewegte er sich nicht so schnell, aber er war dabei, und das allein zählte. Genauso wie Remmers und McGuire, Jackson und eine Reihe weiterer Dämonenfänger. Alle Jäger waren zugegen, selbst ihr Priester.

»Wie viele sind es?«, fragte Salvatore ins Funkgerät und schielte zum Wachposten auf dem Glockenturm hoch.

»Mindestens fünf Dutzend, Sir, vielleicht mehr. Es werden immer mehr.«

»Sechzig und mehr Ausgeburten der Hölle. Ich bestätige.«

»Sechzig? Verdammt, wir können es unmöglich mit so vielen aufnehmen«, sagte Harper.

»Wir haben keine Wahl«, erwiderte der Hauptmann. »Wir haben sie eingeladen, also müssen wir auch tanzen.«

Als in der Nähe des Mausoleums ein Feuerwerk losging, zog Becks Herz sich besorgt zusammen.

»Sieht aus, als hätten wir es mit einem magischen Duell zu tun, meine Herren«, sagte Stewart.

»Also, was machen wir?«, fragte Beck. Dieses Herumstehen gefiel ihm gar nicht. Das hatte ihm vor einer Schlacht noch nie gefallen.

»Wir halten die Biester auf Trab, bis die anderen den Bann brechen.«

»Und wenn sie es nicht schaffen?«, fragte Beck.

»Sie kommen«, schrie der Hauptmann. »Arbeitet paarweise. Macht sie fertig und bringt sie um!«

Als die erste Woge von Dämonen auf sie zustürmte, war Beck wie betäubt vom Anblick so vieler pelziger Leiber, die auf ein Gemetzel aus waren. Es erinnerte ihn an einen alten Film, den er einmal gesehen hatte, über einen Haufen Krieger, die von allen möglichen bösartigen Kreaturen umzingelt waren. Die Kämpfer hatten gewusst, dass sie sterben würden, trotzdem waren sie nicht von der Stelle gewichen. Am Ende hatten sie gewonnen, weil irgendein Typ einen Zauberring in einen Vulkan geschmissen hatte. Aber hier gab es niemanden mit einem Zauberring, nur ein Pulk Menschen gegen eine Legion Höllenbrut.

Heute ist kein guter Tag zum Sterben.

Der erste Dreier bäumte sich vor Stewart auf. Der Meister schrie etwas und nach einer kaum erkennbaren Bewegung der gewaltigen Klinge flog der Kopf des Dämons in die eine und der blutende Leib in die andere Richtung.

»Cool«, sagte Beck. Er brach in trotziges Gebrüll aus und ging auf den nächsten Dämon los. Er musste zweimal zuschlagen, aber dann war das Ding tot.

»Schlampig, aber ausbaufähig«, sagte der Schotte. Dann wurde er ernst und starrte hinaus in die Dunkelheit. »Gütiger Himmel, seht euch die alle an.«

Bernsteinrote Augen tauchten in der Nacht auf und bewegten sich mit unglaublicher Geschwindigkeit. Hinter den Dreiern kamen größere Dämonen vierten Grades. Rasch hatte die erste Welle die Männer überrollt, die auf alles einschlugen, was sich ihnen in den Weg stellte. Schreie ertönten, und vereinzelt waren Schüsse zu hören, obwohl sich der Ansturm damit nicht aufhalten ließ.

Beck und Stewart stellten sich Rücken an Rücken und töteten so schnell, wie ihre Arme und Schwerter es zuließen.

»Das werden ja gar nicht weniger«, schrie Jackson. Sein Gesicht blutete von einem Tatzenhieb.

»Kämpf weiter«, brüllte Harper und zerschmetterte den Schädel eines Dreiers, ehe dieser die Gelegenheit hatte, ihn zu verspeisen. Während Beck nur mühsam Luft bekam, begann der Boden unter ihm zu schwanken.

»Fünfer!«, schrie jemand.

»O mein Gott«, rief ein anderer laut. »Da kommen noch mehr!«

Dämonen fielen wie Heuschrecken über das Gelände her, krochen über die Grabsteine und kletterten auf Bäume, um sich auf die Daruntertstehenden fallen zu lassen. Remmers stürzte zu Boden und umklammerte seinen Schenkel. Beck schlug dem nächsten Dämon kräftig gegen den Hals, und die Bestie fiel. Drei Schritte weiter erwischte er noch einen, der ebenfalls zu Boden ging. Als er Remmers erreichte, war der Verwundete bereits von seinen Kollegen umringt. Direkt neben ihnen standen die Jäger. Sie waren wie Stewart – sie wussten mit dem Schwert umzugehen. Der Hauptmann kämpfte mit zwei Dämonen gleichzeitig, ohne von der Stelle zu weichen.

Stewart begann, leise zu singen, während sein Schwert durch Fleisch schnitt. Ein Totenlied? Was immer es war, es brachte Becks Blut in Wallung. Seine Soldateninstinkte sorgten dafür, dass er sich duckte, als eine schwarze Klinge über seinem Kopf hinwegfegte und sich tief in den Baum hinter ihm bohrte. Beck starrte hinauf zu einem Vierer, der verzweifelt versuchte, sein Schwert aus dem Stamm zu ziehen.

»Na, du bist mir aber ein Hübscher«, sagte er. Das Ding begann, auf ihn einzuflüstern, doch er brachte es zum Schweigen, in dem er den Dämon mit seiner stählernen Klinge Bekanntschaft machen ließ. Er gab sich nicht so leicht geschlagen, doch schließlich gesellte sich der Vierer zu seinen Kameraden auf dem blutdurchtränkten Boden.

Komm schon, Gott, wir könnten etwas Hilfe gebrauchen.

»Aber ich habe beim Zauberspruch doch alles richtig gemacht«, protestierte Riley. »Warum hat es denn nicht funktioniert?«

»Ozymandias hat ihn umgekehrt. Wenn die Hexe nicht so einen soliden Schutzschild errichtet hätte, wären wir jetzt tot«, antwortete Mort mit besorgter Miene.

»Ein Kompliment, Nekromant?«, sagte Ayden, das Gesicht vor Anstrengung verschwitzt. »Als Nächstes willst du womöglich noch mit mir ausgehen.«

»Und jetzt?«, fragte Riley. Sie war so durch den Wind, dass sie kaum begriff, was geschah.

»Wir werden es auf die altmodische Art und Weise versuchen müssen«, erklärte Ayden. Sie ließ ihr Cape fallen. Darunter trug sie eine Lederjacke über weißem Hemd. Schwarze Jeans steckten in kniehohen Stiefeln. Sie legte das Schwert mit der flachen Seite der Klinge auf ihre Schulter und sah eher aus wie eine Kriegerin als eine Hexe. »Weißt du, wie man kämpft, Beschwörer?«

»Gewiss.« Vorsichtig nahm Mort seinen Hut ab, stand auf, und Sekunden später waren seine Hände von den Gelenken bis zu den Fingerspitzen blau, während Magie sie umschwirrte wie sich windende Zitteraale.

»Angeber.« Ayden berührte vorsichtig die Spitze ihrer Klinge, bis sie von ihrem Blut benetzt war. Die Spitze schien Feuer zu fangen, bis die gesamte Klinge in funkelndem Gold erstrahlte.

»Das musst du gerade sagen«, tadelte der Nekromant.

»Riley, in meiner Tasche ist ein Messer«, sagte Ayden. »In diesem Kreis wird dir nichts geschehen, es sei denn ich …

bin verhindert. Ich denke, du solltest dich für den Fall bewaffnen, dass es dazu kommt.«

Gute Idee. Riley entdeckte das Messer in einem mit Runen gekennzeichneten Futteral. Dann dämmerte ihr, was die beiden vorhatten. »Ihr könnt da nicht rausgehen! Sie werden euch umbringen!«

»Vielleicht, vielleicht nicht«, sagte Mort. »Wir müssen Ozymandias finden. Er ist irgendwo hier. Ich kann ihn spüren.«

Riley hatte ihn jedenfalls nicht wahrgenommen, nicht bei der ganzen Magie, die hier herumwaberte.

»Dort«, sagte Ayden und zeigte in die entsprechende Richtung. »Siehst du das Flirren in der Nähe der Statue von Niobe? Das ist ein Schutzkreis. Ich wette, er ist da drin.«

Mort murmelte etwas auf Latein, woraufhin ein blauer Blitz aus seinen Fingern schoss. Das Flirren in der Ferne wurde durchscheinend und zeigte ihren Feind. Er hatte die Augen geschlossen, während er seinen Zauber sprach, doch Ozymandias' Mal leuchtete hell im Licht des frühen Morgens.

»Wie ist er hierhergekommen, ohne dass wir ihn gesehen haben?« fragte Riley und stand auf.

»Er hat sehr viel Macht und liebt es, sie einzusetzen.« Mort hob die Schultern. »Nun, Hexe, bist du bereit für einen Besuch im Lager des Herrn der Finsternis?«

»Warum nicht?«, sagte Ayden. »Langsam habe ich die Nase voll, hier in dieser Seifenblase festzustecken. Lass uns den Laden mal ordentlich aufmischen.«

Mort drehte sich um und starrte die Unmengen von Dä-

monen an. »Um Himmels willen, sind das viele«, murmelte er.
Riley folgte seinem Blick. Überall waren Dreier. Pyros hüpften über die Grabsteine, setzten im Vorübergehen Blätter in Brand und schufen so eine wirkungsvolle Mauer aus Qualm. Es gab auch größere Gestalten – Dämonen vierten Grades –, aber sie sahen nicht aus wie der Typ, der einem was ins Ohr flüsterte und dann die Seele raubte. Diese hier trugen Schwerter und Rüstungen.
»Dämonen benutzen keine Schwerter«, beschwerte sich Riley. »Hält sich denn niemand mehr an die Regeln?«
»Das ist der Krieg«, erwiderte Ayden. »Weißt du noch? Der große, den du verhindern sollst.«
Erinnere mich nicht daran.
»Sollen wir?«, fragte die Hexe und deutete auf die magische Grenze, die den Unterschied zwischen Sicherheit und Tod bedeutete.
»Ladys first«, entgegnete Mort.
Ayden lachte und durchschritt die Kreislinie, gefolgt von ihrem magischen Gegenpart. Hinter ihnen formte sich die Schutzbarriere sofort neu. Sobald sie draußen waren, griffen die Dreier an. Einer von ihnen stürzte sich auf den Totenbeschwörer, doch eine Sekunde später kreischte er auf und verwandelte sich in eine helle blaue Flamme, um als schwarze Aschewolke zu enden. Ayden erledigte einen mit ihrem Schwert, das Dämonenfleisch wie Säure zu verätzen schien.
Sie würden es niemals schaffen, Ozymandias' Schutzkreis zu durchbrechen. Er war zu mächtig.

Sie vergeuden ihr Leben.

Durch den Rauch und den Dunstschleier sah Riley hoch über den Ausgeburten der Hölle etwas aufragen. Der Geo-Dämon war über zwei Meter hoch, und sein Kopf ähnelte dem eines Bullen. Als er sein Maul öffnete, sah Riley rubinrote Flammen in seinem Schlund züngeln. Ein zweiter Fünfer gesellte sich zu ihm, woraufhin die niederrangigen Dämonen sich wie furchtsame Welpen zerstreuten. Das mussten die Verräter aus der Hölle sein, die Sartael in seiner Gier nach Luzifers Thron unterstützten.

Ihr blieb beinahe das Herz stehen, als die Geo-Dämonen zur Seite traten und sich verbeugten. Es gab nur zwei Dinge, die einen Fünfer einschüchterten – ein Erzdämon oder ein gefallener Engel.

Dieses Wesen war kein Engel, sondern schien aus der Verbindung eines zurückgebliebenen Kobolds und eines uralten Vampirs hervorgegangen zu sein. Ihr Vater hatte sie als erbarmungslos bösartig beschrieben. Er hatte nicht übertrieben.

Riley ertrug schon kaum die brennend roten Blicke der niederen Dämonen, doch diese Augen glühten, als spiegele sich in ihnen das Zentrum der Hölle selbst. Einen Tick kleiner als die Geo-Dämonen, war der Erzdämon etwa einen Meter neunzig groß, der Körper eine Mischung aus harten Muskeln, Sehnen und Krallen. Die Flügel waren federlos, und die Venen waren deutlich zu erkennen. Seine vier langen, weißen Reißzähne glichen denen eines Vampirs. Der gewölbte Schädel beherbergte drei tief in ihren Höhlen liegende Augenpaare. Bis auf einen Lendenschurz nackt, trug er ein Schwert bei sich, aus dem ebenholzschwarze Flammen loderten.

Riley schaltete das Funkgerät ein. »Hier ist ein Erzdämon«, rief sie laut. Keine Antwort. Voller Panik schrie sie: »Können Sie mich hören?«

»Wo?«, meldete sich Salvatore. Im Hintergrund war klirrender Stahl zu hören.

»In der Nähe des Glockenturms.« *Nicht nur einer.* »Sie sind zu dritt.«

Der Anführer der Erzdämonen zeigte nach oben, und einer seiner Kameraden schwang sich mit einem Flügelschlag in die Luft empor. Er steuerte die Spitze des Glockenturms an. Der Wachposten sah ihn nicht kommen, und Riley schrie ihm eine Warnung zu, doch im Schlachtlärm konnte er sie nicht hören. Der Dämon packte den Mann mit seinen Klauen und riss ihn von seinem Hochsitz. Als der Leib auf den Boden krachte, stieß der Dämon einen Triumphschrei aus.

»Warum hilft uns der Himmel nicht?«, schrie sie laut. Selbst wenn es den Weltuntergang bedeutete, konnten die doch all diese Menschen nicht sterben lassen.

»Team Dämon. Was könnt ihr sehen?«, rief Salvatore.

»Ihr habt den Mann auf dem Glockenturm verloren. Und irgendetwas ist da in der Luft. Irgendwas … O mein Gott.«

Die Gestalt, die aus den Wolken herabstieg, hatte graue Flügel und trug eine schwarze Kutte, die von einem schlichten Strick in der Mitte gehalten wurde, so wie ein Mönch sie vielleicht tragen würde.

»Jetzt ist hier noch ein gefallener Engel«, sagte sie.

»Ist es der Höllenfürst?«, wollte der Jäger wissen.

»Nein.« Sobald der Neuankömmling den Boden berührt hatte, erhoben die Dämonen lobpreisend ihre Stimmen. Mitten in dieser Kakophonie war ein Name herauszuhören – Sartael.

Dies war Luzifers Feind.

Und meiner. »Wie tötet man einen gefallenen Engel?«, fragte sie. Ihre Finger krampften sich um den Messergriff, und sie empfand eine Wut, die alle anderen Emotionen überstieg.

»*Sie* können es nicht«, lautete die knappe Antwort, dann wurde das Funkgerät still.

Sartael hob sein flammendes Schwert in die Luft und schrie etwas in der Höllensprache. Riley musste die Sprache nicht kennen – es war der Aufruf zum Krieg.

34. Kapitel

Der gefallene Engel griff an, und sein erstes Ziel war Corsini. Der Leib des Jägers flog durch die rauchgeschwängerte Luft, knallte gegen einen Grabstein und wurde zerschmettert. Sartael stolzierte heran und stand über dem verwundeten Mann, lachte über seinen schwachen Versuch, fortzukriechen.

Mit einem Wutschrei stürmte Hauptmann Salvatore vor und mähte einen Dreier mit seinem Schwert nieder. Weitere Jäger folgten ihm, ebenso einige der Dämonenfänger. Stewarts Schwert sang in der Luft, während sie versuchten, sich einen Weg zu dem verletzten Mann zu bahnen.

Sartael hob sein Schwert, bohrte die Klinge durch Corsinis Brust und nagelte den Sterbenden auf dem Boden fest. Der Körper ging in Flammen auf und brannte wie ein Scheiterhaufen.

»O Gott, nein«, schrie Riley und beugte sich würgend vornüber.

Indem er den Jäger auf geweihtem Boden gepfählt hatte, hatte Sartael den Himmel herausgefordert, was dieser unmöglich ignorieren konnte. Die Höllenbrut wusste es ebenfalls. Der Boden unter Riley bebte, als ihre Schreie sich erhoben.

»Krieg, Krieg, Krieg!«, kreischten die Dämonen.

Ein Erzdämon stürzte sich auf einen der Fänger, und der Mann war tot, ehe er auf dem Boden aufschlug. Wie rasend schwang Beck das Schwert gegen einen Dreier und versuchte, ihm einen Arm abzuhacken. In dem Moment, in dem er den entscheidenden Schlag führen wollte, bebte die Erde, und er fiel.

Riley schrie vor Entsetzen auf. Der Dreier stürmte vor, um ihn zu töten, doch Müller enthauptete ihn mit einem Hieb. Neben ihm stand Vater Rosetti, dessen Soutane mit jedem Schwerthieb mitschwang.

Lass mich frei, oder sie werden alle sterben.

Riley zuckte verstört zusammen. Es war Oris Stimme, tief in ihrem Kopf, obwohl die Statue vollständig im Marmor gefangen war. Die Sonne stand bereits über dem Horizont und erweckte ihn inmitten des Sterbens zum Leben.

»Sprich mit mir, Engel.« *Mach mich glauben, dass heute nicht der Tag ist, an dem wir alle sterben werden.*

Versprich mir deine Seele, und ich werde Sartael aufhalten.

War das die Entscheidung, von der ihr Vater gesprochen hatte? Falls Ori in der Lage war, den abtrünnigen Engel zu vernichten, würde das den Krieg verhindern?

Wenn Riley nicht irgendetwas unternahm, würde jeder, der ihr etwas bedeutete, getötet werden, und die Welt würde ein endloses Gemetzel erleben, ehe der Himmel Sartaels gottloser Herrschaft ein Ende bereitete. Wie viele würden ums Leben kommen, bis es dazu kam?

Unzählige Millionen. Oris Stimme hallte jetzt noch deutlicher in ihrem Kopf.

Riley schloss die Augen. Der Gestank von Blut und ätzendem Rauch versengte jeden Atemzug. Ein weiterer Mann schrie auf und starb.

Manchmal wünschte sie, die großen Fragen des Lebens wären Multiple-Choice-Tests.

»Wo zum Teufel steckst du, Luzifer?«, schrie sie. Keine Antwort. Keine Möglichkeit, ihren einen Wunsch einzulösen. Es lag allein bei ihr.

Riley blickte an der Statue ihres ersten und einzigen Liebhabers empor. Der Engel, von dem Martha gesagt hatte, er sei der ehrlichste unter den gefallenen.

»Was hindert dich daran, dich auf Sartaels Seite zu stellen und die Hölle zu übernehmen?«

Nichts.

Die Ironie schnürte Riley fast die Kehle zu. Ihr Vater hatte seine Seele aufgegeben, um sie zu retten. Jetzt war sie kurz davor, ihre aufzugeben, um die anderen zu retten. Finster starrte sie zu dem Engel empor und legte ihre Bedingungen fest.

Das ist der Deal: Meine Seele gehört dir, aber nur dir. Du wirst sie niemandem weitergeben, nicht einmal Luzifer persönlich. Riley schnappte hastig nach Luft, als ihr Verstand zu versagen drohte angesichts der Ungeheuerlichkeit ihres Vorhabens. *Du wirst sie weder verkaufen noch eintauschen. Wenn du stirbst, bekomme ich sie wieder.* Noch ein Atemzug, schwer vom Rauch in der Luft.

Und was wir im Mausoleum getan haben?

Das wird nicht noch einmal passieren. Das ist der Deal: Wenn du meine Seele willst, musst du es schwören. Schwöre es bei dem Licht, aus dem du geschaffen bist. Schwöre es bei dem höllischen Herrn, dem du dienst. Schwöre es bei allem, was dir lieb ist.

Stille.

Schlag ein oder lass es bleiben, Engel. Ich lasse nicht mit mir handeln. Ihre Hände zitterten so heftig, dass sie beinahe ihre Waffe fallen gelassen hätte.

Immer noch keine Reaktion. Offensichtlich hatte Ori erwartet, dass sie einfach so ja sagen würde.

»Ach, scheiß drauf«, sagte Riley, machte einen Schritt auf die Grenze des Schutzkreises zu, in der vollen Absicht, sich den anderen anzuschließen. Wenn der Engel ihr nicht helfen würde, dann würde sie mit ihrem Messer tun, was sie konnte, bis irgendetwas sie umbrachte.

Ich nehme deine Bedingungen an, Riley Anora Blackthorne. Ich werde deine Seele besitzen bis zu dem Tag, an dem ich nicht mehr bin, und ich schwöre, dass ich sie niemand anderem geben werde. Jetzt befrei mich.

Sie blieb abrupt stehen. Er hatte tatsächlich zugestimmt.

Wie soll ich …?

Dein Blut wird mich aus meinem Gefängnis befreien.

Mit überraschender Leichtigkeit trat Riley aus dem Schutzkreis, dann rannte sie über den Weg auf die Statue zu. Die Spitze von Oris Kopf glühte golden, als er auf den Sonnenaufgang reagierte.

Beeil dich!

Zuerst schenkte ihr niemand Beachtung. Das änderte sich, als Sartael bemerkte, wohin sie rannte.

»Bringt sie zu mir!«, schrie er. Auf der Stelle machte ein

Dreier einen Schlenker auf sie zu, aber Riley wich seinen Klauen aus und rannte weiter. Der Dreier hinter ihr schrie auf und stürzte zuckend zu Boden.

Einen Moment lang glaubte sie, einer der Jäger hätte ihr geholfen, aber als sie einen raschen Blick über die Schulter warf, rastete sie aus. Es war ein Erzdämon, ganz versessen darauf, sie selbst zu schnappen. Riley setzte zum Spurt an, stolperte jedoch über das unebene Pflaster. Wenn sie starb, ehe sie die Statue erreichte, würde Ori begraben bleiben, und es gäbe keine Chance mehr, Sartael aufzuhalten.

Ein bekrallter Flügel griff nach ihr und brachte ihr eine Wunde an der Schulter bei. Sie wirbelte herum, die Brust wurde ihr eng, als der Dämon näher kam und voller Vorfreude mit den Zähnen klapperte. Wie die anderen war er von Kopf bis Fuß von einer merkwürdigen Aura umgeben, die es den Ungeheuern erlaubte, sich auf geweihtem Boden aufzuhalten. So aus der Nähe war das Ding echt scheußlich, die brodelnden roten Augen bestanden wie bei einem Ziegenbock nur aus einem schmalen Schlitz. Es stank nach Tod und dem Blut der Sterblichen.

Wenn ihr Zauberspruch funktioniert hätte, wäre dieses Ding jetzt nur noch ein Haufen Asche.

»Weiß Luzifer, dass du ihn betrügst?«, fragte sie, in der Hoffnung, ihn abzulenken, während sie sich dichter an Oris Statue heranschob.

Der Dämon brüllte vor Wut auf. »Nenne nicht den Namen dieses Schwächlings!«, schrie er. Seine Stimme klang wie scharfe Fingernägel auf einer Tafel. »Lange haben wir ersehnt unsere Rache. Sartael wird uns das Fleisch geben, nach dem wir lechzen.« Als er eine bekrallte Klaue ausstreckte, bedrohte sie ihn mit dem Messer. Es war, als würde sie mit einem Taschenmesser vor einem T-Rex herumfuchteln.

»Köstlich«, sagte er und leckte sich die Lippen. »Ich sollte dich zu meiner Dienerin machen. Die letzte musste zweihundert Jahre Folter erdulden, bevor ich sie gebrochen habe.«

Riley erschauderte bei der Vorstellung, was das bedeuten könnte. Als sie mit dem Po gegen Oris Statue stieß, führte sie ihr Messer an die Handfläche, um sich zu schneiden. Überraschend behände sprang der Erzdämon vor und umfing sie mit seinen Schwingen. Das Messer fiel zu Boden. Riley trat um sich und schrie und kämpfte gegen das Scheusal, während sie ein Stück über den Friedhof getragen wurde. Direkt vor Sartaels Füßen ließ der Erzdämon sie fallen. Als sie aufstand, erhob sich das Flammenschwert des gefallenen Engels mit ihr und verharrte in der Höhe ihres Gesichts. Selbst aus eineinhalb Metern Entfernung spürte sie die sengende Hitze.

Jetzt, wo sie ihm so nahe war, kam ihr der Engel bekannt vor: Es war der Typ aus dem Krankenhaus, derjenige, der Simon besucht hatte. Wahrscheinlich war er es auch gewesen, der ihn zu Hause besucht hatte. Auch in der Stadt hatte sie ihn schon gesehen, in der Nähe des Marktes und draußen vor dem Tabernakel, in der Nacht, in der es zerstört worden war. Sartael hatte von Anfang an im Zentrum all dessen gestanden.

Verzweifelt versuchte sie, irgendetwas anderes als das Flammenschwert anzustarren, und hielt nach Beck Ausschau. War er noch am Leben? Sie seufzte erleichtert auf, als sie ihn bei den übrigen Kämpfern entdeckte, umzingelt von einem Ring aus Dämonen. Stewart, Harper, Jackson und er hatten sich schützend vor die Verwundeten gestellt. Auch Simon war noch am Leben. Mit betroffener Miene starrte er sie an. Nein, nicht sie. Er hatte nur Augen für Sartael. Jetzt wusste er, wer ihm die Lügen über seine Freundin eingeflüstert hatte.

Willkommen in meiner Hölle, Simon Adler.

Ein dämonisches Knurren lenkte ihre Aufmerksamkeit auf Ozymandias' Kreis. Die Lage der Hexe und des Totenbeschwörers war keinen Deut besser, mindestens ein Dutzend Ausgeburten der Hölle hatten sie umzingelt. Beide wirkten erschöpft, und das magische Glühen an Morts Fingerspitzen flackerte schwach wie bei einem anämischen Glühwürmchen.

»Hörst du das?« Sartael blickte nach oben, und seine strahlend blauen Augen spiegelten seinen grenzenlosen Irrsinn wider. »Der Erzengel Michael kommt mit seiner Kohorte. Aber ich frage mich, wo steckt Luzifer?« Er lachte und schrie laut: »Warum ist der großartige Höllenfürst nicht hier?«

Weil er nicht zum Selbstmord neigt?

Es dämmerte ihr, dass der Erzengel ihre Gedanken nicht lesen konnte. War nur Ori dazu in der Lage, oder hatte Aydens Beruhigungszauber etwas damit zu tun? Die Schwertklinge kam näher. Rileys Augen füllten sich mit Tränen, ihre Kehle brannte. Sie konnte Beck etwas rufen hören, aber es gab keine Möglichkeit für ihn, zu ihr zu gelangen. Ihre Zeit neigte sich dem Ende entgegen.

»Warum hast du meinen Dad umgebracht?«, verlangte sie zu wissen.

»Er stand im Weg«, lautete die schlichte Antwort. »Genau wie du. Darum wollte ich deine Seele in die Finger bekommen.«

»Ori hätte sie dir niemals gegeben.«

»Er hätte keine Wahl gehabt. Niemand stellt sich mir entgegen. Ich hätte zum Höllenfürsten gekürt werden sollen, nicht Luzifer. Jetzt werde ich den Fehler korrigieren und den Himmel von meinen Feinden reinigen.«

Der Typ war total durchgeknallt.

Hat vermutlich zu viel Schwefel geschnüffelt.

»Ich dachte, ihr gefallenen Engel wärt allmächtig«, spottete sie. »Aber das stimmt wohl nicht ganz, wenn du einen Totenbeschwörer brauchst, um deinen Job zu erledigen.«

Trotz der Stichelei zuckte der Engel nicht einmal mit der Wimper. »Der Nekromant gierte nach Macht, und ich habe seine Illusionen nur zu gerne genährt.«

»Ohne den Zauberbann würdest du Luzifer die Stiefel küssen«, sagte sie, wohl wissend, dass sie ihn damit reizte. Vielleicht machte er einen Fehler, dann könnte sie sich befreien und zu Ori rennen. Oder er würde sie schneller töten.

Zwei Paar Krallen bohrten sich in ihre Schultern und hielten sie fest, wo sie war. Hinter ihr lachte ein Erzdämon höhnisch. Das Schwert war jetzt nur noch dreißig Zentimeter von ihrer Kehle entfernt und erhitzte ihr Gesicht und ihre Brust. Beck stieß wütende Flüche aus. Sie brauchte nicht hinzusehen, um zu wissen, dass er versuchte, zu ihr zu kommen, und dass die anderen ihn davon abhielten, sein Leben wegzuwerfen.

Tut mir leid, Alter. Dieses Mal wirst du nicht den Helden spielen können.

»Gib mir deine Seele, und ich lasse dich am Leben«, bot Sartael an.

Riley spürte den Brief, den sie unter ihrem Hemd versteckt hatte. *Vergib mir, was ich tun werde.*

»Deine Seele, gib sie mir. Sofort.«

Dann hob sie den Blick zum Haupt des Engels und sah der Macht hinter diesen wahnsinnigen blauen Augen ins Gesicht.

»Scher dich zurück zur Hölle, du gefallener Mistkerl!«

Mit einem bösartigen Knurren holte Sartael mit dem Schwert zu dem Stoß aus, der sie töten und verbrennen würde wie Corsini.

Mit einem vernehmbaren Plopp tauchte eine vertraute Gestalt aus dem Nichts auf.

»Dad?«, rief sie aus und blinzelte entgeistert. »Was machst du denn hier?«

Dieser Paul Blackthorne war nicht der gebrochene Mann, den sie zuletzt in Morts Haus gesehen hatte. Er sah viel mehr aus wie vor seinem Tod, mit diesem neugierigen, intelligenten Blick und der entschlossenen Miene.

»Spatz«, sagte er und legte ihr eine Hand auf die Schulter. Dort, wo er sie berührte, kribbelte ihre Haut. »Das alles tut mir leid. Ich werde dich vermissen.«

Ehe sie etwas darauf erwidern konnte, küsste er sie auf die Wange und ging davon.

»Dad?«

Sartael machte eine Handbewegung, und einer der Vierer machte Anstalten, ihren Vater zu ergreifen. Als er ihn berührte, verwandelte er sich in einen Feuerball und verendete jammernd und kreischend in den Flammen.

Was hat das zu bedeuten? Ihr Vater stand überhaupt nicht auf Magie.

»Halt, Paul Blackthorne, oder ich töte dein Kind«, warnte der gefallene Engel.

»Wenn du das tust, wird der Himmel gewinnen«, lautete die prompte Antwort.

Ihr Vater spielte russisches Roulette mit ihrem Leben. Er musste noch irgendeinen Trumpf im Ärmel haben. Zumindest hoffte sie das.

Ihr Dad ging weiter und blieb erst stehen, als er den Schutzkreis des Nekromanten erreicht hatte. Nach einem höflichen Nicken in Aydens und Morts Richtung streckte er die Hand durch den Schutzzauber, der Ozymandias abschirmte. Riley erwartete, dass sein Arm schmelzen oder irgendetwas anderes Grausiges geschehen würde, doch stattdessen ergriff der Totenbeschwörer die Hand ihres Vaters, und sie tauschten die Plätze – Dad stand jetzt im Inneren des Kreises und Ozy draußen.

»Was machst du da?«, murmelte Riley.

»Beschwörer!«, blaffte Sartael. »Geh in deinen Kreis zurück und sichere den Bann. Ich habe nicht nach dir gerufen!«

Ungerührt klopfte Ozymandias sich den Staub vom Umhang, die seltsamen Augen ganz auf den Erzengel gerichtet. »Ein winziger Fehler, und ich hatte dich anstelle eines Dämons beschworen. Das hat mich gelehrt, dass Arroganz ihren Preis hat«, murmelte er kopfschüttelnd.
»Zurück an deine Aufgabe!«, bellte Sartael, und viele der niederen Dämonen kauerten sich vor Entsetzen zusammen.
»Ein anderer hat meine Aufgabe übernommen. Er wird den Bann aufrechterhalten, zumindest für eine kleine Weile.«
»Er ist kein Hexenmeister. Er hat nicht deine Macht«, wandte Sartael ein.
»Nein, das ist er nicht«, bestätigte Ozymandias, »und genau darum geht es. Der Zauberspruch verbrennt ihn von innen, während wir miteinander sprechen. Binnen kürzester Zeit wird Paul Blackthorne nicht mehr existieren, und mit ihm wird auch der Schutzzauber deiner verfluchten Dämonen verschwinden.« Die Aufmerksamkeit des Nekros richtete sich auf Riley. »Tut mir leid, aber es gab keinen anderen Weg. Er hat es so gewollt.«
Dann verschwand Ozymandias und ließ einen verblüfften Erzengel zurück, während ihr Vater im Inneren des magischen Kreises langsam verdorrte.

35. Kapitel

»Dad!«

Nach nur wenigen Schritten stellte sich der Erzdämon Riley in den Weg. »Aus dem Weg!«, schrie sie, doch er weigerte sich, sie passieren zu lassen.

Sartaels Knurren war eher bestialisch als göttlich.

»Tötet sie alle! Stapelt ihre Leichen bis zum Himmel! Michael soll sehen, was aus seinen mächtigen Dämonenjägern geworden ist.«

»Aber Herr, was ist mit dem Zauberspruch des Beschwörers?«, rief einer der Fünfer.

»Sobald sie tot sind, brauchen wir ihn nicht mehr.«

»Aber Herr, Sartael ...«

Das war die Ablenkung, die sie brauchte. Riley stürzte davon, duckte sich unter der Schwinge des Erzdämons hindurch und raste den Pfad entlang auf Oris Statue zu. Hinter sich hörte sie Schreie, als die Schlacht von neuem einsetzte.

Wenn ich ihn befreie, tötet er Sartael. Vielleicht wurde ihr Dad dann nicht vernichtet.

Es war wie ein Hindernisrennen in einem Rollenspiel – heißhungrige Dämonen, Grabsteine, die sie zum Stolpern bringen wollten, und noch mehr Dämonen. Sartael brüllte unablässig Befehle, und als keiner der Dämonen sich ihr näherte, um sie zu fangen, brach der Boden unter ihr auf. Sie sprang zur Seite und schaffte es knapp, nicht von siedenden, turmhohen, blutroten Flammen geröstet zu werden, die aus der Erde emporschossen. Es begann zu hageln, und der Asphalt unter ihren Füßen wurde glatt, während der Wind durch die Bäume heulte.

Es fühlte sich an wie das Ende der Welt. Wahrscheinlich weil es das Ende der Welt *war*.

Beeil dich!, drängte Ori.

Schlitternd und keuchend kam Riley vor der Statue zum Stehen. Sie hob das Messer auf und presste es gegen ihr linke Handfläche. Sie durfte keine Zeit vergeuden, schnitt sich und spürte, wie das warme Blut zu fließen begann. Sie schlug mit der Hand auf Oris kalten Fuß. Die Handfläche pochte, als ihr Lebenssaft auf den Marmor sickerte.

»Komm schon!«, schrie sie. »Jetzt mach endlich!«

Der Erzdämon hatte sie eingeholt, schnüffelte in der Luft und starrte sie lüstern an. »Dein Blut ist soooo süß. Bald wird es mir gehören.«

Riley packte das Messer mit der rechten Hand fester. »Tut mir leid, aber ich bin bereits jemandem versprochen.«

Die kalten Zehen unter ihrer linken Hand beugten sich, gefolgt von einem Knacken, wie das Eis eines zugefrorenen Sees im Frühjahr. Kleine Marmorstückchen regneten auf sie herab und ließen den Erzdämon überrascht zurückweichen.

Mit einem Aufschrei entfaltete Ori seine Flügel und schoss hoch in den Himmel, beinahe so hoch wie die höchsten Bäume.

»Freiheit!«, frohlockte er. »Wie sehr habe ich diesen Moment herbeigesehnt!« Unter ihm war die Schlacht für einen Augenblick unterbrochen, als Dämonen und Sterbliche voll Staunen hinaufstarrten.

Sartaels unsicheres Lachen hallte über den Friedhof. »Ori! Willkommen! Wir haben dich vermisst!«

»Hast du das, alter Freund?«

»Komm, kämpf mit uns. Räche dich. Fang mit Blackthornes Kind an, wenn du willst. Schließlich war sie der Grund für deine Gefangenschaft.«

Während er wieder zum Boden sank, hielten Oris dunkle Augen nach ihr Ausschau. »Sehr verlockend, aber ich glaube, es gibt da jemanden, der mein Schwert zuerst verdient hat.« Sein Fokus wanderte zu einer Gestalt, die über den Friedhof sprintete.

Beck. Der Fänger sprang im Laufen über einen der Grabsteine.

»Nein!«, schrie Riley. *Das war nicht Teil unserer Abmachung*.

Jeder stirbt, flüsterte Ori in ihrem Kopf. *Manche früher als andere*.

Schlitternd kam Beck zum Stehen und baute sich kampfeslustig vor dem Erzdämon auf, der Riley angegriffen hatte. Er war dem Ungeheuer nicht gewachsen, aber das schien ihm egal zu sein.

Der Dämon lachte entzückt auf. »Denver Beck«, rief er.

»Die Seele deiner Mutter ruft nach uns. Sie wird bald uns gehören. Komm und leiste ihr Gesellschaft!«

»Zum Teufel, halt's Maul«, sagte Beck und setzte zu einem Hieb gegen die Brust des Dämons an. Er wurde von einem Flügel zurückgerissen, und seine Schulter blutete, dort, wo die scharfen Krallen ihn aufgerissen hatten.

Der Erzdämon war in der Luft, ehe Riley einatmen konnte, dann stürzte er sich auf Beck, wie eine Eule sich auf ein verwundetes Eichhörnchen stürzen würde. Der Fänger fügte ihm einen tiefen Schnitt in einem der Flügel zu, wofür er eine ganze Reihe höllischer Schimpfwörter erntete. Dampfendes, schwarzes Blut rann aus der Wunde. Sobald es den Boden berührte, verbrannte es in hellen Flammen.

»Kein Wunder, dass Luzifer dich nicht wollte«, höhnte Beck.

Der Dämon brüllte vor Wut und hieb nach seinem Gegner, bis der Fänger flach auf dem Boden lag und von einem bekrallten Fuß gehalten wurde. Der Dämon stand über ihm, das Schwert erhoben, um Beck zu töten, der verzweifelt versuchte, sich freizukämpfen.

Ohne nachzudenken, stürzte Riley sich auf das Ungeheuer und zielte mit dem Messer auf das Bein, das den Fänger festhielt. Ein Flügelschlag lenkte den Hieb ab, und anstatt seinen Schenkel zu treffen, bohrte sich die Klinge in die steinharte Pobacke des Dämons. Damit ihr nicht die Kehle von seinen Krallen aufgeschlitzt wurde, warf Riley sich auf den Boden und rollte außer Reichweite. Als sie sich dreckspuckend wieder aufrappelte, stand der Dämon reglos da, den Mund geöffnet. Ein seltsam gurgelndes Geräusch entstieg seiner Kehle. Als er sich langsam umdrehte, sah sie das feuerrote Schwert, das bis zum Schaft in seiner Brust steckte.

Geschickt zog Ori die Klinge wieder heraus, und der Dämon sackte zusammen.

»Das ist das zweite Mal, dass ich dir das Leben rette, Fänger«, stellte er fest. »Dabei weiß ich nicht einmal, warum ich mir die Mühe mache.«

Beck fluchte, kam mühsam auf die Beine, das Schwert kampfbereit. Seine Augen funkelten wild. »Du wirst sie nicht noch einmal anrühren.«

Der Engel blickte zu Riley hinüber, das Gesicht eine undurchdringliche Maske. »Das hat sie mir auch gesagt.«

Ori machte auf dem Absatz kehrt und schritt über das Schlachtfeld auf den anderen gefallenen Engel zu. »Was soll das ganze Chaos, Sartael?«, sagte er und machte eine ausladende Geste.

»Ich habe den Himmel herausgefordert. Heute beginnt der Krieg«, erwiderte der andere gefallene Engel. Er blickte nach oben. »Hörst du nicht, wie sie umherhuschen wie Ratten auf dem Dachboden? Sie sind außer sich. Sie haben das hier nicht kommen sehen.«

»Natürlich haben sie das«, entgegnete Ori und kam näher. »Luzifer hat dir doch gewiss nicht die Erlaubnis zu so einem Feldzug gegeben.«

»Er versteckt sich, denn er fürchtet meinen Zorn«, brüstete Sartael sich. »Er war schon immer ein Feigling.«

Etwa fünf Meter vor dem anderen Engel blieb Ori stehen.

Wann immer sein Blick einen Dämon streifte, wich dieser zurück, selbst die Erzdämonen.

»Ich hätte dich für klüger gehalten, Sartael. Unser Fürst hat dich auf die Probe gestellt, genau wie mich. Ich habe versagt, aber ich habe meine Strafe abgebüßt. Genau wie Blackthornes Tochter.«

Sartaels Gesichtsausdruck wechselte von wahnsinnig zu verschlagen. »Dann lass uns eine Waffenruhe schließen«, sagte er, und sein Blick verirrte sich zu Riley.

Du hast es versprochen, Ori. Du kannst meine Seele nicht hergeben.

Aber was, wenn er es doch tat? War es das, was Ori die ganze Zeit geplant hatte? War das sein Plan, um seinen Status in der Hölle wiederherzustellen?

Du hast so wenig Vertrauen, Riley.

Ori hob das Schwert und nahm eine Kampfhaltung ein. »Ich nenne dich einen Verräter, Sartael. Du hast dich von dem Ewigen Einen losgesagt und dich gegen unseren Gebieter gewandt. Mein Auftrag ist es, jene zu vernichten, die das ewige Gleichgewicht bedrohen. Das schließt dich mit ein.«

»Du stellst dich auf die Seite unserer Feinde?«

»Mit größtem Vergnügen, alter Freund.«

Vor Zorn brüllend, stiegen die Engel wie zwei explodierende Sterne hoch in die Lüfte. Unter heftigem Flügelschlagen hieben sie aufeinander ein und begannen einen Kampf um die Vorherrschaft, der seit Abertausenden von Jahren schwelte.

36. Kapitel

Salvatore blaffte einen Befehl und rückte mit den Jägern vor, nur ein paar Männer blieben zum Schutz der Verwundeten zurück. Die Fänger spürten, dass sie im Vorteil waren, zogen mit ihnen ins Gefecht und griffen die Dämonen erbarmungslos an.

Ein Beben erschütterte den Boden und schleuderte Männer und Höllenbrut in alle Richtungen. Ein paar Schritte von Riley entfernt tat sich ein Loch auf, Baumwurzeln wanden sich aus der Erde, auf der Suche nach irgendetwas, das sie umschlingen und in die Finsternis der Erde hinunterziehen konnten.

Ein wilder Fluch ertönte von oben. Blaues Blut regnete wie ein Morgenschauer auf sie herab. Ori bewegte sich nicht mehr so schnell, sondern reagierte nur ein paar Sekunden vor jedem Schlag, da die Wunden seine Reaktionen verlangsamten. Sartael erging es nicht viel besser. Er holte weit zu einem Schlag aus und öffnete sich damit für einen Gegenschlag von Ori. Ori rammte sein Schwert tief in Sartaels Flügel, und der abtrünnige Engel trudelte zur Erde, eine Spur aus Blut und Federn hinter sich herziehend.

Sobald der Erzengel den Boden berührte, zuckte ein Blitzpfeil aus dem Himmel herab, gefolgt von einem ohrenbetäubenden Donnerschlag. Als dieser verhallt war, marschierte eine gepanzerte Gestalt über das Schlachtfeld und stieg über die Toten, als würden sie nicht existieren.

Sartael kam mühsam auf die Beine, ein Flügel hing ungelenk herab. Mürrisch blickte er zum Höllenfürsten empor.

»Verräter«, sagte Luzifer nur.

»Du wagst es, mich so zu nennen?«, gab Sartael zurück und spie blaues Blut ins Gras vor die Füße seines einstigen Gebieters.

»Ich habe das Recht dazu«, erwiderte der Höllenfürst. »Ich habe die Last dieses Wortes getragen und weiß, wie es einen mit den Jahren verschlingt. Ich, von allen Kreaturen, kenne den Preis des Verrats. Nun wirst du ihn ebenfalls kennenlernen.« Er machte eine Handbewegung, und etwas begann über den Körper des Gefangenen zu gleiten, Schlinge um Schlinge. Die Ketten wirkten unmöglich schwer, geschmiedet aus einer Legierung, die Riley nie zuvor gesehen hatte. Ohne Zweifel musste sie stark sein, um einen gefallenen Engel in den Fesseln zu halten.

Sartael sackte unter dem Gewicht zusammen, während die Schlingen sich immer enger zusammenzogen, wie eine Python, die es darauf anlegt, ihr Opfer zu erdrosseln. Sie zogen sich fest, formierten sich neu und blieben stets in Bewegung. Die Ketten kamen niemals zur Ruhe, was bedeutete, dass auch ihr Gefangener keine Ruhe finden würde.

»Die gehören dir, bis in alle Ewigkeit. Und glaube ja nicht,

ich wäre so barmherzig wie der Eine, der uns geschaffen hat.«
Der Höllenfürst ließ seinen Blick über die Dämonen schweifen, jene Abscheulichkeiten, die nicht länger seine Diener waren. Dann verharrte sein Blick auf dem Kreis, den Rileys Vater aufrechterhielt.
»Mach Schluss, Paul Arthur Blackthorne«, befahl er.
Einen Sekundenbruchteil, nachdem der Befehl ausgesprochen war, begann der Schutzschild um ihren Vater herum sich aufzulösen. Risse bildeten sich, und durch die Spalten begann die Magie herauszuströmen. Ihr Vater wirkte ganz friedlich, er hatte Tränen auf den Wangen, obwohl er nicht in der Lage sein dürfte zu weinen. Er lächelte Riley ein letztes Mal zu, dann erstarb das Licht in seinen Augen.
»Dad!«, schrie Riley und stolperte vorwärts, in dem vergeblichen Versuch, ihn zu erreichen. Es war zu spät. Der Schutzkreis brach in sich zusammen, faltete sich und knickte ein und hinterließ nicht mehr als einen Flecken nackter Erde.
»Nein!« *Nein, nein.* Sie fiel auf die Knie. Das Papier unter ihrem Hemd knisterte. Jetzt ergab seine Botschaft einen Sinn: Er hatte gewusst, dass er sterben würde, um sie alle zu retten. Er hatte es von Anfang an gewusst.
»Ausgeburten der Hölle«, rief Luzifer laut. »Dies hier ist ein geweihter Ort. Sterbt, wie es euch bestimmt ist.«
Ein gewaltiges Gebrüll setzte um sie herum ein, als die Dämonen plötzlich Kontakt zum Boden bekamen. Jeder Einzelne von ihnen ging in Flammen auf, als die geweih-

te Erde sich selbst von der gottlosen Verderbtheit reinigte.

Sartael begann zu toben und gegen seine Ketten zu kämpfen. Dann wurde er still, obgleich seine Lippen sich weiterhin bewegten.

»Schweigen ist in der Tat Gold, vor allem, wenn es von dir kommt«, bemerkte Luzifer.

Kaum hatten Oris Füße den Boden berührt, sank er auf die Knie und krümmte sich unter Qualen. Riley schüttelte ihre Trauer ab und eilte zu ihm, ohne sich darum zu kümmern, ob irgendjemand sie sah. Als sie neben dem verletzten Engel niederkniete und seinen Arm berührte, hob er langsam den Kopf. Aus einer Wunde an seiner linken Brust sickerte pulsierend blaue Flüssigkeit. Sie presste ihre verletzte Hand dagegen, doch das half nichts.

»Heil dich selbst!«, drängte sie. »Das hast du letztes Mal auch gemacht.«

»Kann nicht … nicht bei einer Verletzung … von einem göttlichen Wesen.«

Luzifer kam mit finsterer Miene angestapft. »Du bist ein Dummkopf, Ori. Du weißt, wie du dich selbst heilen kannst. Hör auf, den Märtyrer zu spielen.«

»Nein. So nicht«, sagte Ori. »Ich weigere mich.«

Er würde sein Wort halten und ihre Seele nicht hergeben. *Du hast Beck das Leben gerettet.* Ori verdiente es, zu leben.

»Hey, hör auf deinen Boss, bitte!«, bettelte Riley, obwohl sie keine Ahnung hatte, wovon sie sprachen. »Tu, was immer du tun musst. Du darfst jetzt nicht aufgeben.«

Die Mundwinkel des Engels hoben sich einen winzigen Hauch in die Höhe. »Riley Anora Blackthorne. Mein kühnes Licht.« Er schluckte schwer. »Ich gebe deine Seele fr …«

Luzifer wedelte mit der Hand, und Oris Körper verschwand. Nur eine Pfütze aus schillerndem blauen Blut blieb auf den trocknen Blättern zurück.

»Was haben Sie mit ihm gemacht?«, verlangte Riley zu wissen. »Ist er …«

Ein donnerndes Geräusch setzte ein, wie der tausendfach verstärkte Ton einer einzelnen Trompete. Andere Töne stimmten ein, bis es schien, als würden sie von überall herkommen, selbst aus dem Boden unter ihnen. Hoch oben öffnete sich der Himmel, und strahlend weiße Gestalten stürzten wie Raketen zur Erde. Die ausgebreiteten Flügel bremsten ihren Sinkflug. *Engel.* Ihre überirdische Schönheit bezeugte, dass sie das Team des Himmels waren.

Mist. Hatte sie den Krieg am Ende doch nicht verhindert?

Ein Engel schien noch heller zu leuchten als die anderen. Seine Rüstung war nicht weiß, sondern aus Silber und Gold und strahlte wie eine Supernova. Was Riley noch mehr irritierte, war sein Haar, das genau dieselbe Farbe hatte wie Simons weißgoldene Locken.

»Der Erzengel Michael«, murmelte einer der Jäger, sank auf die Knie und bekreuzigte sich. Andere folgten eilig seinem Vorbild.

Michael war Gottes heiliger Krieger, derjenige, von dem es in der Bibel hieß, er würde den Drachen erschlagen. Den Drachen, der gerade zufällig neben Riley stand.

Als die himmlischen Streitkräfte sich hinter ihrem Anführer sammelten, sowohl auf dem Boden als auch in der Luft, tauchten auf der Seite der Hölle weitere gefallene Engel auf. Diese trugen schwarzsilberne Rüstungen.

Riley stand zwischen zwei gewaltigen Armeen.

Ihre Handflächen juckten nicht länger, sondern brannten mit einer sengenden Hitze, die sich über die Arme bis in die Brust und ins Herz ausdehnte. Sie fing Stewarts Blick auf. Er nickte ihr zu.

Das ist es.

»Morgenstern«, sagte Michael kurz angebunden. Seine Stimme klang schroff und hart in ihren Ohren, als enthielte sie mehr Macht, als ihr Verstand je erfassen könnte. »Dein Königreich ist im Chaos versunken.« Er warf Sartael einen verächtlichen Blick zu. »Du hast Verräter in deinen Reihen.«

»Mein Königreich geht dich nichts an, Michael«, erwiderte der Höllenfürst gleichmütig.

»Jetzt schon. Wir sind deine mitleiderregenden Versuche leid, die Seelen dieser Sterblichen zu läutern. Denen ist es doch egal. Sie sind arrogant und nutzlos.«

»Sie sind Seine Geschöpfe. Willst du diese Weisheit in Frage stellen?«, fragte Luzifer sanft.

Michaels strahlend blaue Augen wurden hart. »Verdreh mir nicht die Worte im Mund, Gefallener.«

»Dann schreib du mir nicht vor, wie ich mein Königreich zu regieren oder mit den Sterblichen umzugehen habe.«

Michaels Schwert begann zu knistern, während die Legionen unruhig wurden. Ein Murmeln ging durch die Reihen, in einer Sprache, die sie nicht verstand. Auch auf der Seite der Hölle regte sich Unmut.

Der Kosmos war einen Herzschlag vom Krieg entfernt.

»O nein, das werden Sie schön bleiben lassen«, sagte Riley und trat vor das Paar. »Ich habe meinen Dad nicht verloren, damit Sie beide diesen Planeten wie einen Marshmallow rösten.«

Als Michael seinen Blick auf sie richtete, erschauderte sie. Jetzt wusste sie, warum die Leute in der Bibel stets ihren Blick abwandten.

»Du bist Blackthornes Tochter, die sterbliche Entsandte.« Angewidert schüttelte er den Kopf. »Dieses Mal ist es ein Kind. Ich habe keine Ahnung, warum Er solch ein Aufhebens darum macht.«

Flügel oder nicht, dieser Typ nervte sie gewaltig. Klar, sie war kein hochmächtiger Engel, aber trotzdem …

»Sehen Sie, ich weiß, dass Sie beide sich echt nicht ausstehen können, aber tragen Sie Ihren Krieg doch bitte nicht hier unten aus. Wir haben selbst schon genug Probleme.«

»Ganz von sich selbst eingenommen! Und doch behauptet Luzifer, eure Art sei es wert, gerettet zu werden«, tadelte der Erzengel.

»Wir sind es wert, gerettet zu werden.«

»Hast du alle Aufgaben erledigt, die Er dir aufgetragen hat?«

»Nein«, sagte sie. Ihr war so schwindelig, dass es ihr schwerfiel, aufrecht zu stehen. Hier zwischen den beiden engelhaften Herrschern fühlte sie sich wie ein kleiner Mond, gefangen im Gravitationsfeld von zwei gewaltigen Planeten. Positiv. Negativ. Licht. Dunkelheit. Alles durchdrang jede Faser ihres Körpers.

Riley suchte Halt an einem Grabstein, und das Schwindelgefühl ließ ein wenig nach. Sie versuchte, die Tatsache zu ignorieren, dass der Stein an der Stelle, an der ihre Hand ihn berührte, glühte.

»Ich gebe zu, dass wir arrogant sind, und wir lernen auch nicht besonders schnell«, sagte sie und zwang sich, sich auf jedes Wort zu konzentrieren, »aber wir entwickeln uns weiter. Zumindest versuchen wir es.«

»Wie viele Kriege quälen deinen Planeten, Sterbliche? Wie viele verenden in diesen Tagen an Hunger? Und das nennst du Fortschritt?«, fragte Michael herausfordernd.

Es war, als würde sie vor der ganzen Klasse stehen und wissen, dass die Schulnote fürs gesamte Jahr von ihrer nächsten Antwort abhing. Nur, dass es in diesem Fall die Zukunft der Menschheit war.

»Es ist nicht Ihre Aufgabe, uns zu sagen, wann unsere Zeit abgelaufen ist«, sagte Riley mit zusammengebissenen Zähne.

»Ach, Kind, aber sie ist es.«

Riley hätte schwören können, dass ihr Blut dickflüssiger wurde und in ihren Adern zu kochen begann. Schweiß lief ihr übers Gesicht, den Rücken hinab und in den Hosenbund ihrer Jeans. Sie konnte nicht sehr viel länger zwischen den Armeen ausharren und dabei am Leben bleiben.

»Was passiert, wenn er gewinnt?«, fragte sie und deutete mit einer Kopfbewegung auf Luzifer. »Was dann?«

Michaels scharfes Auflachen war mehr ein Zeichen des Spotts als des Humors. »Das ist nicht möglich.«

»Aber was, wenn er doch gewinnt? Was, wenn Sie Ihren fürchterlichen Krieg führen, und das Einzige, was passiert ist, dass wir Sterbliche alle sterben? Was dann? Wie wollen Sie das Ihrem Boss erklären?«

Keine Antwort. Vielleicht kam sie so weiter.

Sprich von Herzen. Das hatte Stewart ihr geraten.

»Sie haben ja keine Ahnung, wie es für uns ist«, beharrte sie. »Sie sollten eigentlich super-perfekt sein, dabei sind Sie nicht besser als wir. Vielleicht hatte Gott genau das im Sinn, als Er uns Menschen geschaffen hat – eine Chance, es beim zweiten Mal richtig zu machen.«

Das Schwert funkelte heißer. »Obacht, Sterbliche, du lästerst Gott.«

»Ich beleidige Gott nicht. Ich sage nur, dass Sie vielleicht nicht das große Ganze sehen. Ich weiß, dass ich es nicht sehe.«

»Da hat sie recht, Michael«, sagte Luzifer. »Wir sind im Begriff, alles zu zerstören, was Er geschaffen hat. Ist es das, was Er wünscht, oder ist es nur eine weitere seiner Proben, die Er so liebt?«

»Er würde es nicht zulassen, wenn es nicht prophezeit wäre.«

»Schon möglich.« Luzifer runzelte die Stirn. »Doch es scheint mir, als stünden die im Himmel zu nah an Seinem Licht. Man muss sich abwenden, oder es blendet einen. Manche in der Dunkelheit«, … er blickte zu der Stelle, an der Oris Körper gelegen hatte …, »sehnen sich nach genau diesem Licht, weil sie sich daran erinnern, wie warm und voller Liebe es war. Sie vergessen, dass Seine Macht sowohl heilen als auch versengen kann.«

»Und wir stehen genau in der Mitte.« Langsam begriff Riley. »Die Engel im Himmel sind zu nah, und die in der Hölle zu weit entfernt. Deshalb wurden wir geschaffen, weil wir das Licht und die Dunkelheit in der Waage halten.«

Auf beiden Seiten war gedämpftes Flügelrascheln zu hören. Dann herrschte vollkommene Stille. Das Universum hielt den Atem an.

»Bitte, wir haben die Chance bekommen, es richtig zu machen«, flehte sie. »Alles, was wir brauchen, ist Zeit, unseren eigenen Weg zu finden.«

Der Erzengel wand sich unbehaglich. »Du glaubst, dass sie Seiner Aufmerksamkeit wert sind, Morgenstern?«

Luzifer zuckte die Achseln. »Das wird man sehen.«

»Und du wirst das Große Amt weiterhin versehen, wie Er es bestimmt hat?«

»Bis ich nicht länger gebraucht werde.«

»Selbst, wenn es dich vom Licht fernhält?«

Ein feierliches Nicken. »Das ist meine Strafe.«

»Keineswegs eine Strafe, denke ich«, sagte Michael spöttisch. »Du genießt deine Freiheit doch über alle Maßen.«

»Meine Freiheit verlangt mir einen Preis ab, der jenseits deiner Vorstellung liegt, Erzengel.«

Michaels bodenlose, blaue Augen richteten sich auf Riley. »Nur ein Kind«, murmelte er kopfschüttelnd. Auf seinen Wink hin begannen die Engel des Himmels in wabernden Lichtstrudeln zu verschwinden, jeweils zwei zugleich.

Luzifer nickte anerkennend, und eine entsprechende Anzahl seiner gefallenen Engel erhob sich in einem schwarzen Nebel und verschwand.

Michael breitete seine gewaltigen Schwingen aus, während er seinen Rivalen aufmerksam musterte. »Wir werden uns trotzdem am Ende aller Tage treffen, Morgenstern. Und das *werden* wird tatsächlich eintreten.«

»So wird es sein, Michael. Bis dann.«

»Warten Sie! Was ist mit meinem Dad?«, rief Riley.

Luzifers Stimme erfüllte ihren Kopf. *Er hat seine Schulden bezahlt.*

Aber …

Du schuldest mir immer noch einen Gefallen, Blackthornes Tochter. Wenn das erledigt ist, reden wir weiter. Bis dahin hör auf, rumzujammern.

»Rumjammern?«, schrie sie laut. Nach allem, was sie durchgemacht hatte?

Dann begriff sie. Es würde heute keinen Krieg geben. Die Erde würde sich weiterdrehen, während all ihre Bewohner an diesem sonnigen Morgen mitten im Winter ihr Leben anpackten.

O. Mein. Gott. Ich hab's tatsächlich geschafft!

Riley warf sich über einen Grabstein und weinte aus tiefster Erleichterung.

37. Kapitel

»Rühr sie nicht an«, befahl jemand. »Lass erst die Engelsessenzen verfliegen.«

Ayden. Zumindest ihre Hexenfreundin hatte überlebt.

»Seht nur, wie es aus ihr herausfließt. Wie ein Fluss. So etwas habe ich noch nie gesehen.«

Mort. Er hatte es ebenfalls geschafft.

Es dauerte eine Weile, aber schließlich öffnete Riley die Augen. Sie hing immer noch über dem Grabstein, und der Granit drückte schmerzhaft gegen ihre Rippen. Überall dort, wo sie den Stein berührte, floss gelbgoldenes Licht aus ihrem Körper, strömte am verwitterten Stein hinab und versickerte im Boden, als würde sich eine Batterie entladen.

»Autsch«, sagte sie, rutschte auf den Boden und landete hart auf ihrem Po. Jede Faser ihres Körpers pochte, von den Zehennägeln bis zu den Haarspitzen.

»Jetzt kannst du sie anfassen«, riet die Hexe.

Es war Beck, der sie berührte und sanft ihren Arm streichelte, damit sie den Blick in seine Richtung wandte. Schwarzes Dämonenblut besudelte seine Jacke und befleckte seine Wange. »Du lebst«, sagte er lächelnd.

»Du auch.« *Wer hätte das gedacht.*

Beck nahm sie in die Arme und hob sie hoch. Sie wollte protestieren, aber sie wusste, dass sie damit nur ihren Atem verschwenden würde. Sie war ohnehin zu geschwächt, um zu gehen. Er trug sie nur ein kleines Stück und setzte sie auf der Treppe des Glockenturms ab. Jemand legte ihr eine kratzige Wolldecke um die Schultern.

Als sie den Blick hob, sah sie den Fänger vor sich knien. Die Wunde in seinem Gesicht nässte immer noch, ein Blutrinnsal lief ihm über den Hals und ins Hemd. Er beugte sich vor, bis seine Stirn die ihre berührte, so wie er es zuvor getan hatte.

»Paul hat uns beide geliebt«, flüsterte er. »Ich werde das nie vergessen.«

Genauso wenig wie Riley. In diesen letzten Sekunden, als ihr Vater sie aus den braunen Augen angeschaut hatte, hatte sie seine unendliche Liebe gesehen, sein tiefes Mitgefühl, den grenzenlosen Stolz, den er empfand. Dieser flüchtige Moment würde für ihr ganzes Leben reichen.

Beck lehnte sich zurück und stand auf. »Ich muss nach den Verwundeten sehen. Kommst du klar?«

Sie nickte. *Lass nicht zu, dass noch jemand stirbt.*

Riley zog sich die Decke über den Kopf und schloss die Augen. Sie hatte immer noch den Schlachtlärm im Ohr und spürte die brennenden Flammen von Sartaels Schwert nah an ihrem Gesicht. Sie hatte es geschafft, den Weltuntergang zu verhindern, aber was war mit ihrem Dad? War er immer noch in der Hölle? Wenn ja, dann war es ein bitterer Sieg.

»Riley?« Sie lugte unter der Decke hervor und sah Ayden neben sich sitzen.

Die Hexe stellte Rileys Rucksack neben ihren Füßen ab. »Ich dachte mir, den würdest du gerne wiederhaben.« Sie reichte ihr den Schlüssel zum Mausoleum. »Du hast ihn im Schloss stecken lassen. Ich habe den Schlafsack weggeräumt, aber die Kralle habe ich nirgends gefunden. Tut mir leid.«

Vielleicht war sie verschwunden, wie der Dämon, von dem sie stammte.

»Das Messer ist im Rucksack«, sagte die Hexe. »Dein Blut klebt an der Klinge, also gehört es jetzt dir. Wenn du bereit bist, komm mal im Laden vorbei. Wir setzen uns in die Sonne und reden darüber, was heute passiert ist.«

»Ich verdanke dir so viel.«

»Das beruht auf Gegenseitigkeit.« Sie umarmten sich lange, dann humpelte die Hexe die Straße hinunter. Auf dem Weg begegnete sie Vater Rosetti. Sie blieben stehen, musterten einander, dann nickte er ihr zu, und sie erwiderte den Gruß. Sie trennten sich als Gleichgestellte.

Peter. Er würde in seinem Zimmer auf- und abtigern und das Schlimmste fürchten. Riley durchwühlte ihren Rucksack nach dem Handy. Zu ihrer Überraschung war die Schnittwunde in ihrer Hand, die sie sich mit dem Messer selbst zugefügt hatte, bereits verheilt. Nur eine dünne Narbe wies daraufhin, dass dort einmal eine Wunde gewesen war. Ihr Handy funktionierte trotz der ganzen Magie, die durch die Gegend geschleudert worden war. Vielleicht weil es im Inneren des Schutzkreises gelegen hatte? Sie drückte die Kurzwahltaste. Im Moment konnte sie sich unmöglich an die Nummer ihres Freundes erinnern.

»Riley? Bitte sag mir, dass es dir gutgeht und dass die Dämonen Geschichte sind.«

»Zweimal ja.«

Er jubelte in ihr Ohr. Dann wurde er wieder ernst. »Du hörst dich total fertig an. Bist du zu Hause?«

»Nein. Lass mir etwas Zeit bis … morgen … Ich ruf dich an.« Dieses Mal würde sie ihm alles erzählen.

»Es war richtig übel, stimmt's? Ich merke es an deiner Stimme«, sagte er.

»Ja. Es war die absolute Hölle. Ich erzähl's dir später.« Sie beendete den Anruf und ließ das Telefon wieder in ihren Rucksack fallen.

Als sie aufblickte, stand Simon vor ihr. Er umklammerte ein blutiges Schwert, als sei es mit seinem Arm verwachsen. Sein normalerweise so ordentliches Haar war verschwitzt, und die bekümmert dreinblickenden blauen Augen hatten dunkle Ringe.

»Ich hatte recht. Dein Vater hat mit dem Nekromanten zusammengearbeitet und die untoten Dämonen geschaffen.«

»Nein, mein Dad war derjenige, der den Bann gebrochen hat. Sartael steckte hinter all dem. Hast du nicht aufgepasst?«

»Das ist nicht das, was ich gesehen habe«, erwiderte Simon.

»Natürlich nicht. Du kannst einfach nicht zugeben, dass ein gefallener Engel dich eingewickelt hat. Tja, so was kommt vor, und jetzt musst du damit leben wie der Rest von uns auch.«

»Warum hast du Armageddon verhindert? War das Luzifers Befehl?«

»Nein. Der des Himmels.«

»Wie kannst du es wagen, mich zu belügen, nachdem so viele gestorben sind«, sagte er mit flackerndem Blick. Drohend packte er sein Schwert fester.

Martha glitt herab und sah zuerst Riley an, dann Simon. Der Schutzengel des Oakland-Friedhofs trug noch seine Flügel, und er hatte sein Hart-aber-herzlich-Gesicht aufgesetzt. Jemand war fällig für eine Standpauke, und Riley glaubte nicht, dass sie das war.

Simons Kiefer klappte nach unten, als er die Verbindung herstellte. »Sie waren das, im Krankenhaus. Sie haben mich an der Brust berührt, und …«

»Dich geheilt. Ja, ich bekenne mich schuldig«, erwiderte Martha. Ihre Augen wurden schmal. »Was hast du mit dieser zweiten Chance im Leben angefangen, Simon Michael David Adler?«

Er duckte sich bei dem Unterton in ihrer Stimme. »Ich, äh …«

»Hast du derjenigen beigestanden, die ihre Zukunft geopfert hat, um dir diese Chance zu geben?«, tadelte Martha. »Als der gefallene Engel mit seinen Lügen zu dir gekommen ist, hast du ihm widerstanden?«

»Sie …«

»Nein, du hast die dunklen Einflüsterungen willkommen geheißen, weil das einfacher war, als zuzugeben, dass dein

Glaube auf die Probe gestellt und für mangelhaft befunden worden war. Du hast deine Freundin an die Dämonenjäger verraten, um es deiner Seele behaglich zu machen.«

»Aber Riley …«

»… hat zugestimmt, Armageddon zu verhindern, im Austausch für dein Leben«, sagte Martha. Sie schüttelte enttäuscht den Kopf. »Ich an ihrer Stelle würde mich fragen, ob du den ganzen Ärger wert gewesen bist.«

Simones Gesicht wurde so bleich wie sein Haar. »Ich weiß es nicht.« Seine Stimme war nur noch ein heiseres Flüstern. »Ich dachte … O lieber Gott.« Im selben Moment war er schon auf den Knien, den Kopf reuevoll gesenkt. »Was habe ich getan?«

Mit einem gequälten Seufzer kniete sich der Engel neben den angeschlagenen Mann. »Das ist nicht das Ende deiner Welt«, sagte er und tätschelte seinen Arm. »Du wirst es überleben.« Als Simon aufblickte, waren seine Augen voller Tränen. »Du hast eine Lektion gelernt … eine Seele wird im Feuer der Not geschmiedet, nicht am gemütlichen Kamin.«

Er wischte sich die Tränen fort. Als sein Blick Rileys traf, sah sie die erbarmungslose Qual in seinem Herzen.

»Ich … es tut mir leid«, flüsterte er heiser.

»Mir auch, Simon«, entgegnete sie.

»Heiliger!«, schrie Harper. »Beweg deinen Arsch hierher!«

Taumelnd kam der junge Mann auf die Beine und eilte davon.

»Geh in Frieden, Kind«, murmelte Martha.

»Wird er seinen Glauben wiederfinden?«, fragte Riley.

»Möglicherweise. Wenn ja, dann wird er sich daran erinnern, wie er einmal schwach gewesen war, und dadurch wird er mit jenen mitfühlen können, denen es an Perfektion mangelt.«

»Was wäre passiert, wenn ich Ori nicht befreit hätte?«

Der Engel dachte darüber nach. »Ich vermute, dass es dir dann nicht gestattet worden wäre, zwischen den beiden Herrschern zu stehen und für die Menschheit zu sprechen.«

»Für Sie und Ihresgleichen geht es immer nur darum, Opfer zu bringen, oder?«

»Natürlich«, sagte Martha mit einem säuerlichen Lächeln. »Aus diesem Grund gehört dein Vater nicht länger Luzifer.«

»Was? Er ist im Himmel?«

»Darauf wird es wohl hinauslaufen. Aber seine Chancen stehen gut.« Martha lächelte breit. »Sehr gut sogar.«

»O Gott«, rief Riley und brach vor Erleichterung beinahe zusammen. »Er wird Mom sehen, und ...« In ihren Augen brannten Tränen.

»Vielleicht hat sich die ganze Sache am Ende ja doch gelohnt«, erwiderte Martha. Als das Geräusch von Flügelschlägen ertönte, wandte sie den Kopf. »Ah, gut, da sind sie ja.«

Sie ging zu einem kleinen Pulk Engel, die neben dem Blackthorne-Mausoleum aufgetaucht waren, und begann Befehle zu erteilen wie ein General. Die Engel zerstreuten sich, richteten umgestürzte Grabsteine auf, pflanzten entwurzelte Bäume wieder ein und füllten die Löcher, die die Fünfer aufgerissen hatten. Eine übernatürliche Putzkolonne. Als eines der göttlichen Wesen an einem Sanitäter vorbeiging, sah der Mann ihn noch nicht einmal.

Warum tun sie das? Sie haben auch nicht aufgeräumt, als damals der Tornado hier durchgerast ist.

Riley ließ den Blick über den Friedhof schweifen, über die emsigen Engel, die Hügel von Dämonenasche, die mit Tüchern bedeckten Leichen. Oris Sockel war leer und wurde vom Sonnenlicht beschienen.

Irgendwann würde sie erfahren, ob er noch am Leben war. Wenn der Tag kam, würde sie entweder den Verlust des Engels oder den ihrer unsterblichen Seele betrauern. Eins wie das andere würde ihr Leben verändern.

38. Kapitel

Beck wischte das Blut von seiner Jeans und zog anschließend den Verband kräftig fest.

»Du wirst dein Bein behalten, Remmers«, sagte er. »Pass auf, dass Vater Rosetti das Weihwasser segnet, dann weißt du, dass es wirklich frisch ist.«

Der verletzte Mann lehnte an einem Baum und nickte grimmig. »Es ist mehr, als ich erhofft hatte.« Er schluckte und sah sich um. »Ich weiß nicht, wie es dir geht, aber ich kann unmöglich irgendjemandem davon erzählen. Niemand würde mir glauben. Nie im Leben.«

»Ich weiß, was du meinst.«

»Danke, Den.«

»Danke, dass du mir den Rücken frei gehalten hast. Du hast was gut bei mir.«

Beck entdeckte Meister Stewart, wie er an einem von Flammen versengten Baum lehnte, den Flachmann in der Hand. Beck nahm den angebotenen Scotch, setzte die Flasche an, und die Flüssigkeit rann glühend heiß durch seine wunde Kehle. Er gab die Flasche seinem Besitzer zurück.

»Wie macht sich Riley?«, fragte der Meister.

»Sie … redet immerhin. Ich habe Carmela gebeten, mal nach ihr zu schauen.«

»Sie hat sich heute nicht unterkriegen lassen. Wenn sie nicht gewesen wäre, wäre es mit uns allen zu Ende gewesen.«

Beck ließ die rechte Schulter kreisen, um den Krampf loszuwerden, doch die Muskelzuckungen ließen nicht nach. Ein Schwert zu schwingen war nichts für Schwächlinge.

»Ich hatte immer gedacht, der Weltuntergang sei irgendeine Geschichte, die man sich ausgedacht hat, um kleine Kinder zu erschrecken. Ich hätte nie damit gerechnet, dass ich mal mittendrin stecken würde.«

Als Stewart ihm erneut den Flachmann reichte, nahm er noch einen tiefen Schluck. Stewart schuldete ihm immer noch eine Antwort auf eine Frage, die ihn plagte, seit das Team des Vatikans angekommen war.

»Als wir uns zum ersten Mal mit den Jägern getroffen haben, sagte der Priester, er wüsste, wem wir dienen. Als ich dich danach fragte, hast du mir nicht geantwortet.«

Stewart blieb stumm.

Beck senkte die Stimme. »Wir dienen der Hölle, oder? Die Jäger sind die Lieblinge des Himmels und wir Luzifers. Hab ich recht?«

»So einfach ist das nicht«, bemerkte Stewart. »Es geht nicht so sehr darum, ob wir dem Höllenfürsten dienen, sondern dass wir das Gegenstück zu den Jägern sind. Die andere Seite der Medaille. Alles auf dieser Welt bildet ein Gleichgewicht zwischen dem Licht und der Finsternis.«

»Das macht verdammt nochmal überhaupt keinen Sinn.«

»Das Konzept ist nicht einfach. Selbst der Ursprung der

Dämonen ist nicht klar. Manche denken, Luzifer habe sie erschaffen, als Verhöhnung von Gottes Werk. Andere behaupten, es seien verdammte Seelen, die in die Hölle geschickt wurden, um eine Lektion erteilt zu bekommen.«

»Willst du damit sagen, wenn ich einen Dämon töte, könnte es jemand sein, den ich kenne?«

Stewart zuckte mit einer Schulter. »Ich weiß es nicht mit Sicherheit. Ich verstehe es immer noch nicht, und ich fange seit über fünfzig Jahren Dämonen.«

Was bedeutete, dass Beck wenig Chancen hatte, es heute zu kapieren.

»Quäl dich nicht deswegen, Junge. Du bist kein Diener der Finsternis, so viel ist sicher.« Der Meister legte ihm behutsam die Hand auf die Schulter. »Ich bin sehr stolz auf dich. Du hast großen Mut gezeigt.«

»Es ist ganz gut gelaufen«, erwiderte Beck und wischte das Lob beiseite.

»Du hast einen Erzdämon angegriffen«, erwiderte der Meister und nahm seinen Scotch wieder an sich, als er die Hand zurückzog. »Das ist besser als ›ganz gut‹.«

»Ich habe ihn nicht getötet«, sagte Beck. Er dachte daran, wie Riley ihm in den Hintern gestochen hatte und lachte, weil es sich gut anfühlte. »Verdammt, ist das gut, am Leben zu sein.«

»Aye. Und jetzt bring Riley hier raus. Bring sie zu mir, wenn sie will. Das alles wird sie schon noch früh genug erwischen.«

Beck zögerte, unsicher, ob er diese Frage stellen sollte.

»Was geschieht mit einem gefallenen Engel, wenn er stirbt?«

»Manche sagen, der Himmel nähme sie zurück, wenn ihre Seelen geläutert sind. Andere glauben, dass sie Dämonen werden und wieder ganz von vorn anfangen.«

Was bedeutete, dass niemand wirklich die Wahrheit kannte.

Das gibt's ziemlich oft in diesem Job.

✣

Beck fand Pauls Tochter dort, wo er sie zurückgelassen hatte. Sie hatte immer noch die Decke um die Schultern gelegt. Das zerzauste Haar hing herunter, die Klamotten waren dreckverschmiert, die Haut war unnatürlich blass. Er setzte sich neben sie und wartete darauf, dass sie zuerst das Wort ergriff.

»Wie viele haben wir verloren?«

»Zwölf«, antwortete er. »Die Jäger zehn. Wir haben eine Menge Verletzte, aber ich denke, die meisten werden überleben.«

Riley suchte das Stück Friedhof um sie herum ab, als hielte sie nach jemandem Ausschau. Sie richtete ihre Aufmerksamkeit auf einen Jäger und seufzte erleichtert auf. »Müller lebt«, sagte sie. »Er hat ein kleines Kind zu Hause.« Dann wurde ihr Gesicht traurig. »Corsini wird sein neues Baby niemals kennenlernen.«

Sie steht unter Schock. Beck legte den Arm um sie. Stewart möchte, dass ich dich in sein Haus bringe.«

Ohne Zögern schüttelte Riley den Kopf. »Nein, ich will

nach Hause.« Sie ließ sich Zeit, als sie von der Treppe aufstand, was ihm verriet, dass sie Schmerzen hatte.
»War die Ärztin schon bei dir?«
»Ich war nicht am Verbluten, also wird sie mich später untersuchen.«
Beck argwöhnte, dass Carmela mehr als das gesagt hatte.
Mit glänzenden Augen blickte Riley zu ihm auf. »Der Engel hat gesagt, Dad ist nicht mehr in der Hölle«, murmelte sie. »Er ist die Dämonen los.«
Nicht in … »Ja!« Beck reckte eine Faust in die Höhe. »Gut gemacht, Paul!« Dann wurde er wieder ernst. »Komm, ich bring dich von hier weg.«
Als sie auf der Asphaltstraße an den anderen vorbeigingen, hielt Riley den Blick auf den Weg gerichtet. Er wusste, wie es nach einer Schlacht lief. Man konzentrierte sich auf das, womit man klarkam, was verdammt wenig war.
Sie blieb erst stehen, als sie Mort auf dem Bordstein sitzen sah. Er hielt eine Flasche Wasser in der Hand, und auf seiner linken Wange prangte eine riesige Wunde. Seine Robe war reif für den Müll.
»Alles in Ordnung?«, fragte sie.
»Ich bin nur müde«, murmelte er. »Ich habe nie zuvor so viel Magie beschworen.«
»Wusstest du, dass mein Dad hier sein würde?« Als sie keine Antwort erhielt, trat sie näher, am ganzen Körper angespannt. »Wusstest du, was er vorhatte?«
Beck berührte sie sanft am Arm. »Später. Ich bin sicher, dass Mort gerne mit dir reden wird, aber nicht jetzt.« Er warf dem Nekromanten einen Blick zu, der diesem emp-

fahl, die Unterhaltung auf jeden Fall zu führen, oder Beck würde sich persönlich darum kümmern.

»Ich werde dir alles erzählen. Komm morgen zu mir nach Hause, nachdem wir beide etwas Schlaf bekommen haben«, sagte Mort.

Riley wandte sich ab und schritt in einem Tempo die Straße entlang, das sie nicht lange durchhalten würde. In der Nähe des Eingangstores machte sie schlapp und blieb stehen, um wieder zu Atem zu kommen. Krankentragen wurden an ihnen vorbei zur mit Rettungswagen und Polizeiautos vollgestopften Straße gerollt.

»Du hast Schmerzen, stimmt's?« Ein Nicken. »Schaffst du es bis zum Truck?«

»Ja.« Dann blitzten ihre Augen auf, und sie schob ihn beiseite. »Was hast du getan, du Idiot? Dieser Erzdämon hätte dich in Stücke reißen können.«

»Ich wollte nicht, dass er dir etwas antut«, sagte er aufrichtig.

»Woher kommt bloß dein verrücktes Bedürfnis, dich umbringen zu lassen?«

Er feixte. »Ich lebe noch, der Erzdämon nicht.«

»Nur, weil Ori ihn getötet hat.«

»Erinnere mich nicht daran. Hast du echt versucht, diesen Dämon in den Arsch zu stechen?«

Riley stöhnte. »Nein, ich habe auf sein Bein gezielt, aber er hat sich bewegt. Ich stand da wie ein Volltrottel.«

Finde ich nicht.

Beck schlang den Arm um ihre Taille, und sie gingen weiter zum Truck. Bis jetzt hatte man der Presse nicht gestattet, sich dem Ort des Geschehens zu nähern. Das würde sich bald ändern, und er wollte sie hier raushaben, ehe es so weit war.

»Tut mir leid, die Sache mit deinem Engel«, sagte er und meinte es ernst. »Ich dachte, er wäre total bösartig, aber jetzt glaube ich, dass er auf seine Weise versucht hat, alles richtig zu machen.«

Riley schluckte hart. »Warum hat Luzifer Sartael nicht selbst getötet? Warum hat er es so weit kommen lassen?«

»Ein Anführer schickt seinen besten Mann, um den Feind herauszufordern. Der Obermacker greift nur ein, wenn es schiefgeht. Oder um den Sieg für sich zu beanspruchen. So war es schon immer.«

»Es hat Ori das Leben gekostet.«

»Vielleicht.«

Sie blickte zu ihm auf. »Du glaubst nicht, dass er tot ist?«

»Bin mir nicht sicher. Luzifer ist ein verschlagener Mistkerl, und wenn er dich manipulieren kann, indem er diesen Engel am Leben lässt, dann tut er es auch.«

»Genau das denke ich auch.«

39. Kapitel

Geborgen in ihrem eigenen Bett, erwachte Riley in diesem benommenen Zustand, in dem sie nicht wusste, welcher Tag es war, wie lange sie geschlafen hatte oder ob die Albträume, die sie gehabt hatte, real gewesen waren oder nicht.

Muss ein Traum gewesen sein. Das wäre gut. Keine randalierenden Nekromanten, revoltierenden Erzdämonen oder monumentale Schlachten. Kein toter Ori.

Sie schlug die Augen auf. Das warme Licht im Zimmer deutete auf den späten Nachmittag hin. Sie drehte den Kopf auf dem Kissen und schaute auf die Uhr – nach vier. Erinnerungen strömten auf sie ein und füllten die Leerstellen aus: Beck, der sie in ihre Wohnung gebracht hatte; wie sie unter die Dusche geklettert war und sich abgeschrubbt hatte, bis nur noch kaltes Wasser kam. Wie sie herausgefunden hatte, dass Ori wieder einmal recht gehabt hatte – sie war nicht schwanger. Nie zuvor war ihr die Periode so willkommen gewesen. Eine Sache hatte sich geändert: Die Male auf ihren Handflächen waren jetzt deutlich zu erkennen, und es sah aus, als würden sie es bleiben.

Gegen Mittag war Carmela auf einen Sprung vorbeigekommen und hatte verkündet, dass sie ziemlich viele Prellungen hatte, es aber überleben würde, was ziemlich offensichtlich war. Mrs Litinsky folgte ihr auf dem Fuße, eine Tasse heiße Hühnersuppe in der Hand. Max legte sich für eine Runde Katzen-Schnurr-Therapie zu ihr ins Bett. Nach all der Bemutterung und dem Essen war Riley nicht mehr in der Lage gewesen, die Augen offen zu halten.

Sie schleppte sich aus dem Bett, ließ Max raus und kuschelte sich auf das Sofa, eingewickelt in eine dicke Daunendecke. Obwohl sie sich eigentlich nicht damit beschäftigen wollte, begann sie methodisch, die Ereignisse auf dem Friedhof durchzugehen. Manche Erinnerungen wie die an Corsinis Tod oder das Opfer ihres Vaters machten sie unglaublich traurig. Paul Blackthorne war der Held, nicht sie. Als sie zum Hochzeitsfoto ihrer Eltern im Bücherregal hochschaute, flüsterte Riley ein Gebet, weil ihr Dad jetzt bei ihrer Mom war. Weil sie für immer zusammen waren.

»Ich liebe euch alle beide, und ich werde euch niemals vergessen«, flüsterte sie.

Dann vergrub sie ihr Gesicht in der Daunendecke und weinte, bis keine Tränen mehr übrig waren.

✣

Kurz vor zehn am selben Abend klingelte Rileys Telefon, tanzte vibrierend über den Nachttisch und machte einen unchristlichen Lärm. Halb verschlafen nahm sie das Handy. »Hallo?«

»Hey, Riley, wie geht's?«, fragte Beck, lauter als normal.
Sie richtete sich im Bett auf. »Was ist das für ein Krach?«
Gesang, dachte sie, und Kneipenlärm.
»Elias und ich lassen uns vollaufen«, erklärte er.
»Das ist doch nicht nur der Hauptmann allein«, sagte sie.
Viel zu viel Lärm für zwei Kerle.
»Nee, der ganze Haufen ist hier.« Jemand fragte ihn etwas, und er rief laut: »Ich setze fünf. Jackson kann unmöglich ein Bierglas auf der Stirn balancieren. Für wen hältst du mich, für irgendeinen Deppen vom Dorf?«
»Hey!«, rief sie laut und lächelte. Er klang glücklich, und das war ansteckend.
»Was?«, fragte er, dann hörte sie ein langes Schlürfen durchs Telefon.
»Ich dachte, die Jäger machen so etwas nicht.«
»Heute Abend kümmert sich keiner um irgendwelche Regeln. Wir halten Leichenschmaus im Six Feet Under. Alle sind hier, sogar der Priester. Na ja, alle bis auf Simon und diesen Scheißkerl Amundson. Sind sich wohl zu fein, um sich mit uns abzugeben.«
Zu Amundson konnte sie nichts sagen, aber sie würde wetten, dass Simon in der Kirche war, auf den Knien, und auf Teufel komm raus betete.
»Pass auf, dass du nicht verhaftet wirst, hörst du?«, warnte sie. »Ich werde nicht für dich bürgen, um deinen Hintern wieder aus dem Knast zu kriegen, Mister.«
»Oh, oh, wirst du langsam zur alten Schreckschraube?« Er schnaubte. »Ich werde mich besaufen und dann zu Hause in meinem Bett ratzen. Das habe ich schon so lange nicht

mehr gemacht, dass ich mich nicht mehr daran erinnern kann.«

»Wahrscheinlich genau deswegen, Beck. Du bringst deine Gehirnzellen um, und so viele davon hast du nicht.«

»O Mann, Frau, du machst mir nichts als Kummer. Pass auf, ich muss Schluss machen. Wenn du willst, kann ich dich später noch mal anrufen.«

»Nicht, wenn du betrunken bist.«

Es gab eine Pause. »Stimmt, besser, wir verschieben es auf morgen früh.« Noch eine Pause. »Lieber den späten Nachmittag. Es wird eine Weile dauern, bis der schlimmste Kater vorbei ist.«

»Viel Spaß, Dorftrottel.«

»Bis später, Prinzessin. Und vergiss die Kekse nicht.«

Riley stöhnte ins Telefon und warf es dann auf den Nachttisch. Diese köstlichen Haferkekse war sie dem Großmaul schuldig. Wenn sie nett war, würde sie bis morgen Nachmittag warten, um sie auszuliefern, damit er Zeit hatte, seinen Kater loszuwerden.

Oder sie könnte sie früh am Morgen hinbringen und jede Minute seiner dröhnenden Kopfschmerzen genießen. Mit einem boshaften Grinsen ging Riley in die Küche und suchte die Backzutaten heraus.

✣

Zu Becks Überraschung konnte Jackson tatsächlich ein leeres Bierglas auf der Stirn balancieren. Jetzt versuchte er es mit einem vollen.

»Dazu braucht man Talent«, sagte Beck ehrfürchtig.

»Ich hab's jedenfalls nicht«, sagte Elias. Bei all dem Bier in seinem Körper klangen die Worte ganz verwaschen.

»War das Riley?«

»Ja«, sagte er lächelnd. »Rom wird ihr doch wohl nichts anhängen wegen dem, was passiert ist, oder?«

»Keine Ahnung. Rosetti redet gerade mit Stewart und versucht, die Sache zu regeln«, sagte Elias und deutete mit einer Kopfbewegung auf die beiden, die an einem Extratisch saßen. »Der Priester gibt mir Bescheid, sobald sie sich einig geworden sind.«

Elias nahm einen Schluck von seinem Bier und stellte anschließend das Glas mit einem entschlossenen Rumsen ab. »Wegen Justine«, begann er. »Ich weiß, dass da was zwischen euch läuft.«

»Woher?«

»Sie hat es mir erzählt. Sie zettelt gerne Streit an.« Der Hauptmann legte nachdenklich die Stirn in Falten. »Wenn ich gewusst hätte, dass du ihr über den Weg läufst, hätte ich dich gewarnt, so von Mann zu Mann, weißt du.«

»Sie hat also nicht gelogen, als sie sagte, ihr beide hättet mal was gehabt?«

»Nein, wir waren …« Er zensierte, was immer er gerade sagen wollte. »Vor ein paar Jahren waren wir so etwas wie ein Paar. Für einen Exklusivbericht hat sie beinahe meine Karriere ruiniert. Sie ist hübsch, aber sie hat nur ein Ziel vor Augen und schert sich nicht darum, wen sie verletzt.«

»Das habe ich auch schon festgestellt.«

»Seid ihr zwei immer noch …«, fragte der Jäger.

»Nein. Wie bei dir ist es unschön zu Ende gegangen. Sie

schreibt einen Artikel über mich und wühlt in meiner Vergangenheit herum. Das könnte mich meinen Job kosten.«

»Ich werde sehen, ob ich sie bremsen kann. Wahrscheinlich wird sie nicht auf mich hören, aber ich kann es trotzdem versuchen«, bot Elias an.

»Das wäre klasse.«

Vater Rosetti kam zu ihnen an den Tisch, er hatte eindeutig schon einiges gebechert. Er zog einen Stuhl heran und ließ sich darauf plumpsen. Das Bierglas in seiner Hand war leer.

»Also, wie lautet das Urteil?«, fragte Elias. »Bleibt Riley hier, oder fährt sie mit uns zurück?«

»Sie bleibt in Atlanta. Stewart wird sie im Auge behalten. Er hat versprochen, sich um alle Probleme zu kümmern, die auftauchen könnten. Ich bete zu Gott, dass es keine gibt.«

Beck seufzte erleichtert.

»Das war für uns alle hart«, gestand Elias. »Ich kann nicht behaupten, dass ich jemals in meinem Leben wieder einen gefallenen Engel sehen möchte.«

»Das können Sie laut sagen. Damit habe ich nicht gerechnet, als ich darum bat, auf diese Mission geschickt zu werden«, gab Rosetti zu. »Ich wusste, dass hier einiges merkwürdig lief, aber …« Er hob das leere Glas ein paar Zentimeter an. »Wenn ich mich irre, ist ein Leben ruiniert. Wenn ich einen Diener der Hölle entwischen lasse, ist die Welt der ewigen Verdammnis einen Schritt näher. Die Entscheidung fällt manchmal nicht leicht.«

Vielleicht ist dieser Typ doch kein so hartherziges Arschloch.

»Sie haben einen Scheißjob«, stellte Beck fest.

»Dem kann ich nur zustimmen«, sagte der Hauptmann und hob sein Glas, um anzustoßen.

»Ich war überzeugt, Riley Blackthorne würde für die Hölle arbeiten«, fuhr Rosetti fort. »Das tat sie auch, aber als es darauf ankam, diente sie auch dem Himmel. Sie trägt Luzifers Zeichen, doch sie hat uns vor dem endgültigen Krieg bewahrt. Wie soll ich das unter einen Hut bringen? Ist sie jetzt gut oder böse?«

»Was hat Rom dazu gesagt?«, fragt Beck.

»Dass sie zwischen den Fronten steht. Ich fürchte, irgendetwas ist zwischen ihr und dem gefallenen Engel vorgefallen, aber ich bin mir nicht sicher, was genau. Was hat es sie gekostet, ihn zu befreien?«

Beck wollte die Antwort gar nicht wissen. Um das Thema zu wechseln, zeigte er auf das Glas des Priesters. »Sieht ziemlich leer aus, genau wie meins. Noch eins?«

»Bestell gleich eine Runde«, schlug Elias vor. »Ich wollte dir noch ein paar Jägermärchen erzählen. Manche von den Sachen, die wir erleben … sind echt krass.«

Beck rechnete damit, dass der Priester das Thema abwürgen würde, doch stattdessen nickte er zustimmend. Der Kerl brauchte nur ein paar Bier hinter die Binde zu kippen, und schon wurde er richtig anständig.

»Okay, dann erzähl ich euch ein paar Geschichten von den Fängern. Mal sehen, wer besser flunkern kann«, antwortete Beck.

»Ich«, schoss Elias zurück. »Aber wir haben ja den guten Vater als Schiedsrichter.«

»Dann mal los, Alter.«

40. Kapitel

Riley war schon vor der Morgendämmerung auf den Beinen, weil sie nicht mehr schlafen konnte. Nachdem sie die blauen Flecken sorgfältig überschminkt und sich genau überlegt hatte, was sie zum Besuch bei Beck anziehen würde – sie wollte, dass der Fänger sie in etwas anderem als zerrissenen und schmuddeligen Klamotten sah –, fuhr sie zu dem Ort, von dem man meinen sollte, dass sie dort zuletzt hinwollte. Dieses Mal rief Ori auf andere Weise nach ihr.

Die Sonne ging auf, als sie das Mausoleum erreichte. In der Ferne war das dumpfe Grollen des Donners zu hören, der Tag würde wohl eher nass als sonnig werden. Vor den Gräbern ihrer Eltern kniete sie nieder und sprach ein kurzes Gebet. Dann zog sie den kleinen Lederbeutel aus der Tasche. In dem Beutel war die Erde, die sie vom Grab ihres Vaters eingesammelt hatte, nachdem sein Leichnam gestohlen worden war. Sie war dort, um Riley daran zu erinnern, dass sie niemandem vertrauen konnte.

Aber ich kann Menschen vertrauen. Ayden, Mort, Stewart, Beck, Peter. Sie würden sich alle für sie einsetzen. Sie öffnete den Beutel und ließ die Erde auf den Boden rieseln, weil sie keine Bedeutung mehr für sie hatte.

Riley stieß die Doppeltür auf und holte die rote Rose, die der Engel ihr geschenkt hatte. Sie musste eine Weile suchen, bis sie die Stelle gefunden hatte, auf der Ori auf die Erde gefallen war – sein leuchtend blaues Blut klebte noch immer an den Blättern. Ein letztes Mal sog sie den Duft der Rose ein, dann legte sie sie dorthin, wo er zuletzt gelegen hatte. Vorher zupfte sie ein einzelnes Blütenblatt ab und steckte es in den Beutel, als Erinnerung an ihre gemeinsame Nacht. Dann suchte sie eines der kleineren blaugefärbten Blätter und legte es zum Rosenblatt.

Wenn sie betete, dass Ori überleben möge, und ihr Wunsch in Erfüllung ging, würde sie in der Ewigkeit einen entsetzlichen Preis dafür zahlen müssen. Wenn er tot war, würde der Verlust sie bis zu ihrem letzten Atemzug nicht loslassen.

»Ich werde mit dem leben, was geschieht, was immer es auch sein mag«, flüsterte sie.

Manchmal war es das Beste, nicht gegen sein Schicksal anzukämpfen.

Kurze Zeit später ließ Riley den Friedhof hinter sich. Eine weitere dringende Aufgabe wartete auf sie: Es war an der Zeit, die Wahrheit über das Opfer ihres Vaters zu erfahren.

✣

Riley saß neben Mortimer auf der Steinbank in seinem Garten, ihr Rucksack lag neben ihr auf dem Boden.

Sie hatte gehofft, dass er ohne Umschweife zu einer Erklärung ansetzen würde, über ihren Vater und warum er

Ozys Platz in dem Schutzkreis eingenommen hatte, doch der Totenbeschwörer schluckte den Köder nicht.

»Erzähl mir alles, Mort. Keine Geheimnisse mehr.«

Statt zu antworten, stand der Beschwörer auf und ging zum Springbrunnen, wo er sich vorbeugte und das Wasser über die Finger tröpfeln ließ. Es schien ihn zu entspannen.

»Ich werde dir erzählen, was ich weiß und was meiner Meinung nach geschehen ist.« Er schnippte das Wasser fort. »Lord Ozymandias hat Dämonen beschworen, um geheimes Wissen zu erlangen. Bei einem seiner Zaubersprüche hat er einen Fehler gemacht, und Sartael hat das ausgenutzt und sich selbst anstelle eines Erzdämons manifestiert. Der Erzengel stellte ihn vor die Wahl – er macht, was Sartael verlangt, oder er würde in die Hölle gekarrt und bis in alle Ewigkeit gefoltert.«

»Woher weißt du das?«

»Ozymandias hat es mir erzählt.«

»Was? Wann?«, wollte sie wissen.

»Seine Lordschaft stand gestern Abend in der Dämmerung vor meiner Tür«, sagte Mort. »Er tat, als habe er niemals mein Haus angegriffen oder deinen Vater gestohlen.«

Oder Sartael dabei geholfen, die Welt an den Rand eines Krieges zu bringen.

»Hat er sich entschuldigt?«

»Natürlich nicht«, erwiderte Mort. »Aber er bestand darauf, mir seine Geschichte zu erzählen. Er behauptete, es ginge ihm darum, dass ich nicht denselben Fehler begehe, wenn ich mächtiger werde. Ich denke allerdings, es ging ihm eher darum, sein Gewissen zu erleichtern.«

»Ich glaube nicht, dass er eines hat«, gab Riley zu bedenken.

»Vielleicht hat er jetzt eines.« Mort richtete sich auf und wischte die nassen Finger an der Hose ab. »Er wirkte … demütig. Er sagte, Sartael habe ihn angewiesen, wie er die Dämonen verändern soll, und mit jedem zusätzlichen Zauber, den er einarbeitete, wurde Ozymandias klarer, dass das zu einem schlimmen Ende führen würde. Als dein Vater starb, versuchte er ihn zu beschwören, weil er hoffte, ein Meisterfänger wüsste, wie er der Knechtschaft eines gefallenen Engels entkommen könnte.«

Es passte alles zusammen. »Aber Luzifer hat meinen Dad zuerst beschworen. Er wusste, was Sartael im Schilde führte.«

»Genau. Als dein Vater verschwand, geriet Ozymandias in Panik. Er wusste, dass Sartael vorhatte, die Stadt zu vernichten, wenn nicht gar die ganze Welt, also stahl er deinen Vater von mir. Darum ist Paul überhaupt zu mir gekommen.«

»Weil du es nicht mit Ozy aufnehmen konntest?«

»Ja. Dein Vater hat seiner Lordschaft einen Ausweg geboten: Wenn Ozymandias genau das tue, was Luzifer verlangt, würde er unbeschadet davonkommen.«

»Während mein Dad sterben musste«, sagte Riley. »Das ist echt mies.«

»Es war Pauls Entscheidung, als Vermittler zu dienen, um den Zauber zu zerstreuen«, erklärte Mort. »Er wusste, dass es ihn umbringen würde, aber er hatte das Gefühl, es sei der beste Weg, um seine Schulden bei den Fängern und bei Luzifer zu begleichen.«

Erneut empfand Riley den Verlust wie einen schmerzlichen Stich. »Er sah so friedlich aus, als würde es ihm nicht wehtun oder so. Ist das möglich?«

»Er hatte keine Schmerzen. Dafür hat Ozymandias gesorgt«, sagte Mort sanft.

Mort konnte unmöglich alles vom Dark Lord erfahren haben. Also blieben nur zwei mögliche Quellen, und da Luzifer wohl kaum zum Tee vorbeigekommen war …

»Wann hat Dad dir davon erzählt?«

Mort hob anerkennend die Brauen. »Dein Vater stand die ganze Zeit ziemlich neben sich, bis ich zum Friedhof aufbrechen musste. Da schüttelte er Ozymandias Bann ab, als sei es nichts. Ich glaube, Luzifer hat ihm dabei geholfen.«

Der Nekromant kehrte zur Bank zurück und setzte sich neben Riley. »Paul erzählte mir, was er wusste und welche Rolle ich zu spielen hatte. Seine größte Sorge war, dass dir etwas zustoßen könnte.«

Wieder einmal hatten Himmel und Hölle die Menschen wie meisterhafte Puppenspieler manipuliert.

»Wenn Ayden den Zauberspruch nicht abgewehrt hätte, als er zurückgeworfen wurde, wären wir gestorben«, merkte sie an.

»Ich habe das Ozymandias gegenüber erwähnt, aber er meinte, er habe den Rückprall genau so eingeplant, dass wir damit fertig werden würden.«

»Das ist Unsinn«, sagte sie. »Niemand kann Magie so genau dosieren. So präzise funktioniert das nicht.«

Mort musterte sie mit neuem Interesse. »Wie ich sehe, hast du während deiner Ausbildung ein paar Dinge gelernt.«

»Was? Ich ...« Er hatte ihr ein Kompliment gemacht. »Ich bin ganz zufrieden als Dämonenfängerin.«

»Im Moment. Aber denk daran, dass du die Fähigkeit hast, Magie genauso zu bändigen, wie es dir bei den Dämonen gelingt.«

So weit kommt's noch. »Warum hat mein Dad mir nicht erzählt, was er vorhatte?«

»Er wollte dich nicht beunruhigen. Du weißt, wie viel du ihm bedeutest.« Mort zog den Anhänger mit der Dämonenkralle aus der Hosentasche. »Die lag im Buch mit den Zaubersprüchen. Es hat den Boden nicht berührt, deshalb ist es noch in einem Stück.«

Riley nahm den Anhänger, glücklich, dass er überlebt hatte. Ein Silberring hing an der Kette, mit einem unverwechselbaren Muster aus ins Metall eingravierten Ellipsen. Sie würde ihn überall wiedererkennen. Es war der Ehering ihres Vaters.

»Paul gab ihn mir vor der Schlacht«, erklärte der Totenbeschwörer. »Er wusste, dass er die Zerstörung des Zauberbanns nicht überleben würde.«

Dad hat an alles gedacht. Riley berührte den Ring zärtlich. »Mom trägt ihren noch. Wir hätten Geld dafür bekommen können, aber das war irgendwie nicht richtig.« Sie zog die Kette über den Kopf und stopfte den Anhänger unter ihre

Bluse. Die Dämonenkralle fühlte sich kalt auf ihrer Haut an, aber der Ring war warm, wie eine Umarmung ihres Vaters.

Der Ring und die Nachricht waren alles, was ihr von Paul Blackthorne geblieben war. Nein, das stimmte nicht: In ihrem Herzen bewahrte sie all die guten Erinnerungen an ihre gemeinsamen Jahre. Egal, was geschah, diese Bilder waren unsterblich und lagen außerhalb der Reichweite jedes Dämons oder Engels.

41. Kapitel

Trotz der rasenden Kopfschmerzen, die ihm der Kater bescherte, war Beck guter Dinge. Am Ende kam doch alles wieder in Ordnung: Der Vatikan würde Riley nicht blöd kommen, solange Stewart sie im Auge behielt, und außerdem waren die richtig gut darin, Gerüchte zu unterbinden, was auf dem Friedhof genau passiert war. Das Weihwasser war wieder in Ordnung, die untoten Dämonen waren nur noch Asche und Paul nicht länger in Luzifers Fängen.

Die Reise nach Süd-Georgia stand ihm zwar noch bevor, genau wie Sadies Tod. Das würde hart werden, aber sobald er mit ihr alles geklärt, ihr eine gute Beerdigung verschafft und das alte Haus geräumt hätte, könnte er Sadlersville und seiner Vergangenheit den Rücken zukehren. Er konnte anfangen, für die Zukunft zu planen und genau überlegen, wie Pauls Tochter dort hineinpasste.

»O ja, die Dinge laufen gut.«

Eine Reihe harter Klopfer an der Vordertür riss Beck aus seinen Gedanken. Er strich sich mit der Hand durchs Haar, um es zu glätten, dann beeilte er sich, die Tür zu öffnen. Seit gestern Abend freute er sich darauf, Riley zu sehen, und das nicht nur wegen der Kekse.

»Hey, wurde aber auch Zeit, dass du …«, begann er.

Die Frau vor der Tür war nicht die, die er sehen wollte. Vor ihm stand Justine, beide Hände in die Hüften gestemmt, in engen Jeans und einer strahlend weißen Bluse. Ihre grünen Augen loderten.

Er stellte sich auf die Schwelle, damit sie nicht ins Haus kam. »Was willst du?«

»Elias hat mich heute Morgen angerufen. Er sagte, wenn ich meinen Artikel über dich schreibe, würde er es mir sehr schwermachen, meinen Presseausweis des Vatikans verlängern zu lassen. Hast du irgendeine Vorstellung, was das bedeutet?«

Es sah so aus, als sei der Hauptmann der Jäger ein wenig ungeschickt vorgegangen.

»Es bedeutet, dass du dich zurückhalten solltest«, sagte Beck. »Es gibt bessere Storys als meine.«

»Das stimmt nicht. Im Gegenteil, je mehr ich grabe, desto klarer wird mir, dass es die beste Story wird, die ich je geschrieben habe.«

»Justine, geh nicht zu weit«, warnte er.

»Sonst? Schlägst du mich dann, so wie du deine Mutter geschlagen hast, wenn du deinen Willen nicht bekommen hast?«

Seine Gedanken überschlugen sich bei der Beschuldigung. »Ich habe Sadie nie geschlagen. Wer hat dir das erzählt?«

»Sie selbst. Da du nicht bereit warst, über dein Leben zu sprechen, bin ich nach Sadlersville gefahren. Deine Mutter hat mir nur zu gern von ihrem straffälligen Sohn erzählt. Von den Messerstechereien, den Mädchen, dem Alkohol und den Drogen.«

»Du … du kennst Sadie nicht. Sie lügt, wie es ihr in den Kram passt.«

»Es war nicht nur sie, Beck.« Justines Augen wurden schmal. »Ich habe erfahren, dass du nur wegen des County Sheriffs nicht in den Knast gewandert bist. Dass du nach Atlanta ins Exil gehen musstest, weil du in eine Messerstecherei mit einem Mann verwickelt warst, mit dessen Frau du geschlafen hast.«

Verdammt. Sie hat wirklich gegraben. Aber solange sie nicht weitergeht …

»Das ist Vergangenheit, Justine. Genau wie die Sache mit uns. Vergiss es einfach.« Beck machte Anstalten, die Tür zu schließen, aber sie stellte ihren Fuß, der in einem zierlichen Stiefel steckte, dazwischen.

»Ich bin noch nicht fertig«, sagte sie. Ein Aufnahmegerät tauchte in ihrer rechten Hand auf, und sie schaltete es ein. »Fürs Protokoll, Mr Beck, erzählen Sie mir, was wirklich bei dem Campingausflug in den Sumpf geschah, als Sie fünfzehn waren. Was passierte mit den anderen Jungen? Warum sind Sie als Einziger lebend zurückgekehrt?«

O Gott, sie weiß Bescheid. »Darüber darfst du nichts schreiben.«

Justins Augen wurden schmal. »Und wieso hast du Elias gedrängt, meine Karriere zu ruinieren? Komisch, wie wichtig so etwas plötzlich ist, wenn es um dich geht.«

»Was willst du?«, sagte er. »Was muss passieren, damit du Ruhe gibst?«

Justines Lächeln zeigte mehr Zähne als üblich. »Die Wahrheit.«

»Es geht um Riley, stimmt's? Du bist eifersüchtig auf sie.«

Das Lächeln wurde breiter. »Ich bin doch nicht auf ein Kind eifersüchtig. Mein Job ist es, den Menschen Tatsachen zu liefern, damit sie entscheiden können, was die Wahrheit ist und was Lüge. Deine Story ist wichtig, und ich werde sie erzählen, ganz gleich, wer versucht, mich aufzuhalten.«

Wenn sie ein Mann wäre, hätte Beck ihr jetzt eine reingehauen, aber gegen Justine Armando hatte er keinerlei Druckmittel. Sie würde die Story schreiben, und seine Welt würde zusammenbrechen.

»Bitte, tu es nicht«, flehte er. »Du würdest mein Leben zerstören.«

»Das ist nicht mein Problem.« Sie schaltete den Rekorder aus und ging zu ihrem Wagen. »Danke, Beck«, rief sie laut. »Die Begegnung mit dir war überaus lohnend. Im Bett und fürs Bankkonto.«

»Fahr zur Hölle, du rothaariger Dämon!«, schrie er.

Justine lachte nur über ihn.

Beck knallte die Tür zu, ehe sie mit dem eleganten Mietwagen von der Auffahrt runter war.

Justine zahlte es ihm heim, dass er sie sitzengelassen hatte, egal, was sie behauptete. Es war sein eigener bescheuerter Fehler. Wenn er sie nicht angerührt hätte … Wenn er nicht so eifersüchtig auf diesen verdammten Engel gewesen wäre, wäre das alles nie passiert.

War der Artikel erst einmal gedruckt, würden die Medien alle Scheußlichkeiten über diesen Ausflug in den Sumpf ans Licht zerren. Es war ein Samstagabend Ende Dezember gewesen: Er und ein paar andere Jungs waren mit etwas Whisky und ein paar Drogen in den Okefenokee-Sumpf gefahren, um Party zu machen. Als alles vorbei war, war er als Einziger noch am Leben. Die Leichen der anderen wurden nie gefunden.

Riley …

Dieser Hurrikan würde sie voll erwischen. Würde sie ihn für einen Mörder halten? Selbst diejenigen, die sagten, dass sie ihn für unschuldig hielten, hatten diesen anklagenden Blick. In ihren Augen wollte er niemals diesen Zweifel sehen, nicht so wie bei den anderen.

Als er bei der Armee gewesen war, auf Patrouille, hatte einer der Männer seiner Einheit sich auf eine Granate geworfen. Der Soldat tat es ohne Nachdenken, instinktiv, bereit zu sterben, um die anderen zu retten. Das hier war nicht sehr viel anders.

Beck wusste, was er tun musste, um Pauls Tochter zu schützen. Er wusste nur nicht, ob er den Mut dazu hatte.

✣

Riley hatte erwartet, ihren Lieblingsfänger zusammengerollt auf dem Sofa vorzufinden, wo er über seine olympiareifen Kopfschmerzen jammerte. Stattdessen sah sie einen grünen Sportwagen aus seiner Auffahrt zurücksetzen. Als er an ihr vorbeisauste, erhaschte sie einen kurzen Blick auf das rote Haar.

»Was macht die denn hier?«

Es sah so aus, als sei ihr Timing perfekt: Der Dorftrottel

brauchte ein mitfühlendes Ohr und viele leckere Haferkekse.

Und ein paar Küsse.

Sie hatte kaum angeklopft, da wurde auch schon die Vordertür aufgerissen. Becks wütendes Gesicht tauchte auf.

»Was zum Teufel glaubst du eigentlich … Oh …«

»Hi.«

Seine Augen waren blutunterlaufen, und so, wie er blinzelte, schienen seine Kopfschmerzen für eine ganze Stadt zu reichen. Er war angespannt, das Gesicht knallrot, als hätte er sich gestritten.

»Zoff unter Liebenden? Mit der Schreibertussi?«, witzelte sie.

»Ja, so könnte man es nennen.«

Obwohl sie ihm am liebsten einen Fausthieb verpasst hätte, zwang Riley sich, sich zusammenzureißen.

»Tut mir leid«, sagte sie, obwohl es ihr nicht leidtat. »Ich habe dir Kekse mitgebracht. Vielleicht helfen die.« Sie hielt die Papiertüte hoch. »Und ich habe Kräutertee gekauft. Die Dame im Hexenladen schwor, dass es dir gegen den Kater helfen würde.«

Mürrisch winkte er sie herein. »Ich würde eine tote Ratte essen, wenn es hilft. So schlimm war es noch nie.«

»Das ist das Alter. Es holt dich ein«, spottete sie. Er sah sie stirnrunzelnd an, ließ es aber prompt wieder bleiben.

»Setz dich hin. Ich mache dir einen Tee.«

Stöhnend ließ er sich auf die Couch fallen, während sie seine Schränke nach einem Becher durchsuchte. Sie wählte einen mit einer Georgia-Flagge. Kurz darauf servierte

Riley den aufgebrühten Tee und einen Teller mit Keksen, dann setzte sie sich neben ihn auf die Couch. Sie wartete auf seine Reaktion auf beides.

Beck schnupperte probeweise am Tee, und schob den Becher unbehaglich in den Händen hin und her.

»Was wollte Justine?«

»Ich will nicht darüber reden«, antwortete er mürrisch.

Okkaay. »Über was willst du dann reden?«

Er starrte sie finster an. »Ich habe mich nicht aus Sadies Klauen befreit, nur damit jemand anders mich in die Finger bekommt, und diese verdammte Reporterin tut genau das.«

Offensichtlich sprachen sie jetzt doch über Justine. »Was ist zwischen euch beiden vorgefallen?«

Nachdenklich nippte er an seinem Tee. »Dieses Zeug schmeckt komisch. Hoffentlich wirkt es.« Beck lehnte sich auf der Couch zurück und betrachtete die Zimmerdecke. Er sah überall hin, nur nicht zu ihr.

»Beck, rede mit mir«, sagte sie und knuffte ihn.

Er stieß einen tiefen Seufzer aus. »Justine schreibt noch einen Artikel über mich. Salvatore hat sie gewarnt, sie soll sich zurückhalten, und jetzt ist sie richtig sauer.«

»Keine Sorge, sie wird mich nur wieder eine Hexe nennen und dann mit den Jägern aus der Stadt verschwinden.«

»Nein. Sobald die Story raus ist, war's das mit meinem Job als Dämonenfänger.«

»Hey, solange du kein Serienmörder bist, ist doch alles in Ordnung, Beck.«

Stirnrunzelnd sah er sie an. »Ich bin kein verdammter Mörder, kapiert?«, knurrte er.

»Sorry«, sagte sie und hob beschwichtigend die Hände. *Was ist bloß mit ihm los? Gestern Abend war er doch noch gut drauf.*

Er setzte den Becher ab und stand auf. »Wird Zeit, dass du wieder gehst.«

»Was? Ich bin doch gerade erst gekommen!«

»Es ist besser, wenn du nicht wiederkommst. Du solltest dich nicht mit mir sehen lassen.«

»Aber ich dachte, wir wären ... ich meine ... auf dem Friedhof?«

Sofort wurde er misstrauisch. »Dieser Kuss? Ich wollte nur, dass du dich besser fühlst. Mehr nicht.«

Es dauerte ein oder zwei Sekunden, bis seine Worte zu ihr durchgedrungen waren. »Das stimmt nicht«, protestierte sie.

Beck runzelte die Stirn, genau wie sie. »Verdammt, Mädel, hast du deine Lektion letztes Mal nicht gelernt? Warum klammerst du dich an Tagträume fest, die nie in Erfüllung gehen werden?«

O mein Gott. Ich dachte ...

Hatte sie auf ihr Herz gehört, obwohl es ihr etwas vorgespielt hatte?

Riley war bereits an der Tür, ehe sie überhaupt begriff, dass sie sich bewegte. Sie fummelte am Schloss herum und fluchte, weil es so widerspenstig war. Als sie die Tür endlich aufriss, begrüßte die frische Morgenluft sie und erinnerte sie daran, wie glücklich sie auf der Fahrt zu Beck gewesen war. Wie sehr sie sich gewünscht hatte, immer so glücklich zu sein.

Sie wirbelte herum und starrte den Mann an, der ihr gerade einen Pflock durchs Herz getrieben hatte. »Warum hast du mich geküsst? Warum hast du so getan, als würde ich dir etwas bedeuten?«

»Ich dachte, wir würden sterben …«, murmelte er. »Es war nichts Besonderes.«

»Nichts Besonderes?«, schrie sie. »Gott, ich hasse dich!«

Riley floh aus dem Haus, die Treppe hinunter und stolperte in ihrer Hast über die letzten beiden Stufen. Sie musste hier weg, davonlaufen wie beim letzten Mal, als er sie verletzt hatte. Ihn nie wiedersehen. Sie hatte gerade ihr Auto erreicht, als Beck sie an der Schulter packte und herumwirbelte.

»Mädel, ich …«

»Rühr mich nicht an!« Riley stieß ihn von sich. »Was ist bloß mit dir los? Macht es dir Spaß, mir wehzutun, ist es das? Fühlst du dich dann allmächtig, wie Gott oder so was?«

»Es ist nur zu deinem eigenen Besten.«

»Ja klar. Die dumme alte Riley ist nicht gut genug für dich, was? Nicht *Justine* genug für dich? Ist es das? Ich habe es einem anderen Kerl geschenkt, und jetzt zahlst du es mir heim?«

Beck wurde aschfahl. »O Gott, Mädel, es liegt nicht an dir. Das darfst du niemals denken.« Niedergeschlagen schüttelte er den Kopf. »Du bist etwas ganz Besonderes, viel zu schade für einen Versager wie mich.«

Verblüfft und schockiert starrte sie ihn an. »Was?«, stieß sie hervor. Was sollte das denn jetzt?

»Tu uns beide einen Gefallen und geh einfach. Hast du mich verstanden?«

»Nicht, ehe du mir gesagt hast, was los ist.«

Beck sah hinunter auf seine Füße, dann schaute er wieder hoch. Als ihre Blicke sich trafen, hätte Riley schwören können, dass Tränen in seinen Augen schimmerten. »Du hast etwas Besseres verdient als den missratenen Sohn irgendeiner Säuferin, der weder lesen noch schreiben kann. Du willst nicht mit mir zusammen sein, nicht wenn die Leute denken, ich wäre ein …«

»Wenn sie was denken?«, hakte sie nach.

Er schüttelte den Kopf und ging zur Treppe.

»Beck! Rede mit mir! Wir können die Sache klären!«

Er wirbelte herum. »Nein! Wir werden nicht reden! Verschwinde von hier und komm nie wieder! Ich brauche dich nicht mehr. Ich brauche niemanden.«

Er knallte die Tür hinter sich zu, dass die Fensterscheibe klapperte.

Erschüttert von seinem Zorn kroch Riley in ihr Auto und schloss die Tür. Sie steckte den Schlüssel ins Zündschloss, ohne jedoch den Wagen zu starten. Stattdessen starrte sie zum Haus und versuchte, aus dem aufgewühlten Mann darin schlau zu werden. Nie zuvor hatte sie Beck so erlebt.

Er hat gesagt, er könnte nicht ohne mich leben. Jetzt sagt er, er kann es.

Gestern Abend hatte er gute Laune gehabt, hatte herumgealbert. Also musste das, was ihn verändert hatte, etwas mit Justine zu tun haben. Was hatte diese Schlampe getan? Wovor hatte Beck solche Angst?

Riley rieb sich die Tränen von der Wange, danach waren ihre Finger schwarz vom Mascara.

Ich sollte einfach weggehen. Mir jemanden suchen, der noch alle Tassen im Schrank hat. Dieses Drama brauche ich echt nicht.

Sofort meldete sich ihr Gewissen zu Wort: Beck hatte ihr in den schlimmsten Tagen ihres Lebens beigestanden. Er hatte versucht, ihrem Vater das Leben zu retten. Hatte verhindert, dass sie hungern musste. Er hatte für sie geblutet, und er wäre bereitwillig für sie gestorben. Wenn sie ihn jetzt verließ, würde es sie für immer verfolgen.

Riley drehte den Schlüssel im Schloss, und das Auto startete. Eine Bewegung am Fenster lenkte ihren Blick auf das Haus: Beck riss die Vorhänge in den Vorderfenstern zu, schottete sich von ihr und dem Rest der Welt ab, zog sich in seine Höhle zurück wie ein schwerverwundetes Tier.

Ihr Herz schmerzte, um seinetwillen, wegen all der Träume, die er fortwarf.

Langsam setzte Riley den Wagen zurück auf die Straße, die Gedanken in wilder Aufruhr. Als sie zum grün-weißen Haus mit den zugezogenen Vorhängen und den dunklen Geheimnissen hochblickte, wischte sie die letzten Tränen fort. Ein heftiges Verlangen stieg in ihr auf.

Blackthornes wichen nicht vor Herausforderungen zurück. Sie waren stark und unverwüstlich wie der Schlehenbaum.

»*Konflikte führen oft zu einem süßeren Leben.*«

Eines Tages, wenn sie dieses süßere Leben lebte, wollte

sie es mit Denver Beck teilen. Sie konnte sich nicht vorstellen, ihre Tage ohne ihn an ihrer Seite zu verbringen.

Riley wurde wieder ruhiger. Sie legte den Gang ein und fuhr die Straße hinunter, entschlossen, das zu tun, was für sie beide am besten war. Dies würde eine Schlacht werden genau wie die, die sie auf dem Friedhof ausgefochten hatte. Dort hatte sie zwischen den Armeen des Himmels und der Hölle gestanden. Jetzt war es für sie an der Zeit, für den Mann einzutreten, dem ihr Herz gehörte und der vor lauter Angst nicht glaubte, dass das süße Leben jemals seins werden könnte.

Wir sind noch nicht fertig, Dorftrottel. Die Schlacht hat gerade erst begonnen.

Und ich werde sie gewinnen, für uns beide.

Dank

Eine Geschichte über das Ende der Welt (oder das Beinahe-Ende) zu schreiben ist nichts für Feiglinge. Unzählige Stunden hat es gedauert, bis die letzte Fassung des Buches fertig war, die euch (hoffentlich) gefällt. Und so wird es Zeit, meine Helfershelfer zu nennen, die mir in diesem heiteren Wortgefecht zur Seite gestanden haben.
Großen Dank schulde ich meiner Lektorin Jennifer Weis sowie Mollie Traver, ihrer zuverlässigen Assistentin, die genau so hart an dem Manuskript gearbeitet haben wie ich. Meredith Bernstein, meine Literaturagentin, verdient ebenfalls ein dickes Lob, weil sie es geschafft hat, mich bei den Korrekturen nicht wahnsinnig zu machen.
Michelle Roper, Jean Marie Ward, Haley Vornholt und Danita Hodges haben ihre Meinung zu dieser Geschichte beigetragen, und ich stehe haushoch in ihrer Schuld für all ihre Kommentare und ihre Unterstützung. Atlanta und der Oakland-Friedhof mussten in diesem Buch einiges einstecken, und ich danke für die wundervolle Kulisse, vor der ich diese Serie entwerfen konnte.
Und zum Schluss eine dicke Umarmung für meine Leser, die Riley, Beck und die Übrigen in ihr Leben gelassen und ins Herz geschlossen haben. Gesegnet seid ihr alle!

… und höllisch spannend geht es ins Finale!

Die Hölle ist nicht das Ende von allem – der vierte Band der mitreißenden Serie

Riley und der Mann ihrer Träume verpassen den Dämonen den finalen Tritt!

Riley wusste schon immer, dass Beck keine einfache Vergangenheit hat. Aber sie ahnt nicht, wie schwer es ist, jemanden zu lieben, der so viele dunkle Geheimnisse mit sich herumträgt. Als die beiden in Becks Heimatstadt sind, bricht das Chaos über ihn herein.
Inzwischen bereitet sich die Zunft der Dämonenfänger in Atlanta auf die letzte große Schlacht vor. Und am Ende liegt es an Riley, ihren alten Feind zu besiegen oder alles zu verlieren.

Jana Oliver
Engelsfeuer
Riley Blackthorne –
Die Dämonenfängerin 4
Aus dem Amerikanischen
von Maria Poets
Roman
ca. 544 Seiten, Gebunden
mit Schutzumschlag

1. Kapitel

2018
Atlanta, Georgia

»Was kann da schon schiefgehen?«, murmelte Riley Blackthorne leise vor sich hin. Solche Fragen sollte sie sich eigentlich nicht stellen, wenn sie gerade in einer U-Bahn-Station von Atlanta unterwegs war, um Dämonen zu fangen.

Was kann da schon schiefgehen? Alles.

Zusammen mit zwei anderen Dämonenfängern war sie hinter einem Pyro-Dämon her, einem Dämon zweiten Grades, dessen Höllenjob es war, Brände zu legen. Bis jetzt hatte er sich damit begnügt, beeindruckende Feuerbälle vor U-Bahn-Züge zu schleudern, Müllcontainer in Brand zu stecken und einmal sogar einen U-Bahn-Waggon in Flammen aufgehen zu lassen.

Normalerweise fand Riley es klasse, Dämonen zu fangen. Ihr verstorbener Vater, Paul Blackthorne, war ein legendärer Meisterfänger gewesen, sie hatte es also im Blut, und dieser Jagdausflug sollte sie eigentlich ganz kribbelig vor Aufregung machen.

Geht so. Nicht, wenn sie mit zwei Typen unterwegs war, die auf keinen Fall auch nur in ihre Nähe kommen wollten.

Beide waren Anfang zwanzig, blond und sahen gut aus,

doch damit hatte es sich schon mit der Ähnlichkeit. Derjenige, der rechts von ihr lief, ihr Exfreund mit den blauen Augen, war nicht mehr ganz so feindselig wie zuvor. In den letzten zwanzig Minuten, seit sie auf dem Gelände waren, hatte Simon Adler noch nicht versucht, sie mit Weihwasser zu bespritzen oder sie beschuldigt, für die Hölle zu arbeiten.

Simon war in einem Kampf mit einem gefräßigen Dämon tödlich verletzt worden, und wenn Riley keinen Deal mit dem Himmel abgeschlossen hätte, läge er jetzt unter der Erde. Anschließend hatte einer der betrügerischsten Erzengel der Hölle Hockey mit seinem Verstand und seinem tiefen katholischen Glauben gespielt. Als ihr Ex schließlich herausfand, wer ihn manipuliert hatte und von ihrem Deal mit dem Himmel erfuhr, war er ins Bodenlose abgestürzt. Das Ergebnis war ein völlig verwirrter Kerl, der nicht mehr wusste, was er glauben oder wem er vertrauen sollte.

Wenigstens schreist du mich nicht mehr an.

Dieses Privileg gebührte dem Typen links von ihr: Denver Beck, dem muskulösen Ex-Soldaten aus Süd-Georgia, der bis zu dessen Tod der Partner von Rileys Vater beim Dämonenfangen gewesen war. Normalerweise war es ziemlich cool, mit Beck zusammenzuarbeiten. Heute allerdings hatte er beschlossen, auf Arschloch zu machen.

Er blickte die beiden anderen finster an. »Worauf wartet ihr noch?«, blaffte er. »Meint ihr, der Dämon kommt anspaziert und stellt sich euch vor?«

»Irgendwann wird er schon auftauchen. Das tun sie immer«, erwiderte Riley und versuchte, nicht die Beherrschung zu verlieren. Dann hätte Beck gewonnen.

»Wie kommst du denn darauf?«

»Weil ich hier bin«, sagte sie. »Dämonen können der Versuchung, mich umzubringen, nicht widerstehen.«

Das brachte ihr einen misstrauischen Seitenblick von Simon ein.

»Hey, das stimmt. Und zwar nicht, weil ich für die Hölle arbeite, okay?« *Na ja, nicht so richtig jedenfalls.*

»Ich habe doch gar nichts gesagt«, murmelte er.

»Aber gedacht.«

»Seit ihr zwei fertig?«, wollte Beck wissen.

Riley bedachte den älteren Fänger mit einem vernichtenden Blick, der umgehend zu ihr zurückgeschickt wurde. So war Beck, seit er sie in einem Anfall von Märtyrertum aus seinem Haus geschmissen hatte. Gerade als sie einander nahegekommen waren, hatte irgendetwas aus seiner Vergangenheit ihn dazu veranlasst, sie wegzustoßen. Doch dieses Mal würde Riley nicht still und leise verschwinden, nicht seit sie wusste, dass sie diesen Mann liebte.

Sie schob sich vor die anderen und bahnte sich ihren Weg durch die Menge. Es war eine gute Zeit, um hier unten zu sein – in ein paar Tagen würden die Züge gedrängt voll mit Leuten sein, die von oder zu Basketballspielen unterwegs waren, herausgeputzt in den Farben ihrer Lieblingsteams. Oder im Fall der Clemson University mit orange-schwarzen Tigerschwänzen.

Die Leute, die auf den nächsten Zug warteten, warfen ihr

beunruhigte Blicke zu. Das überraschte sie nicht sonderlich, nachdem ihr Gesicht in den letzten Wochen ständig im Fernsehen und in den Zeitungen zu sehen gewesen war. Es könnte auch an der kleinen, weißen Kugel liegen, die sie trug.

»Seid ihr Dämonenfänger?«, rief jemand laut.

»Klaro«, erwiderte Beck.

»Ich nehme lieber den Bus«, sagte der Typ, der gefragt hatte, machte auf dem Absatz kehrt und steuerte auf den Ausgang zu.

Riley seufzte. Vielleicht wäre es besser gewesen, die U-Bahn-Station zu evakuieren, aber wenn sich das hier als falscher Alarm erwies, würde man ihnen im Rathaus die Hölle heißmachen.

Als sie den Bahnsteig weiter entlangging, fuhr ein Zug ein, und die Fahrgäste stiegen aus, darunter ein Mann mit einem riesigen Plüschpanda, der einen Footballhelm trug.

Aus einem Mülleimer in der Nähe stieg eine dünne, kringelige Rauchsäule empor und erregte Rileys Aufmerksamkeit. Könnte das der Pyro-Dämon sein? Sie warf Beck einen Blick zu, doch der zuckte nur die Achseln.

Die Dämonenfänger bauten sich um den Mülleimer herum auf.

»Fertig?«, fragte Beck. Als die anderen beiden nickten, stieß er den Eimer mit einem Tritt um, und der Müll rollte heraus, zusammen mit einem Haufen schwelender Taschentücher. Offensichtlich hatte jemand eine brennende Zigarette hineingeworfen, und jetzt durften sie den Dreck